The Museum of Unconditional Surrender

무조건 항복 미술관

이름 모를 수영객들. 20세기 초, 크로아티아 북부의 파크라 강에서 촬영.
사진작가 미상.

두브라브카 우그레시치의 다른 작품들

거짓의 문화(The Culture of Lies)
의식의 흐름을 건너며(Fording the Stream of Consciousness)
좋은 하루 보내세요(Have a Nice Day)
삶의 이빨 속에서(In the Jaws of Life)
당신의 인물을 빌려드립니다(Lend Me Your Character)
고통의 부서(The Ministry of Pain)
읽어주지 않아 고마워요(Thank You for Not Reading)

THE
MUSEUM OF
UNCONDITIONAL
SURRENDER

무조건 항복 미술관

두브라브카 우그레시치 지음
Celia Hawkesworth 번역(영문)
조서현 번역(한글)

목차

서문

베를린 동물원의 바다코끼리 우리 옆에는 기이한 전시품 하나가 있다. 그것은 1961년 8월 21일에 죽은 바다코끼리 '롤란드'의 위 속에서 발견된 물건들을 유리 진열장 안에 전시해 둔 것이다. 정확히 이렇게 적혀 있다.

분홍색 라이터 하나, 나무로 된 아이스크림 막대 네 개, 푸들 모양의 금속 브로치, 병따개, 은으로 보이는 여성용 팔찌 하나, 머리핀 하나, 연필 하나, 장난감 물총, 플라스틱 칼, 선글라스, 작은 체인, 스프링, 고무줄, 장난감 낙하산, 45cm 길이의 쇠사슬, 못 네 개, 초록색 플라스틱 자동차, 금속 빗, 플라스틱 배지, 인형 하나, 맥주캔 하나(필스너, 반 파인트), 성냥갑, 아기 신발, 나침반, 소형 자동차 열쇠, 동전 네 개, 나무 손잡이가 달린 칼, 아기용 젖꼭지, 열쇠 다섯 개가 달린 키링, 자물쇠, 그리고 바늘과 실이 들어 있는 비닐 주머니 하나.

관람객은 그 진열장 앞에서 섬뜩하기보다 이상하리만치 매혹된다. 마치 고고학 유물을 보는 듯하다. 이 물건들이 전시품이 된 건 순전히 우연이고, 즉 '롤란드의 변덕스러운 식성' 때문이라는 걸 알면서도, 시간이 지나며 이 물건들 사이에 어딘가 보이지 않는, 비밀스러운 연결이 생겼을지도 모른다는 시적인 생각을 떨칠 수 없다. 관람객은 연결고리를 찾으려 애쓴다. 의미의 좌표를 그려보려 하고, 역사적 맥락을 복원하려 한다. (예컨대, 롤란드가 베를린 장벽이 세워진 지 일주일 뒤에 죽었다는 사실을 떠올린다.) 그렇게 생각은 꼬리에 꼬리를 물고 이어진다.

이 책의 단편들과 파편들이 그런 방식으로 읽히길 바란다. 만약 독자가 그 사이에서 뚜렷한 연결을 느끼지 못하더라도, 조급해하지 마시길 — 언젠가 그 연결은 스스로 모습을 드러낼 것이다. 그리고 한 가지 더. 이 소설이 자전적인지 아닌지는, 경찰에게는 중요할지 몰라도 독자에게는 전혀 상관없는 일이다.

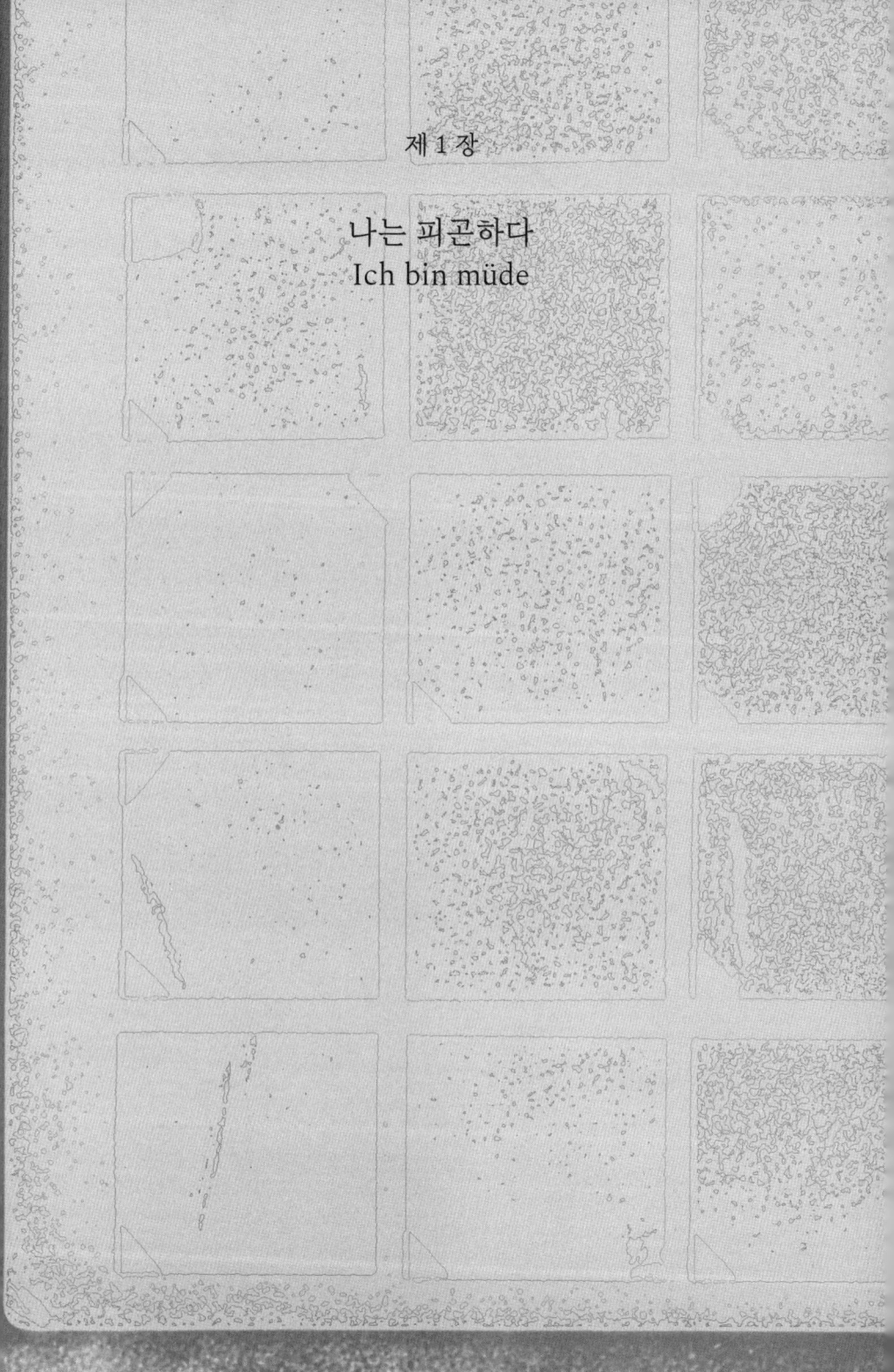

제 1 장

나는 피곤하다
Ich bin müde

1 "이히 빈 뮈데(Ich bin müde)," 나는 프레드에게 말한다. 그의 창백하고 슬픈 얼굴에 희미한 웃음이 번진다. '이히 빈 뮈데'는 내가 아는 유일한 독일어 문장이다. 그리고 지금은 그 이상 배우고 싶지 않다. 무언가를 배운다는 건 마음을 여는 일이니까. 하지만 나는 아직 조금 더 닫혀 있고 싶다.

2 프레드의 얼굴은 오래된 흑백사진을 떠올리게 한다. 실연의 고통에 괴로워하다 러시안 룰렛을 하는 젊은 장교처럼 보인다. 나는 그가 백 년 전쯤 부다페스트의 카페에서 밤을 지새우던 모습을 상상한다. 집시 바이올린의 슬픈 선율에도 그의 창백한 얼굴은 미동조차 없다. 가끔씩 그의 눈에서 제복의 금속 단추가 반짝이듯 빛이 스친다.

3 내 방, 즉 임시 망명지의 창밖 풍경은 키 큰 소나무들로 가득하다. 아침에 커튼을 열면 한 편의 낭만적인 무대 장치가 펼쳐진다. 처음엔 안개가 유령처럼 나무들을 덮고, 시간이 지나 천천히 안개가 걷히면 햇빛이 비집고 들어온다. 해 질 무렵이면, 소나무들은 점점 어둡게 물든다. 창문 왼편 모서리로는 작은 호수가 살짝 보인다. 저녁이 되면 커튼을 닫는다. 풍경은 매일 같고 새의 날갯짓만이 이따금씩 정적을 깰 뿐, 결국 변하는 건 오직 빛 뿐이다.

11

4 내 방은 솜처럼 두터운 고요로 가득 차 있다. 창문을 열면, 그 고요
는 새들의 지저귐에 산산이 부서진다. 저녁 무렵 복도를 나가게 되면
텔레비전 소리(나와 같은 층의 키라의 방에서 나오는)와 타자기 두드리
는 소리(아랫층 러시아 작가의 방에서 나오는)가 들린다. 잠시 뒤엔, 보이
지 않는 독일 작가의 지팡이를 짚고 걷는 불균형한 발소리가 바닥을
긁는다. 이따금 루마니아 예술가 부부(아랫층에 사는)가 지나가는데,
그들은 그림자처럼 고요히 움직인다. 가끔 침묵을 깨는 건 관리인 프
레드다. 프레드는 공원에서 잔디를 깎으며, 사랑의 아픔을 시끄러운
전동 잔디깎이 소리에 지워내려 한다. 얼마 전 그의 아내가 그를 떠났
다. "Zy vife ist crazy(My wife is crazy)," 그가 덧붙여 말한다. 이건 그
가 아는 유일한 영어 문장이다.

5 가까운 무르나우(Murunau) 마을에는 박물관이 있다. 그곳은 가브
리엘 뮌터와 바실리 칸딘스키의 고택이다. 나는 언제나 타인의 삶이
남긴 흔적 앞에서 약간 불편함을 느낀다. 그것들은 너무나 사적인 동
시에, 묘하게 비인격적이기 때문이다. 그곳을 방문했을 때, 나는 그 집
을 그린 엽서 한 장을 샀다. 제목은 Das Russen-Haus, '러시아인의
집'이었다. 나는 종종 엽서를 바라본다. 창가에 선 아주 작은 사람의
형체, 어두운 붉은 점이 가끔은 나처럼 느껴진다.

6 책상 위에는 누렇게 바랜 한 장의 사진이 놓여 있다. 사진 속에는
이름도 알 수 없는 세 명의 여자가 물놀이를 하고 있다. 내가 이 사진
에 대해 아는 것은 거의 없다. 그저 세기 초, 파크라 강에서 찍힌 것이
라는 사실뿐이다. 그 강은 내가 태어나 어린 시절을 보냈던 작은 마을
에서 멀지 않은 곳을 흐르는 작은 강이다.
　　나는 늘 이 사진을 부적처럼 지니고 다닌다. 왜 그런지 정확히는

모른다. 하지만 그 누렇게 빛 바랜 표면이 묘하게 나를 끌어당긴다. 나는 종종 그 사진을 아무 생각 없이 멍하니 들여다본다. 어쩔 때는 물 위에 비친 세 피서객들을 보기도 하고 정면으로 나를 바라보는 얼굴 속으로 잠수하듯 빠져든다. 마치 다른 공간이나 다른 시간으로 미끄러져 들어갈 수 있을 것만 같은 작은 균열, 비밀스러운 통로를 찾듯 응시한다. 보통은 이 사진을 호수의 끝자락이 보이는 창가 왼쪽 모퉁이에 세워둔다.

7   나는 가끔 나는 키라와 함께 커피를 마신다. 그녀는 키예프 출신의 은퇴한 문학 교사다. "야 카멘슈치차(Ya kamenshchitsa)*," 키라가 외친다. 그녀는 돌에 관한 모든 것에 열정적이다. 매년 여름, 크림 반도의 바닷가 마을에 간다고 했다. 그곳에서는 바다가 각양각색의 준보석을 해변으로 밀어 올린단다. 그녀뿐만 아니라, 그녀의 말에 따르면 같은 부류의 사람들이 모여들며 그들을 '카멘슈치키(kamenshchiki: 돌 줍는 이들)'라고 부른다. 가끔 함께 모여 모닥불을 피우고, 보르쉬(borsch)**를 끓이며, 서로의 '보물'을 보여준다.

키라는 이곳에서 그림을 그리며 시간을 보낸다. 대부분 다른 화가들의 작품을 모사하는데, 최근에는 대천사 미카엘을 그렸다고 했다. 하지만 사실 그림보다 구슬 꿰기, 즉 '실잇기'를 더 좋아한다고 말했다. 그녀는 내게 혹시 끊어진 목걸이가 없냐고 물으며 자기가 다시 꿰어줄 수 있다고 했다. 그리고는 부드러운 말투로 "제가 뭔가를 꿰는 게 좋아하잖아요."라고 했다. 마치 사과라도 하듯이.

*   Ya kamenshchitsa – 러시아어로 돌을 줍거나 다루는 여자
** Borsch – 비트를 넣어 끓이는 러시아 전통 수프.

8 무르나우 근처에는 작가 외된 폰 호르바트(Odön von Horváth)를 기리는 박물관이 있다. 외된 폰 호르바트는 1901년 12월 9일, 리예카에서 오후 4시 45분에 태어났다 (다른 기록에 따르면 오후 4시 30분이라고도 한다). 몸무게가 약 16킬로그램에 이르렀을 때 그는 리예카를 떠나, 잠시 베네치아에 머물렀고, 이후 발칸의 여러 도시를 떠돌았다. 키가 1미터 20센티미터가 되자 부다페스트로 이주했고, 거기서 1미터 21센티미터가 될 때까지 머물렀다. 호르바트에 따르면, 키가 1미터 52센티미터가 되었을 때 그의 안에서 에로스가 처음 깨어났다. 키가 1미터 70센티미터 무렵에는 예술, 특히 문학에 대해 관심을 가지기 시작했다. 제1차 세계대전이 발발했을 때 그의 키는 160센티미터였고, 전쟁이 끝났을 무렵에는 온전한 180센티미터에 이르렀다. 그의 전기는 '키'와 '지리적 좌표'로 기록되어 있으며, 박물관에 전시된 사진들로 확인할 수 있다.

9 몇 달 동안 사라예보를 포격하며 도시를 파괴한 전쟁 범죄자 라트코 믈라디치*에 관한 이야기다. 어느 날, 포격 목표 중 하나가 지인의 집이라는 걸 알아차렸다. 그는 집을 폭파할 결심을 하고 지인에게 전화를 걸어, 5분의 시간을 줄테니 '앨범'을 챙기라고 했다. 그가 말한 '앨범'이란 가족사진을 뜻했다. 몇 달 동안 도시를 파괴해 온 이 살인자는, 기억을 어떻게 완전히 지워버릴 수 있는지를 정확히 알고 있었다. 장군은 '관대하게도' 지인에게 기억할 권리와 함께 목숨을 하사했다. 남겨진 것은 발가벗은 생명과 몇 장의 가족 사진뿐.

---

*　보스니아 전쟁(1992-1995) 당시 보스니아 세르비아군 최고 사령관. 보스니아 무슬림 소년을 포함한 남성 약 8,000명을 집단 학살한 스레브레니차 학살(1995)을 주도했으며, 1990년대 유럽 최악의 전쟁범죄 책임자 중 한 명이다. 국제형사재판소에서 전범으로 유죄판결을 받았다.

10 '난민은 두 부류로 나뉜다. 사진이 있는 사람과 사진이 없는 사람.'
– 한 보스니아 난민의 말이다.

11 "여자한테 가장 필요한 건 공기야" 안덱스 수도원으로 걸어가는
길에 친구 한넬로어가 말했다.

"여자한테 가장 필요한 건 집사지."

나는 수도원 기념품점에서 수호천사가 들어 있는 싸구려 플라스
틱 공 하나를 사며 그렇게 대답했다.

한넬로어는 소리 없이 웃었다. 공을 살짝 흔들자, 수호천사 위로
눈이 내렸다. 한넬로어의 웃음은 스티로폼 눈처럼 바스락거렸다.

12 이곳에 오기 전, 나는 며칠을 아드리아 해안(Adriatic)에 인접한 집
에서 보냈다. 가끔 몇몇 피서객들이 작은 해변으로 내려왔고, 테라스
에서 그들의 모습과 목소리가 들렸다. 어느 날, 유난히 크게 웃는 여자
의 웃음소리가 내 귀를 사로잡았다. 고개를 들어보니 세 명의 나이 든
여인이 바다에 있었다. 그들은 해안 가까운 곳에서 나란히 둥글게 원
을 그리며, 마치 원탁에 둘러앉아 커피를 마시는 사람들처럼, 가슴을
드러낸 채 헤엄치고 있었다. 그들의 억양으로 보아 보스니아 출신 같
았고, 아마 난민이자 간호사들이었을 것이다. 어떻게 아냐고? 그들은
옛날 간호학교 시절 이야기를 하며 깔깔거렸다. 한 친구가 '기억상실
(amnesia)'과 '병력기록(anamnesis)'을 헷갈렸던 일화를 계속 되풀이
하며 웃어댔다. '기억상실(amnesia)'이라는 단어와 그 시험 이야기가
몇 번이나 되풀이될 때마다 그들은 터져 나오는 웃음을 주체하지 못
했다. 그들의 손이 동시에 물 위를 가르며 흔들렸다. 마치 보이지 않는
부스러기를 털어내듯 물을 튀겼다. 그때 갑자기 여름 특유의 짧고 격
렬한 소나기가 쏟아졌다. 하지만 그들은 물속에 그대로 있었다. 나는

테라스에서 커다란 빗방울과 세 여인을 바라보았다. 그들의 웃음소리
는 점점 더 커지고, 간격은 점점 짧아졌다. 이제는 허리를 굽혀 배꼽을
잡으며 웃고 있었다. 웃음 사이사이 들리는 단어는 'falling'은 아마도
'비가 내린다'는 뜻이었을 것이다. 비와 웃음소리가 뒤엉켰다. 그들은
팔을 벌리고, 손으로 물을 튕기며, 마치 새처럼 목청을 다투었고 빗줄
기는 더 거칠고 따뜻해졌다. 테라스와 바다 사이에는 희뿌연, 젖은, 짠
내음의 장막이 드리워졌다. 순간, 그 장막이 모든 소리를 삼켜버렸다.
그리고 세 쌍의 날개만이, 눈부신 침묵 속에서 장엄하게 퍼덕이고 있
었다.

　그때 나는 마음속에서 '찰칵' 소리와 함께 이 장면을 기억 속에 저
장하였다. 왜인지는, 나도 모른다.

13 "여자한테 가장 필요한 건 물이야." 뮌헨 공영수영장(Müllersche
Volksbads)*의 호사스러운 공기 속, 수영을 마치고 쉬던 중 한넬로어
가 말했다.

14 지인 S. 의 인생은 처음부터 잘 풀리지 않았다. 그럼에도 그녀는 간
호학교를 마치고, 도시 변두리에 있는 지적장애 아동 병원에 취직했
다. "좋은 끝은 없을 거야. 나는 다른 사람의 불행을 빨아들이는 스폰
지 같은 인간이거든." 그녀는 그렇게 말했다. 병원에서 그녀는 자신만
의 작은 행복을 발견했다. 자신보다 훨씬 젊은 남자 간호사였다. 키가
매우 작았고, (그를 처음 만났을 때 나는 그의 작고 반들거리는 구두에서
눈을 뗄 수 없었다.) 그의 성조차도 마치 축소형 같았다. 제법 나이가 있
었지만 그녀는 임신을 했다. 둘 다 당뇨병이 있었지만, 그녀는 아이를

---

* 　Müllersche Volksbads- 뮌헨에 위치한 유럽 최초의 공영 수영장.

낳기로 결심했다. 그녀는 만삭까지 아기를(쌍둥이!) 품었지만 출산 하루 전, 두 아기는 뱃속에서 질식사했다. 그녀는 젖은 스펀지처럼 무너져내렸다. 한동안 정신과 병동에 입원했다가 퇴원 후 남편과 함께 작은 도시로 이사했다. 어느 날, 그녀가 불쑥 내 집에 나타났다. 모든 게 '정상'이었다. 우리는 일, 남편 등 이런저런 일상에 대해 이야기했다. 그러다 그녀가 핸드백에서 작은 비닐봉지를 꺼내 내 앞에 펼쳐 보였다. 그 안에는 두세 개의 반짝이는 자잘한 물건들이 들어 있었다. 너무 사소해서, 나는 지금 그게 무엇이었는지도 기억나지 않는다. 그녀는 한참 동안 그것들을 만지작거렸다. 그러다 내 책장 위에 꽂힌 작은 마른 꽃다발을 보고 말했다. 정말 예쁘고 너무 멋지다며 줄 수 있냐고 물어봤다. 그녀는 마른 꽃다발을 비닐봉지에 넣고, 보물을 품은 불쌍한 까치처럼 떠났다.

15 커피를 마시며, 키라가 이 빌라에 사는 다른 사람들 이야기를 꺼낸다. "있잖아요, 우리 모두 어쩐지 비슷해요. 다들 무언가를 찾고 있거든요... 마치, 무언가를 잃어버린 사람들처럼요." 그녀가 말했다.

16 망명자는 '소리'에 특별히 민감하다. 나는 종종 생각한다. 때때로 망명이란 결국 잃어버린 소리를 찾아 헤매는 상태라고.
   뮌헨에 이고르를 만나러 갔을 때, 마리엔플라츠(Marienplatz) 근처에서 잠시 발걸음을 멈췄다. 어디선가 들려오는 음악 소리에 이끌렸기 때문이다. 한 노(老) 집시가 바이올린으로 헝가리 집시의 노래를 연주하고 있었다. 그는 지나가는 나를 힐끗 보고, 공손하면서도 대담한 미소를 지었다. 마치 내가 '같은 부류'임을 알아챈 듯했다. 무언가목에 걸려 잠시 숨을 쉴 수가 없었다. 나는 눈을 떨구고 서둘러 걸음을 옮겼다. 그러고는 몇 걸음 뒤, 엉뚱한 방향으로 가고 있다는 걸 깨달았다. 조금 더 가서 나는 구세주처럼 보인 공중전화 부스를 발견했고, 전화를 걸어야 하는 사람인 척 줄을 섰다. 그것 말고는 내가 무엇을 할 수 있었겠는가?

내 앞에는 젊은 남자가 서 있었다. 몸에 딱 붙는 검은 가죽 재킷, 타이트한 청바지, 굽 높은 부츠. 그리고 불안과 오만이 뒤섞인 표정. 마치 서로 다른 물감이 번져드는 듯한 얼굴이었다. 나는 직감했다. 그가 '우리 중 하나', 즉 '내 쪽 사람'이라는 것을. 그는 천천히, 끈질기게 전화번호를 눌렀다. 고개를 좌우로 돌리지도 않고, 마치 허름한 식당의 웨이터같은 움직임은 내 안에 분노와 연민을 동시에 불러일으켰다. 마침내 그의 통화가 연결됐다(그래, 역시 '우리 중 하나'였다). 내 나라 사람들의 습관, 한없이 오래, 아무 의미 없는 이야기를 주고받으며, 끝없는 위로와 농담을 주고받는 그 습관이 다시금 내 안에 같은 분노와 연민을 뒤섞어 일으켰다. 바이올린은 여전히 슬프게 울고 있었고, 그 젊은 남자는 '밀리차(Milica)'라는 여자와 통화 중이었다. 내 머릿속에서는 마치 편집실의 믹싱 테이블처럼, 바이올린의 울음과 그 남자의 중얼거림이 뒤섞였다. 검은 눈동자의 바이올린 연주자가 계속 내 쪽을 뚫어지게 바라보았다. 당장이라도 자리를 뜨고 싶은 충동이 일었지만, 그건 내 정체를 드러내는 일 같았다. 그런 이유로, 젊은 남자가 통화를 마치고 손으로 머리를 쓸어 올리는 뜻밖의 제스처가 내 안의 복잡한 감정을 일렁이게 했다. 나는 결국 한넬로어에게 전화를 걸었다. 그녀만이 내가 전화를 걸 수 있는 유일한 사람이었다. 나는 다급하고 실용적인 질문 하나를 즉흥적으로 지어냈다.

그날, 이고르와의 약속에 늦었다. 우리는 중국 식당에 마주 앉았다. 음식이 나오기를 기다리며 밝게 얘기를 나눴지만 마음이 불안하고 어딘가 멀리 붕 떠 있는 것 같았다.

시선은 흐려지고, 마치 온몸이 겨울날에 서리 낀 안경처럼 희미한 막에 덮인 듯한 기분이었다. 그때 문득, 처음에는 알아채지 못했던 소리가 들려왔다. 중국 혹은 한국, 그것도 아니면 근처 어디 나라의 노래였다. 부드럽고 애조 띤 멜로디, 달콤한 사랑 노래. 그 노래는 내 고향에서도, 혹은 이고르의 러시아 고향에서도 흘러나올 법한 소리였다. 바로 그때 갑자기 소나기가 쏟아졌다. 이고르 뒤편 창문을 타고 비가 흘러내렸다. 그리고 결국 나는 무너졌다. 나도 모르게, 오랜 세월 길들여진 반사신경처럼, 정확하게, 본능적으로 반응했다. 말하자면, 나는 종소리를 듣고 침을 흘리는 개처럼, 그 익숙하고도 달콤한 신호음에 굴복한 것이다. 나는 안간힘을 쓰며 저항했고, 속으로 투덜거렸다. 그러면서도, 이상하게 안도했다. 그 감정의 힘 안에 잡혀 있다는 사실이 기이하게도 나를 기쁘게 했다. 나는 육체적으로 말랑말랑하고 나른하며 만족스러운 상태에 이르렀다. 그렇게 나는, 보이지 않는 따뜻한 눈물의 웅덩이 속에서 허우적거렸다.

"무슨 일이야, 이고르?" 나는 마치 사과하듯 물었다.

"네 블라우스 단추의 반사가 네 눈을 빛나게 하고 있어,"라고 내 친구, 체르노비치 출신의 러시아계 유대인 망명자가 말했다.

나는 멍하니 단추를 내려다보았다. 그것은 불투명한 플라스틱으로 된, 금빛을 띤 색이었다.

17 "나는 재치 따위 필요 없다. 줄거리를 짜고 싶지도 않다. 그저 생각과 사물에 대해 쓰겠다. 명언을 모을 것이다." 오래전의 한 망명자가 쓴 글이다. 그의 이름은 빅토르 쉬클롭스키(Viktor Shklovsky)다.

18 "이히 빈 뮈데," 나는 프레드에게 말했다. 그의 창백한 얼굴에 미소가 번졌다. 지금 내가 아는 독일어는 여전히 그것뿐이다. 그리고 여전히 더 배우고 싶지 않다.

배운다는 건 마음을 연다는 뜻이니까, 나는 아직 닫혀 있고 싶다.

고요한 방 안에서, 창문 너머로 펼쳐진 낭만적인 무대 세트를 바라보며 나는 내 앞에 흩어진 조각들을 정리한다. 어떤 것은 이유도 모른 채 내게 왔고, 어떤 것은 이곳에서 우연히 발견한 것들이다. 모두 제각각이고, 아무런 의미도 없다. 공원에서 주운 작은 깃털이 내 앞에서 반짝이고, 어디선가 읽은 한 문장이 머릿속을 울리고, 오래된 누렇게 빛바랜 사진 한 장이 나를 바라본다. 내가 어디선가 본 몸짓의 윤곽이 나를 따라다닌다. 그것이 무슨 뜻인지, 누가 한 것인지 알 수 없다. 수호천사가 들어 있는 투명한 공이 플라스틱의 빛으로 내 앞에서 반짝인다. 공을 흔들면, 천사 위로 눈이 내린다. 나는 이 모든 것이 무엇을 뜻하는지 모른다. 나는 좌표를 잃었다. 나는 지친 인간의 표본, 자갈 하나에 불과하다. 우연히 던져져서 다른, 조금은 더 안전한 해안에 닿았을 뿐이다.

19 "여자에게 가장 필요한 건 공기와 물이야."

한넬로어가 훈계하듯 말한다. 우리는 바에 앉아, 잔 속 맥주의 거품을 불어내고 있다.

20 망명자는 망명이라는 상태가 꿈과 비슷한 구조를 가진다고 느낀다. 꿈처럼, 잊고 있던 얼굴들이 갑자기 나타나거나, 어쩌면 한 번도 본 적 없는 얼굴들이 나타나고, 처음 보는 장소인데도 어디선가 알고 있는 것처럼 느껴지는 곳들이 나타난다. 꿈은 과거·현재·미래의 이미지들을 끌어당기는 자기장이다. 망명자는 어느 순간 현실 속에서, 그 꿈의 자기장이 불러낸 얼굴들, 사건들, 이미지들을 보게 된다. 그의 전기는 실현되기 훨씬 전부터 이미 쓰여 있었던 것처럼 보이고, 그의 망명은 외부 환경의 결과도, 그의 선택도 아니라, 오래전에 운명이 그에

게 그려 놓은 좌표들의 뒤섞임처럼 느껴진다. 이 매혹적이고 동시에 두려운 생각에 사로잡혀, 망명자는 징표들, 교차점들, 매듭들을 해독하기 시작하고, 어느 순간 그것들 전체에서 어떤 비밀스러운 조화, 상징들의 완전한 논리를 깨닫기 시작한다.

21 "나니지밧, 야 류블류 나니지밧(Nanizivat', ya lyublyu nanizivat)*., 지금 막 병세에서 회복 중인 사람의 창백한 미소를 띈 키라가 마치 무언가를 미안해하며 중얼거린다.

"실을 꿰는 거, 난 그런 게 좋아."

22 공원의 끝에 있는 유리 공방에서 루마니아 부부가 전시 준비를 하고 있다. 젊은 여자는 며칠 동안 공원에서 주워 온 나무를 도끼로 다듬는다. 그동안 남자는 아주 얇고 거의 투명한 종이 조각들을 커다란 하얀 판에 핀으로 고정시킨다. 각각의 종이 위에는 부드럽고 밝은 잿빛 수채화로 새의 머리가 그려져 있다. 젊은 여자는 일정한 리듬으로 도끼를 휘두른다. 고요했던 종이 조각들이 보이지 않는 기류에 의해 서서히 흔들린다. 새의 머리들이, 마치 곧 떨어질 듯이, 미세하게 떨린다.

---

* 'Nanizivat', ya lyublyu nanizivat': "실을 꿰는 거, 난 그런 게 좋아(Threading, I like threading things).

제 2 장

가족 박물관
Family Museum

I

앨범의 시학

지금은 향수의 시대이며, 사진은 그 향수를 적극적으로 부추긴다. 사진은 애가(哀歌)의 예술, 황혼의 예술이다. 대부분의 피사체는 사진에 담기는 순간만으로도 일종의 비감에 스친다. 추하거나 기괴한 대상도, 사진가의 주의와 시선이 그것을 존엄하게 만들어 줄 때 감동을 불러일으킨다. 아름다운 대상은 세월이 흐르며 늙거나 쇠락했거나 더 이상 존재하지 않기에 한층 더 애조를 불러일으킨다. 모든 사진은 메멘토 모리(mementos mori)*다. 사진을 찍는다는 것은 다른 사람(혹은 사물)의 죽음, 취약함, 변모 가능성에 동참하는 행위다. 바로 이 순간을 잘라내 동결함으로써, 모든 사진은 시간의 끈질긴 해빙을 증언한다.

— 수전 손택(Susan Sontag), 《사진에 관하여 (On Photography)》

"슬라비차(Slavica)랑 브란코(Branco)는 여기 왜 있는 거야?"

어머니가 내 손에서 앨범을 빼앗아 들고는, 젊고 환하게 웃는 한 쌍의 커플 사진을 유심히 들여다보며 묻는다.

"슬라비차랑 브란코가 누구야?"

"넌 몰라... 그땐 너무 어려서..." 그녀가 어깨를 으쓱거린다.

"대체 내가 왜 저 사람들을 앨범에 넣었을까," 그녀가 중얼거리며 '저 사람들'이라는 말을 유난히 강조한다. 마치 희귀한 식물 표본이라도 되는 듯, 사진을 꼼꼼히 살핀다.

그러다 갑자기 마치 반창고를 떼어내듯 재빠른 손놀림으로 셀로판 덮개를 벗기고, 사진을 꺼내 작은 조각으로 찢어버린다. 종이를 찢

---

* 메멘토 모리: '죽음을 기억하라'는 뜻의 라틴어 문구로, 죽음의 불가피함을 상기시키는 상징

25

는 '처형'의 소리가 공기를 가른다.

"됐어," 그녀가 말한다. "어차피 오래전에 죽은 사람들이야," 그녀는 달래듯, 그러나 추모하듯 말하며 내게 앨범을 다시 건넨다.

이야기의 시작은 한 여인의 돈피 가방 속에 숨겨져 있다. 그녀가 그 가방을 가지고 온 것은 1946년, 전쟁이 막 끝난 어느 오래전의 해였다. 가방 하나와, 소박한 내용물로 채워진 여행가방 하나가 그녀의 전부였다. 전후의 혼란 속에서 새 핸드백을 살 수 있게 되자마자, 오래된 그 가방은 옷장 구석에 자리 잡게 되었다. 그리고 그때부터 그곳은 기억의 창고가 되었다. 그 뒤로 새 가방들이 생겼다. 하지만 그 첫 번째 가방은 늘 옷장 구석에 머물렀다. 나중에는 가구도 새로 들였다. 옷장, 서랍장, 찬장까지. 심지어 여행가방까지 생겨났지만 도 생겼다. 그러나 그 갈색 돈피 가방만은 늘 같은 자리에 남아, 기억이라는 보물을 간직한 채 옷장 구석을 지켰다.

물건이 거의 없던 가난했던 전후의 어린 시절에 어머니의 가방은 존재하지 않는 지하실이자 다락방, 인형의 집이자 장난감 상자였다. 나는 그 소박한 내용물을 꺼내 하나하나 바라보며, 어떤 '비밀 의식'에 입문한 사람처럼 황홀해하곤 했다. 그때는 알지 못했다. 그게 바로 삶이라는 단순한 신비의 일부였다는 것을.

처음 그 가방 속에 들어 있던 것은 사진들(주로 어머니의)이었다. 그리고 몇 통의 편지(아버지로 부터 받은), 금화 한 닢, 은제 담배 케이스 하나, 실크 스카프 한 장, 그리고... 한 움큼의 머리카락.

어머니의 사진들은 늘 흥미로웠다. 어떤 사진 속에서 그녀는 독특한 모자를 쓰고 있었고, 또 어떤 사진에서는 학교 모자에 '세일러복'이나 수영복차림도 있었다(배 위에 앉은 어머니, 그 뒤로는 내가 아직 본 적 없는 낯선 바다가 반짝이고 있었다). 또 다른 사진들 속에는 나이 든 부부가 있었는데, 아마 할머니와 할아버지였을 것이다.

젊은 여인 한 명은 고모였을 것이고, 그 곁의 어린 여자아이는 내 사촌으로 추정된다. 그러나 그 사진들은 내게 큰 의미가 없었다. 그들 중 누구도, 실제로 알지 못했기 때문이다.

어머니의 사진들(예쁘게 리본으로 묶여져 있는) 외에도, 아버지의 사진 몇 장과 내 사진(갓난아기 시절의), 또 우리 셋이 함께 찍은 사진들도 있었다. 눈밭에서 놀던, 목가적인 한때의 장면들.

편지들은 1948년에 쓰인 것이었다. 아버지의 손편지로, 결핵 요양소에서 보낸 것들이었다. ("그땐 네가 아직 내 뱃속에 있었지, 태어나지도 않았을 때야." 어머니가 늘 그렇게 말하곤 했다). 내가 글을 읽을 수 있게 되자, 나는 그 편지들을 몰래 읽었다. 내용은 어린 나로선 도무지 이해할 수 없는 것들이었다. 이를테면 전후의 배급표 이야기("쿠폰은 충분히 있어?"), 스트렙토마이신 이야기(누군가가 생명을 구할 그 약을 구했다는 소식), 베이컨 이야기(누군가 귀한 베이컨 한 조각을 얻었다는 이야기), 마지막으로 사랑에 대한 이야기("내가 보는 곳마다 네 얼굴이 보여").

금화는 어머니 집안에서 내려온 가보였고, 어머니는 평생 그 금화를 간직했다. 후에 가보에는 아몬드 모양의 금반지(아버지에게 선물 받은) 하나와 금니를 만들기 위해 준비해둔 작은 금 조각이 추가되었다. 그것들이 그녀가 가진 유일한 귀중품이었다.

담배 케이스는 은으로 만들어진 것으로 어머니의 아버지, 즉 외할아버지의 것이었다. 뚜껑에는 달리는 말 한 마리가 새겨져 있었다("저건 속보(速步)로 달리는 말이야," 어머니가 늘 말하곤 했다). 나는 손끝으로 은 표면을 따라, 달리는 말의 윤곽선을 더듬었다. 그리고 케이스를 열어, 한 번도 만난 적 없는 외할아버지의 담배 냄새를 깊게 들이마셨다.

고급 실크 스카프 (어머니는 언제나 '고급'이라는 단어를 강조했다.)는 할머니가 편지에 넣어 보낸 것이었다. 평범한 편지 속에 밀반입되듯 들어 있던 그 한 줄기 비단의 숨결은 낯선 세계로 통하는 문틈을 살짝 열어주었다. '고급 실크(pure silk)'라는 말은 자석처럼 다른 낯선 단어들을 끌어당겼는데, 그중 하나가 '에메랄드(emerald)'다. 나는 그 이국적인 단어 '에메랄드'를 마치 초록빛 박하사탕을 입안에서 굴리듯, 혀끝으로 음미하곤 했다.

셀로판 포장지 속에 파리처럼 붙잡힌, 작은 비단 꼬리 하나도 있었다. 내 머리카락 한 올이었다. 나는 그 셀로판을 빛에 비춰 들고 햇살이 스며드는 모습을 바라보는 걸 좋아했다.

세월이 흐르면서 가방은 낡고, 해지고, 가장자리가 너덜너덜해졌다. 더 이상 잠그는 것도 불가능해져서, 사진들이 가방 밖으로 줄줄 흘러나와 옷장 주변으로 흩어졌다. 우리는 그것들을 그러모아 끈으로 묶어 다시 가방에 넣었다. 어느 정도 '질서'를 되찾아보려는 시도였다. 그 무렵부터 가방 옆에는 구두 상자들도 생겨났다. 우리는 사진들을 그 상자들에 던져 넣거나, 책 사이와 서랍 속에 무심히 끼워 넣었다. 그럼에도 불구하고, 어머니의 가방은 여전히 기억의 중심 역할을 하고 있었다.

어머니는 자주 투덜거렸다. 언젠가는 꼭 정리를 해야 한다고, 언젠가는 이 사진들을 전부 버릴 거라고. 점잖은 사람들은 사진을 앨범에 넣어 두는 법이지, 이런 잡동사니를 옷장에 쌓아두는 건 부끄러운 일이라고. 옷장은 옷을 넣어두는 곳이지, 이런저런 사진들을 쑤셔 넣는 곳이 아니라고. 하지만 잔소리에도 불구하고, 아무것도 변하지 않았다. 옷장의 그 구석도, 그 구석의 가방도, 그리고 그 가방의 역할도.

1973년, 아버지가 돌아가셨다. 나는 아버지를 사랑했지만, 아버지의 죽음을 의외로 담담하게 받아들였다. 그리고 그런 나 자신이 너무 냉정하다고 스스로를 책망했다.

아버지가 세상을 떠난 지 한 달쯤 지났을 때였다. 어디선가 작은 증명사진 한 장이 미끄러져 나와, 내 발치에 조용히 떨어졌다. 그 사진, 작고 고요한 그 사실 하나를 바라보는 순간, 내 안의 어떤 실 한 올이 툭 끊겨나가듯, 갑작스럽고 깊은 울음이 나를 덮쳤다. 숨이 막힐 정도로, 나는 울고 또 울었다. 방 안에 틀어박혀 한참을 울다 겨우 진정이 되었을 때, 어머니가 들어와 했던 말의 뜻을 내가 진정으로 이해하게 된 것은, 훨씬 나중의 일이었다.

"앨범을 사야겠구나."

우리는 실제로 앨범을 샀다. 어머니가 그 아득한 1946년에 가지고 왔던 갈색 돈피 가방은 옷장 밖으로 보내졌다. 우연과 무질서로 얽힌 삶의 무더기가 대낮의 빛 아래 터져 나왔다. 나는 얼굴들, 미소들, 몸짓들이 담긴 누렇게 바랜 흑백의 장면들, 직사각형 위에 번진 빛의 얼룩들을 바라보며 마치 민망한 장면을 들킨 듯한 왠지 모를 불편함을 느꼈다.

어느 날, 어머니는 사진 더미에 둘러싸인 채 참담한 무력감의 일그러진 표정을 짓고 있었다.

"도와드릴까요?" 내가 물었다.

"아니," 어머니가 말한다.

"이건 내 앨범이야."

가방은 사라졌다. 골판지 상자들도 함께. 더 이상 사진들은 서랍 틈새로 고개를 내밀지도, 책 사이에서 흘러나오지도 않았다. 이제 그것들은 캔버스 표지의 앨범들 속에 안전하게, 단정히 자리 잡고 있었다. 어머니의 침대 머리맡 작은 탁자 위에는 열 두 권 남짓한 앨범들이 가지런히 쌓여 있었다. 그 숫자와 두께만으로도 한 사람의 인생이 고스란히 정리된 서류철처럼 보였다.

"그 가방은 어디 있어요?" 내가 물었다.

"없어. 버렸어."

어머니가 말한다.

나는 앨범을 넘겨보았다. 그 앨범들은 어쩐지 가방을 떠올리게 했다. 사진들은 확실히 정리되어 있었지만, 그 안에서 어떤 '체계'나 '원칙'을 찾아내기는 불가능했다. 무작위 속의 질서, 혹은 질서 속의 무작위 같았다.

언제나 따로 묶어 두었던, 질투심 어린 리본으로 고이 묶어 두었던 어머니 자신의 사진들마저 이제는 다른 사진들과 뒤섞여 있었다.

앨범이 너무 적었던 걸까, 아니면 사진이 너무 많았던걸까. 어머니는 정리를 어떻게 해야 할지 몰랐고 결국 아무 결론도 내리지 못했다. 그녀는 애초부터 '분류'라는 전쟁을 포기해버린 셈이었다.

어느 날, 어머니는 앨범들을 다시 정리하기 시작했다. 이번에는 사건들의 연대기적 순서를 세워보려는 시도였다. 하지만 알 수 없는 이유로, 그 원칙 역시 곧 무너져버렸다. 그 결과, 내 대학 시절의 사진 한 장이 슬라비차와 브란코, 그 이름조차 모르는 젊은 커플의 사진 옆에 자리하게 되었다.

어머니는 나름의 서열을 세워보려 했다. 하지만 만약 그녀가 인생의 기록에서 하찮은 슬라비차와 브란코(Slavica and Branko)를 지워버리기로 결심하더라도, 똑같이 하찮은 브란카와 슬라브코(Branka and Slavko)와 같은 환한 얼굴들이 여전히 그 자리를 지키고 있을 터였다.

사건의 시간순과 그것의 중요도는 결국 그녀 안의 감(感)에 의해 깨졌던 듯하다. 예컨대, 거의 왕래가 없던 먼 친척들의 결혼식 사진에는 유독 많은 공간을 할애했는데, 아마 단지 그녀가 결혼식 사진을 좋아했기 때문이었을 것이다.

한 번은 앨범 속에서 작은 세 폭짜리 사진(트립틱*), 어머니의 사진 세 장이 나란히 놓여 있었다. 첫 번째 사진에서 그녀는 스무 살쯤, 두 번째는 서른, 세 번째는 마흔 쯤으로 보였다. 가장 최근의 사진은 트립틱의 바깥, 앨범 모서리까지 밀려나 있었다.

"나, 너무 늙었지?"

"아니에요." 나는 사진들을 유심히 들여다보며 말했다.

사진 한 장마다 대략 십 년의 시간이 흘러 있었다. 그녀의 얼굴은 확실히 달라져 있었다. 둥글던 얼굴은 타원형으로 바뀌었고, 크고 갈색이던 눈은 작아지고 약간 가늘어졌으며, 도톰하던 입술은 평평해지고 매혹적인 윤기를 잃었다. 서른 즈음부터 입가에는 두 줄의 선이 아래로 내려가기 시작했고, 마흔이 되자 얼굴 양옆에는 거의 눈에 띄지 않는 작은 주머니 자국이 생겼다. 그리고 가장 최근의 사진에서는, 그녀의 입이 슬프게 처진 것이 뚜렷이 보였다.

"아니야."

나는 다시 한 번 중얼거리며 앨범을 덮었다.

나중에 앨범을 다시 들춰보았을 때, 그 트립틱은 사라지고 없었다. 사진들은 새로 배열되어 있었고, 슬프게 입이 처진 마지막 사진은 영영 자취를 감췄다.

1976년, 나는 학생들과 함께 아르메니아로 갔다. 우리는 어둡고 붉은빛으로 물든 아르메니아의 광활한 대지를 지나갔고, 그 위로는 눈

---

* 트립틱(triptych) : 삼면화

덮인 아라랏(Ararat) 산의 유령 같은 그림자가 체셔 고양이*처럼 사라졌다가 다시 나타나곤 했다. 바위산을 깎아 만든 경이로운 건축물, 게라르드 수도원에서 한 수도승을 만났다. 그는 아무 쓸모도 없는 명함을 쓸데없이 정중하게 나눠주며, 우리를 자신의 방으로 안내했다. 방 안에는 침대 하나, 탁자 하나, 그리고 서랍장이 하나 있을 뿐이었다.

서랍장 위에는 서로 일정한 간격을 유지한 채 액자에 담긴 사진 세 장이 놓여 있었다. "이건 스무 살의 나, 이건 서른의 나, 그리고 이건 마흔의 나." 수도승은 박물관 안내원의 목소리로 말했다.

각 액자 밑에는 리본으로 묶인 작은 마른 꽃다발이 놓여 있었다.

세월이 흐르자 어머니는 결국 자신의 앨범들을 '정리'하는 데 성공했다. 내가 가장 좋아했던 앨범은 그녀가 1946년, 그 아득한 해에 가지고 왔던 사진들의 모음집이었다. 리본에서 풀려난 누렇게 빛 바랜 사진 묶음은 이제 앨범 속에서 그 자체의 고풍스러운 아름다움을 드러내고 있었다.

젊은 외할머니와 외할아버지가 인상이 강한 얼굴의 친구들("가족 친구들, 아르메니아 사람들이야." 어머니가 말했다)과 함께 연꽃처럼 생긴 확성기 달린 축음기 옆에 모여 앉아 있고, 풀밭에 흰 보를 깔고 그 위에 포도 바구니를 올려두고, 나의 어머니인 해변의 소녀 엘리, 친구들과의 산책, 나무 그늘, 소풍... 실크 드레스를 입은 소녀들 사이로 엘리와 흰 바지에 검은 재킷을 입은 젊은 남자들...

"봐." 어머니가 매끈한 그레이하운드 같은 얼굴의 미소 짓는 청년을 가리켰다. "내 첫사랑이야..."

나는 그 얼굴을 알아보았다. 어머니는 그 사진을 가리키며 늘 똑같

---

* 루이스 캐럴의 『이상한 나라의 앨리스』에 등장하는 수수께끼 같은 고양이

이 말했다. "내 첫사랑."

"지금도 살아 있을까..." 어머니는 셀로판 표지를 수정구슬을 다루듯 손끝으로 쓰다듬었다.

미국을 여행하던 중, 나는 자그레브에서 알던 지인을 방문했다. 그녀는 15년쯤 전에 의사인 남편과 함께 이곳으로 이주해, 이제는 미국 교외 어딘가에 정착해 있었다. 그들은 근사한 집에 살았고, 두 아이가 있었으며, 그녀는 여러 장의 신용카드와 수표책을 가지고 있었다. 일주일에 한 번 요가를 하고, 한 번은 피트니스 센터에 갔으며, 일본어 강좌도 수강했다. "내 말 명심해, 21세기는 일본의 시대가 될 거야!" 그녀는 동네 앤티크 숍들을 돌아다니며, 자신의 '유럽식' 인테리어에 어울릴 가구를 찾았고, 추수감사절에는 칠면조를 구웠으며, 아이들을 학교와 테니스 레슨에 데려다주었다. 생일 케이크에는 미국 국기를 꽂았고, 일주일에 한 번 친구들을 불러 '여자들만의 파티'를 열었다.

우리는 수영장 옆에서 시원한 마티니를 홀짝이며 이런저런 얘기를 나눴다.

갑자기, 지인이 마티니 때문인지 아니면 잠시의 황홀함에 취해서인지 반짝이는 눈으로 나를 바라보며 말했다. "자, 어서 말해봐, 미로슬라브(Miroslav)는 어떤 사람이었는지!" 나는 어리둥절했다. 도무지 '미로슬라브'가 누구였는지 기억이 나지 않았다.

"그 사람 말이야," 지인이 나를 다그치듯 말했다. "내가 이미 이 친구들에게 천 번은 얘기했을걸, 다 알고 있을 거야..."

"아하..." 나는 애매하게 대답했다. 여전히 무슨 이야기인지 감을 잡지 못했다.

그러다 희미하게 기억이 떠올랐다. 결혼하고 미국으로 오기 전에, 그녀가 '미렉(Mirek)'이라는 남자와 사귀었다는 것.

"아하..." 하고 막 말을 잇기 시작하자, 그녀가 말을 잘랐다.

"세상에, 상상이 가? 키가 180은 됐다고!"

그 순간, 나는 미렉이 고작 170 정도였다는 걸 또렷이 떠올렸다.

"그리고 그 하늘색 눈동자! 어서 말해봐, 아니야?"

순간, 평생 다시 떠올릴 일 없을 줄 알았던 미렉의 얼굴이 선명히 떠올랐다.

작고 갈색인 눈, 그리고 곰보 자국이 있는 얼굴.

"그는 나를 미치도록 사랑했어... 근데 생각해보면, 내가 그 사람을 놔두고 아무 의미 없이 결혼했잖아. 정말 아무 의미도 없이... 그 사람, 결혼 안 했지?"

"응, 안 했어. 한 번도." 나는 연민 섞인 목소리로 대답했다.

그녀가 친구들을 위해 꾸며낸 '말의 앨범' 속에서, 미렉의 사진은 자그레브에서 미국 교외로 오며 포토샵 되어 있었다. 키 170센티미터도 안 되던 미렉은 180센티미터의 미로슬라프로 자라났고, 갈색 눈은 푸른빛으로 변했으며, 평범한 자그레브의 청년은 잊을 수 없는 연인이자 '여자들만의 파티' 참석자들의 상상 속 공동 소유물로 탈바꿈했다. 이미 오래전에 사라져버린 유성처럼, 이쪽 하늘 반대편에서 미렉은 온전히 빛나는 영광의 모습으로 다시 빛나고 있었다.

나중에 부엌에서 함께 설거지를 하던 중, 나는 살짝 윙크하며 공모하듯 말했다.

"그 미렉 얘기, 꽤 괜찮았어."

그런 말을 꺼내려는 찰나, 그녀가 먼저 입을 열었다.

"나는 내 미로슬라브를 언제나 사랑했어. 그리고 앞으로도 그럴 거야..."

그제야 나는 깨달았다. 미렉 이야기는 처음엔 친구들을 즐겁게 하기 위한 꾸며낸 이야기였을지 몰라도, 이제는 단순한 '이야기'가 아니라는 것을. 시간이 흐르며 그녀는 미렉의 이미지를 조금씩 다듬고, 덧칠하고, 마침내 그의 포토샵 된 버전을 진실로 믿게 된 것이다.

나는 케이크 한 조각을 살짝 베어 물고, 화제를 돌리기 위해 말했다.
"이 케이크 맛있네..."
"그냥 평범한 미국식이야. 브라우니라고 부르지."
그녀는 방금 전 미로슬라브에 대해 말하던 것과 똑같은 어조로 대답했다.

1989년 7월, 자신이 곧 죽게 될 것이라는 굳은 신념과 싸우며 퇴원하던 날, 어머니는 내게 자신을 찍어달라고 했다. 나는 캐논 자동카메라의 작은 뷰파인더를 통해, 두려움에 질린 얼굴에 무언가 마지막으로 남길 표정을 억지로 만들어보려 애쓰는 어머니를 보았다. 그녀는 그것이 자신의 '마지막 얼굴'이 될 거라고 확신했던 것 같다. 나는 그 내면의 노력을 지켜보았다. 슬프게 처진 얼굴을 억지로 들어 올리고, 미소를 끌어내려는 몸부림. 그러나 아무리 애써도 결과는 단 하나의, 단호하고 분명한 표정(그녀는 그것을 볼 수도, 알 수도 없었지만)이었다. 그것은 두려움의 알몸 같은 경련이었다.
카메라 뒤에 숨은 채, 밀려오는 감정을 억누르며 나는 갈등했다. 어머니의 부탁을 들어주고 싶다는 마음과, 만약 정말로 그 사진이 '마지막 사진'이 되어버릴지도 모른다는 두려움 사이에서.
"됐어요!"
나는 셔터를 눌렀다.
그러나 우연이 개입했다. 카메라에 뭔가 이상이 있었던 것이다. 그리고 어머니는 회복했다.
1988년 2월 중순, 그의 애원에 못 이겨 뮌헨으로 날아갔다. 잠시 그가 머물고 있던 곳이었다. 오페라 호텔 로비, 거대한 꽃병 속에서 폭포처럼 쏟아져 내리는 하얀색과 보랏빛 난초들 사이, 등나무 의자에 앉아 있었다. 내가 문 앞에 나타나자 그는 일어섰고, 우리는 무대를 가로지르듯 서로를 향해 걸어갔다. 그 몇 걸음보다 훨씬 더 먼 거리를 동시에 헤쳐나가며.

우리는 이틀을 호텔 방에 틀어박혀 지냈다. 서로를 만지지도, 꼭 필요한 말 외엔 하지도 않았다. 그는 독일어를 못 알아듣는 채 멍하니 텔레비전을 응시했고, 나는 간간이 발코니로 나가 초조한 손가락으로 어떤 이유에서인지 13이라는 숫자가 새겨져 있는 작은 금속판(어떤 비밀스런 무대 감독의 조악한 장치처럼)을 신경질적으로 문질렀다.

나는 자주, 그리고 오래 샤워를 했다. 그가 내 우는 소리를 듣지 못하게 하기 위해서였다. 뜨거운 물줄기 아래에서, 나는 묘하게 달콤한 나른함과 깊은 상실감이 뒤섞인 감정을 느꼈다. 몇 번이나 결심했다. 일어나서 택시를 부르고, 가방을 들고, 문을 세게 닫고, 그를 영원히 떠나겠다고. 그러나 나는 움직이지 못했다. 달콤하면서도 쓰라린 불행의 감정이 나를 완전히 붙잡고 있었다. 마치 우리 둘이 낡은 유리 구슬 속에 갇힌 아담과 이브처럼 느껴졌다. 어떤 누군가가 그 구슬을 천천히 돌리고 있었고, 우리 위로 눈이 내리고 있었으며, 우리가 살아 있든 죽어 있든 아무 상관도 없는 듯했다. 어쨌든 우리는 영원히 그 안에 갇혀 있었다. 밤이면 그의 흐느낌 소리에 잠이 깼다. 그 울음은 놀라울 만큼 여성스러웠고, 내 울음과 너무나도 닮아 있었다. 이상할 만큼 몸이 굳어, 나는 팔을 뻗어 그를 안아줄 수도 없었다.

셋째 날, 우리는 마치 무성영화의 배우들처럼 일어나 밖으로 나왔다. 햇빛은 무대의 스포트라이트처럼 눈부시게 내리쬐었다. 우리는 한마디 말도 하지 않은 채, 묵직한 말들의 짐을 끌고 마리엔플라츠(Marienplatz) 거리를 걸었다. 공기에는 따뜻한 와인과 정향, 계피 향이 섞여 있었다. 2월 중순의 카니팔 시즌이었다. 우리는 다시 한번, 싸구려 오페레타의 배우들처럼 무대 장치에 둘러싸여 있었다. 돋보기 같은 하얀 태양빛이 우리 얼굴의 잔주름 하나까지 낱낱이 드러냈고, 우리는 본능적으로 차가운 그림자의 보호 속으로 몸을 숨겼다.

공항에서 우리는 술을 마시며, 탑승 안내 방송을 기다렸다. 그리고 천천히 출구 쪽으로 걸어갔다. 가는 길에 사진 부스를 하나 발견했다. 왜 그랬는지 모르지만, 우리는 그 안으로 들어갔다. 둥근 의자 위에 바짝 붙어 앉아, 낡은 커튼 뒤에 몸을 숨긴 채, 빨간 불이 켜지기를 기다렸다. 불이 네 번째, 마지막으로 켜졌을 때, 그가 갑자기 내게 키스했다. 보이지 않는 카메라의 윙윙거림과 함께 키스의 시작과 끝이 정해졌다.

확성기를 통해 내 비행기의 두 번째 탑승 안내가 흘러나왔다. 하지만 나는 부스의 작은 금속 투입구 앞에 서서 사진이 나오기를 기다리고 있었다. 마치 그 틈새로 '최종적인 대답'이 미끄러져 나올 것처럼, 나는 숨을 죽이고 응시했다. 마침내 폴라로이드 사진이 게으르게 구멍 밖으로 밀려나왔다. 나는 그것을 꺼내 반으로 찢었다. 두 장은 그에게, 두 장은 나에게. 그는 자신의 절반을 움켜쥔 채 형식적인 키스를 건넸고, 나는 입국 심사를 향해 걸음을 옮겼다. 돌아보지 말자, 계속 그렇게 되뇌었지만, 결국 나는 돌아봤다. 그는 주머니에 손을 찔러 넣은 채 서 있었다. 처음으로, 길을 잃은 듯하고 두려워 보이는 그 얼굴이 카메라 플래시처럼 반짝이다가 사라졌다. 나는 손에 쥔 사진을 구겨 쓰레기통에 던지고 걸어 나왔다. 뒤늦게 생각했다. 왜 인생의 '비밀스러운 무대미술가'는 이렇게 비현실적인 이별 장면을 일부러 만들어낼까. 현실은 이토록 고통스러운데. 몇 해 동안 이어진 우리의 이야기는 결국 공항 카메라의 찰칵 소리와 폴라로이드 키스로 마무리되었다. 그 키스에는 부정할 수 없는 사랑이 담겨 있었지만, 그 사랑만큼 부정할 수 없는 '종말'도 함께 들어 있었다.

어머니의 앨범 속 그녀가 '삶의 사실들'을 배열한 방식은 내가 잊고 있던 일상의 삶을 되살려 놓았다. 그 일상은(일단 포즈를 취한 순간에) 연출되었고, 사진 선별을 통해 다시 재구성되었다. 그러나 어쩌면 바로 그 '삶의 사실들을 아름답게 정리하고자 한 아마추어적인 충동' 때문에, 일상은 틈새와 오류, 방식 속에서 애틋할 만큼 진실하고 생생하게 되살아났다.

어떤 사진은 교묘히 내 발가락이 뚫린 작은 신발을 폭로했다. 그 속에는 아이의 발가락이 새 신을 살 능력보다 빨리 자라던 전후 시절의 궁핍함이 고스란히 드러나 있었다. 노동조합의 단체 소풍, 연설과 깃발, '소년선봉대'의 어린 사회주의식 행사들,

우리가 살던 그 지방 소도시에 맞게 축소된 규모의 5월 1일 노동절 기념식, '꽃의 코르소'라 불리던 어린이 가장행렬(사진 속 나는 양귀비꽃 복장을 하고 있었다!),

우정의 피라미드, 이어달리기, 크로스컨트리 경기, 가족 여행... 그 사진들 속에서 쓰이지 않은 일상의 역사가 모습을 드러냈다. 사진들만 본다면, 그 시절은 어디에서나 있을 법한 순박하고 보편적인 풍경처럼 보이지만, 실제로 그것은 바로 '이곳에서' 일어난 일이었다.

1991년, 아버지에게는 실현 가능한 진리였던 그 '이념'이 완전히 무너지고, 그 이념으로 간신히 유지되던 나라마저 해체된 뒤, 어머니는 아버지의 오래된 훈장들(형제애와 단결과 사회주의 건설에 헌신한 노동의 공로를 인정받아 받았던)을 한데 모아 플라스틱 봉지에 담았다. 그러고는 마치 사람의 유해를 처리하듯이 슬프게 말했다.

"이걸 어쩌면 좋을지 모르겠어."

"그냥 원래 있던 데 두지 그래..."

"누가 찾으면 어쩌려고?"

나는 아무 말도 하지 않았다.

"네가 가져가..." 어머니는 애원하듯 말했다.

하지만 그해, 모든 것이 바뀌었다. 거리의 이름이 바뀌고, 언어가 바뀌고, 나라가 바뀌고, 깃발과 상징들이 바뀌었다. 옳던 것이 갑자기 틀린 것이 되고, 틀렸던 것이 옳은 것이 되었다. 자기 이름이 두려운 이들도 있었고, 반대로 처음으로 자기 이름을 두려워하지 않게 된 이들도 있었다. 사람들이 서로를 도살하고, 또 어떤 이들은 그 도살을 수행했다. 사방에서 서로 다른 문양의 군대가 생겨났고, 가장 강한 자들은 자기 나라의 흔적을 완전히 지워버리려 했다. 지독한 더위가 대지를 태워 말리고, 거짓이 법이 되었으며, 법은 거짓이 되었다. 사람들의 입에서는 피, 전쟁, 총, 공포와 같은 단음절의 말들만 흘러나왔다. 작은 발칸의 나라들이 우리가 유럽의 진짜 후손이라며 몸부림쳤고, 어디선가 개미들이 기어 나와 저주받은 부족의 마지막 후손의 살갗을 갉아먹었다. 오래된 신화들은 무너지고, 새로운 신화들이 열병처럼 만들어졌다. 어머니가 '자신의 나라'라 믿었던 그 나라는 무너졌고 그 이전의 첫 번째 나라는 이미 잃고, 잊어버린 나라로, 더 이상 존재하지 않았다. 달아오른 콘크리트와 콘크리트로 된 하늘이 아파트 안까지 열을 쏟아부었고, 텔레비전의 공포스러운 불빛이 밤낮으로 깜빡였으며, 두려움의 냉열병이 그녀의 몸을 앓게 했다.

그럼에도 어머니는 끈질기게 아버지의 무덤을 찾아가는 의식을 지켰다. 나는 그 무렵, 그녀가 처음으로 축축한 묘비를 바라보다가 그 위에 새겨진 오각별을 발견했을 거라고 생각한다(그 별은 언제나, 그녀의 요청으로 거기에 있었다). 그때, 이미 지치고 쇠약해진 그녀의 마음속에 그 별을 덧칠해 지워버릴 수 있을지도 모른다는 생각이 한 순간 스쳤을지도 모른다. 하지만 곧 부끄러움에 그 생각을 밀쳐내고, 아버지의 빨치산 군복 사진을 앨범 속에 그대로 넣어두었다. 아버지 이름 위에 새겨진 그 작은 별과 마주한 순간에야 비로소 어머니는 자신의 삶을, 그 모든 생애의 기록을 받아들인 것처럼 보였다.

집에 돌아오면, 어머니는 달아오른 아파트 안에 마치 기차 안에 앉은 사람처럼 앉아 있었다. 그녀 곁에는 지켜줄 깃발도, 조국도, 이름조차 없었다. 자신의 여권도, 신분증도 없는 채로. 가끔씩 자리에서 일어나 창 밖을 내다보았다. 그녀는 전쟁으로 폐허가 된 풍경을 볼 거라 예상했다. 왜냐하면 이미 그런 풍경들을, 너무도 익숙하게, 보아왔기 때문이다. 그녀는 다시 앉았다. 기차에 타고 있으나 아무 데도 가지 않는 사람처럼. 갈 곳이 없었기 때문이다. 그녀의 무릎 위에는 그녀가 가진 단 하나의 소유물, 인생의 소박한 서류철, 즉 그녀의 사진첩들이 놓여 있었다.

내 친구 한 명은 아버지를 전혀 모른 채 태어났다. 그의 어머니는 네 아버지는 전쟁의 소용돌이 속에서 사라졌다고 늘 말했다. 그 전쟁의 소용돌이 속에서 살아남은 것은, 아버지의 낡고 바랜 사진 한 장 뿐이었다. 세월이 흘러 어머니도 세상을 떠났고, 그는 자신만의 가정을 꾸렸다. 그러던 어느 날, 아주 우연히 아버지는 전쟁이 끝난 뒤 처형당했다는 사실을 알게 되었다. '잘못된 편'에 섰던 사람 중 하나였다는 것을. 그는 다시 아버지의 작은 사진을 들여다보았다. 그제야 처음으로 깨달았다. 그 사진은 단지 오래된 것만이 아니라, 정성스레 손본 흔적(아마도 어머니의 손길로 인해)이 있었다는 것을. 조금의 선, 약간의 번짐은 아버지의 '증오받던 군복'을 희미한 양복으로 보이게 했다.

전쟁이 끝난 지 마흔다섯 해가 지난 뒤 '잘못된 편'이 역사 속에서 미묘한 수정 작업을 거치고, 새 시대의 사진 조명이 '옳은 편' 쪽으로 옮겨간 그때, 내 친구는 아들이 묻는 질문에 미소를 지으며 짧게 대답했다. "그분은 전쟁의 소용돌이 속에서 사라지셨단다." 그리고 그는 아들에게 그 낡고 바랜 작은 사진을 내보였다.

나는 사진 찍는 걸 원래 좋아하지 않았다. 카메라를 든 관광객들은 늘 불편했고, 남의 사진첩을 넘기거나 슬라이드를 구경하는 일은 거의 고문에 가까웠다.

한번은 외국 여행 중에 값싼 자동카메라를 하나 샀다. 손에 들어온 이상, 나는 몇 통의 필름을 찍었다. 한참 뒤에 그 사진들을 들여다보며 알게 되었다. 내가 찍은 장면들이, 그 여행에서 내가 기억하는 전부라는 것을. 다른 것들을 떠올리려 해도, 기억은 완강히 사진 속 이미지에 고정되어 있었다.

그때 나는 문득 생각했다. 만약 사진을 찍지 않았다면 나는 무엇을, 그리고 얼마나, 기억하고 있었을까.

그녀가 할머니의 장례식에 갔을 때, 그동안 할머니께 보냈던 우리 가족의 사진 묶음을 가지고 돌아왔다. 그 중에는 해변에서 찍힌 내 사진이 한 장 있었다. 아마 열세 살쯤 되었을 것이다. 그 사진의 뒷면에는 서툰 필체의 불가리아어로 이렇게 적혀 있었다.

"이건 나야. 해변에서 찍은 거야. 새 수영복 입고."

사진 아래에는 그녀의 어설픈 서명이 있었다.

이제 그 사진은 내 손에 있다. 왜 내 먼 친척이 그런 짓을 했는지, 나는 영영 알 수 없을 것이다. 그 세부가 늘 나를 혼란스럽게 한다. 때때로 나는 혹시 그것을 한 사람이 나였던 건 아닐까 하고 생각한다. 사실, 내가 그 일을 하지 않았다는 증거를 대기도 어렵다. 왜냐하면 사진 속 인물은 분명히 나이기 때문이다. 그리고 문득, 끔찍한 악몽 같은 생각이 스친다. 어쩌면 나는 그녀의 언어로, 그녀의 문자로, 그녀의 필체와 이름으로 내 사진에 서명했을지도 모른다는.

초반의 혼란이 시기가 지나고 사건의 연대와 중요도에 따라 사진을 고르고, 배열하고, 정리하는 그 첫 번째 선택의 시간이 끝난 뒤, 마무리 작업(못생긴 사진을 버리고, 슬라비차와 브란코를 버린 뒤)까지 마친 후, 어머니의 앨범 속 사진들은 이제 어느 정도 영구적으로 자리를 잡은 듯 보였다.

그럼에도 불구하고 새로운 삶의 흐름이 어느새 조용히 그 엄격한 앨범 속으로 스며들고 있음을 알아차렸다. 화장품 성분이 적힌 잘려진 종이조각, 누군가의 전화번호, 특별한 도어락과 경보기를 어디서 살 수 있는지 나와있는 신문 기사, 토마토의 유해성에 관한 기사, 누군가가 휴가지에서 보낸 엽서 같은 것들이 끼워져 있었다. 마치 버려진 사진들이 남긴 빈자리을 위해 보이지 않는 자력(磁力)을 이용해 새로운 것들을 끌어당긴 것처럼.

앨범이라는 장르가 콜라주의 장르로 변질될 위기에 처하면(그 점에서 유일한 전복적 요소는 내 첫 번째 사진 옆에 붙어 있던 내 머리카락 한 올이었다), 어머니는 그것들을 다시 정리했다. 그녀의 통제를 벗어나 앨범으로 기어들어와 개인사의 질서를 방해한 '잡동사니'들은 쓰레기통에 던져졌다.

가끔 나는 어머니가 앨범을 넘기고 있는 모습을 보곤 했다. 그러다 어머니는 들고 있던 앨범을 덮고, 안경을 벗어 내려놓으며 이렇게 말했다.

"가끔은… 내가 한 번도 살아본 적이 없는 것 같아."

"인생이란 결국 하나의 사진첩일 뿐이야. 앨범 속에 있는 것만이 존재할 뿐, 그 안에 없는 건 애초에 일어나지 않은 일이야." 라고 한 친구가 말했다.

한번은 모스크바에서 프랴지노라는 교외 마을 출신의 한 남자를 만난 적이 있다. 이름은 이반 도로가프체프(Ivan Dorogavtsev)였다. 그는 셰익스피어 번역가이자, 그 지역의 괴짜였다. 도로가프체프는 여성용 가발을 쓰고 있었는데, 그것은 분명 자신이 숭배하는 존재, 결코 닿을 수 없는 신과도 같은 인물, 윌리엄 셰익스피어의 외모에 조금이라도 가까워지려는 의도였다. 그의 낡은 양복에는 직접 만든 커다란 배지가 달려 있었고, 그 위에는 (키릴 문자로) 이렇게 적혀 있었다.
"윌리엄 셰익스피어."
도로가프체프는 종이 더미를 들고 다녔다. 키치한 엽서들(대부분 구하기 쉬운 체코, 불가리아, 폴란드 산이고, 물론 소련 것들도 섞여 있었다) 뒷면에 자신의 셰익스피어 번역문을 풀칠해 붙였다. 그래서 "내 연인의 눈은 태양과는 닮지 않았네"라는 문장은 베들렘 예배당 사진과 나란히 놓였고, 『오셀로』의 한 구절은 "생일 축하해(С днём рождения)" 문구가 적힌 엽서 뒷면을 장식했다. 그는 직접 엽서를 엮어 소책자를 만들기도 했다. 낡은 타자기로 친 『햄릿』의 독백 번역본은 무히나의 유명한 조각상 〈노동자와 집단농 여성〉의 사진이 인쇄된 엽서와 한 권으로 묶여 있었다. 때로 도로가프체프는 셰익스피어의 번역문 속에 자신의 문장이나 생각, 주석을 끼워 넣기도 했다. 어느 날 셰익스피어의 전설적인 '어두운 뮤즈'에게 프랴지노 마을에 사는 금발의 올례치카라는 여인이 라이벌로 등장했다.

도로가브체프는 브레즈네프 대통령(President Brezhnev)에게 끊임없이 편지를 보내며 소련 정부의 지원을 요청했다. 그는 자신의 편지에서 자신의 문화적 사명이 얼마나 위대한지 설명하며, 자신이야말로 셰익스피어 작품의 '삶의 본질', '평범한 사유의 비밀', 그리고 '경이로운 기술'을 밝혀낼 비밀의 열쇠를 쥐고 있다고 주장했다. 인류(Mankind, 그는 이런 단어를 종종 대문자로 썼다)가 지금껏 셰익스피어에 대해 알고 있던 모든 것은, 그가 이반 도로가브체프, 프랴지노 출신의 자신이 쓴 계시(Revelation)를 세상에 발표하는 순간, 역사의 쓰레기통에 안전하게, 그리고 즉시(!) 버려질 수 있다고 그는 확신했다. 그때가 오면 러시아는 인류 역사상 가장 위대한 천재, 곧 '우주의 인간'(물론 그가 말하는 이는 셰익스피어였다)에 관한 유일하고 절대적인 권위를 지닌 나라가 될 것이라고 그는 믿었다.

도로가브체프는 자신의 소책자들에서 이전의 번역가들을 가차 없이 비난했다. 그는 이전 번역가들의 번역이 얼마나 정확한지를 '면밀히 계산된 백분율'로 제시하며 공격했다. 예컨대, 그의 연구에 따르면 가장 유명한 번역가인 보리스 파스테르나크는 『햄릿』 번역의 정확도에서 정확히 0점(!)을 받았다. 그리고 그 0 뒤에 도로가브체프는 단호하게 느낌표 하나를 찍어 두었다.

모든 광기 속에는, 또 모든 거짓 속에는 언제나 한 줄기 진실이 스며 있다면, 도로가브체프의 경우 그 진실은 한 장의 사진 속에서 빛나고 있었다. 그는 그 사진을 내게 마치 세상에서 가장 위대한 비밀이라도 되는 양, 의식처럼 엄숙하게 내보였다. 그 사진은 한 아마추어 사진가의 작품으로, 서투른 기술과 도로가브체프의 광기라는 바이러스 덕분에(아, 축복받은 아마추어리즘이여!) 감춰야 할 것은 완벽히 감추고, 드러나야 할 것은 정확히 드러내고 있었다.

사진 속에서, 윌리엄 셰익스피어와 도로가브체프는 어깨를 맞대고, 영원을 응시하듯 서 있었다. 마치 오래된 친구처럼, 세상에서 가장 자연스러운 일인 양, 언제나 그래왔던 것처럼. 윌*과 바냐, 나란히. 그 사진 한 장이야말로 그의 광기를 부정하는 동시에 그것을 입증했다. 프랴지노의 이반 도로가브체프, 그는 정말로 셰익스피어의 '비밀의 열쇠'를 쥐고 있다고 믿었던 것이다.

어린 시절, 나는 종종 두 손으로 눈을 가리고 "나 어디있게?"라고 묻곤 했다. 그러고는 손을 다시 열며 "여기 있지!"라고 외쳤다. 그러면 주변 사람들은 늘 기쁜 듯 비명을 지르며 환호했다. "거기 있구나!" 그 가장 단순한 유아적 놀이는 몇 가지 개념을 의식 속에 단단히 새겨주었다. 나는 여기 있다(그러므로 나는 본다), 나는 사라졌다(그러므로 나는 보지 않는다). 이 놀이에는 좀 더 '어른스러운' 버전도 있었다. 우리는 손가락을 동그랗게 말아 '망원경'을 만들고, 그것을 눈에 대며 장난스러운 위협의 어조로 말했다. "너, 다 보인다!"
　나중에는 종이로 만든 동그란 종이 관이 그 자리를 대신했다. 그 하얀 종이 관은 무한하고 통제 불가능한 세계를 작고 다룰 수 있는 범위로 줄여주었다. 작은 세계의 조각, 하나의 원, 하나의 프레임. 그 작은 관은 선택을 전제로 하고 있었다(나는 이것을 볼 수도, 저것을 볼 수도 있다). 이렇게 잘게 쪼개어진 세계는 하얀 종이 터널을 통과해 눈으로 들어왔고, 더욱 선명한 아름다움으로 다가왔다. 장난스러운 그 외침, "보인다!"는 이제 비로소 그 의미를 완전히 확정 지었다. 작은 종이 관을 통해서만 진짜로 볼 수 있었고, 그것이 없을 때는 단지 쳐다볼 뿐이었다. 그 단순한 종이 관 하나로, 우리는 세계를 원하는 크기로 줄일

---

*　윌(Will)은 *William Shakespeare*의 줄임말이고, 바냐(Vanya)는 *Ivan Dorogavtsev*의 러시아식 애칭이다.

수 있었다. 사진처럼.

처음 뉴욕을 방문했을 때 (드디어 그곳을 보게 된다는 설렘으로 가슴이 뛰었지만) 막상 그 거리 위를 걷자 어떤 감정도 일지 않아 당혹스러웠다. 나는 마음속으로 볼을 꼬집고, 심장을 주무르며 감각을 깨워보려 했지만, 무딘 무관심만이 가득했다. 아무런 감흥도, 아무런 떨림도 없었다. 그리고 택시에 올랐을 때(라디오에서는 요란한 음악이 흘러나오고 있었다) 운전석 앞 유리창에서 나는 그것을 알아봤다(!). 스크린이었다. 그 순간, 파도처럼 밀려드는 영상들에 숨이 멎었다. 이렇게, 단순한 택시 주행이 만들어낸 한 편의 영화(움직임, 음악, 그리고 스크린처럼 펼쳐진 창문) 덕분에 나는 비로소 그 도시를, 그리고 그 안의 나 자신을 인식했다. 나는 하나의 종이 관(管)을 가지고 있었다. (다!!! 보인다~~~). 그 마법 같은 터널을 통해, 뉴욕은 그 모든 찬란한 아름다움을 동원해 내 눈을 향해 돌진해왔다.

한 장의 사진은 끝없이 펼쳐진, 제어할 수 없는 세계를 작은 사각형 안으로 압축한 것이다. 사진은 우리가 세상을 재는 척도이자, 동시에 기억의 형태다. 기억한다는 것은 결국 세계를 작은 사각형들로 축소하는 일이며, 그 사각형들을 앨범 속에 배치하는 일은 곧 자서전을 쓰는 일과 같다. 가족 앨범과 자서전이라는 두 장르 사이에는 분명한 연관이 있다. 앨범은 물질로 쓴 자서전이라면, 자서전은 언어로 엮은 앨범이다.

가족 앨범을 정리하는 일은 근본적으로 아마추어의 행위다. (아마추어라 불리는 이유는, 그 안에 예술적 야심이 전혀 없어서가 아니라, 오히려 은근히 스며 있기 때문이다.) 자서전을 쓰는 일 역시 마찬가지다. 그 안에 어떤 예술적 성취가 있든 없든 간에, 그것 또한 결국은 아마추어의 일이다.

'아마추어리즘'과 '프로페셔널리즘'(더 적절한 표현이 없으니 그렇게 부르자)의 잠정의 차이는 바로 희미한 통증의 지점, 그 모호한 아픔 속에 있다. 아마추어의 작업은 (마치 초감각적 지각처럼) 그 지점을 건드릴 수 있으며, 그 순간, 그것을 지켜보는 사람 혹은 읽는 이에게 동일한 진동을 일으킨다. 소위 예술 작품이라 불리는, 이른바 프로들의 화려한 전략은 그곳에 거의 닿지 못한다. 그 '통증의 지점(point of pain)'은 오직 축복받은 아마추어들만을 위해 남겨진 우연한 표적이다. 그들만이, 정작 그것이 무엇인지조차 알지 못한 채 그곳에 닿을 수 있다.

나는 트램에서 시각을 통해 어느 아침의 한 장면을 찍은 순간을 기억한다. 한 젊은 커플이 문을 나왔다. 그는 구겨진 우체부 제복 차림이었고, 모자는 약간 비뚤어져 있었다. 그녀는 작고, 특별한 특징이 없는 여자였다. 도시의 문간은 그 초라한 두 사람을, 회색빛 아침 햇살 속으로 툭, 내뱉듯 밀어냈다. 그녀가 오래된 굽 높은 구두를 신은 채 발끝으로 몸을 들어 올리며 목을 젖히던 모습, 그가 그녀의 허리를 다정히 감싸 안고 인형처럼 살짝 뒤로 젖히던 몸짓, 그가 격렬하게 그녀에게 입을 맞추며 우체부 모자가 비스듬히 흘러내리던 순간, 그리고 그녀가 그 키스에 몸을 맡긴 채 다리를 살짝 들어 올리던 그 동작. 그것은, 어느 노련한 영화배우라도 완벽히 재현하기 어려운 장면이라 나는 확신한다. (그들은 '아마추어'로서 키스하고 있었고, 오히려 영화 속 '프로'들이 그들을 흉내 내고 있었다.) 그날 아침, 내가 트램 안에서 나의 시선으로 찍은, 미소 지으며 기억 속에 간직한 그 이미지는 내 안에 깊고도 정확한, 그러나 설명할 수 없는 희미한 통증, 즉 차이의 고통(pain of difference)을 안겨줬다.

앨범도 자서전도, 그 본질상 아마추어적인 작업이다. 처음부터 실패와 이류(二流)를 숙명처럼 품고 있다. 사진을 앨범에 배열하는 행위는, 사실상 삶의 모든 다양함을 보여주고자 하는 무의식적 욕망에서 비롯된다. 그러나 그 결과, 삶은 죽은 단편들의 연속으로 축소된다. 자서전 역시 기억의 기술에 있어서 비슷한 문제를 안고 있다.

자서전은 이미 지나가 버린 것을 다루는데, 문제는 그 지나간 것을 기록하는 사람이 지금, 현재의 사람이라는 점이다.

두 장르가 기대할 수 있는 단 하나의 가능성이 있다. (그러나 그들은 어떤 계산도 하지 않는다. 계산은 그들의 본성에 맞지 않기 때문이다.) 그 가능성이란, 맹목적인 우연이라는 즉, 그들이 불현듯 '통증의 지점(point of pain)'을 건드리는 일이다. 그 일이 일어날 때 (그리고 그것은 거의 일어나지 않는다), 평범한 아마추어의 창작은 비로소 차별화된, 비미학적인 차원에서 승리를 거둔다. 그 순간만큼은 가장 찬란한 예술작품조차 먼지로 변한다.

문학에서 그런 작품은, 진짜 작가들이 느끼는 질투의 대상이다. (그 질투는, 대개 자신이 실패했다는 감정에서 비롯된다.) 그런 작품은 그들이 아무리 노력해도 도달할 수 없는, 신의 손끝 같은 자연스럽고 아무렇지 않게 이루어내기 때문이다.

언젠가 한 번, 오래된 공산주의 시절에 한 기관에서 '편집자'로 일했다는 남자를 만난 적이 있다. 좀 더 정확히 말하면 그는 단편적인 자서전들을 윤고하는 편집자였다. 그 자서전들은 기관이나 직장에서 훈장을 받을 사람으로 추천된 이들의 것이었다. 그 '편집자'에게는 상사가 있었는데, '편집장' 혹은 상부에 자서전을 전달하는 중간자였다. 어쩌면 훈장을 받을 사람을 최종적으로 결정하는 건 그들이었다. 자서전의 작성자들도 어느 정도 이 장르의 규칙을 알고 있었지만, 그 모든 글을 하나의 형식으로 맞추는 일이 바로 그 편집자의 임무였다. 필수적인 장르적·언어적 상투구가 있을 뿐 아니라, 개인적 사실들까지도 그 상투구의 틀 안에 끼워 넣어야 했다.

"하지만 이 사람은 노동자 집안 출신이 아닙니다! 여기 다 적혀 있잖아요..." 편집자가 항의하자 상사는 말했다.

"그냥 내가 시키는 대로 써."

"그럼 모든 자서전이 똑같아지잖아요! 그렇게 해서 어떻게 누가 훈장을 받아야 할지 알 수 있습니까?"

"그게 규정이야. 허락된 차이는 두 줄뿐이다. 단 두 줄!" 상사는 단호하게 말했다.

앨범도 자서전도, 다루는 '주체'(subject)에 대해 나름의 경의를 표한다. (그 주체가 너무도 개인적인 것이기에, 어찌 경외하지 않을 수 있겠는가?) 앨범을 꾸미는 일과 자서전을 쓰는 일은, 보이지 않는 향수의 천사가 이끄는 행위다. 그 천사는 묵직하고 애조 어린 날개로 아이러니의 악마들을 조용히 쓸어낸다. 그래서 세상에는 우스꽝스러운 앨범, 추한 사진, 유머러스한 자서전이 거의 존재하지 않는다. 가장 진실하고 가장 개인적인 앨범과 자서전이라는 이 두 장르 안에서야말로 검열이라는 가위가 가장 부지런히 움직인다.

만약 어떤 자서전적 텍스트에 유머(혹은 희극적, 아이러니한 요소)가 스며들면, 독자는 그 텍스트를 곧바로 '진정하지 않은 것'(비진정적, 즉 전문적이거나 문학적인 것) 의 범주로 옮겨버린다. 즉, 전혀 질서에 벗어나는 유형으로 분류해버리는 것이다.

자서전은 근본적으로 진지하고 슬픈 장르다. 마치 우리 내면 깊숙한 곳 어딘가에, 이미 그 장르에 대한 암묵적인 코드가 새겨져 있는 듯하다. 그래서 작가와 독자 모두 그 규율에 복종한다. 그들은 맥박의 리듬을 맞추고, 심장의 박동을 조율하며, 함께 호흡과 맥박을 낮춘다...

자서전과 앨범은 우리가 처음으로 함께 배운 장르이며, 또 함께 되풀이해온 유일한 장르다. 앨범은 단지 유년기의 변주일 뿐이다. 유치원 시절 온갖 작은 그림들로 꾸민 앨범, 그리고 조금 자라 학교에서 배우던 압화(押花), 콜라주, 바인더 작업의 또 다른 형태일 뿐이다.

자서전과 앨범은 언제나 학교에서 'A'를 받은 에세이라는 장르를 떠올리게 한다.

학창시절, 문학 시간에는 두 가지 종류의 과제가 있었다. 정해진 주제의 작문과 자유 주제의 작문. 자유 작문은 표현 능력을, 주제를 요하는 작문은 일정한 구조를 요구했다. 그런데 이상하게도, 'A'를 받았던 자유 작문은 훨씬 쉽고, 적은 노력으로도 높은 점수를 받을 수 있었다. 자유 작문에는 놀랍도록 엄격한 상투구의 법칙이 있었다. 언제나 1인칭 시점으로 서술되었고, 시작은 거의 예외 없이 똑같았다. 이유는 알 수 없지만, 모든 'A'를 받은 작문은 언제나 비 오는 날 창가에서 시작했다 ("나는 창가에 앉아 있다. 창문 위로 가을비의 첫 빗방울이 떨어진다..."). 대부분의 글은 비로 시작해 비로 끝났다. 특히 가을비는 단연 인기 소재였다. 가장 예술적으로 보이는 동사는 '퍼붓다(teem)'와 '졸졸 흐르다(trickle)'였고, 이 동사들은 생략된 문장 속에서 빗방울의 리듬과 심장의 고동을 함께 암시했다. 그런 작문들에는, 마치 지루한 치통처럼 끈질기게 울려 퍼지는 사색적이고 향수 어린 어조가 스며 있었다. 가까운 나무에서 떨어지는 낙엽을 바라보며 '인생의 덧없음'을 조숙하게 성찰하는, 그 똑같은 쓸쓸한 명상의 톤이 반복되었다.

결국, 그 비 내리는 날의 창가에서 시작된 그 감상적인 문장들의 젖은 작문이 훗날 독자들에게 미적 감수성의 토대를 심어주었다. 아주 오래전, 한 낭만적인 초등학교 교사가 아이들의 마음에 첫 도장을 찍었을 때부터, 그들은 학교를 떠날 즈음 이미 완성된 '문학적 취향'을

지니게 되었다. 무엇이 '아름답다'는 것인지 정확히 알고 있었고,

그 증거로 빨간 펜으로 매겨진 A의 표시를 손에 쥘 수 있었다. 그들 중 일부는 교사가 되었고, 또다시 제자들의 마음 위에 젖은 인장(watery seals)을 찍었다. 그리고 그 제자들 중 몇몇이 다시 교사가 되는 그 습한 전통의 고리는 끝없이 반복됐다. 어느 날 마르그리트 뒤라스의 열렬한 옹호자이자 번역가이자 그녀의 작품을 집요하게 분석해온 한 유명한 평론가가 살아 있는 작가를 찾아간 그날 뒤라스의 집 초인종을 설레는 마음으로 눌렀던 그날, 비가 퍼붓고 있었다. 그런 이유로, 방문기를 '그날은 비가 오고 있었다' 이렇게 시작했을 때 나는 오래전 학교에서 배웠던 'A를 받는 작문'의 익숙한 어조를 떠올렸다. 그리고 그날 이후로 뒤라스의 책장을 넘길 때마다 내 귀에는 여전히 그 익숙하고 끈질긴, 치통 같은 울림, 그리고 비의 냄새가 스며들었다.

앨범도, 자서전도, 본질적으로 아마추어의 작업이다. 마치 집 안에서 손으로 빚는 공예품처럼, 그것들은 다만 하나의 욕망, 아름다워지고자 하는 욕망을 향해 나아간다. 앨범과 자서전은 'A'를 향해 달려가는 학교 작문 과제물과 닮아 있다. (언젠가 우리는 그 앨범을 누군가에게 보여줄 것이고, 누군가는 언젠가 우리의 자서전을 읽게 될 것이다.) 즉, 이 장르와 그 독자는 이미 '무엇이 아름다운가'에 대한 암묵적인 합의를 나눈 셈이다. "X의 책 읽어봤어요?" "네, 그냥 문체적인 장치들뿐이에요. 특별한 건 없더군요. "그럼 Y의 책은요?" "아, 그건 아름답고, 진짜예요..."

'아름답다'와 '진정하다', 이 두 가지는 대부분의 독자 의식 속에 영원히 각인된 미적 기준이다. 작가도, 독자도, 이 장르의 리듬 앞에서 달콤하게 복종한다. 그들은 맥박의 박자를 맞추고, 심장의 고동을 조율하며, 혈압을 낮추고, 함께 호흡한다...

한번은 영국인 친구가 내게 편지를 보낸 적이 있다. 그녀는 크로아티아어를 제법 잘했지만, 그때는 마음이 몹시 어지러워 있던 때였다. 편지의 내용은 진심으로 나를 감동시켰으나, 나는 웃음을 참을 수 없었다. 그녀는 영국식 타자기로 크로아티아어로 된 편지를 썼던 것이다. 내 눈앞에는 작고 다정한 문장들이 서로를 밀치며, 자신들의 슬픔을 조금이라도 더 빨리 전하려는 듯 문단 사이를 기어가고 있었다. 그러나 그 모든 진지함은 하나의 결핍 즉, 필수적인 발음 부호(diacritic marks)의 부재로 완전히 무너져 있었다. (내 이름을 적으려 애쓰던 미국의 한 공무원이 이렇게 묻던 게 떠올랐다. "그 위에 붙은 그 조그만 녀석들 말인가요?") 그리하여 고통의 형상은 조용히, 그러나 돌이킬 수 없이 그 반대로 변해 있었다.

대학교 시절, 내가 살던 하숙집에 새로 한 여학생이 들어왔다. 그녀는 작은 지방 도시 출신으로, 영어영문학과에 입학해 열심히 공부를 시작했다. 우리는 부엌과 욕실을 함께 썼지만, 거의 말을 섞지 않았다. 그녀는 조용하고, 언제나 스스로를 닫아두는 아이였다. 어느 날 집에 돌아왔을 때, 그녀의 방 안에는 의사가 와 있었다. 그녀는 창백하게 침대에 누워 있었고, 이미 많은 수면제를 삼킨 뒤였다. 그날 밤 우리는 그녀가 잠들지 않도록 밤새 그녀를 깨우며 지켜보았다.

그녀가 회복된 뒤, 우리는 그 일을 다시는 입에 올리지 않았다. 그러던 어느 날 저녁, 그녀는 조용히 내 방으로 들어와 침대 끝에 앉았다. 밤색 잠옷자락을 무릎까지 단단히 여미더니, 힘겹게 단어를 찾아가며 영어로 자신이 왜 자살을 시도했는지를 말했다. 내용은 놀랍고도 평범한, 유부남과의 관계. 이야기를 끝내자 그녀는 다시 아무 말없이 자리에서 일어나 자신의 방으로 돌아갔다. 그리고 그 일에 대해 우리는 다시는 아무 말도 하지 않았다.

그녀는 내게 강한 충격을 주었다. 자신의 아픈 개인사는, 그녀는 자국어가 아닌 외국어로만 말할 수 있는 것이었다. 그 외국어가 그녀의 목구멍에 걸린 작은 고통의 덩어리를 토해낼 수 있도록 도와주었던 것이다. 내면의 '좋은 취향'에 대한 감각, 즉 미적 절제는 그녀로 하여금 그 이야기를 모국어로 말하지 못하게 했다. 그건 외부인의 시선으로 보면 지극히 진부한 이야기였고, 게다가 그것을 말하는 순간, 그녀는 자신의 고통의 이유를 파괴하게 될 것이었다. 하지만 그녀는 복잡한 언어적·심리적 전환의 기술을 통해 외국어로 자신의 고통을 말하면서, 그 핵심을 무너지지 않은 채 보존해냈다.

어쩌면 우리는 고통과 저주를 자기 언어가 아닌 언어로만 쉽게 표현할 수 있는 존재인지도 모른다. 조용했던 내 동료 여학생과 러시아 시인 조지프 브로츠키(Joseph Brodsky)는 아마도 그 점에서 움직임을 같이 한다. 그 역시 부모에 대한 자전적 기록을 영어로 썼다. 그 이유 중 하나는 역시 '좋은 취향'에 있다. 외국어라는 필터를 통과하면서, 자서전이라는 장르에 깃든 억누를 수 없는 향수(nostalgia)를 축축한 감상 대신, 섬세하고 건조한 품격으로 담아냈다.

얼마 전, 나는 한 권의 앨범을 샀다. 세련된 갈색 돈피 표지의 앨범이었다. 오랫동안 찾아 헤매던 바로 그 모양, 그 질감이었다.

얼마 지나지 않아, 나는 그 앨범을 다시 꺼내 들었다. 페이지를 넘기다 문득 내 사진 한 장 앞에서 손이 멈췄다. 그 사진을 천천히 들여다보았다. 입가에 가느다란 두 줄의 선이 생겨 있었다. 그 선들은 아래로 향해, 입 양쪽에 작고 거의 보이지 않는 주름의 주머니를 만들고 있었다. 나는 마치 반창고를 뜯어내듯이 재빨리 셀로판 보호막을 벗겨냈다. 머지않아 종이가 찢기는 소리가 공기를 예리하게 갈랐다. 사진을 꺼내 작은 조각들로 찢은 뒤, 그 조각들을 망각의 영원한 어둠 속으로 던져버렸다.

내 책상 맨 아래, 가장 깊은 서랍에는 뒤섞인 사진 더미가 있다. 서랍을 열면 얼굴들, 미소들, 몸짓들, 종이 사각형 위에 남은 희미한 빛의 얼룩들이 한꺼번에 쏟아져 나온다. 그중 한 묶음을 봉투에 넣어 밀봉하고, 리본으로 묶은 채, 서랍 맨 밑바닥에 깊이 숨겨 두었다. 가끔 물건을 정리하다가 그 봉투를 마주치면, 나는 그것을 살짝 만져본다. 손끝으로 고통의 잔여를 느끼며, 아직은 그걸 열 때가 아니라는 걸 안다. 하지만 언젠가, 그 고통이 다 사라졌다고 믿어지는 어느 날, 나는 그 봉투를 열 것이다. 사진들을 꺼내 하나씩 바라보고, 그것들을 앨범에 가져다 놓을 것이다. 한 장 한 장 조심스레 고르고, 정확하게 배열하며. 단 한 번의 실수도 없이. 그리고 그 모든 작업을 하는 동안 나는 창가에 앉아 있을 것이다. 유리창에 가을비의 첫 빗방울이 부딪히는 그 자리에 ...

II

꽃무늬 표지의 노트

1

그리고 그는 직접 그것을 썰고, 씨앗들을 한 장의 특별한 종이에 모아 먹기 시작한다. 그런 다음 갭카(Gapka)에게 잉크를 가져오라 하고, 그 씨앗이 담긴 종이 위에 자신의 손글씨로 이렇게 쓴다. "이 멜론은 ○○년 ○○월 ○○일에 먹었다." 만약 그 자리에 손님이 있었다면, "○○○○도 함께 먹었다."

— V. N. 고골, 〈이반 이바노비치와 이반 니코포로비치가 다툰 이야기〉 중에서
(V. N. Gogol, 〈How Ivan lvanovich Quarrelled with Ivan Nikoforovich〉)

1986년, 나는 어두운 먼지투성이 다락의 널빤지 위를 걸어 모스크바 화가 일리야 카바코프(Ilya Kabakov)의 작업실이라는 밝은 공간 속으로 들어섰다. 그 순간, 나는 마음속으로 조용히 '절'을 했다. 나는 쓰레기의 이름 없는 왕이 다스리는 영역, 쿠르트 슈비터스(Kurt Schwitters)의 계보를 잇는 후예들의 세계에 들어선 것이었다. 그 계보는 '일상의 고고학자들'이라 불리는 비밀스러운 부족을 낳았고, 그 안에는 로버트 라우셴버그(Robert Rauschenberg), 페르낭데스 아르망(Fernandez Arman), 존 챔벌린(John Chambc::rlain), 앤디 워홀(Andy Warhol), 그리고 '쓰레기 더미의 철학자', 레오니드 세이카(Leonid Sejka)(쓰레기 더미의 철학자)같은 이름들이 있었다.

이 비밀스러운 부족의 러시아 계보는 고골에서 비롯되어 아방가르드 예술가들에게로 이어진다. (그들은 자신들의 전설적인 '현대성의 증기선(steamship of contemporaneity')에 오르며, 오직 고골만을 동행으로 삼았다고 한다!) 그 뒤를 잇는 형식주의자들은 '일상', 즉 'быт(byt)'이라는

개념 앞에서 끊임없이 머리를 부딪쳤다.(이 단어는 다른 어떤 언어의 대응어보다 훨씬 더 복합적이고 깊은 의미를 지닌다.)

이 비밀스러운 부족 중에서도 가장 기이한 인물은 잊힌 아방가르드 작가 콘스탄틴 바기노프였다. 그의 소설 속에는 '일상의 박물관(Museum of the Everyday, byt)'을 세우겠다고 꿈꾸는 인물들, 과거와 현재의 온갖 잡동사니를 모으는 협회를 조직하는 사람들, 쓰레기와 손톱, 성냥개비, 사탕 포장지 등을 수집하는 괴짜들이 등장한다. 그들은 '사소함의 위대한 체계자들'이자, 담배꽁초조차 분류의 대상으로 삼는 집요한 분류자들이었다. 바기노프의 소설 『하르파고니아다(Harpagoniada)』 속 인물, 비길 데 없는 줄롱빈(Zhulonbin)은 이렇게 말한다. "분류는 가장 창조적인 행위 중 하나다."

테이블 위에 흩어진 모든 담배꽁초를 목록장에 기입한 뒤, 그는 덧붙인다.

"결국 분류가 세계를 형성한다. 분류가 없다면 기억도 존재할 수 없다. 분류 없이는 현실을 상상하는 것조차 불가능하다."

바기노프의 주인공은 그렇게 사유하고 성찰한다.

소비에트 시대의 종말이 다가오고 있음을 감지한 러시아 아방가르드의 후예들, 즉 러시아의 대안 예술가들이 30여 년 뒤 그 과업을 이어받았다. 모스크바의 화가 일리야 카바코프는 '현실에 의미를 부여하기(making sense of reality)'라는 자신의 프로젝트를 무엇보다 먼저 일상의 장면을 그리는 일로 시작했다. 그 장면들은 오래전 신문 사진이나 『소련』 관련 화보집, 영화 포스터 등에 이미 등장했던 이미지들이었으며, 소비자들의 의식 속에 '전형적인 소비에트적 이미지'로서 아이코노그래픽(iconographic)하게 각인되어 있던 것들이었다. 그는 바로 그 익숙한 이미지들을 다시 불러내어, 소비에트 시대의 현실이 어떻게 구축되고 기억되는가를 탐구하려 했다.

그리하여 카바코프의 회화 속에서는 하이퍼리얼리즘과 사회주의 리얼리즘이 뒤엉켜, 혼란스럽고도 아이러니한 관계를 맺는다. 그의 그림 속 소비에트의 일상은 겉보기에 '사실적'이지만, 동시에 그것은 사회주의 리얼리즘 미학 속에서 발전해온 '일상(byt)'을 다시 그려내는 일종의 메타 서술이기도 하다. 카바코프의 그림 속 일상은 시간의 흐름에 따라 변화했고, 이미 '형식화된' 사회주의 리얼리즘의 얼굴과 융합되어 버린 듯하다. 예컨대 그의 한 작품에서 카바코프는 1937년 사회주의 리얼리즘 회화 전시를 다룬 앨범 속 한 복제화를 그대로 베껴 그린다. '일상의 고고학자'로서 카바코프는 현실의 (구체적) 자료를 작업의 재료로 삼는다. 소비에트 앨범 자체가 이미 그 일상의 일부이자 정당한 원자료인 셈이다.

카바코프의 회화에서는 종종 텍스트가 이미지 전체를 압도한다. 그는 거대한 캔버스 위에 소비에트 일상의 문서들을 세밀하게 확대해 옮긴다. 열차 시간표, 공동주택의 생활 규칙, 게시판의 공지문, 각종 관공서 서류와 양식들이 그것이다. 이 과정에서 그의 예술적 개입을 거의 최소화된다. 소통의 형식(게시판, 표어판)과 메시지의 내용(생활 수칙) 등 소비에트 일상으로부터의 모든 것을 취한다. 그렇게 확대된 텍스트는 여러 층위로 읽힌다. 의미를 상실한 채 장식적 기능만 남은 관료적 담론으로, 새로운 독서를 요구하는 텍스트로, 혹은 '생활 규칙의 목록조차 예술이 될 수 있다'는 개념적 도발로. 하지만 카바코프 자신은 이 중 어느 하나의 해석도 강요하지 않는다. 확대된 게시판 위로 옮겨진 '관료화된 일상'의 재료는 관람자이자 독자인 우리로 하여금 그 속에서 스스로 의미를 찾아내도록 요구한다.

카바코프는 이전까지 문학의 전유물이었던 주제들을 자신의 캔버스로 옮겨왔다. 그의 '〈주방(kitchen)〉 연작'에서 카바코프는 '공동 주택(communal flat)'의 부엌 속 일상을 시각화했다(이 소비에트 일상의 주거적·사회적 현상은 이제 사라졌다). 이 주방 연작의 캔버스에는 보통 (진짜!) 부엌 도구가 부착되어 있었다(칼, 강판, 체). 그리고 그 위에는 이런 대화의 단편이 적혀 있었다.("이 강판은 누구 거야? 안나 미하일로브나 거야. 봐, 누가 칼을 두고 갔어! 페트로비치의 칼이잖아!").

〈올가 게오르기예브나, 뭐가 끓고 있어요!〉(〈You've got something boiling, Ol'ga Georgievna!〉)라는 제목의 프로젝트에서, 카바코프는 일상의 언어를 사용해 기묘한 예술 작품을 만들어냈다. 이 설치 작업은 벽지로 만든 칸막이로 구성되어 있으며, 전체 길이는 45미터에 이른다. 양쪽에는 특별한 관료적 필체로 쓰인 텍스트가 적힌 종이 띠가 붙어 있다. 그 텍스트는 공동 주택의 익명 거주자들이 남긴 마라톤 대화들로 이루어져 있다. 거주자들은 서로에 대해 수군대고, 험담하며, 비판하고, 이사 이야기를 나누는 동시에 어떤 때는 마치 귀먹은 이들 사이에서 이루어지는 대화처럼 서로 소통하지 않는 것처럼 느껴진다. 카바코프는 이러한 일상의 대화를 다큐멘터리적 정밀함으로 재현함으로써, 관람자/독자를 '일상의 잔혹한 미학'에 대한 양가적인 감정(연민에서 불안에 이르는) 속으로 빠뜨린다.

소비에트의 일상에 대한 이러한 몰입은 자연스럽게 카바코프를 멀티미디어 프로젝트인 〈결코 아무것도 바라지 않는 남자(The Man Who Never Threw Anything Away)〉로 이끌었다. 카바코프의 이 전체 프로젝트는 일종의 트랜스미디어 다이어리이자, 전면적인 자서전이라 할 수 있다. 즉, 이 프로젝트의 저자는 세상에 대한 자신만의 관점을 지닌 익명의 소비에트 시민이며, 그에게는 자신만의 아름다움에 대한 개념,

그리고 이 독특한 (자)전기를 써 내려가는 고유한 언어가 있다.

카바코프의 프로젝트는 다음과 같은 구성으로 이루어져 있다. 익명의 소비에트 시민인 화자가 서사를 도입하는 앨범. 그 다음으로, 가장 다양한 실제 쓰레기를 정리·분류해 붙이거나 고정시킨 대형 패널. 끈으로 묶어 매달거나 상자 안에 넣은 여러 무리의 사물들.

그리고 그 각각의 사물에는 고유한 목록 라벨이 붙어 있다. 이렇게 하여 수많은 공책, 서류철, 파일, '삶의 책들 Books of Life'로 이어진다. 이 모든 것의 저자이자 소유자, 주체이자 객체는 바로 평범한 소비에트 시민이다.

일부 패널에는 작은 쓰레기 조각들이 붙어 있고, 상단에는 대개 날짜와 시간(i.e. 3월 15일, 저녁)이 기록되어 있다. 그 아래에는 쓰레기가 발견된 상황에 대한 간단한 설명이 덧붙는다. (침대 옆 구석에서, 아침에 일어났을 때. 빗자루가 없어 올가 니콜라예브나에게 빌림. / 4월, 정리하기로 결심했을 때 탁자 위에서 발견함. / 비가 억수같이 내리고 있었음.) 각 전시물 아래에는 (달걀껍질, 실, 부스러기, 손톱, 머리카락, 면도날 등) 짧은 목록 메모가 붙어 있다. (저녁에 먹음. / 니콜라이에게서 받은 것. / 이를 쑤시던 중. / 기억나지 않음. / 슬리퍼에서 떨어짐. / 뭔가를 꿰매던 중. / 잊음. / 달걀을 먹던 중. / 연필을 깎던 중. / 15회 면도.) 이렇듯 카바코프의 패널은 일상의 가장 사소한 잔해들을 시간의 좌표 위에 세밀히 고정한 '기억의 지도'이다. 그에게 '쓰레기'란 단순한 폐기물이 아니라, 존재의 증거이자 시간의 서명이며, 버려진 사물 하나하나가 곧 살아 있었던 순간의 기록이다.

카바코프의 서사적 방식은 단순히 평범한 소비에트 시민의 사고 방식, 세계관, 미적 취향을 재현하는 데 그치지 않는다. 그는 그 인물에게 어울리는 표현의 방식 자체를 선택한다. 즉, 보통 사람이 손쉽게 접근할 수 있는 수집의 기법들, 가족 앨범, 콜라주, 엽서와 우표, 성냥갑 등 대중적·교육적 수집물의 형식을 그대로 차용하는 것이다.

조금 더 큰 사물이 붙은 패널에는 보다 구체적인 목록 메모가 달려 있다. 예를 들어, 어떤 알약 포장지 아래에는 이렇게 쓰여 있다. "볼로 댜가 두통이 있었는데, 약이 있냐고 물었다. 아스피린은 없고 파라세타몰만 있어서 그걸 줬더니 효과가 있었다." 또 빈 유리병 아래에는 이렇게 적혀 있다. "이건 비카가 달걀 마요네즈를 담아온 병이다."

카바코프는 일상의 혼돈, 즉 'быт(byt)' 속에 단단히 닻을 내리고, 그 안에서 사소함의 서사, 하찮음의 연대기로 구성된 장대한 트랜스미디어 (자)전기를 써 내려간다. 카바코프의 작은 익명 저자가 엮은 '나의 삶(My Life)'이라는 제목의 앨범들은 여름 휴가 엽서, 신문 스크랩, 쪽지, 낙서, 사진, 편지, 증명서, 각종 개인 문서들로 채워져 있다. 그 속에서 한 개인의 삶은 고유한 감정이나 목소리로 표현되지 않는다. 대신 그것은 엽서로, 기록물로, 사소한 종잇 조각들로 구성된 키치적 자화상으로 드러난다. 카바코프는 이렇게 '쓰레기'로 자신의 (자)전기를 구축하며, 그로테스크하고 때로는 비극적인 성격은 오히려 주관의 부재로 인해 더욱 선명해진다. 익명의 시민이자 이 자서전의 저자는 결국 체제(이 경우 소비에트)의 산물이며, 그 체제의 취향, 견해, 언어가 곧 그의 운명이다.

카바코프는 평범한 소비에트 시민의 가면을 쓰고, 그의 순박한 일상 수집 방식을 빌려와, 정치·이데올로기·문화·교육·미디어·일상·개인적 삶이 얽혀 있는 복잡한 구조를 드러낸다. 그리고 고급 예술의 위대한 주제들보다 '쓰레기'를 앞세우는 행위만으로 체제가 정의한 공인된 문화를 정면으로 저항한다.

1986년, 나는 어둡고 먼지 쌓인 다락의 널빤지 위를 걸어 카바코프의 작업실이라는 밝은 공간 속으로 들어섰다. 그 순간, 나는 마음속으로 조용히 절을 했다. 그보다 더 무섭고, 더 아프며, 더 뭉클한 장면을 본 적은 없었다. 평범한 한 인간의 완전한 (자)전기. 명료하고, 고통스럽고, 아무런 장식도 없이 '사실'로만 이루어진, 그리고 체제의 흔적이 너무나도 선명히 새겨진 삶.

쓰레기의 왕관 없는 군주이자, 사라진 소비에트 시대의 박물관을 나 스스로에게 안내해준 이 카바코프를 기억에 남겼다. 그는 사라진 소비에트 시대의 박물관을 직접 안내해주는 안내자였으며, 그 박물관을 찾을 이가 친구들이나, 혹은 나처럼 우연히 들른 방문자 외에는 없으리라는 걸 잘 알고 있었다. 그곳, 밝게 빛나는 모스크바의 작업실 안에 그 박물관은 마땅히 있어야 할 자리에서 있는 것마냥 그렇게 존재하고 있었다.

3년 뒤, 나는 뉴욕 소호의 거리를 걷다가 한 갤러리에서 카바코프의 그림을 마주쳤다. 작은 작품이었다. 배경은 어린이 책에서 찢겨 나온 삽화였고, 그 위에는 알아볼 수 없는 구겨진 종이조각들이 붙어 있었다. 그 삽화는 그 자체로는 아무 의미 없는 중립적인 이미지였고, 종이조각들은 마치 의미없는 덧붙임처럼 보였다. 그러나 그 그림의 가격은 아찔할 만큼 높았다. 그 순간, 아주 희미한 실망감이 가슴을 찔렀다. 먼지 쌓인 모스크바 다락방에서 오랜 세월에 걸쳐 완성된 카바코프의 어둡고 고통스러운 프레스코들이 이제 곧 세상으로 나올 것임을 예감했기 때문이다. 나는 문득 생각했다. 공기와 빛 속으로 드러난다는 것이 그 작품들의 본질을 파괴해버리지는 않을까? 평범한 일상의 쓰레기 속에서 태어난 그 아픈 아름다움이, 의미와 목적을 잃은 또 다른 쓰레기로 변해버리지는 않을까?

추신
'쓰레기'. 즉 (자)전기적 재료의 본질은, 생각보다 단순하지 않았다. 그로부터 여덟 해 뒤, 나는 다시 한 번 카바코프를 보게 되었다. 이번에는 1994년 2월, 베를린 포데빌에서였다. 작은 독서등 아래, 카바코프는 무대 위에 서서 악보대에 올려둔 문장을 천천히 읽고 있었다. 그 문장들은 '공동 주방'에서 끊임없이 이어지던 익명의 화자들이 남긴 말들이었다. 이 공연은 그의 오래된 프로젝트 올가 게오르기예브나, 〈뭐가 끓고 있어요!(You've got something boiling, Ol'ga Georgievna!)〉의 무대 버전이었다. 다른 악보대에서는 두 번째 남성이 (드러머 타라소프) 응답을 읽고 있었다. 일종의 두 목소리로 이루어진 캐논을 연주하고 있었다. 어딘가에선 라디오 음악이 흘러나왔다. 전형적인 소비에트 라디오의 레퍼토리다. 달콤하고 감상적인 멜로디, 애국가와 군가, 클래식, 그리고 빠지지 않고 등장하는 백조의 호수. 때때로 낭독은 냄비와 숟가락, 포크가 부딪히는 소리와 함께 이어졌고, 무대 뒤편에는 실제 모스크바 '공동 주방'의 흑백 슬라이드가 투사되었다. 그 장면은 마치 한 시대의 일상이, 언어와 소리, 그리고 사물의 잔향을 통해 다시 숨을 쉬는 것처럼 느껴졌다.

그것은 사라진 시대를 위한 진혼곡이었다. 비극적인 요약이자, 체제의 심장 그 자체였다. 끝없이 이어지는 언어의 채찍질은 나에게 육체적인 구역감을 불러일으켰다. 그것은 문장들로 새겨진 기억에 대한 공격이자, 소리로 피어난 하나의 환각, 사라진 시대가 내는 고통스러운 소음이었다. 나는 베를린 무대 위의 카바코프 공연에 깊이 압도되었다. 그러나 그 감정이 어디서 비롯된 것인지는 확신할 수 없었다. '공동 주방'은 나의 일상 경험과는 아무런 관련이 없었지만, 그럼에도 나는 눈물을 흘렸다. 더 나아가, 그 눈물이 나만의 것이라는 묘한 확신이 들었다. 어찌 되었든, 카바코프의 공연은 내 안의 '동유럽인의 집단적 트라우마'에서 비롯된 어떤 막연한 슬픔의 실마리를 건드렸다. "성

장기에 얻은 상처는 결코 잊히지 않아." 내 친구 V.K.가 말했다. 그리
고 덧붙였다.

"어떤 사람들은 그것을 향수라고 부르지."

2

순간, 마치 불안의 얼음 조각 하나가 내 명치 깊숙이 밀어 넣어진 듯한 느낌이 들었다.
— 밀란 쿤데라(Milan Kundera), 『웃음과 망각의 책(The Book of Laughter and
Forgetting)』

1월 9일

미르야나(Mirjana)가 점심을 만들어주고는 갔다. 언제나 사랑스러운
미르야나. 나는 아들의 빨래를 다림질했다. 그가 와서 찾아갈 때, 옷을
옷장에 잘 개켜 두라고 꼭 말해야겠다. 아들이 전화를 걸어왔다. 부비
가 무사히 도착했다고 연락을 했다며 안부를 전했다. 그런데 왜 나한
테는 직접 전화하지 않은 걸까, 괜히 걱정이 된다. 벌써 열두 시가 다
되었지만, 잠이 오지 않는다. 열은 없는데, 기침이 심하다. 요즘 '아시
아 독감(Asiatic flu)'이 돈다는데, 왜 하필 나란 말인가! 책을 좀 읽어보
다 보면 졸음이 오겠지.

1월 10일

몸이 좋지 않음을 느낀다. 다행히 보자는 독감이 다 나아서, 이제 나와
베리차를 돌봐줄 수 있다. 베리차는 목을 소독하겠다며 담배 한 개비
를 달라고 했다. 또 하나의 그녀다운 '엉뚱한' 의학 지식이다. 우리 베
리차는 못하는 게 없다. 그녀가 없었으면 정말 어쩔 뻔했을까. 물론,
때로는 그녀의 지식이 좀 벅찰 때도 있다.

이웃 보자와 즈본코는 장을 보러 나갔다. 보자는 돈을 쓰고 싶어

안달이지만 즈본코는 요즘들어 단호하게 막으며 대출마냥 이자를 올린다고 했다. 매년 1월이면 이 집안에서 '가정극(home theatre)'이 펼쳐진다. 내가 글을 잘 쓰지 못하는 것이 유감이다. 아니면 모든 것을 기록해둘텐데. 어찌 됐든, 그들이 없었다면 나는 지금보다 훨씬 외롭고 힘들었을 것이다. 이제 차를 끓여야겠다. 이 독감은 도대체 언제쯤 끝날까. 밖은 눈부시게 밝고 좋은 날이다.

1월 12일

열 시쯤 일어났다. 누군가 문을 두드렸는데, 아마 보자가 커피 마시러 오라고 부른 것 같다.

은행에 다녀왔다. 이자가 얼마나 붙었는지 알고 싶었다. 5천만이 있었다. 전기세와 관리비를 내기엔 충분했다. 빠듯하겠지만, 연금으로 한 달은 겨우 버틸 수 있을 것 같다. 은행에서 돌아오는 길에 우편함을 열었다. 디미트리나에게서 온 편지가 있었다. 새해 인사와 함께 소클레의 사망 소식이 적혀 있었다. 슬픈 소식이었다. 나는 울고 말았다. 그녀는 마음속 이야기를 모두 쏟아냈다. 그들이 겪은 일을 하나하나 묘사했다. 배를 개복한 채 병원에서 집으로 돌려보내다니, 그런 건 공포영화에서도 본 적이 없다. 디미트리나는 그 모든 일을 소클레와 함께 겪었고, 본인은 간신히 살아남았다.

그 편지를 읽고 너무 마음이 아파 다시 잠들 수가 없었다. 온 가족이 생각났다. 이미 세상을 떠난 사람들 모두가 떠올랐다. 소클레의 어머니, 내 고모 츠베탄카 아주머니도 기억난다. 참 활기가 넘치는 분이셨지! 할아버지만 빼고 어머니 쪽 식구들은 다들 명랑했다. 할아버지는 술을 너무 좋아하셨고, 결국 그게 원인이 되어 돌아가셨다.

소클레는 어릴 때 늘 콧물을 흘렸고, 아마도 그런 이유로 나는 그를 별로 좋아하지 않았다. 하지만 나중엔 아주 잘생긴, 예의 바르고 다정한 남자가 되었고 그의 형을 제외하고는 그 모두가 그를 좋아했다. 나는 그의 형이 지금도 별로다. 좋은 사람들은 세상을 제대로 보지 못한다. 소클레도 그랬다. 첫 번째 부인 미마와는 행복하지 않았고, 디미트리나와는 행복했지만, 불행히도 그 기간은 너무 짧았다. 그게 인간의 운명이라는 거겠지!

그 큰 집안에서 지금 마을에 남은 건 파블라 아주머니와 토슈코 아저씨뿐이다.

나는 네 명의 고모들 중에서도 파블라 아주머니를 가장 좋아했다. 다섯 자매 중 살아 있는 사람은 이제 파블라 아주머니와 낫사 아주머니 둘뿐이다. 파블라 아주머니는 막내로, 가장 예뻤다. 사랑 없이 결혼했지만, 다행히 남편 슬라브초는 잘생겼고, 아이들은 예쁘게 자랐다. 결혼식은 지금도 잊을 수 없다. 그녀는 슬라브초를 사랑하지 않았기에, 나를 자기와 함께 자자고 불렀다. 집에 돌아와 그 이야기를 어머니에게 모두 했더니, 어머니는 머리를 싸쥐고 기겁을 하셨다. "신랑한테 그런 망신이라니!" 그때 내가 열두 살쯤 되었을 땐가...눈이 시리다. 책도 읽을 수 없고, 오늘 밤은 도무지 잠이 올 것 같지 않다.

1월 15일

아침 일찍 일어나 집을 청소하고, 점심을 준비한 뒤 아들을 기다렸다. 그가 왔다. 함께 점심을 먹고, 평소보다 조금 더 많은 이야기를 나눴다. 예의상 조금 더 머물렀지만, 나는 그가 속으로는 빨리 가고 싶어 안달하고 있다는 걸 알고 있었다. 아들의 마음은 훤히 들여다보인다. 그렇지만 모르는 척한다. 그 애가 불편해하지 않도록.

그를 탓할 수는 없다. 나 역시 예전에 집을 벗어나고 싶어 안달이었으니까. 다만, 내 부모님은 지금의 나보다 천 배는 더 엄하셨다. 한여름에는 밤 아홉 시면 환한 대낮이었지만 그 전에 집에 들어와야 했고, 데이트 같은 건 꿈도 꾸지 못했다!

1월 16일

오늘도 일찍 일어났다. 커튼을 떼어 세탁하고, 말린 뒤 다시 창문에 달았다. 집 안 구석구석을 깨끗이 청소했다. 그런데 아직도 부비에게서 편지가 오지 않는다.

1월 19일

어젯밤 또 열이 났다. 독감인지, 아니면 다른 병인지 모르겠다. 안개와 추위 때문에 류머티즘이 더 심해졌다. 여전히 부비에게서는 편지가 없다.

오늘은 왠지 페탸 생각이 자꾸 났다. 나의 가장 소중한 친구. 우리는 같은 반 친구였는데, 나는 그 아이에게 모든 비밀을 털어놓았고 옛 기차역의 관사에서 함께 살았다. 그 역에서 벌어졌던 일들, 그게 내 어린 시절의 전부였다!

여름이 가장 좋았다. 모든 열차가 지나간 뒤면 우리는 플랫폼에 모였다. 나의 첫사랑, 이반이 기타를 치면 우리는 춤추고 노래했다. 이제와 생각해보면, 그를 좋아했던 게 그가 기타를 쳐서였는지, 정말로 그 사람을 좋아해서였는지 잘 모르겠다. 하지만 이제 그런 건 중요하지 않다.

우리는 이웃이었고, 그는 고등학교 3학년, 나는 초등학교 마지막 학년이었다. 그땐 내가 열다섯 살쯤 되었을 것이다. 요즘의 열다섯 살 아이들은 사랑에 대해 다 알고 있겠지만, 그때의 나는 그저 그를 바라보는 것만으로 충분했다. 그는 산을 타는 걸 좋아했는데 한 번은 에델바이스를 꺾어다 내게 주었다. 나는 그 꽃을 책 속에 오래오래 간직했다.

페탸는 마르고, 아직 다 자라지 않은 소녀였으며, 금발머리를 두

갈래로 땋고 다녔다. 남자아이들은 그녀에게 별 관심이 없었지만 결국 그녀는 반에서 가장 잘생긴 남자아이와 사귀게 되었다. 그때 조금 부러웠다. 결국 그녀는 그와 결혼했고 나는 외국으로 떠났다. 바르나를 떠나던 날을 잊을 수 없다. 페탸가 마지막 순간에 고샤와 함께 내게로 뛰어와 꽃다발을 건넸다. 그 후로 내가 부모님을 만나러 올 때면, 페탸는 언제나 마지막 순간까지 역까지 나와 배웅해주곤 했다. 나중엔 차로 오게 되어 더 이상 그렇게 뛰어올 필요가 없어졌지만 그 기억은 아직도 생생하다. 이제 우리는 둘 다 과부가 되었다.

오늘 밤은 아침까지라도 글을 쓸 수 있을 것 같지만 눈이 아프다.

1월 24일

요즘 너무 게을러졌다. 그저 누워서 먹고 텔레비전을 보고 이웃들과 커피를 마시며 그들이 어디가 아픈지 등의 얘기를 들었다. 변이 단단한지, 묽은지, 쾌변에 좋은 차, 반대로 설사에 효과적인 차 얘기까지. 가끔은 내가 미친 건지, 그들이 미친 건지 모르겠다. 어떻게 본인이 같은 말을 다섯 번씩이나 반복하는 걸 모를까. 나는 예의상, 마치 처음 듣는 이야기인 양 고개를 끄덕인다.

안키차나 미르야나가 오기를 손꼽아 기다린다. 안키차와는 실컷 웃을 수 있으니까. 미르야나는 웃는 걸 별로 좋아하지 않지만, 묘하게 마음을 진정시켜주는 힘이 있다. 그녀 곁에 있으면 편안하다. 안키차는 바르나 시절의 페탸를 닮았다.

내 기억으로 그 집엔 아이가 여섯이었다. 한 명 한 명 머리 하나씩 차이 날 정도로 줄줄이 이어진 아이들. 아버지는 술꾼이었고, 어머니는 늘 두통을 앓았다. 웃는 얼굴을 한 번도 본 적이 없다. 요리도 못했고, 청소도 하지 않았다. 어쩌면 너무 많은 아이들 때문에 할 수 없었을지도 모른다. 그래서 페탸는 매일 우리 집에서 밥을 먹었다. 우리 어머니는 요리 솜씨가 좋았다.

페탸는 그걸 무척 좋아했다. 우리는 인색하게 굴지 않았고 내심 그녀가 우리 집의 '셋째 딸'이 된 게 기뻤다. 나는 어쩌면 내 여동생보다 페탸를 더 사랑했을지도 모른다. 내 동생은 나보다 어렸지만, 훨씬 힘이 세서 자주 나를 때렸다. 그래서 나는 페탸가 더 좋았다. 그렇지만 두 번은 그녀를 질투한 적 있다. 한 번은 하늘색 바탕에 하얀 데이지가 그려진 멋진 조젯 드레스를 선물 받았을 때. 나는 옷도 더 많고 더 좋은 걸 입고 있었는데도, 그 드레스만큼은 부러웠다. 또 한 번은 고샤 때문이었다. 그는 페탸 인생에서 유일하게 좋은 사람이었다.

그 모든 일이 너무 오래전 일이라, 지금은 내가 왜 그녀를 부러워했는지도 모르겠다. 그런데 이상하게도, 그 파란 드레스는 아직도 눈앞에 선하다.

아직도 부비에게서는 편지는 오지 않았다. 벌써 새벽 한 시다. 책을 읽다 보면 잠이 올지도 모르겠다. 지금은 체호프의 단편집을 읽고 있다.

1월 28일

오늘 마침내 부비에게서 편지가 왔다. 잘 지낸다니, 마음이 한결 놓인다.

텔레비전을 켰다. 정치인들은 나라 경제가 몹시 어렵다고 말한다. 불안하다. 돈은 점점 줄고, 모든 것이 끔찍할 만큼 비싸졌다. 앞으로 어떻게 살아야 할지 모르겠다. 그래도 나는 인생의 거친 면과 부드러운 면을 함께 견디는 법을 배웠다. 늘 넉넉하진 않았지만, 지금 나이에 이르러선 그다지 많은 걸 필요로 하지도 않는다.

2차 세계대전 전의 삶을 떠올리면, 그리고 그 후 십여 년 동안의 시간을 생각하면, 지금은 그래도 여전히 견딜 만한 시절이다. 사람들이 말하는 것처럼 내전만 일어나지 않기를, 하늘이 부디 막아주기를 바란다.

내일은 아들이 점심을 먹으러 온다. 그 생각만으로도 마음이 따뜻해진다.

2월 4일

벌써 두 달째 안개가 걷히지 않는다. 햇빛도 들지 않고, 공기는 탁하며 숨이 막힐 듯 무겁다. 몸엔 기운이 하나도 없다. 오늘은 아침 다섯 시에 눈이 떠졌다. 누워서 라디오를 아주 작게 틀었다. 그러다 다시 잠이 들었다. 그리고는 아홉 시쯤에 일어나, 시장에 다녀왔다. 필요한 것들을 사고 오는데 오백만을 썼다. 그중 비싼 건 고기 1킬로그램뿐, 나머지는 자잘한 것들이었다. 이제는 매일 시장에 갈 엄두가 나지 않아, 사흘에 한 번씩만 나가기로 했다. 앞으로의 삶이 어떤 모습일지, 문득 두려워진다.

집 안의 무언가를 바꾸고 싶다. 하루 종일 같은 것들만 바라보는 게 지겹다. 하지만 의욕이 생기지 않는다. 어쩌면 바꿀 수 있는 건 아무것도 없는지도 모르겠다. 나는 집에 있는 걸 좋아한다. 예쁜 물건들을 좋아하고, 가구를 옮기는 것도 즐겁다. 집이 반짝반짝 빛날 때면 그게 그렇게 뿌듯하다. 하지만 이제는 그런 마음조차 시들하다.

이웃 보자와 베리차는 독감에 걸렸다. 그들한테서 옮지 않은 게 신기할 정도다. 너무 지루해서 질릴만큼 매일 같은 이야기를 듣는다. 그래도 묵묵히 들으며 커피를 함께 마신다. 그렇지 않으면, 대체 누구와 이야기를 하겠는가.

2월 10일

안키차가 사흘 동안 다녀갔다. 참 즐거운 시간이었다. 함께 쇼핑을 나가 예쁜 우비를 한 벌 샀다. 게다가 값도 저렴했다. 요즘처럼 돈이 귀하고 모든 것이 터무니없이 비싼 세상에서 그것만큼 중요한 일도 없다.

2월 11일

비는 오지 않고, 전기와 수도 공급을 제한한다고 한다. 이럴 때 꼭 이런 일이 겹치다니. 고약해라!

2월 12일

아들은 집에 없다. 오늘은 일요일이다. 한 주는 그럭저럭 흘러가지만, 일요일에 혼자 밥을 먹어야 할 때면 견디기 힘들다. 차라리 먹지 않는 게 낫다. 요즘은 늘 마음이 불안하다. 어딘가로 여행을 가고 싶지만, 어디로 가야 할지도 모르겠고, 무엇보다 혼자서는 갈 용기가 없다. 집에서 하루 종일 혼자인 것도 벅찬데, 여행이라니.

보자와 베리차는 여전하다. 그들에게 지겹다고 느끼면서도, 아침에 커피 마시러 오라고 부르거나 그들이 집에 초대해주길 기다린다. 매일 똑같은, 지루한 이야기뿐이지만 말이다. 그래도 그들이 없었다면 아마 나는 훨씬 더 외로웠을 것이다...

2월 15일

오늘 혈압을 쟀다. 170/100. 이렇게 높은 수치가 나온 건 처음이라 걱정이 된다.

오늘 밤엔 영화 〈필라델피아의 수녀(Philadelphia Nun)〉를 봤다. 그저 그랬다. 특별할 건 없었다. 이제 잠자리에 들어야겠다. 요즘은 텔레비전도 오래 보기 힘들다.

2월 21일

또 독감에 걸렸다. 지난번보다 심하다. 다행히 미르야나가 와 있어서 돌봐주고 있다. 어제는 함께 시내에 나가 커피잔과 샌들을 샀다. 꽤 저렴하고 보기에도 괜찮았다. 미르야나는 부츠를 샀다. 그것도 저렴하고 제법 멋졌다. 그녀는 내게 손뜨개로 짠 식탁보를 선물했다. 이 얼마나 고마운 미르야나! 그 정성과 수고를 무엇으로 갚을 수 있을까. 그런 마음은 돈으로는 결코 보답할 수 없다.

2월 23일

지금 침대에 누워 뉴스를 듣고 있다. 정치 상황이 점점 악화되고 있다. 코소보는 극도로 긴장된 상태라고 한다. 사람들이 수군대는 일이 정말 현실이 되지 않기를, 하늘이 막아주길 빈다. 독감은 여전히 가라앉지 않는다. 정말 고약하다. 혼자 있는 것이 너무 싫어 미르야나가 시내에서 돌아오기를 손꼽아 기다리고 있다. 아침에 나갔는데, 아직도 돌아오지 않고 있다.

2월 24일

오늘은 아들의 생일이다. 서른두 살이지만 아직도 어린아이 같다. 도대체 언제 철이 들지 모르겠다. 형편이 넉넉하지 않아 작은 선물 하나만 준비했다. 그래도 일요일에 올 것을 대비하여 케이크는 만들었다.

아들이 서른둘, 딸은 마흔. 이제 나도 늙었구나 싶다. 자식들이 저만큼 나이를 먹었는데, 내가 젊을 리가 있겠는가.

2월 25일

오늘은 한결 몸이 가볍다. 마침내 비가 내렸다. 세찬 비는 아니지만, 그래도 반갑다. 아예 퍼붓듯 내려서, 강물이 흐를만큼 쏟아졌으면 좋겠다. 뉴스는 여전히 좋지 않은 얘기다. 코소보의 광부들은 아직 갱도를 떠나지 않았고, 음식도 거부한 채 요구를 굽히지 않고 있다. 정치 상황은 여전히 팽팽한 긴장 속에 있다.

3월 11일

요 며칠 마음이 불안하다. 스스로를 어떻게 다독여야 할 지 모르겠다. 그래서 가끔은 사소한 기억들을 떠올리며 어두운 생각을 밀어내려 애쓴다.

일요일이면 늘 먹던 삶은 쇠고기, 수프, 그리고 토마토소스가 떠올랐다. 남편이 가장 좋아하던 음식이었다. 우리는 일요일 아침이면 함께 시장에 갔다. 키가 큰 남편이 장바구니를 들어주던 모습이 좋았다. 키가 작은 나는 그의 곁을 나란히 걸었다.

3월 12일

좋은 영화를 두 편 보았다. 봄 같은 날씨가 계속되고 있다. 부비가 잘 지낸다며 편지를 보내왔다.

3월 13일

오늘도 화창하고 따뜻하다. 올해는 겨울을 건너뛴 것 같다. 이제는 아무도 나에게 마르테니차(Martenice)* 리본을 보내지 않는다. 그게 조금 서운하다. 그 리본들은 내 어린 시절을, 봄의 빛과 오직 불가리아 사람들만이 지닌 태양과 사랑의 풍습을 떠올리게 한다. 나는 그 리본들을 여전히 모은다.

3월 15일

목이 아프다. 병원에 가야 하는데, 가고 싶은 마음이 들지 않는다. 요즘 들어 모든 일에 무기력해졌다. 항상 피곤하고, 졸리다. 다시 우울증

*　마르테니차(Martenice): 불가리아 전통 봄맞이 리본. 빨간색과 흰색 실을 꼬아서 만든 작은 리본 혹은 팔찌로, 보통 3월 1일이누바바 마르타의 날(Baba Marta Day)에 친구나 가족에게 선물한다.

이 찾아오는 건 아닐까 두렵다. 여덟 해 전의 그때처럼 모든 증상이 똑같다. 그땐 그래도 분명한 이유가 있었다. 하지만 지금은? 지금은 도대체 무슨 이유 때문일까. 게으름? 존재의 공허함? 아니, 그만 생각하자. 괜히 '철학적'인 생각을 하면 더 나빠질 뿐이다. 하지만 과거 말고 내가 무엇을 생각할 수 있을까. 이제 내게 미래가 없다.

3월 20일
드디어 누군가 내게 마르테니차를 보냈는데, 내가 전혀 예상하지 못했던 인물, 놀랍게도 사슈카였다. 얼마나 기뻤는지 모른다. 텔레비전 뉴스가 막 시작됐다. 내일 마저 써야겠다.

3월 27일
오늘은 부비의 생일이다. 전보를 보냈다. 믿기지 않는다. 벌써 마흔이라니! 하지만 내게 그녀는 언제나 스무 살이다. 그 말은 곧, 내가 예순셋이라는 뜻이겠지. 하지만 그렇게 늙은 기분은 들지 않는다. 그녀가 그립다. 봄이 왔는지, 요즘 날씨가 참 좋다. 마음까지 따뜻해진다.

3월 30일
의사에게 다녀온 참에 즈라타에게서 전화가 왔다. 비키차가 세상을 떠났다고 했다. 그 집은 무슨 저주라도 받은걸까. 식구들이 차례로 하나씩 세상을 떠난다.

4월 1일
아들에게서 아무 소식이 없다. 묘지 일도 아무 진전이 없다. 어쩌면 그렇게까지 무책임할 수 있는지 이해가 가지 않는다. 어쩔 수 없이 내가 직접 가서 묘를 정리해야겠다. 그들은 아버지를 잊은 것처럼, 나도 결국 잊어버리겠지. 씁쓸하다.

내일도 혼자 점심을 먹어야 한다. 일요일마다 혼자 밥을 먹는 일은 여전히 견디기 힘들다.

부비가 편지를 써야 할 텐데. 그녀가 돌아올 날만 기다린다. 이 노트도 아직 절반밖에 채우지 못했다. 모든 게 공허하고 무의미하다. 흥미로운 일은 아무것도 없다. 그저 누군가가 죽었다는 소식만 들릴 뿐, 밝고 즐거운 일은 하나도 없다. 이웃들은 병들었고, 나도 그리 건강하지 않다. 그러니 내가 무엇을 쓸 수 있겠는가.

정치 상황은 여전히 극도로 긴장되어 있다. 사람들은 무언가 일어날 것만 같다고 말하지만, 정작 무엇이 일어날지는 아무도 모른다.

그래도 오늘은 조금 웃긴 일이 있었다. 평생 써본 적도 없는 모자를 하나 샀다. 나 같은 사람이 모자를 쓰다니! 생각할수록 웃기다.

4월 4일

검사 결과가 썩 좋지 않다. 림프구 수치가 높고, 혈당은 경계선에 있으며 이밖에 이런저런 이상이 많다. 의사가 뭐라고 할지 두고 봐야겠다.

요즘 괜히 신경이 날카롭다. 누군가와 말다툼이라도 하고 싶지만, 정작 싸울 사람조차 없다.

어딘가로 떠나고 싶지만, 혼자 여행하는 건 싫다. 젊었을 때는 혼자 여행하는 걸 좋아했는데, 이제는 그렇지 않다. 이유를 모르겠다. 왜 사람들 속에 있어도 늘 외롭다고 느끼는걸까. 나는 언제나, 어딘가 조금 비어 있었던 것 같다.

내가 진심으로 흥미를 느낀 건 책과 영화뿐! 어머니는 그런 나를 두고 늘 잔소리를 하셨다. 그래도 한 번도 때린 적은 없다. 오히려 내 동생이 더 '벌'을 받았다.

우리 자매는 완전히 달랐다. 어머니가 내게 화를 내면, 나는 더욱 마음을 닫아버렸다. 나는 모범생이었고, 순했다. 반면 내 동생은 뭐든 엇나갔다. 하지만 이상하게도, 아버지는 내 동생을 더 사랑했다. 나는 그저 자랑스러워하실 뿐이었다. 아버지는 동생을 '마루슈카, 마르체, 미헤' 같은 애칭으로 불렀고, 나는 언제나 그냥 '베테(Vete)'였다. 어머니는 가끔 '엘리(Eli)'라고 부르곤 했다.

가끔은 내 어린 시절이 행복했다고 느끼지만, 또 가끔은 그렇지 않았다고 느낀다. 인생 처음으로 떠난 바르나에서 소피아로의 여행을 떠났었다. 열네 살 때, 끝없는 잔소리에서 벗어난 자유를 경험했다. "베테, 자세 좀 똑바로 해라", "무릎을 가려라", "누구랑 얘기하는 거야?", "도둑 조심해", "남자 조심해", "조심해라, 또 조심해라". 결국 나는 아무짝에도 쓸모없는 남자들 속에서 내 자신을 지켰다. 하지만 그건 이제 생각하지 말자. 떠올리면 속이 메스꺼워진다.

그렇게 첫 시험에 합격했고, 그때부터는 여행을 하는 데에 있어 훨씬 수월했다. 하지만 지금은 혼자 가게에조차 나갈 수가 없다.

1946년의 첫 여행이 아직도 생생하다. 겁이 났지만 부모님께 내색하지 않았다. 세관 검사를 받을 때 너무 긴장한 나머지 가방을 떨어뜨려 사과와 책들이 바닥에 흩어졌다. 1946년엔 세금 낼 물건 따윈 없었지만, 나는 온몸이 굳어버릴 만큼 두려웠다. 그 공포는 아직도 생생하다. 불가리아 국경을 수없이 넘었지만, 매번 그때처럼 떨렸다...

그 여행에 대해선 별로 기억나는 게 없다. 비가 내렸고, 기차 창 밖엔 폐허 뿐이었다. 어느 순간 돌아가고 싶다는 생각이 들었다. 하지만 그 음울한 여정 속에도 아름다운 한 장면이 있었다. 한 노인이 내게 사과를 깎아주며, 껍질로 장미를 만들어 건넸던 일이다.

또 다른 여행도 떠오른다. 비행기를 타고 레닌그라드에 갔다가 돌아올 때였다. 너무 무서워서 온몸이 식은땀으로 젖었다. 착륙했을 때,

그제야 숨을 쉴 수 있었다. 비행은 즐겁지 않았지만, 그 후의 기억은 정말 아름다웠다.

이렇게 써 내려가며 떠올려보니, 오히려 즐겁다. 내 인생엔 대단한 여행이 많지 않았다.

그저 매년 반복되던 '자그레브-바르나' 여정이 전부였다. 그게 나는 가장 좋았다. 이제는 가고 싶어도, 찾아갈 사람이라곤 페탸뿐이다. 내 사랑 페탸.

4월 15일

벌써 4월 15일이다. 그런데도 별다른 일은 일어나지 않았다. 정치인들은 이를 악물고 싸우고 있고 이 혼란에서 벗어날 길은 도무지 보이지 않는다.

드디어 비가 제대로 내리기 시작했다. 공기가 조금은 서늘해졌다. 안키차와 미르야나는 떠났다. 그들과 함께 있는 시간은 즐거웠다. 이제는 다시 보자와 베리차, 그리고 커피, 매번 같은 인사, 지루한 대화의 반복이다.

요즘은 리모컨으로 채널을 이리저리 돌리며 시간을 때운다. 하지만 텔레비전엔 볼 만한 게 없어, 그것조차 금세 싫증이 난다.

이틀 동안 미친 듯이 집을 청소했다. 그러고 나니 이제는 그저 멍하니 손가락만 꼼지락거리고 있다.

유일하게 좋았던 건 부비의 전화였다. 그날은 하루 종일 마음이 따뜻했다. 하지만 단 하루뿐이었다. 나는 그런 하루가 1년에 최소 300일쯤 있었으면 좋겠다.

어딘가로 떠나지만 않는다면 내일은 아들이 점심을 먹으러 올 예정이다. 요즘은 혼자 지내는 게 너무 익숙해져서 이젠 그가 오지 않아도 거의 알아채지 못한다. 그런데도 전화를 하지 않으면 괜히 불안해진다.

텔레비전은 온통 재방송뿐이다. 내일 마저 써야지.

4월 25일

어젯밤 안나와 함께 영화를 보러 갔다. 더스틴 호프먼이 나온 〈레인맨 (Rain Man)〉으로, 정말 훌륭한 영화였다. 안나가 나를 트램 정류장까지 바래다주었다. 하지만 집에 거의 도착할 무렵엔 허리가 아프고, 어지러웠다. 그 탓에 영화의 여운이 다 망가져 버렸다.

요즘 주사를 맞고 있지만 별 소용이 없다. 혼자 거리에 나서는 게 두렵다. 어떻게 해야 할지 모르겠다. 검사를 여러 번 받았지만 결과는 언제나 같다. 모든 수치가 '정상 범위' 안에 있다고 한다. 그런데도 몸은 계속 안 좋다. 결국 입 다물고 견디는 수밖에 달리 방법이 없다.

그저께 디나와 통화를 했다. 그들은 잘 지내고 있고, 부활절에 바르나로 간다고 했다. 나도 날개가 있다면 함께 가고 싶다. 디나가 말해주지 않았다면 부활절이 다가온 줄도 몰랐을 것이다. 우리의 부활절 풍습은 참 아름다웠다. 어머니는 늘 특별한 케이크를 구웠고, 우리는 달걀을 물들이고, 문 앞에는 버드나무 가지로 장식을 했다.

어릴 적, 부활절이면 꼭 새 에나멜 구두를 받았다. 왜 하필 에나멜 구두였는지는 지금도 모르겠다. 새 드레스도 함께였다. 그 구두는 항상 발을 까지게 했지만 어머니는 한 치수 큰 걸 사주지 않으셨다. 그래서 나는 아파도 참고 신었음에도 항상 말끔하고 단정했다. 동생은 금세 신발을 벗어 던지고 맨발로 집에 돌아가곤 했다. 그리고 늘 벌을 받았다.

내가 가장 좋아했던 날은 성 게오르기우스의 날(*St George's Day*)*이
었다. 학교에서 소풍을 가고, 우리는 머리에 꽃으로 만든 화관을 쓰고,
어른들은 양을 구워 먹었다. 그야말로 완벽한 하루였다. 이제는 모두
지나가버린 이야기다.

아들이 어디 있는지 모르겠다. 하루 종일 전화 한 통 없다. 5월 1일
연휴에 어디로 간다는 말도 하지 않았다. 나는 평소처럼 집에 있을 것
이다. 보자와 베리차와 함께. 그들이 없었다면 나는 이 외로움을 어찌
견뎠을까.

5월 2일

연휴 이틀째, 전국에 비가 쉴 새 없이 내리고 있다. 많은 사람들의 휴
일이 엉망이 되었겠지만, 내겐 상관없다. 어차피 어디 나갈 일도 없으
니까. 다만 비 때문에 묘지에 가지 못한 게 아쉬울 뿐이다.

내일은 미르야나가 연금을 타러 오는 날로, 그때 나도 함께 받을
예정이다. 나는 그녀가 오는 것이 좋다.

텔레비전 뉴스만 계속 보고 있다. 알바니아인들이 또 뭔가를 파괴
하기 시작했단다. 프리슈티나의 주요 송유관을 끊었다는 소식이다.
그들은 결국 공화국을 얻을 때까지 만족하지 못할 것이다. 그토록 원
한다면, 왜 안 된다는 건지 나는 도무지 이해할 수 없다.

새로 읽을 책이 없어, 다시 다닐로 키슈의 《죽은 자들의 백과사전》
을 펼쳤다. 역시 좋다.

비가 그칠 줄 모르고 내린다. 그 탓에 기분이 한층 가라앉는다. 난
방도 고장나 춥기까지 하다. 부비가 돌아오기를 손꼽아 기다린다. 요

---

* 성 게오르기우스의 날(St George's Day): 매년 5월 6일로, 기독교의 성 게오르기우
  스를 기념하는 축일이다. 불가리아, 세르비아, 그리스, 루마니아 같은 동유럽·정교
  회 문화권에서 중요한 봄의 명절로 여긴다.

즘 따라 자꾸 그녀 생각이 난다.

5월 20일
많은 사람 중에 하필이면 내게 일어날 수 있는 것 중 가장 끔찍한 일이
생겼다.

5월 31일
몇 가지 검사를 더 받고 입원을 했다. 두려움에 몸이 굳는다.

6월 2일
혈당을 낮추는 중이다. 조금은 덜 두렵다. 주말에 잠시 집에 다녀올 수
있지만, 곧 수술날인 월요일이 온다. 부비가 곁에 있었으면 좋겠다...

3

오늘 내게 필요한 것은 책이나 앞으로 나아가는 일이 아니라, 붉은 산
호처럼 무겁고 단단한 슬픔과 운명이다. 빅토르 슈클롭스키 〈제3의
공장〉 중에서.

　1989년 초 내가 몇 달간 해외로 떠나기 전, 그녀에게 꽃무늬 표지
가 달린 작은 노트를 하나 건넸다.

　"이건 뭐예요?" 그녀가 조심스럽게 물었다.

　"일기를 쓰라고요," 내가 말했다.

　"난 한 번도 일기를 써본 적 없어요. 아주 어릴 때조차도."

　"그럼 다른 걸 써요. 뭐든지요... 메모라도..."

　"난 작가가 아니에요. 뭘 쓴단 말이에요?"

　"새뮤얼 피프스는 1660년 1월 1일 일기로 자신이 최근 자주 입던
긴 통바지를 입고 일어났다고 썼어요. 1669년 1월 1일에는 베크포드

선장이 그에게 멋진 침대용 보온 매트를 선물했다고 썼죠."

"그래서요?"

"피프스는 또 가발에 벼룩이 생겨서 가발 장인에게 청소를 맡겨야 했다고 썼어요.

보세요, 정말 평범한 일들이지만, 지금 읽으면 얼마나 흥미로운가요!" 내가 말했다.

"난 전혀 흥미롭지 않은데요," 그녀가 말했다.

"쓸 게 없어요!" 그녀는 그렇게 단호하게 말했고 그렇게 노트 이야기를 끝내버렸다.

내가 돌아왔을 때, 그녀는 병원에 있었다. 그녀가 회복 후에 퇴원하던 어느 날 그 노트를 내게 건넸다.

"여기요." 그녀는 마치 다 끝낸 숙제를 건네듯, 담담하게 말했다.

한동안 나는 그 꽃무늬 표지를 차마 손댈 수 없었다. 그 생각만으로도 아팠다.

그러다 어느 날, 결국 그것을 펼쳤다. 그리고 그 페이지들이 내 상처 위에 흩뿌린 것은... 소금이었다.

나는 문장들을 닦았다. 거친 부분과 진흙을 지우고, 손수건에 침을 묻혀 그녀의 문장을 내 침으로 씻어냈다.

지금 내 손바닥 위에는 그녀가 서툴게 쓴 단어들이 한 움큼이다. ('자루(shaft)' 대신 '줄기(draught)'라는 단어를 사용하고, 한 번은 분노를 표출하며 "너희가 모두 날 물어뜯었어"라고 썼지만 사실 그녀가 쓰고 싶었던 건 "날 버렸어"였다.) 틀린 문법, 잘못된 철자, 부적절한 어미 변화들...

나는 문장의 리듬을 다듬었다. 마침표와 쉼표로 리듬을 눌러 앉히고, 제멋대로 붙은 느낌표들(그 귀여운 느낌표들!)을 지웠다. 키릴 문자로 쓴 단어들(그녀는 언제나 '바르나(Varna)*'를 키릴 문자로 썼다)을 없애고, 불필요한 인용부호를 빼고, 대문자로 쓴 단어들을 소문자로 바꾸었다(그녀는 '부모(parents)'를 언제나 대문자로 표기했다). 남용된 '훌륭한' 같은 단어와 텔레비전에서 베낀 듯한 상투적인 표현들(예를 들어 "정치 상황이 점점 긴장되고 있다")은 남겨두었다. 뜻밖의 시적인 한마디 "안녕, 지루함"과 같은, 아마 일기예보를 들으며 쓴 듯한 반 쯤 불필요한 문장, "비가 퍼부어서 진짜 강이 되었으면 좋겠다"는 문장도 그대로 두었다.

나는 스스로에게 묻는다. 이제 남은 게 뭐지? 지금 내 손바닥에 있는 것은 언어의 껍데기들이다. 그녀의 정체성, 서투르게 찍힌 억양 부호들, 나만 알아들을 수 있는 어조들, 나만 아는 의미를 가진 단어들, 기분에 따라 달라지는 그녀의 필체, 나만 감지할 수 있는 자기 검열의 흔적들...

처음엔 장르에 대한 시시한 생각을 이리저리 굴리며, 마음 한켠으로는 교묘한 '문학적 효과'를 기대하고 있었다. 하지만 이제 나는 그 중심에 와 있다. 그것도 고통의 중심에. 늪처럼 빠져나올 수 없는 그곳에...

"가끔은 내가 모든 것을 잊어버리게 되지 아닐까 싶어. 어차피 다 잊어버릴 거라면, 도대체 왜 살아야 하는 걸까?"
어머니가 물었다.

"기억은 결국 모두를 배신하지요. 특히 우리가 가장 잘 알고 있던 이

---

* 바르나(Varna): 불가리아 제 3의 도시로, 모국어인 키릴 문자로 표기했다는 내용을 통해 그녀의 정체성을 엿볼 수 있다.

사람들을요. 기억은 망각의 동맹이고, 죽음의 동맹이기도 해요. 그건 아주 촘촘하지만 걸려드는 건 거의 없고, 물은 이미 빠져나가 버린 그 물망이지요. 기억으로는 누구의 모습도 다시 만들어낼 수 없어요, 심지어 종이 위에서도요. 우리 두뇌 속 수백만 개의 세포들은 다 어디로 간 걸까요? 파스테르나크가 말한 '사랑의 위대한 신, 디테일의 위대한 신'은 또 어디에 있죠? 도대체 인간은 얼마만큼의 디테일해야 만족하는 걸까요?" 조지프 브로드스키가 말한다.

"내 것이었고, 나만의 것이었던 일조차, 이젠 거의 기억나지 않아..." 어머니가 말한다.

"정상적인 사람이라면 아침에 뭘 먹었는지 기억하지 못하죠. 반복되고 일상적인 일들은 애초에 잊히도록 만들어진 거예요. 아침식사도 그 중 하나고, 사랑했던 사람들 또한 그 중 하나죠." 브로드스키가 말한다.

"그럼, 도대체 무슨 의미가 있는 걸까...? 미래도 없고, 과거에서도 아무런 근거를 찾을 수 없다면..." 어머니가 묻는다. "실패로 따지자면, 과거를 되살리려는 시도는 존재의 의미를 붙잡으려는 시도와 같아요. 마치 아기가 농구공을 잡으려는 것 같죠, 손바닥에서 미끄러져버리죠." 브로드스키가 말한다.

"결국 인생은 아무 연관도 없는, 흩어진 세부적 요소의 더미로 줄어드는 거야. 이렇게 되었든, 저렇게 되었든, 사실 아무런 상관도 없어. 완전히 허무 속으로 미끄러져 들어가기 전에 내가 아직 붙잡을 수 있는 마지막 지점이 어디일까 그저 궁금할 뿐이야." 어머니가 조용히 묻는다.

"기억이 예술과 닮은 점이 있다면, 그건 선택의 감각과 디테일에 대한 미학적 취향일 거예요. 이 말이 예술(특히 산문 예술)에는 칭찬처럼 들릴지 모르지만, 기억에게는 모욕처럼 느껴져야 합니다. 하지만 그 모욕은 정당해요. 기억은 정확한 세부사항을 기억할 뿐, 전체를 담지 못합니다. 공연 전체가 아니라, 그중 몇몇 장면만을 간직하지요. 우리가 마치 모든 것을 통째로 기억하고 있다고 믿는 확신, 그 확신 덕분에 인류가 살아갈 수 있는지도 모르지만 사실 그건 근거 없는 착각이에요. 무엇보다 기억은, 누구의 전집도 제대로 정리되어 있지 않은 알파벳순조차 엉망인 도서관을 닮았어요." 조지프 브로드스키가 말했다.

"난 책을 많이 읽었어요. 책 속에 파묻혀 살았지요. 하지만 지금 돌이켜보면, 그 모든 건 뒤섞인 말들의 혼란일 뿐이에요. 부모님을 떠올리려 해도 잘 기억나지 않아요. 그게 부끄러워요. 그럴 때면 '그래도 내 자식에 대해선 알고 있잖아' 하고 스스로 위로하지요. 하지만 곧 깨닫습니다. 사실 그 아이들에 대해서도 내가 얼마나 모르는지 생각하면 가슴이 서늘해져요." 어머니가 말한다.

"가끔 마음이 불편했어요. 하지만 대부분의 시간엔 그저 그들을 이해하지 못한 채 멍하니 바라볼 뿐이었죠. 우리가 주고받던 신호들은 다 잊혀졌고 우리 사이의 작은 의식들조차 아무 의미가 없어졌죠. 내 무관심에 지친 그들은 나를 공통의 기억으로 끌어드리려는 노력에 진심은 사라졌고 맥이 빠졌죠. 결국 더이상 아무 말도 하지 않게 되었죠. 가장 오랫동안 내 내 마음을 움직였던 건 그들의 몸짓이었어요. 딸의 머리를 젖히는 버릇, 아들의 안경다리를 이로 물고 생각하는 습관, 아내의 늘 피곤한 허리를 곧게 펴려는 그 끈질긴 동작. 그런 몸짓들은 곧바로 심장을 파고들었죠. 하지만 이내 새로운 몸짓들로 바뀌었는데, 어쩌면 내가 예전엔 미처 알아차리지 못했던 오래된 몸짓들이었을지도 모르죠. 과거를 떠올리면 혼란스러워요. 내가 그들을 이렇게나 모르고 있었는데, 우리가 어떻게 함께 살아올 수 있었을까." 조르지 콘라드가 말했다.

"가끔 젊은 시절의 강렬한 욕망들이 떠올라요. 이제 와 생각하면 어리석기 짝이 없죠. 예를 들어, 어릴 때 나는 말을 정말 좋아했어요. 언젠가 꼭 말을 타보는 게 꿈이었죠 ... 하지만 결국, 그것조차 하지 못했어요." 어머니가 말했다.

어린 시절 나는 호랑이를 열렬히 숭배했다. 재규어나 아마존 정글과 파라나 강을 따라 떠내려오는 초원에 사는 얼룩무늬 '호랑이'가 아니라, 줄무늬의 아시아산, 오직 코끼리 위의 창을 든 전사들만이 성곽에서 마주할 수 있는 왕성(王獅) 같은 그런 호랑이를 숭배했다. 나는 어느 동물원 우리 앞을 끝없이 서성거렸고, 그 호랑이의 화려함을 묘사한 것을 기준으로 방대한 백과전서와 자연사 책들을 판단했다(나는 아직도 그 삽화들을 기억한다: 여자 얼굴의 이마나 미소조차 제대로 떠올리지 못하는 내가). 어린 시절은 그렇게 지나갔고, 호랑이를 향한 나의 열정도 늙었지만, 여전히 그것들은 내 꿈속에 남아 있다. 그들은 가라앉은, 혼란스러운 깊은 층위 속에서도 여전히 살아 있다. 잠이 들고 꿈이 나를 꾀어낼 때, 문득 내가 꿈꾸고 있음을 알게 된다. 그러면 나는 생각한다. '이건 꿈이야, 내 의지가 만들어낸 순수한 유희야. 이제 내가 무한한 힘을 가졌으니 호랑이를 소환하리라.'

"아, 무능하여라! 내 꿈은 내가 갈망하는 맹수를 결코 만들어낼 수 없구나. 나타나기는 하지만 희미하거나 박제된 되어 있거나 형태가 뒤틀려 있거나 터무니없이 크거나 너무 찰나에 불과하거나 어딘가 개나 새의 기운이 섞여 있다," 보르헤스가 말했다.
"내가 평생 무언가를 갈망하며 살아왔던 것 같아요. 하지만 그게 정확히 무엇인지는 끝내 알지 못했어요. 모든 게 너무 희미했죠 ..." 어머니가 말했다.
"'갈망'이란 본능적인 충동이 감정적이고 상징적인 형태로 변형된,

강렬하고 지속적인 경험을 뜻한다. 그 사색적인 성격은 모호한 욕구와 충돌하게 되며 이 욕구는 행동으로 이어지지 않는다 …"고《철학 사전》은 규정한다.

"곰곰이 생각해보면, 내가 또렷이 기억하는 건 '두려움'뿐이에요. 어릴 적 내가 가장 무서워했던 건, 바깥으로 뒤집힌 장갑이었어요. 그 순진한 물건이 나에게 공포를 불러일으켰죠." 어머니가 말했다.

"사실 내 공포의 순간들은 아주 짧아요. 그리고 내가 느끼는 건 공포라기보다 '비현실감'에 가까워요 …" 페터 한트케가 말했다.

"알지? 가장 먼저 마주하는 공포는… 나이가 드는 거야." 어머니가 말했다.

"공포란 결국 자연의 법칙에 복종하는 것이예요. 의식 속 공허에 대한 공포처럼 …" 페터 한트케가 말했다.

"그건 나에겐 아무 의미도 없어요. 난 늘 이런 생각이 들어요. 내가 남자로 태어났다면, 모든 게 달라졌을 거라고 …" 어머니가 말했다.

"그런 환경에서 여자로 태어난다는 것만으로도 이미 치명적인 일이에요. 하지만 어쩌면 한 가지 위안이 되는 것도 있어요. 미래를 걱정하지 않아도 된다는 것. 교회 장터의 점쟁이마저 젊은 남자들의 손금에는 진지한 관심을 보였지만, 여자의 미래는 그저 농담거리였으니까 …" 페터 한트케가 말했다.

"누구도 자신의 인생이 농담에 불과하다는 사실을 받아들일 수는 없어요." 어머니가 말했다.

"인생은 잘 정돈된 여행용 키트처럼 질서정연해요. 하지만 우리 모두가 그 안에서 제자리를 찾을 수 있는 것은 아니죠 …" 빅토르 슈클로프스키가 말했다.

"아마 정말 문제는 내가 여자라는 사실일지도 몰라요 ..." 어머니가 말했다.

"여자들을 이해할 수 없어요. 인간의 일상은 끔찍하고, 무의미하며, 둔하고, 융통성 없다 ..." 슈클로프스키가 말했다.

"어떻게 하든, 난 결국 늘 지게 되어 있어요 ..." 어머니가 말했다.

"나는 잉크와 펜, 그리고 그 펜으로 쓰인 모든 글자에게 증언을 청한다. 나는 황혼의 불확실한 어둠과, 그 어둠이 생명을 불러일으키는 모든 것에게 증언을 청한다. 나는 심판의 날과 양심의 가책을 느끼는 영혼에게 증언을 청한다. 나는 시간, 곧 모든 것의 시작과 끝에게 증언을 청한다. 모든 사람은, 언제나, 패배한다." 메샤 셀리모비치가 말했다.

"때로는 내 인생의 진부함이 끔찍하게 느껴져요. 어떤 사람들의 삶은 잘 짜인 이야기처럼 흘러가잖아요. 나는 그런 사람들을 늘 부러워했어요 ..." 어머니가 말했다.

"잘 짜인 각본이 현실을 닮아야 할 이유는 없어요. 오히려 삶이, 있는 힘을 다해 잘 짜인 각본이 되려 애쓰죠." 바벨이 말했다.

"이제 와서는 그 모든 게 아무런 의미도 없어요 ... 이제 나는 내가 누구인지, 어디에 있는지, 누구의 것인지조차 모르겠어요 ..."

추신

나는 이미 써두었던 글에 이 한 문장을 덧붙였다. "이제 나는 내가 누구인지, 어디에 있는지, 누구의 것인지조차 모르겠다 ..." 그 문장은 1991년 9월 20일에 어머니가 실제로 그렇게 말한 것을 적은 것이었다. 그때 나는 그것이 내가 쓰는 마지막 문장이 될지도 모른다고 생각했다. 처음에는 장르의 형태를 두고 이리저리 흔들리던 생각이, 이제는 두 겹의 매듭으로 단단히 엉켜 있었다. 그 문장은 두 번의 공습경

86

보 사이에 원고 속으로 들어갔다. 그해 9월, 우리는 사이렌 소리와, 텔레비전 속 폐허가 된 나라의 영상, 그리고 우리는 끝없이 두려움에 시달리며 정전된 아파트와 대피소에서 지냈다. 그리고 대피소에 내려갈 때마다 신분증을 챙겼다. 만약 폭탄이 떨어져도 신원미상의 시체가 신원이 확인된 시체로 남기 위해서였다. 그녀의 일기 속 순진무구하고 감동적이었던 '사람들이 수군대는 그 일이 정말 일어나지 않기를, 하늘이 막아주길' 이란 문장은 현실이 되어 있었다. 사람들이 수군대던 그 일이 실제로 일어났다.

1946년, 그녀는 전쟁으로 폐허가 된 유고슬라비아를 여행했다. 그녀는 시작을 놓친 채 모든 것이 끝났을 때 그곳에 다다랐다. 자신의 삶의 끝에 다다라서야 그녀는 그때 놓쳤던 것들을 보고 있었다. 어린 시절, 그녀가 가장 두려워했던 것은 뒤집힌 장갑이었다. 지금 현실이 그 장갑처럼 안팎이 뒤집혀버렸다.

그녀는 대피소에 내려갈 때마다 늘 새장을 들고 갔다... 그 안에는 작은 앵무새 한 마리가 있었다! 그녀는 남은 모든 사랑을 그 새에게 쏟았다. 내가 불과 한 달 전, 그녀의 반대에도 불구하고 선물했던 그 앵무새에게. 우리, 자식들에 대해서, 심지어 자기 자신에 대해서도 그리 걱정하지 않는 듯했다. "내가 누구인지, 어디에 있는지, 누구의 것인지조차 모르겠다"던 그녀의 모든 존재, 마지막 숨결까지도 천사를 표방한듯한 그 작은 새를 감싸고 있었다. 죽음이 닥쳐올지도 모르는 그 순간에 그녀가 대피소로 가지고 들어간 것은 단 두 가지였다. 신분증, 앵무새 한 마리. 천사의 복제품에서 나오는 작게 뛰는 심장 소리, 팔딱, 팔딱, 팔딱.

III

킨더 에그

당신은 다음 날 잃어버린 물건들을 기억하나요? 그들은 마지막으로, 조심스럽게 당신에게 간청합니다(헛되이) 자신들을 곁에 두어 달라고. 그러나 상실의 천사가 그들을 스쳐 지나가면 더 이상 우리의 것이 아닙니다. 우리는 그들을 억지로 붙잡고 있을 뿐입니다.

— 라이너 마리아 릴케

연기로 보내는 작은 신호들

나는 자동응답기를 켜고 녹음을 듣는다. 메시지가 하나 있다.

"이봐, 부비(Bubi)... 어디 있니? 너는 늘 없네..."

그녀는 매일 전화를 건다. 남겨지는 메시지는 거의 똑같다. 먼저 잠깐의 침묵, 그리고 수화기 저편에서 나는 들이쉬는 숨소리를 감지한다(그녀가 담배 연기를 들이마신다).

곧이어 내뱉는 숨소리가 들린다(그녀가 연기를 내뿜는다). 그녀는 시간을 끌며, 잠시의 패배를 용감하게 극복하고 있다. 억지로 밝은 목소리, 아무렇지 않은 척하는 억양은 늘 똑같다. 그녀는 나를 '부비'라고 부른다. 그 단어를 나른하게, 약간은 어색한 허세를 담아, 살짝 아양 섞인 어조로 발음한다. '부비'라는 이름은 꼭 껴안아 달라는 초청처럼 들린다. 자기 자신에게 건네는 말처럼, 두려움을 달래기 위해 어둠 속에서 휘파람을 부는 것처럼. "부비." 그녀는 수화기의 먹먹한 침묵 속에서 그렇게, 자신에게 말한다.

"넌 늘 없네..."라는 말은 꽤 긴 침묵 뒤에 이어진다. 의미 없는 말의 연장일 뿐이다. 그 말 속에는 진짜 원망도, 그녀를 괴롭히는 무언가의 실체도 없다. 그저 침묵의 시간을 늘리기 위한 도구일 뿐이다. 그녀는 자신의 목소리를 듣고 있을 뿐이고, 어쩌면 저편의 침묵을 뚫고 내 목소리가 불현듯 들려오길 희미하게 기대하고 있을지도 모른다. 그러다 문득 말을 멈춘다. 나는 그녀가 마치 어린아이가 잘못을 저지르고 몰래 숨는 것처럼 수화기를 급히 내려놓는 기척을 느낀다. 그리고 그녀는 안도하는 듯하다, 내가 없다는 사실에. 만약 내가 있었다면, 대화는 그녀에게 고통이었을 것이다. 하지만 지금 그녀는 '이야기를 나눈' 셈이 되었고, 아무 상처도 받지 않았다. 그녀는 자신이 남기는 메시지들이 언제나 똑같다는 걸 모른다. 그녀는 담배를 피우고, 들이마시고, 내쉰다. 그녀의 갈라진 목소리가 작은 구조 신호처럼 연기 속으로 흩어진다. 그 신호를 듣는 사람은 오직 나뿐이다. 그리고 나는 아무것도 하지 않는다.

입맞춤

나는 종종 생각한다. 어째서 나는 그녀에 대해 이렇게까지 아는 게 없을까. 그녀의 삶은 내게 싸구려 천 조각처럼 보인다. 처음 주어진 그대로, 늘릴 수도, 줄일 수도, 덧댈 수도 없는 천. 겉으로 보기에도 그녀는 마치 그 천 조각을 다루듯 자기 삶을 대한다. 그녀는 그것을 빨고, 다리고, 기워서, 단정히 옷장 안에 넣어둔다.

나는 여전히 궁금하다. 왜 나는 그녀를 이렇게 모르며, 아는 것마저 이토록 하찮게 느껴지는지. 그녀는 나를 훨씬 더 많이 안다. 그녀만이 주인처럼, 혹은 도둑처럼 내 암호를 알고 있다, 내 고통의 암호를. 나는 그 고통조차 모른다. 그것이 어디서 오는지도, 왜 나는 그걸 이겨내지 못하는지도, 왜 그것이 언제나 정확하게 내 숨을 앗아가는지도 모른다.

나는 그녀의 모든 몸짓과 움직임, 표정, 목소리의 톤까지 알고 있다. 나는 그것들을 내 안에서도 알아본다. 거울을 볼 때면 아주 잠깐,

찰나로, 마치 이중 노출된 사진처럼 내 얼굴 대신 그녀의 얼굴이 비친다. 입가를 따라 내려오는 두 줄의 선이 서서히 더 아래로 스며들어 (아직은) 거의 보이지 않는 작은 주머니로 끝맺는 것을 본다.

나는 점점 더 자주 거칠게 숨을 몰아쉬며 깨어난다. 입술을 그녀처럼 달싹인다. 그리고 오후 낮잠을 자는 그녀를 몰래 바라본다. 윗입술에는 작은 땀방울이 맺혀 있다. 나는 생각한다. 내가 잠들었을 때 내 얼굴에도 그녀처럼 절망으로 가라앉는 표정이 드러나는 걸까.

나는 문득 스스로를 발견한다. 다리를 흔들고, 발끝으로 공기를 부스러뜨리며, 그녀가 하던 그 방식 그대로.

불현듯 예기치 못한 일격처럼, 불시에 밀려오는 불안의 파도에 휩싸인다. 그 순간 문득 생각한다. 지금 내 얼굴에도 그녀처럼 그토록 무기력하고 취약한 표정을 하고 있는 건 아닐까. 혹시 나도, 그녀처럼 아무 일도 없었던 척하려고 가볍게 기침을 하는 걸까?

때때로 내 목소리 속에서 그녀의 갈라진 음색이 스며나온다. 어쩔 때는 그녀의 목소리가 내 것 밑으로 스며들어, 나는 마치 그녀와 함께 이중창을 하듯 말한다. 나는 중간중간 멈추고, 말을 길게 늘이며 그것이 지나가기를 기다린다.

한 번은 아주 오래전의 일이다. 한 소년과의 설레는 약속에서 돌아오던 길이었다. 우리는 작별의 키스를 반복하며 연습했고, 나는 그 흥분의 안개에 휩싸인 채 집으로 뛰어왔다. 그리고 무심코 방금 전 그 소년에게 했던 것처럼 그녀의 입술에 같은 방식으로, 망설임없이 입을 맞추었다. 그 서툰 행동은 내 안에 이상한 불안감을 남겼다. 지금 와서 "미래의 나"에게 입을 맞춘 것이라 말하는 건 너무 단순할 해석일 것이다.

내 안에서 그녀의 모습을 발견할 때, 우리의 이미지가 하나로 겹쳐질 때면 그 때의 첫 장면이 내 안에서 되살아 난다. 내가 입을 맞출 때

놀라움에 크게 뜬 그녀의 눈동자와 그 속에 비친 나의 당황스럽고 부
끄러운 시선.

이름과 성

"이름?"

　"엘리사베타(Elisaveta)..."

　"성은?"

　"시메오노바(Simeonova)..."

　"아버지 이름은?"

　"시메온(Simeon)..."

　"생년월일은?"

　"1926년 8월 2일."

　"출생지는?"

　"바르나(Varna)."

　"그게 어디죠?"

　"흑해 근처예요... 불가리아에..."

　"그래요, 불가리아 여자들은 다 그렇게 예쁜가요?"

　그녀는 아마 그 시절, 이런 대화를 수없이 되풀이했을 것이다. 세
관에서, 경찰서에서, 각종 사무실과 위원회에서 회색빛 공무원들, 이
름 없는 서류 담당자들과 마주 앉아. 그녀의 소박한 인적 사항을 받아
적던 이들은 대개 이렇게 먼저 물었을 것이다. "도대체 왜 여기에 오셨
죠?"/ "불가리아 여자들은 다 그렇게 예쁜가요?"라는 문장은 사실 내
아버지가 했던 말이다. 그는 그 말을 진심 어린 감탄과 함께 내뱉었다
고 믿는다. "뭐라고 대답해야 할지 몰랐어요." 그녀는 그렇게 말한다.
그녀의 당혹스러움, 그의 잠깐의 대담함, 그리고 그 진부한 한 문장.
그 모든 것 덕분에, 결국 내가 태어났다.

스무 살의 그녀는 이렇다 할 내세울 과거도 없이 건강과 미래에 대한 꿈으로 빛나는 그 둥근 숫자 '20'을 품고 1946년 여름, 먼 바르나에서 유고슬라비아로 향했다.

사과로 가득찬 여행가방

그녀는 기차를 타고 여행했다. 바르나에서 소피아로, 소피아에서 드라고만으로 국경을 지나 마지막으로 알려진 지점까지. 유고슬라비아 국경을 넘는 순간, 그녀는 갑자기 두려움을 느꼈다. 세관원의 짙은 콧수염 때문이었을까, 아니면 자신이 내린 결심의 돌이킬 수 없음 때문이었을까. 그녀는 가방을 열며 마음을 바꿔 돌아갈 시간이 있다고 스스로에게 되뇌었다. 그런데 그 순간, 당황한 손끝에서 가방이 미끄러졌고 안에 있던 소박한 물건들이 바닥으로 쏟아졌다. 그녀는 구르는 사과들을 기억한다. ("정말 많았어요, 사과가 아주 많았죠," 그녀는 말했다. "나도 왜 그렇게 많이 챙겼는지 모르겠어요." 그녀의 기억은 그 장면에 멈춰 있다. 바닥 위를 구르던 사과들. 그리고 마치 결정을 내린 건 그녀가 아니라, 그 사과들이었던 것만 같다. 사과들을 모두 주워 담는 동안 기차는 이미 떠나버렸다.

　　그녀는 그 외엔 거의 기억하지 못한다. 그 해, 1946년의 먼 여름, 반쯤 비어 있는 기차가 덜컹이며 황폐한 대지를 가로지르던 시절. ("모든 게 무너져 있었어요, 정말 모든 게…" 그녀는 말했다.) 그녀는 짐을 다시 가지런히 챙겨 넣었다. 실크 조젯의 여름 원피스 몇 벌,

　　우아한 벨루어 구두, 책들, 그리고 최신 파리 잡지에서 본 디자인을 따라 만든 코르크 굽 샌들 한 켤레. (그해 겨울, 바르나 항구에는 난파된 배에서 떠밀려온 코르크가 대량으로 떠밀려왔다. 그 다음 여름, 바르나의 소녀들은 따뜻한 자갈길 위를 코르크 샌들을 신고 사각사각 걸으며 바다 냄새를 흩뿌렸다.) 그녀는 사과들을 다시 맨 위에 올려두었다.

그녀는 낡은 유리창 너머를 바라보았다. 새로운 풍경을 보고 싶었지만, 모든 것이 절망적이고 완전히 파괴되어 있었다. 이윽고 비가 내리기 시작했다. 끈적이고 미세한 이슬비가 몇 시간이고 이어지며 창문을 가려버렸다. 그녀는 비어 있는 객실 구석에 몸을 웅크리고, 약혼자를 떠올렸다. 바르나의 해변 산책로에서 만났던 부드러운 미소를 지닌 젊은 유고슬라비아 선원. 그녀는 그와 함께할 미래의 집을 상상했고, 내릴 역의 이름을 수십 번 되뇌었다. 그 역에서 그녀를 기다릴 그의 미소를 떠올리며 희미한 미래의 온기 속에서 잠이 들었다. 기차는 몇 시간이고 덜컹이며 달렸다. 그녀는 꾸벅꾸벅 졸다 깨어나 이따금씩 사과를 먹었다.

그리고 그녀가 뚜렷이 기억하는 유일한 것은 ("왜 하필 그 장면이 기억나는지 모르겠어요," 그녀는 말하며 '하필 그게'라는 말을 힘주어 반복했다). 어느 역에서 객실로 한 노인이 들어왔다. ("고귀한 얼굴을 하고 있었어요.") 그녀는 그에게 사과 하나를 건넸다. 노인은 작은 칼을 꺼내 능숙하게 사과 껍질을 벗기더니, 껍질로 장미 모양을 만들었다.

"받아요, 아가씨." 그가 말했다.

("정말 아름다웠어요, 그렇게 예쁜 장미는 처음 봤어요!")

그녀는 자신이 수없이 되뇌었던 그 역에 내렸다. 손에는 여행가방을 들고 있었고, 그녀를 기다리는 사람은 아무도 없었다. 끈적한 이슬비가 내리고 있었으며 이미 어두웠다. 그곳에서 그녀는 자신의 과거를 어둠의 천으로 덮었다. 나는 가끔 그 천의 실 한 올을 조심스레 잡아당겨본다.

첫 번째 사진들

"그 사람은 참 멋진 미소를 지녔어요." 그녀는 그렇게 말하곤 했다. 이미 그의 모든 사진을 다 찢어버린 후였다.

그는 해안경비대 소속의 선원이었다. 전쟁의 폭풍이 닿지 않았던 바르나 항구에 버려진 채 떠 있던 배 위에 있었다. 그 역사적 우연 덕분에, 전쟁이 끝난 후 몇몇 바르나의 젊은 여자들이 유고슬라비아로 실려가듯 떠나게 되었다.

　　그녀는 그를 찾아내고, 결혼했다. 결혼 첫날밤, 강간을 당했다. (단한 번, 그리고 다시는 없었다.) 그녀는 곧 그를 증오하게 되었고, 몇 달만에 그를 떠났다. 그녀는 빠르게 현지 언어와 타자를 배웠다. ("쉬웠어요, 문맹투성이들 속에 있었으니까요.") 지방 제재소에서 일하다가 나중에는 사무소로 옮겼다. 방을 얻고, 이사를 하고, 모든 것을 지우고, 잊었다.

　　그동안 그녀가 덮어둔 어둠의 천 아래에서는 희미한 이미지들이 여전히 꿈틀거린다. 지저분하고 방치된 집, 그의 끊임없는 거짓말, 맹세, 애원, 또 다른 약혼녀이자 파르티잔이었던 여자, 권총을 휘두르며 그를 죽이겠다고 위협하던 장면, 파리 떼, 거대한 갑상선을 달고 있던 시어머니, 그 시어머니를 무릎에 앉히고 거친 손으로 가슴을 주무르며 낄낄대던 이빨 빠진 시아버지, 울부짖는 돼지들, 악취, 땀, 커튼조차 없는 끈적한 창문, 밤, 장작을 하러 가야 했던 어두운 숲. 그녀를 '작은 아가씨', '그 외국 여자'라 부르던 사람들, 숲 속에서 흘린 눈물, 어둠 속에서 바르나가 세상의 어느 쪽에 있는지조차 기억나지 않아 더욱 절망했던 순간들. 그녀를 향한 의심스러운 시선들, 그리고 점점 짙어지던 자기 절망. 습한 벽, 삶은 사탕무의 날카로운 냄새, 파리처럼 끈적한 시선들...그 모든 이미지가 뒤섞여, 둔하고 무거운 굴욕감으로 응고되었다. 그것은 갑상선처럼 눈에 보이지 않지만 묵직하고 지워지지 않는 상처였다. 그 상처, 그 보이지 않는 갑상선 덩어리 때문에 그녀는 어느 순간 결심했다. 다시는 돌아가지 않고, 그곳에 남겠다고. 그곳에 남겠다고...

"불가리아 여자들은 다 그렇게 예쁜가요?"

이게 바로 첫 번째 사진들의 시작이다. 그녀의 소박한 서류철, 그녀의 진짜 이야기, 밝고 선명했던 그 시절의 기록. 그 이야기에는 그녀 또래의 영웅, 새 시대의 인간, 전쟁에서 '올바른 편'으로 싸운 남자가 등장한다. 첫 번째 스냅사진은바로 그들의 결혼식이었다.

그녀는 결혼식에서 실크 조젯 원피스와 코르크 샌들을 신었다. 점심으로는 닭고기를 준비했다. 진짜 닭고기!

단어들

궁핍한 시절이었다. 사람들은 쿠폰으로 물건을 샀다. 살 수 있는 물건은 오직 뜨개옷 뿐. 아무것도 없었다. 정말 아무것도! 사람들은 배가 고팠다...그들은 난민 음식을 만들어 먹었다.

"난민 음식이 뭐예요?"

"캐러웨이 수프."

"수프만요?"

"양배추, 감자, 콩, 순무 스튜, 양배추 넣은 곱창, 만두,고기 기름을 두른 빵, 설탕을 푼 달걀 그건 아이들 몫이었지..."

"너도 그 배고픔 속에서 잉태됐어." 그녀는 그렇게 말한다. 그녀는 임신 중이었고 아버지는 병원에 있었다. 그는 피를 토했다. 스트렙토마이신을 구하기 어려웠고, 음식도 구하기 어려웠다. 그녀는 어렵게 꿀 한 병을 구했다. 그런데 아침에 그 안에서 죽은 쥐 한 마리를 발견했다. 그녀는 울었다. 자신을 위해 우는 건지, 쥐를 위해 우는 건지 알 수 없었다...사람들은 주어진 걸 먹었다. 모두가 가난했다. "우린 아껴써야 했고, 허리띠를 졸라매야 했어."

그녀는 매일 세 들어 살고 있는 방의 나무 바닥을 잿물로 닦았다. 빈대 때문에 매트리스를 자주 뒤집었고, 빨래를 삶아 햇볕에 말리고,

다렸다. 방을 반짝이도록 닦았다. 청결은 건강의 절반이었다. 청결은 풍요의 대체물이기도 했다. 창문은 다이아몬드처럼 빛났고, 침대보는 새틴처럼 번들거렸으며, 나무 바닥은 오래된 금빛으로 반짝였다. 심지어 죽은 쥐의 시체조차 호박빛을 띠었다. 청결의 냄새가 다른 모든 냄새를 몰아냈다. 냄새조차 없던 시절이었다.

내가 정확히 모르겠는 단어들: '잿물'(빨래에 쓰는 세제), '쿠폰'(돈을 대신하던 종이), '빈대'(그 시절 존재하던 벌레).

희미하게 기억하는 단어들: '뜨개옷', '빵과 설탕'(케이크를 대신하던).

그 시절 어머니의 어휘에서 나온 단어들: '곱창', '고기 기름', '양배추 스프', '빵과 설탕', '쿠폰', '빈대'.

1949년

내가 태어난 그 해, 세상의 사전에는 아직 '세상'이라는 단어가 있었다.

그해 해리 트루먼이 미국의 서른 세 번째 대통령이 되었고, 워싱턴에서는 7마일에 이르는 퍼레이드로 그를 축하했다. 시애틀에서는 대지진이 일어났고 '천만 달러 규모의 재앙'이라 불렀다. 파리에서는 유럽 평의회가 창설되었다. 열 개의 유럽 국가로 구성된 공동체, 훗날 유럽 통합의 씨앗이 되었다. 영국에서는 배급제가 폐지되었고, 사탕에 대한 제한도 풀렸다. 10년간의 어둠이 끝나자 런던은 네온 사인으로 다시 빛났다. 중국에서는 내전이 여전히 계속되다가 마침내 '중화인민공화국'의 선포로 막을 내렸다. 미국 마이애미에서는 경이로운 건축물의 '미래의 대학'이 문을 열었고, 이스라엘은 유엔에 가입했다. 같은 해에 유엔은 새로운 본부 건물로 이전했는데, 개관식에서 트루먼 대통령은 그 건물을 '세상에서 가장 중요한 건물'이라 불렀다. 영국에서는 파운드의 환율이 급등해 달러보다 강세를 보였고, 모나코의 작은 나라는 새 군주 레니에 왕자를 맞이했다. 런던의 성 바울 성당은 전쟁의 상흔을 벗고 복원되었으며, 그해 여름은 열대처럼 뜨거웠다. 찰스 왕자는 사랑스러운 곱슬머리를 한 아기였고, 유럽 재건을 위한 마셜 플랜이 시행 중이었다. 베를린은 분단되었다. 소련 점령지는 '동베를린'이 되어 독일민주공화국의 수도가 되었고, 나머지 세 구역은 '서베를린'이 되었다. 런던에서 뉴욕까지 가는데 새로운 더블데커 비행기로 9시간도 채 걸리지 않았고, 미국과 소련은 '냉전'의 시대로 접어들었다. 에롤 플린, 그레고리 펙, 더글러스 페어뱅크스, 로잘린드 러셀은 영국 여왕이 주최한 파티에 초대되었다. 그리고 새로운 마취제가 발명되어 여성들이 고통 없이 아이를 낳을 수 있게 되었다....

세상의 사전에는 세상이 있었다. 하지만 지금 세상의 사전에는 우리에 대한 흔적이 없다. 우리의 사전에도 세상의 흔적은 없다. 내가 태어난 날, 3월 27일. 벨리예 농장에서 체육 활동이 성공적으로 진행 중이었고, 벨리미로바츠 코뮌의 발전은 주목받고 있었다. 나라 전체는 봄 파종 계획의 완전한 달성을 준비 중이었으며, 스플리트에서는 1만 명의 여성이 전선여단(Front Brigades)에 합류했다. 그날, D-1 등급 소비자*에게는 배급 쿠폰 한 장당 두 통씩 통조림 우유가 배급되었다. 자그레브의 발칸 극장에서는 소련 영화 〈젊은 근위대(The Young Guard)〉가 상영 중이었고, 자그레브 극장에서는 〈열차는 동쪽으로(A Train Goes East)〉, 야드란 극장에서는 〈나스레딘 호자 모험기(The Adventures of Nasredin Hodza)〉, 로마니야 극장에서는 〈순양함 바랴그(The Cruiser Varyag)〉 가 상영 중이었다. 모두 소련 영화였다.

---

* D-1 등급 소비자: 1940~50년대 유고슬라비아, 불가리아, 동유럽 전역의 식량난으로 모든 시민이 등급별 배급 제도 아래 있었으며, D-1은 부양가족이 있는 여성·아이·임산부 등의 가족 단위소비자계층을 말한다.

캐러웨이* 수프
재료:
    지방 또는 버터 3큰술
    밀가루 4큰술
    캐러웨이 씨앗 1작은술
    물 1.5리터
    소금 약간
    작게 썰어 튀긴 빵 조각

냄비에 버터를 녹이고 밀가루를 넣어 옅은 갈색이 될 때까지 볶는다.
캐러웨이 씨앗을 넣고 살짝 더 볶다가 물을 조금씩 부으며 계속 저어
준다. 소금을 넣고 약 15분간 끓인다. 그릇에 튀긴 빵 조각을 담고, 그
위에 수프를 부어 낸다.

인형의 집
우리가 새집으로 이사했을 때(그때 나는 세 살이나 네 살쯤이었을 것이
다), 그 집은 방 두 개와 큰 부엌, 욕실, 식료품 저장실, 베란다, 그리고
정원이 있었다. 나는 세상을 탐험하기 시작했다 (그건 달걀처럼 둥근 세
상이었다), 그리고 어머니는 평생 바라던 것, 커다란 인형의 집을 얻게
되었다. 이사는 모든 것이 처음으로 가득한! 기쁜 날의 시작이었다.
    부모님의 첫 침실, 할부로 구입한 진짜 월넛 가구, 큰 더블 침대, 협
탁, 거울처럼 반짝이던 불룩한 옷장, 그리고 커다란 세로형 거울이 달
린 낮은 서랍장, 드레싱테이블이라 불리던 그 낯선 이름의 가구까지.
곧 주방에는 찬장과 첫 가스레인지가 들어섰다. 욕실에는 장작불로

---

* 　캐러웨이: 동유럽 요리의 상징적인 향신료

물을 데우는 보일러가 설치되었다. 그 모양은 훗날 보게 될 로켓과 닮아 있었다. 그리고 이 모든 것의 정점에는 '니콜라 테슬라'라는 이름의 첫 라디오가 있었다. 그 집으로 이사한 뒤, 나는 생전 처음 남쪽 나라의 과일인 '오렌지'의 황홀한 맛을 알았다. 그리고 내게 처음으로, 인디안러버로 만든, 디른들*을 입은 작은 인형이 주어졌다. 그 옷은 어딘가에 다른 나라, 다른 옷을 입은 소녀들이 사는 세계가 있음을 희미하게 암시했다.

그 뒤로 모든 것이 바뀌었다. 우리는 새 아파트로 이사했지만, 처음의 기쁨은 끝나지 않았다. 또 다른 첫 번째들이 찾아왔다. 처음 출시된 가브릴로비치 파테**, 첫 텔레비전, 첫 축음기, 첫 세탁기, 첫 폭스바겐 1300. 어머니는 처음으로 담배를 피우기 시작했다. 또 다른 시대가 열리고 있었다. 우리의 첫 번째 작은 집이 있던 거리(우리는 그곳을 '콜로니'라 불렀다)의 공동체적 삶은 텔레비전의 등장과 함께 다른 형태의 집단성, 미디어의 집단성으로 대체되었다. 세상이 달걀처럼 둥글고 온전하다는 그 생각은 유명한 노래로('마리나'와 '무스타파'***)로 뒷받침되었지만, 그 믿음은 곧 산산이 부서졌다. 그 조각들 사이로 다른 세계들의 윤곽이 솟아올랐다. 처음은 밑도 끝도 없이 멕시코였다. 멕시코인들과 그들의 마마 후아니타****. 그 뒤로 잠깐 인디언들이 등장했다. 그 '다른 존재들'의 실재는 약 2천만 명의 유고슬라비아 사람들

---

*   디른들(dirndle): 알프스 농민 의상을 모방한 여성용 드레스로, 몸에 딱 맞는 상의와 풍성한 치마가 특징이다.

**   가브릴로비치 파테(Gavrilović pâté): 1960년에 설립된 유럽에서 가장 오래된 육가공 회사인 가브릴로비치의 제품으로, 처음으로 파테를 통조림 형태로 대량 생산했다.

***   '마리나'와 '무스타파'('Marina' and 'Mustapha'): 1960년대에 유고슬라비아의 대중문화의 상징적으로, 순진한 낙관과 대중의 일체감을 상징하는 시대의 음악이다.

**** 마마 후아니타: 1950~60년대 유고슬라비아에서는 멕시코 영화들이 인기를 끌었는데, 대중 문화 속에서 '멕시코'하면 떠오르는 상징적인 이름이다.

이 우울한 인도 영화들을 보며 흘린 눈물로 입증되었다. 그 뒤로 또 다른 나라들이 밀려들었다. 대부분은 아프리카의 나라들이었다. 그들의 존재는 그 나라 대표자들에 의해 확인되었다. 우리는 작은 깃발을 흔들며 발음하기조차 어려운, 신비로운 그들의 이름을 더듬거렸다. 은크루마(Nkrumah), 시리마보 반다라나이케(Sirimavo Bandaranaike), 나세르(Nasser), 하일레 셀라시에(Haile Selassie)... 어머니는 내가 태어나기 전에 '러시아'라는 나라가 있었다고 말했지만, 처음엔 그것을 증명할 만한 흔적을 어디에서도 찾을 수 없었다.

그을음

'그을음(soot)'은 내가 배운 첫 단어들 중 하나였다. '어머니', '아빠', '빵', '물'처럼 자연스러운 단어였다. 우리는 작은 공업 도시에서 살았는데, 그곳에는 그을음 공장이 있었는데 아버지는 그 곳에서 일했다. '기름(oil)' 또한 익숙한 단어였다. 우리 마을에서 멀지 않은 곳에 유정이 있었고, 탄소는 그 기름에서 얻어지는 것이었다.

우리가 살던 거리는 콜로니('노동자 주택 단지(Workers' Colony)'의 약칭)라고 불렸는데 그 콜로니의 작은 집들(우리 집을 포함한)은 당시 '미래형 노동자 주거지'의 모범으로 여겨졌다.

어머니는 종종 나를 공장 목욕탕으로 데려갔다. (집 욕실의 '현대식' 보일러에 불을 붙이는 것보다 훨씬 간단했기 때문이다.) 노동자들의 속눈썹에는 그을음이 두껍게 엉겨 있었고, 마치 화장을 한 사람들처럼 보였다. 그들은 인형처럼 속눈썹을 깜빡였다. 차가운 돌로 된 탈의실 안에 쏟아지던 뜨거운 샤워 물줄기. 나는 검은 물줄기가 사방으로 흘러내리고 회색 거품 더미 사이를 스며들던 광경을 기억한다.

어머니는 매일 그을음과 씨름했다. 아침이면 젖은 헝겊으로 창틀을 닦곤 했다.

"또 그을음이 내려앉았네..."

어머니는 그렇게 말하며, 정밀한 측정기처럼 집게손가락으로 창유리에 문질렀다. 그녀는 그 손가락을 마치 라듐을 발견한 직후의 마리 퀴리처럼 중요한 태도로 들어 보이며 말했다. "봐, 맞지?"

"응." 나는 어머니의 손가락 끝을 바라보았다. 거기엔 기름 섞인 검은 가루꽃이 묻어 있었다.

어머니는 매일 창문을 열고, 밖을 내다보며, 하늘을 올려다보고, 입술을 말아 올린 뒤, 다시 창문을 닫았다.

"공기 중에 또 그을음이 떠다니네!"

그을음은 제5원소였다.

잿빛 날에는 그을음은 느린 이슬비처럼 하늘에서 내렸다. 맑은 날에는 공기 중에 반짝이며 작은 황금빛 거미 마냥 떠다녔다. 나는 숨을 죽이고 그 고요하고 멈출 수 없는 침입을 바라보았다. 그중 하나가 내 손 위로 떨어지면, 나는 그것을 눌러 죽였고, 금빛은 순식간에 검고 기름진 자국으로 바뀌었다.

겨울에는 눈이 내렸다. 밤이 되면 그을음이 하얀 눈 위로 내려 앉았다. 아침이면 우리는 잿빛의 얼어붙은 껍질을 깨고, 그 아래의 하얀 들뜬 마음으로 들여다보았다. 그리고 눈 위에 몸을 던져 눈 위에 몸자국을 내며 '천사 만들기'를 하고 놀았다.

내 기억의 사슬 속에서 '기름'이라는 단어는 언제나 다음과 문장과 이어졌다. '티토가 등장했다.' 어느 해, 유정 개통식에 티토 대통령이 참석했다. 그 순간, 땅이 뚫리고 시커먼 기름 줄기가 하늘로 치솟았다. 사람들 위로 기름비가 쏟아졌다. 그날을 위해 마련한 아버지의 새 양복은 다시는 입을 수 없게 되었다.

"이건 뒤집어 입을 수도 없잖아요..." 어머니는 슬픈 얼굴로 그렇게 말했다.

스노우 볼

처음으로 그 시절 우리 집에 처음으로 생긴 쓸모 없는 물건은 스노우 볼이었다. 그 속에는 짙푸른 하늘 아래 작은 마을이 펼쳐져 있었다. 공을 거꾸로 뒤집으면 마을 위로 눈이 내렸다. 그 스노우 볼은 마법의 무언가였다. 나는 그것을 이리저리 돌려보고 그 안의 풍경 속에서 눈송이 말고 다른 무언가를 흔들어 꺼낼 수는 없는지 살펴보곤 했다.

얼마 지나지 않아 수많은 마법의 공이 집에서 내던져졌다(어쩐 일인지 그것들은 '싸구려 오브제'로 치부되었다).

지금도 내 손끝에 닿던 그 매끄럽고 차가운 감촉이 느껴진다. 나는 그 작은 마을의 풍경을 뚫어지게 바라본다. 그것은 또 다른 행성처럼 작고 멀게 느껴진다. 나는 그 마법에 이끌리듯 공을 뒤집는다. 땅에서 하늘로, 눈송이들이 떠오른다. 그 눈송이들은 그을음 입자만큼이나 작다...

싱거(재봉틀) 공작부인

"저기요, 천 조각 좀 가지고 계신가요...?" 창가에 앉은 커다란 여자가 눈부시게 빛나는 눈동자로 우리를 꿰뚫어 보듯 바라보고 있었다. 우리는 나란히 마치 사과들처럼 줄지어 서서 겨우 창턱에 닿을 만큼 키를 세우고, 안을 들여다보았다.

여자는 넓은 손짓으로 자루를 휘저으며 시든 잎사귀를 쓸어 담듯 한 움큼 퍼 올리더니 창문 너머로 우리 각자에게 한 줌씩 내밀었다. 우리는 그 '보물'을 품고 물러나 설렘으로 붉어진 얼굴로 조급하게 그 안을 살폈다. 보물은 눈앞에서 반짝였다. 줄무늬 천, 땡땡이 천, 체크무늬와 격자무늬 천, 꽃무늬 천, 한 가지 색의 천, 형형색색의 천...

'공작부인'은 우리 골목에서 가장 중요한 인물이었다. 그녀의 성은 '듀크'였고, 모두가 경의를 담아 그녀를 '공작부인'이라 불렀다. 우리가 그 천 조각들이 필요했던 건, 인형 옷을 만들기 위해서였다. 인형들은 흰 캔버스로 대충 꿰맨 몸에 짚(혹은 누더기)을 채워 넣어 만든 것이었다. 우리는 '틴텐블라이'(연보라색의 부드럽고 두꺼운 심을 가진 멋진 색연필)로 눈과 코, 입을 그렸다. 점 하나, 보조개 하나, 곱슬 머리 한 줄, "자, 예쁜 여자아이가 되었네."

그렇게 우리는 공작부인이 준 천 조각으로 인형 옷을 만들었고, 공작부인은 우리와 어머니, 소녀들의 옷을 지었다. 공작부인은 재봉사였고, 기성복이 없던 그 시절엔 의사만큼이나 어쩌면 그보다도 더 중요한 사람이었다.

"공작부인한테 가자!" 어머니가 그렇게 말하면, 나는 기꺼이 손을 내밀었다.

나는 그 거대한 여자를 한 번도 방 밖에서 본 적이 없었다. 그녀는 마치 자기 방 안에 뿌리를 내린 존재처럼 보였다. 그곳은 온갖 기이하고 위험한 생물들이 도사리는, 작은 정글같았다. 그 방 안의 모든 것은 일시적이지만 공작부인의 지배 아래 있는 듯했고, 단 한순간의 부주의라도 생긴다면 그 위험한 짐승들이 곧장 살아나 날뛰기 시작할 것만 같았다.

뱀 같은 줄자는 얌전히 그녀의 손가락에 감겨 있었지만 종종 손에서 미끄러져 구석으로 달아났다. 천진난만하고 빠른, 이빨 없는 실타래들은 서로 밀치며 굴러다녔고, 바늘 방석 고슴도치들은 언제나 잔뜩 곤두서 있었다. 앵무새 색깔의 천 조각들은 자루 속에서 꿈틀거리다 툭 튀어나와 바닥 위를 이리저리 기어다녔다. 리본과 레이스는 무성한 덩굴처럼 드리워져 있었고 그 그늘 아래에서는 스냅단추와 갈고리, 쇠단추 같은 벌레들이 졸고 있었다.

핀들은 플라스틱 상자 속에서 알을 까듯 솟아났고, 금속 골무들은 회색빛의 위협적인 하품을 늘어뜨렸다. 금속 단추들은 불빛에 이끌린 바퀴벌레처럼 바닥 위를 종종걸음으로 가로질렀다. 미완성의 드레스들이 모자 걸이에 걸려 있었고, 그 옆은 '시침질'이라 불리는 흰개미 군단에게 포위된 듯했다. 그리고 방 안 곳곳, 천장과 바닥, 틈새마다 온갖 색의 실들이 쉼없이 뻗어나가며 세상을 점령하고 있었다.

그 거대한 여자는 자신의 싱거 재봉틀*과 완전히 하나가 되어 있었다. 둘을 하나로 합치면 싱거 공작부인이 된다. 싱거 공작부인의 거대한 몸은 한쪽 발로는 페달을 밟고 (다른 한쪽은 차분히 그 뒤에 놓은 채), 한 손으로는 검은 바퀴를 돌리고, 다른 손으로는 살아 움직이는 천을 길들이며 핀을 꽂았다. 그녀는 마치 거대한 짐승 같았다. 윙윙거리며 실을 삼킨 후 휘감고, 핀을 꽂으며, 침을 튀겼다... 그녀는 정글의 여왕이었고 강력한 윙윙거림은 그 방의 모든 소리를 압도했다. 딸랑이는 소리, 쨍그랑 소리, 바스락거림, 그리고 벌레나 뱀들이 바닥으로 떨어질 때 나는 둔탁하고 소리까지도.

정글의 한구석에는 장승이 하나 서 있었다. 팔도 머리도 없는, 신성할 만큼 눈멀고, 귀먹고, 이 정글의 삶에는 아무런 관심도 없는 나무 조각상, 재단용 마네킹이다.

기성복이 개념조차 없던 먼 옛날, 싱거 공작부인은 모든 것을 손수 만들었다. 팬티, 브래지어, 수영복, 드레스, 블라우스, 스커트, 바지, 코트, 숄까지. 그녀는 아버지의 닳은 양복을 해체해 안감을 겉으로 뒤집어 어머니의 우아한 정장으로 탄생시켰고, 때로는 그 자투리로 내게 치마 한 벌을 지어주기도 했다.

싱거 공작부인은 영화〈아프리카의 여왕(The African Queen)〉속 캐

---

*   싱거 재봉틀(Singer Sewing Machine): 1851년 미국에서 발명된 재봉틀로 최초의 가정용 재봉틀이다.

서린 헵번(어머니를 닮았던 배우)이 입은 블라우스를 만들 수도 있었고, 〈킬리만자로의 눈(The Snows of Kilimanjaro)〉의 에바 가드너(어머니가 닮고 싶어 하던 배우)가 입은 드레스도 만들어 낼 수 있었다.

아주 가끔이지만 싱거 공작부인은 알 수 없는 이유로 완고했다.
　"셔츠 앞섶에 주름 장식을 달면 어떨까요, 공작부인..."
　"그냥 깔끔하게 만들게요." 싱거 공작부인은 딱 잘라 말했다. 그리고 여자들은 순순히 따랐다.
　그녀는 똑바로 박음질하는 것부터 주름을 내거나 핀턱을 넣으며 리넨, 거친 면직물, 크레이프, 얇은 천, 펠트, 꽃무늬 패턴 원단, 실크를 길들였다.
　"여기엔 리본을 달아요, 공작부인..."
　"주름만 넣죠." 싱거 공작부인은 단호하게 말했고, 여자들은 고개를 끄덕였다.
　싱거 공작부인의 솜씨와 이 작은 마을과는 비교도 되지 않는 큰 도시 바르나(Varna)에서 보낸 지난 시절, 영화 예술에 대한 그녀의 감각 덕분에 기성복이 없던 시절이었지만 어머니는 마을에서 가장 우아한 여인이었다.
　끊임없이 쏟아지는 실들이 사방에서 몰려왔다. 모든 구석, 바닥과 천장에서 흘러내리고 기어오르며 공작부인의 손님들에게 엉겨 붙었다. 마치 거머리처럼. 손님을 배웅할 때면, 싱거 공작부인은 먼저 그들 옷에 붙은 실들을 하나하나 떼어내고, 마지막 남은 실오라기를 마치 막 잡아 죽인 벌레처럼 들어 올리며 의미심장하게 말했다.
　"검은 머리 누군가가 당신 생각을 하고 있네요."
　하얀 실을 떼어 낼때 이렇게 말하곤 했다. 반대로 재봉사의 작은 실마리가 검은색일 때 그녀는 이렇게 말했다.

"금발의 누군가가 당신을 생각하고 있네요."

싱거 공작부인에게는 딸이 있었다. 사람들은 그녀를 이탈리아 배우 지나 롤로브리지다(Gina Lollobrigida)의 이름을 따서 지나라고 불렀다. 지나는 배우처럼 아름다웠고 정말로 롤로브리지다를 꼭 빼 닮았다. 하얗고 둥근 얼굴, 생기 넘치는 검은 눈, 도톰한 입술, 반짝이는 하얀 이, 그리고 놀랍도록 가는 허리를 지닌 소녀였다.

"지나는 허리가 이렇게 가늘다니까..."

여자들은 엄지와 검지를 맞대어 동그라미를 그리며 말했다.

지나는 짧고 윤기 흐르는 검은 머리를 볼과 이마 위로 동그랗게 말아 올렸다. 그녀는 돈다발을 세려는 사람처럼 엄지와 검지를 입술에 대고 핥은 다음, 그 젖은 손가락으로 머리카락 한 올을 비벼 숫자 6 모양으로 재빨리 틀어 올렸다. 그녀의 얼굴 양쪽에는 6이 적어도 여섯 개씩, 이마 위에는 구불거리는 검은 6 두 개가 검은 달팽이 두 마리처럼 얹혀 있었다.

그녀는 배우처럼 아름다웠으며 인형처럼 옷을 입었다. 그녀의 몸에는 검은 실과 흰 실이 그녀의 몸 곳곳에 달라붙었다. 아마도 분명 수많은 흑발의 남자와 금발의 남자들이 그녀를 떠올렸을 것이다. 그럼에도, 지나는 결혼하지 않았다.

"그 애는 남자 복이 없었지..." 여자들은 그렇게 말했다.

불행한 지나는 어쩌면 싱거 공작부인의 그 마법 같은 재봉의 생명체들에게 사로잡혀 있었을지 누가 알겠는가. 어쨌든 내게는 지나와 함께 찍은 사진이 한 장 있다. 부모들이 우리를 데리고 간 노동조합 야유회에서 찍은 것이다. 사진 속에서 바람은 지나의 흰 드레스를 부풀리고 있다. 그 드레스는 그녀의 가느다란 허리를 더욱 돋보이게 했다.

그 바람에 부풀어 오른 치맛자락 뒤로, 머리에 흰 리본을 단 내가 서 있다. 우리 뒤로는 영원의 불꽃이 타오르고 있다. 그 불꽃은 아발라 산의 무명용사 묘에서 피어오른 불꽃으로, 바로 그 곳에서 그 사진이 찍혔다.

푸파 이모

나는 발끝으로 서 있다. 금빛 햇살이 스며든 광택 있는 마룻바닥 위, 등을 곧게 펴고, 배를 집어넣고, 목을 길게 뻗은 채, 머리 위에는 책 한 권을 얹었다. 숨을 들이마시고, 마치 물속으로 잠수하듯 숨을 멈춘다. 조심스레 한 발을 내딛자, 노란 마룻바닥이 천장 쪽으로 빛을 흩뿌린다. 다른 발을 뻗는 순간 책이 미끄러져 바닥으로 떨어지며 쿵 소리를 낸다.

"이제 그만 가!" 푸파 이모가 말하고, 헛기침하듯 거칠게 웃는다.

푸파 이모, 혹은 탄테 푸페(Tante Puppe). 그녀는 키가 크고 마르고, 뼈마디가 도드라진 여인이었다. 얇게 굽은 부리 같은 코와 푸르스름한 눈동자로 이미 세상의 모든 것을 꿰뚫어본 사람처럼 깜박였다. 약간의 절뚝거렸지만, 걸을 때면 유난히 꼿꼿했고, 가볍게 발을 옮기며, 고개를 높이 든 채 긴 목을 길게 내밀어 공기를 맡았다. 가느다란 콧구멍으로 아주 조심스럽게.

그녀는 툇마루가 딸린 작은 단층집에 살았다. 정원은 넓고 햇살이 잘 드는 큰 방들이 이어져 있어 문을 활짝 열고 하나의 방에서 다른 방으로 들어설 때마다 새로운 세계로 건너가는 듯했다. 집 안에 들어 갈 때는 모두 넉넉한 펠트 슬리퍼를 신었다. 사람들은 러시아의 박물관처럼, 소리 없이 미끄러지듯 그 집을 오갔다.

정원에는 이상하게도 '덩어리꽃'이라 불리는 식물만 자랐다. 눈처럼 하얀 공 모양의 꽃송이들을 그녀는 '덤플링'이라 불렀다. 색이 카멜레온처럼 변하는 커다란 수국, 그리고 연분홍빛과 흰빛이 어우러진 탐스러운 작약들. 나도 그녀처럼 그런 덩어리꽃들을 좋아했다. 그 위를 기어오르는 개미들의 모습을 한참 동안이나 들여다보곤 했다.

푸파 이모는 전쟁 전의 학교 선생님("그분이 전쟁 전에 선생님이었다니!)으로 독일어를 하고 피아노를 칠 줄 알았으며 우아함에 관한 한 절대적인 권위를 지닌 여인이었다.

그녀는 내게 우아하게 걷는 법을 가르치려 했지만, 끝내 성공하지 못했다. 푸파 이모는 보기 좋은 걸음걸이는 인생에서 가장 중요한 것, 아니 어쩌면 가장 중요한 일이라고 한 치의 의심도 없이 믿고 있었다.

"동물들을 봐." 그녀가 말했다. "얼마나 우아하게 움직이는지!." 나는 가능한 한 동물들을 주의깊게 관찰했다.

"닭은 어때요?"

"닭도 그 나름의 품위를 지녔지." 푸파 이모는 언제나 진지한 얼굴로 그렇게 말했다.

햇살이 가득하던 그 방을 기억한다. 그녀는 안락의자에 꼿꼿이 앉아, 마치 발레 교사처럼 지팡이 끝으로 바닥을 톡톡 두드리고 있었다. 나는 발끝으로 서고("배를 집어넣어!"), 배를 집어넣고("숨을 참아!") 숨을 참는다("이제 가볍게 숨을 내쉬어봐...")...

나는 끝내 우아하게 걷는 법을 배우지 못했다. 배를 집어넣은 채로 숨을 쉬는 게 어떻게 가능한지 이해할 수 없었지만, 그럼에도 그녀와 함께할 수 있다면 무엇이든 하겠다는 마음으로 버텼다. 그리고 가끔, 그녀가 왕비처럼 손짓하며 오늘은 자고 가도 된다고 말할 면 행복에 질식할 것만 같았다.

그녀의 침대 속, 턱까지 이불을 끌어올리고 숨어 있었다. 옆방으로 통하는 문은 활짝 열려 있었고 그녀의 아들이 욕실에서 나왔다. 그의 피부는 마치 미다스 왕처럼 황금빛으로 빛났고 목에는 수건을 두르고 있었다. 라디오에서는 대중가요가 흘러나왔다. 그는 음악에 맞춰 수건으로 몸을 닦았고 스텝에 맞춰 좌우로 흔들 때마다 황금빛 물방울이 튀었다. 이스탄불, 콘스탄티노플, 이스탄불 왼쪽- 콘스탄티노플 - 오른쪽, 이스탄불- 위, 콘스탄티노플 아래...*

그때 푸파 이모가 문가에 나타나 천천히 코끝을 들어 황금빛 공기를 맡고, 꼿꼿한 자세로 가볍게 발을 내디뎠다. 그러다 문득, 이불 아래서 호기심 어린 두 눈이 자신을 올려다보는 것을 보고는...
　"이제 그만 가!"
　지금도 가끔 안락의자에 앉아 책을 읽다가 문득 몸을 일으켜 머리 위에 책을 올려놓고, 발끝을 세우고, 배를 집어넣는다. 책의 무게가 정수리 위에 닿는 느낌, 그 어렴풋한 육체적 쾌감을 느낀다... 그리고 다시 의자에 앉아 책을 집어 들며 생각한다. 우아하게 걷는 법에는 분명 어떤 비밀이, 어떤 진실이 숨겨져 있으며, 그것은 모든 높은 진리와 마찬가지로 누구나 도달할 수 있는 것은 아니다.
　푸파 이모는 그 진실을 알고 있었다.

이모들
나는 종종 어머니에게 불가리아에 있는, 수없이 많고 민들레 씨앗처럼 사방으로 흩어진 그녀의 가족들 이야기를 들려달라고 졸랐다.
　"처음엔 밀란 할아버지와 류바 할머니가 있었지."
　어머니의 이야기는 언제나 그 두 사람에게서 시작되었다.
　"그리고 그다음은요?"

---

* 1953년에 발표된 재즈풍의 팝송 〈이스탄불 콘스탄티노플(Istanbul, Constantinople)〉의 가사 일부.

"그다음엔 밀란 할아버지와 류바 할머니 사이에 일곱 자녀가 있었어. 보구밀, 토도르, 엑세나, 파블레나, 아나스타시아, 바실카, 그리고 츠베탄카."

어머니는 언제나 흥미롭지 않은 두 오빠, 보구밀과 토도르는 곧바로 생략하고, 할머니와 이모들 이야기를 시작했다.

"엑세나는 아셍카, 파블레나는 파블라, 아나스타시아는 낫차, 바실카는 바실카, 그리고 츠베탄카는... 흠, 그냥 츠베탄카." 어머니는 내 눈빛 속 호기심을 즐기듯 미소 지으며 말을 이어갔다.

"그다음엔요?"

"엑세나는 시메온과 결혼했고, 파블레나는 슬랍초와, 아나스타시아는 반초와, 바실카는 츠베탄과, 츠베탄카는 레브초와 결혼했지."

나는 츠베탄카가 츠베탄과 결혼하지 않았다는 사실에 조금 실망했지만 어쩔 수 없는 일이었다.

"그리고 그다음엔요? 또요?"

어머니는 가계도의 가지와 가지를 천천히 이어갔다. (파블레나와 슬랍초는 루멘, 둔카, 일초, 밀랑카까지 자녀가 넷 있었어...) 나는 그 단순한 이름의 나열을 세상에서 가장 흥미로운 동화처럼 숨죽여 들었다. 바실카는 가장 예뻤지만, 일찍 세상을 떠났고, 파블레나는 가장 어리석은 남자와 결혼했지만 결국 가장 부자가 되었으며, 엑세나는 가장 잘생긴 남자와, 츠베탄카는 가장 영리한 남자와 결혼했다. 운명은 누구도 하나 빠뜨리지 않고, 아나스타시아에게는 가장 방귀 잘 뀌는 남편을 선사했다.

"그가 우리 집안에서 제일가는 '방귀쟁이'였지."

어머니는 그 금기된 단어를 입에 올리며 장난스럽게 웃었다.

"그 사람의 '비둘기들'이 날아오르면 온 집안이 흔들릴 정도였어."

어머니는 금지된 단어를 대신해 허락된 표현으로 그렇게 덧붙였다.

엑세나, 파블레나, 아나스타시아, 바실카, 그리고 츠베탄카는 나의 상상 속 인형들이자 부적이고 주술이었다. (엑세나는 장작을 패고, 파블레나는 바닥을 쓸고, 바실카는 음식을 준비하고, 아나스타시아는 문단속을 하고 츠베탄카는, 츠베탄카는 그냥 착하지!)

그 이름들은 마법 같았으며 아이들의 카드놀이 속 다섯 명의 숙녀들이자, 동화 속 주인공들이었다. 어머니가 단지 몇 가지 세세한 내용만 들려줘도 충분했다. (아나스타시아는 낡은 성냥개비를 화장용으로 썼고,내 할머니인 엑세나는 열여섯이 채 되기도 전에 잘생긴 청년, 즉 내 할아버지에게 반해 나라의 반대편인 흑해 해안까지 따라 갔으며, 파블레나는 멍청한 남편을 속여 바람을 폈으나 신은 그녀에게 잘생긴 아이들을 보상으로 주셨다.) 그렇게 나는 인형들에게 상상의 옷을 입히고, 그들의 운명을 바느질하듯 꿰매며, 아이들과 남편을 덧붙였다...

엑세나, 파블레나, 바실카, 츠베탄카, 그리고 아나스타시아. 그들은 판도라와 그녀의 상자, 미다스 왕, 황금양털을 찾아 떠난 아르고 원정대, 배고픈 가족을 먹이기 위해 돼지머리를 훔쳤다는 티토의 어린이 이야기, 불행한 메데이아, 러시아 민화, 그리고 『파블로바 거리의 영웅』의 네메첵 소년, 서부영화의 배우이자 영웅 오디 머피와 함께 내 어린 시절의 지워지지 않는 신화의 보관함 속에 남아 있었다.

지금은 민들레 씨앗처럼 흩어진 가족들 가운데 거의 누구도 기억하지 못한다. 몇명은 실제로 만난 적도 있지만 살아 있는 엑세나, 파블레나, 아나스타시아는 더 이상 동화 속 인물이 아니었다. 그 마법 같은 광채는 사라지고, 시간 속에서 차츰 빛을 바랬다. 이상하게도 내 기억 속에 또렷이 남은 건 별로 중요하지 않은 존재인 반초였다(아, 변덕스러운 기억이여!). 우리 집안의 최고의 방귀쟁이. 어린 시절 상상 속에서 내가 그려낸 그의 모습은 앨범 속 몇 남지 않은 사진들 가운데 하나로,

사진만큼이나 또렷한 '현실성'을 지닌 채 남아 있다.

나는 그를 이렇게 기억한다. 하늘을 향해 불룩하게 솟은 배, 신이 손으로 위로 치대 만든 듯한 얼굴 위에 짧은 코, 헐렁한 흰 바지와 흰 셔츠, 챙이 달린 흰 세일러 모자, 코 위에는 맹인처럼 둥근 검은 안경, 손에는 언제나 들려 있던 지팡이. 그는 햇살이 눈부신 바닷가 산책로를 걷고 있다. 그의 뒤로는 비둘기 떼의 그림자가 팔랑거리며 따라온다. 그가 돌아서서 짜증 섞인 표정으로 지팡이를 휘둘러 파리 쫓듯 새들을 몰아내려 하지만, 겁 많고 산만한 그 무리들은 다시 그 뒤로 몰려든다. 마침내 그는 체념한 듯 멈춰 서서, 한껏 거드름을 피우며 다시 걸음을 내딛는다. 태양이 머리 위로 눈부시게 쏟아지고, 그와 지팡이의 그림자, 그리고 비둘기 떼의 그림자가 펄럭이는 왕의 망토처럼 그의 뒤를 따른다. 방귀 왕이 행차하신다.

비나
"이거 좀 갖다드려." 어머니는 내 손에 보따리를 쥐여주며 말했다. "비나에게 가서, 올이 나간 데를 좀 꿰매달라고 해."

내 안의 앨범에는 이유를 알 수 없는 변덕스러운 선택적 기억으로 인해 이탈리아 여자 비나의 모습이 또렷이 남아 있다("그 사람들은 이탈리아인이야." 어머니는 그렇게 말했지만, 그 말이 정확히 무슨 뜻인지는 그때 나는 알지 못했다).

비나는 스타킹의 올이 나간 곳을 꿰매는 일을 했다. 하지만 그 기술은 곧 사라질 운명이었다. 나중에는 스타킹이 나가면 그냥 버리게 되었고, 이 말도 함께 사라졌다("스타킹에 올이 나갔어." "올 좀 꿰매야겠네."). 그리고 그 말들과 함께 그 섬세한 손끝의 기술도 세상에서 사라져버렸다.

비나는 창백한 얼굴에 말수가 적고 희미한 미소와 여우 같은 눈매를 가진 여자였다.

그녀는 스타킹의 올이 나간 곳을 꿰맸다. 그녀만이 작은 갈고리가 달린 마법의 바늘을 가지고 있었고, 여자들은 올이 나간 나일론 스타킹('나이롱카'라 불리던 것)을 들고 그녀를 찾아왔다. 그것은 한때 실크보다도 귀한 물건이었다. 처음에는 솔기가 있었고 곧 이어 솔기가 없는 것들이 등장했다. 비나는 외과의사처럼 한 올 한 올, 작은 고리 하나하나를 침착하게 집어 올려 부끄러운 흰 줄무늬 자국을 능숙하게 감춰냈다. 마치 처음부터 아무 일도 없었던 것처럼.

그녀는 그 세밀한 일 속에서 어딘가 묘한 만족을 찾는 듯 보였다. 하지만 현실은 참혹했다. O자 다리의 키 작은 남편은 그녀를 심하게 구타했고 역시 O자 다리인 시어머니는 근처 시냇가에서 하루 종일 술에 취해 낚시를 했다. (어느 날, 술에 만취한 채 '물의 사내'에게 다리를 붙잡혀 깊은 물속으로 끌려 들어가 다시는 돌아오지 못했다.) 콧물을 흘리며 늘 배고파하던 아이들은 그녀에게 아무런 위로가 되지 못했다.

그들의 작은 집에 가까워질수록 나는 걸음을 늦추곤 했다. 비나를 지켜보는 게 좋았다. 그녀는 언제나 창가에 앉아 있었다. 고개를 흔들어 파리들을 쫓고, 지친 눈으로 마지막 햇살을 붙잡으며 투명한 스타킹을 손에 끼운 뒤 올이 나간 부분을 조심스레 더듬었다. 그러고는 비싼 장갑을 벗듯 스타킹을 손에서 벗겨 나무로 된 '버섯' 모양의 받침대 위에 씌우고 한 가운데에 올이 나간 부분을 놓은 뒤, 반짝이는 갈고리 바늘로 달아난 실들을 하나하나 다시 모았다. 내가 다가오는 걸 눈치챌 때면 비나는 창문에 걸린 한 장의 '살아 있는 사진'처럼 미소 지었다. 머리를 흔들어 파리들을 쫓고, 여우 같은 눈매로 눈을 가늘게 뜨며 나를 바라보았다.

그러던 어느 자정 무렵의 밤, 모두 깊이 잠든 시간에 모든 스타킹의 올을 다 꿰매고 난 뒤 비나는 갈고리 바늘을 가슴에 꽂고 슬리퍼를 신은 채 마당으로 나왔다. 그녀는 잠시 멈춰 서서 별이 가득한 하늘을 올려다보았다. 그리고 마치 주문에 걸린 사람처럼 천천히 정원으로 걸어가 우물가에 멈춰 섰다. 그녀는 슬리퍼를 벗고 물 위에 비친 달빛을 내려다보았다. 아마도 그 빛나는 옅은 노란빛의 실크 속에서 자신이 꿰매야 할 '올 하나'를 본 것일지도 모른다. 그리고 반짝이는 바늘을 손에 든 채... 우물 속으로 뛰어들었다.

다음 날 아침, 사람들은 나란하고 가지런히 놓인 슬리퍼 한 켤레를 발견했다. 장례식 날, O자 다리의 키 작은 남편과, 역시 O자 다리인 시어머니, 그리고 네 명의 아이들이 모두 검은 옷을 입고 날카로운 울음소리를 내며 파리 떼처럼 관 주위를 맴돌았다.

나는 종종 우물가에 놓인 슬리퍼 한 켤레의 이미지를 떠올리곤 했다. 이상하게도 그 슬리퍼들은 땅 위가 아니라 우물의 가장자리 높이쯤 되는 허공에 떠 있었다. 그날 이후로 누군가가 죽었다는 말을 들을 때면 내 머릿속에 가장 먼저 떠오르는 건 언제나 그 슬리퍼 한 켤레였다.

천상의 나무
어머니의 친구인 티나의 정원에는 단 한 그루의 일본 사과나무가 있었다.

"이리 와." 티나의 아들이자 나와 같은 나이였던 토미차가 명령조로 말했다.

나는 순순히 빠른 걸음으로 그를 따라 걸었다. 우리는 나무 앞에 섰고 짙은 분홍빛 꽃들이 이루는 돔 모양의 지붕이 우리 머리 위로 펼쳐져 있었다.

"이제 올라가자." 토미차가 말했다. 우리는 키가 낮은 나무줄기를 타고 올라가 촘촘히 얽힌 가지들 사이에 자리를 잡았다.

"보여?" 토미차는 자신만의 영토를 지휘하듯 손을 휘저으며 말했다.

우리는 그 '천상의 나무' 속에 앉았다. 꽃잎에 지붕이 완전히 가려진 채 햇살이 틈 사이로 스며들어 반짝이는 빛의 점들이 우리를 물들였다. 벌레의 윙윙거림과 짙은 분홍빛 꽃의 향기가 뒤섞인 그 속의 공기는 달고, 진하며 숨 막힐 만큼 가까웠다. 마치 돋보기 아래 놓인 세상처럼. 순간, 그 달콤한 어지럼 속에서 몸이 휘청였다. 나는 가지를 붙잡으려다 거친 나무 껍질에 손이 스치며 손가락에 작은 상처가 났다.

분홍빛 피부 사이로 붉은 핏방울이 스며 나와 꽃잎 위로 떨어졌다.

"빨리, 피를 빨아."

토미차가 속삭였다.

"왜?"

"안 그러면 죽어…" 그는 마치 끔찍한 비밀을 아는 사람처럼 낮고 신비한 목소리로 말했다.

나는 순순히 손가락을 입에 넣었다. 피의 맛은 달콤하고, 이상했다. 가슴이 설명할 수 없는 감정들로 두근거렸다. 나는 마치 어떤 거대한 비밀의 문턱에 선 듯 떨며 짙은 꽃향기가 가득한 공기를 들이마셨다. 그 속의 어떤 미지의 위대한 비밀을 찾아내려는 사람처럼, 맹인마냥 코로 더듬으며 맡았다. '죽는다'는 말이 공기 중에 울려 퍼져 금빛 고리처럼 허공에 떠 있었다. 나는 다리를 흔들며 앉아 있었다. 벗겨진 피부 밑의 분홍빛 살, 그 위를 걷는 커다란 개미 한 마리를 바라보았다. 나는 너무 작았고, 그 개미는 너무 컸다.

"이제 눈을 만들자." 토미차가 말하더니, 가지를 흔들기 시작했다.

우리 아래의 초록빛 풀 위로 짙은 분홍색 눈이 흩날리며 떨어졌다. 공중에서 맴도는 꽃잎들 사이에서 내 핏방울이 묻은 꽃잎 하나를 보았다. 유리공 속에 갇힌 두 작은 인형처럼 우리는 그렇게 앉아 있었다.

꽃눈의 폭풍 속에 휘말린 채, 세상에 단 둘, 토미차와 나.

경계들

그을음 같은 꽃가루 비가 쉼 없이 내리던 그 안온한 세계에는 뚜렷하게 그어진 경계가 있었다. 그리고 그 경계 너머에는 언제나 신비로운 거리와 두려운 깊이들이 도사리고 있었다.

그 경계 중 하나는 철도선로였다. 그 선로 너머로 '미지의 거리'가 시작되었다. 밤이면 그곳은 어둑한 남청색으로 반짝이며 증기기관차의 휘파람과 개구리 울음이 뒤섞인 소리를 내뿜었다. 낮이면 옅은 하늘빛 아지랑이 속에 게으르게 흔들렸다. 철길 너머, 푸른 비단 같은 아득함에 가려진 그곳에는 아이들을 훔쳐간다는 집시들이 살고 있었다. 나는 종종 수평선 저편에서 그들을 본 듯한 착각에 빠졌다. 그들이 그 푸른 비단을 서서히 끌어당겨 내 몸을 스카프처럼 덮는 상상을 했다. 그렇게 이미 수많은 호기심 많은 아이들이 그랬던 것처럼 영영 사라져버리는...

또 하나의 경계는 훨씬 더 기만적이었다. 봄이면 눈부신 흰 레이스 리본 같았고, 겨울이면 뾰족한 검은 덤불로 변했다. 그 경계 너머에는 집시들보다도 무서운 존재가 숨어 있었다. 그의 이름은 '워터맨'으로 시냇물 속에 살며, 수많은 호기심 많은 아이들을 깊은 물속으로 끌고 들어갔다는 전설의 존재였다. 나는 공포와 달콤한 전율을 안고 덤불을 밀치며 그곳으로 들어갔다. 초록빛 강가의 고사리 사이로 몸을 숨기고 젖은 흙을 손가락으로 바스러뜨리며 노란빛 물 속을 응시했다. 그가 나타날 징후를 기다리며...

나를 노려보며 도사리고 있던 위험한 두 개의 위험한 세계를 넘어 세 번째 세계, 초등학교 1학년의 세계로 향했다.

교과서

우연히 오래된 서류 상자 속에서 내 첫 번째 교과서 한 권이 미끄러져 나왔다. 첫 장을 펼쳐진 네 장의 그림만으로도 나는 깊은 감정에 사로잡혔다. 학교에 막 들어갔을 무렵 그 선명하고 또렷한 색들 (주로 밝은 파랑과 선명한 초록) 을 얼마나 오래, 얼마나 열렬히 바라보았는지 기억이 났다. 나의 시선으로 단순하고 평면적인 선들에 깊이를 불어넣곤 했다. 이야기를 지어내려는 것이 아니라 그저 한 줄, 한 점, 아주 미세한 곳까지 집요하게 들여다보았을 뿐이다. 맑은 강바닥을 살피는 물고기처럼, 투명한 세계 속을 헤엄치듯이 그 그림들을 바라보았다.

지금도 기억난다. 손에 쥔 연필로 사과와 배, 자두, 동그란 작은 열매들(포도송이들), 몇 배로 불려놓던 그 즐거움이. 연필이 나무줄기에 대칭으로 작은 꼬리를 그려 넣던 기쁨이, 푸른 소나무들(빼곡한 숲을 노트마다 채워 넣곤 했다)을 그리던 그 즐거움이. 질서정연하게 늘어선 당근, 양파, 감자들이 끝없이 이어진 단정한 줄무늬의 세계. 그 곱셈의 감동적인 낙관주의를 기억한다. 사과와 배들이 공책 밖으로, 소리 없이 구르며 또 다른 상상의 공간을 채우는 소리가 지금도 들리는 듯하다. 굵고 가는 모든 선들과 줄, 작은 원과 달팽이들, 작은 갈고리와 뱀들, 고리와 점들까지 그 모든 것들이 그 상상의 공간 속에서 바스락거리고, 구기며, 뒤섞인다. 그것들은 사라지지 않았다. 언젠가 누군가가 그것들을 풀어내리라, 진짜 창문, 진짜 배, 진짜 단어, 그리고 진짜 문장으로...

나는 그림들을 뚫어지게 바라본다. 아직 글을 읽을 줄 몰랐지만, 눈부신 색의 조화 속에서 온갖 사물과 개념들이 함께 어우러져 있었다. 여기 말(馬)과 하프가 있고, 남자와 쥐가 있으며, 손가락과 꽃이 있다 ... 그들 모두 제각기 만족스러운 소리를 낸다: 소년아, 소녀야, 양은 매에~ 소는 음메~.

그림 속 사물들도 눈에 들어왔다. 낡은 라디오, 오래된 펜과 지우개.
그리고 '진보'에 대한 열렬한 신념을 본다. 한 그림 속에서 아이들은
비행기를 향해 손을 흔들고, 또 다른 그림에서는 행복한 가족이 식탁
둘레에 모여 있다. 그리고 그 식탁 위에는 라디오가 있다! 증기기관차
는 구름 한 점 없는 미래로 달려가고, 다리들은 강 위를 가로지르며,
굴뚝은 즐겁게 연기를 내뿜고, 트랙터는 땅을 갈고, 배들은 바다를 간
다. 사람들(이제와 다시 보니 모두 남자들이었다)은 즐겁게 일한다. 비행
사와 트랙터 운전사, 의사와 광부들. 여자들은 오직 어머니이거나, 혹
은 작은 소녀였다.

하늘은 파랗고, 해는 빛난다. 구름도 비도 어디에도 없다. ㄱ에서도,
ㅂ에서도.

나는 글자를 배운다. ㄱ은 가방, ㄴ은 나비, ㅅ은 사과, ㅇ은 우산. 보라
가 바다를 바라본다! 바람부는 바다를! 가, 나, 다, 라, 마, 바, 사....
　　A – f o r apple, E – f o r elephant, O – f o r orange, U – f o r
umbrella. *Sara, see the sea! The smooth, silky sea! Bit, sit, hit, bat, sat,
mat, how, now, cow ...*

나는 문장을 배운다. 제말과 재퍼는 좋은 친구다. 그들은 보스니아에
서 왔고 재퍼에게는 가족이 없다. 그는 제말과 함께 산다. 제말의 어머
니는 그를 친아들처럼 사랑한다. 제말과 재퍼는 기술을 배우기 위해
먼 도시로 간다. 제말의 어머니는 사과 하나씩을 그들의 주머니에 넣
어준다. 그들이 떠날 때 어머니는 말한다. "열심히 일해라, 얘들아, 내
삶의 빛이여. 씩씩하게 자라서 어머니를 기쁘게 해다오!"

문장들은 부드럽게 눌린 자국을 남기며, 우리의 미래라는 빈 공간 위에 개인적 전기의 좌표들을 어렴풋이 그려 넣는다. 몇몇 글자는 특히 또렷하다. ㄱ의 가족 ㄴ의 나라(국가는 계획을 세워, 모든 사람을 돌보는 어머니처럼 모든 인간을 보살핀다). ㅎ의 형제. 모든 사람은 형제다. 특히 아프리카인들은.

아주 멀리, 아프리카라는 곳에는 어두운 피부를 지닌 사람들이 산다. 그들은 우리 뱃사람들을 반갑게 맞이한다. 그들은 우리 깃발에 그려진 붉은 별을 가리킨다. 그들은 우리 선원들과 굳게 손을 맞잡으며 자기들의 언어로 외친다. "유고슬라비아의 선원들은 우리의 형제다!" 그렇게 내 '초등 교과서'에는 쓰여 있었다.

　세르비아인과 크로아티아인도 있다. 그들 역시 형제다. "형제의 마음이 하나가 되면 그 힘을 꺾을 자 아무도 없으리!" 내 교과서는 그렇게 선언한다.

　그 교과서 속 좌표는 대립의 축이 없다. 그 세계에는 '악'이 없다. 오직 '선'만이 있다. 배우는 건 좋은 일, 깨끗이 하는 것도 좋은 일이다 ("날마다, 무슨 일이 있든지, 주변을 깨끗이 씻어내자!"), 성실한 것도 좋은 일이다 ("젊고 힘센 우리, 게으름을 모르는 우리, 다 함께 일하러 가자!"). 오직 '파시스트'만이 나쁘다. 그들에게는 언제나 '검은'(black)이라는 형용사가 따라붙는다!

　내 교과서 속 '조국'에는 경계가 없어 보였다. 거기엔 풀라(Pula)가 있고("우리 친구, 풀라의 개척소년 페로에게 엽서를 보내자...") 슬라보니아 출신의 필리프가 있고, 달마티아 출신의 프라네가 있다. 그 안에 우리의 바다도 있다. 하지만 그 바다는 어디에도 '아드리아 해'라고 불리지 않는다.

　내 교과서 속 이름들은 크로아티아와 세르비아, 슬로베니아와 마케도니아 이름이 고르게 섞여 있었다. 페타르만큼 미타르도 많고, 죠르제 만큼 이반도 많았다…

내 교과서 속 세계는 지극히 현실적이었다. 앞치마를 단정히 두른 어머니가 어린 아들을 학교로 보내는 그림은, 지금의 내 기억 속에서 내 어머니의 모습과 겹쳐진다. 나는 어머니의 눈처럼 새하얀 앞치마를, 깨끗한 침대 시트와 커튼, 쿠션들을 기억한다. 그것은 가난의 미학이었다. 전후(戰後)의 결핍이 모두의 일상이던 그 시절, 들꽃 한 병, 작은 커튼 하나, 쿠션 하나면 모든 부족함을 충분히 감출 수 있었다.

'C'는 자동차. C for car 자동차 그림은 유고슬라비아의 일상을 그린, 아직 쓰이지 않은 이야기를 펼쳐놓는다. 나는 그때의 열렬한 믿음을 기억한다. 매일이 더 나은 미래를 가져다줄 것이라는 확신("올해는 차를 사고, 내년엔 바다로 갈 거야.").

"보라야, 바다를 봐! 부드럽고, 비단결 같은 바다를!" 그 문장은 단순히 'B'를 연습하기 위한 두운(頭韻) 문장이 아니었다. 정말로 우리가 바다를 처음 보았을 때마다 내뱉던 말이었다.

기차 창가에 앉은 가족의 그림 속에는 유고슬라비아 국철의 약자가 라틴 문자와 키릴 문자로 또렷이 새겨져 있었다. 그 그림은 내게 자그레브(크로아티아의 수도)와 베오그라드(유고슬라비아의 수도)로 향하던 설렘의 현실과 정확히 겹쳐진다.

라디오 그림 속에서 나는 유고슬라비아 최초의 '니콜라 테슬라' 라디오를 단번에 알아본다(어둠 속에서 반짝이던 그 마법 같은 초록 불빛을 어린 나는 얼마나 오랫동안 들여다보았던가). 식탁 둘레에 모여 앉은 가족은 분명 '선원들의 신청곡(Sailors' Requests)' 프로그램을 듣고 있을 것이다 …

내 교과서 속 티토는 실제로 친구 티토의 이름이기도 했다. 그의 생일이면 우리 모두 편지를 써 보냈다. 그 편지를 동그랗게 말아 나무로 만든, 손잡이 달린 통 속에 밀어 넣던 기억이 난다 …

교과서는 우리에게 새로운, 충실한 친구를 주었다. 그 문장은 교과서 속에 대문자로 인쇄되어 있었다. 그 '친구들'은 바로 글자들이었다. 이 친구들을 갖지 못한 자는 불행할지어다! 내 교과서는 그렇게 협박하듯 경고했다.

나는 1957년에 학교에 들어갔다. 그해 나는 활자의 은하, 구텐베르크의 세계로 가는 여권을 손에 넣었다. 그리고 또 하나, 내면의 여권도. 교과서는 여러 세대에게 주어진 일종의 여권이었다. 그리고 그 여러 세대가 바로 하나의 '국가'를 이루었다. 나는 지금도 그 '국가'를 알아본다. 그것은 내 어린 시절 노트 속에서 증식하던 사과와 배들처럼, 그 교과서 속에서 부화한 존재들이었다. 나는 그들을 언제나 알아본다. 국제공항에서도 다른 이들 틈에 섞여 있을 때조차 그들을 알아본다. 그들의 작은 몸짓에서, 주위를 살피는 조심스러운 눈길에서, 애써 시선을 피하려는 그 습관에서, 짐을 부치는 태도에서, 나는 그들을 알아본다. 그들이 나와 반대 방향으로 여행하고 있을 때조차도. 결국, 우리는 같은 교과서*에서 나왔다.

---

* 교과서: 내 교과서는, 한때 내 삶의 리듬과 나란히 맞추어져 있었지만 곧 흐르는 세월의 먼지를 뒤집어쓴 낡은 문서가 되어버렸다. 삶은 더 아름답고, 더 풍요로운 이미지들을 정복하러 나아갔다. 1991년, 유고슬라비아적 유토피아가 가장 피비린내 나게 해체되던 마지막 단계가 시작되었을 때, 시간은 원을 그리며 되돌아갔다. 모든 것이 다시 처음으로 돌아갔다. 미디어 전쟁의 히스테릭한 전략들, 그 모든 소음과 분노에 지친 해체의 과정은 결국 내 교과서 속의 단순하고, 또렷한 작은 그림들로 되돌아갔다. 요반들이 이반들을 공격하고, 키릴 문자와 라틴 문자가 서로 다투며, 세르비아인과 크로아티아인이, 죠르제와 재퍼가 싸우기 시작했다. 내 교과서 속 붉은 별을 단 초록 비행기들이 하늘로 날아올랐다… 유고슬라비아의 선원들이 그들의 함선에서 우리의 항구와, 우리의 낮고 푸른 바다를 포격했다. '국경 없는 조국'은 새로운 국경을 그리기 시작했다. 우리의 가장 좋은 친구였던 책들이 불타올랐고, 수백 년 된 교회의 파편들이 티토의 석고 두상 조각들과 함께 공중으로 흩날

망각의 회색 지대

"당신은 자신을 위해서 나에 대해 쓴다. 나는 당신을 위해서 나 자신에 대해 쓴다." 라고 빅토르 쉬클롭스키의 연애편지를 받았던 알야가 말한다.

어머니에 대해 쓴다는 것은 곧 나 자신을 찾아가는 일이다. 나는 망각의 어둠 속에서 내 모습을 찾아 헤맨다. 그러나 우리의 사진들은 모두 함께한 것들이다. 그녀가 잠시 프레임 밖에 있더라도, 그녀는 언제나 그 안에 존재한다.

앨범 속 사진들을 넘길 때마다 사진과 기억 사이에는 어떤 대칭이 있다는 것을 깨닫는다.

우리가 함께한 사진들이 멈추는 지점(내 학교 시절의 사진들, 소풍 사진들, 친구들과의 사진들 ...)이 내가 기억할 수 있는 한계다. 그 이후의 일들은 거의 기억나지 않는다. 마치 함께 찍은 사진들만이 기억의 증거인 거처럼. 우리가 함께한 사진들이 갈라지는 지점(내 사진은 점점 많아지고, 그녀의 사진은 점점 줄어드는 그 경계), 바로 거기서 '망각의 회색 지대'가 시작된다. 어쩌면 나는 사실들(그해 우리는 이곳저곳으로 여행을 다녔고, 그해 우리는 집 안의 이것저것을 바꾸었다는 식으로)을 기억한다. 하지만 그런 일들은 거의 아무런 장면을 떠올리게 하지 않는다.

흑해

기억이란, 단순히 변덕스러운 것이 아니다. 그것은 자신만의 비밀스

렸다. 내 교과서의 글자들, 숫자들, 기호들이 스스로를 파괴하려 달려갔다. 에리니에스들처럼, 유토피아는 우리 눈앞에서 스스로를 삼켜버렸다. 그리고 그 빈 공간 속에서 해를 끼치지 않을 것 같은 알껍질들처럼 새로운 교과서들의 윤곽이 하나 둘 나타나기 시작했다.

러운 길을 따라 흐르며, 섬세한 대칭의 법칙들이 숨어있다.

어머니가 보여주던 흑해(그녀는 사진을 보여주며 말하곤 했다. "저기 봐, 저게 내 바르나야. 저게 내 흑해야.")를 나는 그 바다를 반대편인 오데사에서 바라보았다. 그때 나는 어렴풋이 어디선가 비슷한 바다와 비슷한 도시를 본 적이 있다는 느낌을 받았다. 순간적인 멍함(혹은 정당한 기억의 곡선) 때문에 그 사실을 떠올릴 수 없었다. 내가 그렇게 자주 갔던 바르나가 이 바다의 반대편에 있다는 단순한 사실조차 그때는 떠올리지 못했다. 나는 연인의 품에서 절망에 가까운 무력함 속에서 바다의 소리를 들었다. 그리고 그때 침대 옆 탁자 위, 금속 접시 위에 놓인 반 쯤 말라가는 사과의 냄새를 기억한다(그 접시는 다정한 집주인의 보이지 않는 손이 몰래 놓고 간 것이었다). 그 사과 냄새는 그날의 절망감과 뒤섞여 영원히 분리되지 않는 하나의 기억으로 남았다.

수년 후, 뉴욕 워싱턴하이츠의 한 아파트에서 나는 그때와 똑같은 냄새를 맡았다. 그 아파트의 세입자는 오데사에서 온 이민자였고, 바로 그 여인이 오래 전, 한 남자와 여자를 위해 침대 머리맡 탁자 위에 반 쯤 말라가는 사과가 담긴 금속 접시를 놓고 갔던 '보이지 않는 손'의 주인이었다는 것을 나는 알게 되었다...아... 운명의 길들은 얼마나 불가해한가!

나는 세 번째 또 다른 장소에서 흑해를 또렷이 기억해냈다. 어느 여름날, 브라이트의 긴 나무 부두 위에서 솜사탕을 샀다. 그리고 바람막이를 꽁꽁 여며 입고(그곳의 영국 사람들처럼, 새처럼 부풀어 오른 채) 해변에 앉았다. 거센 바닷바람을 깊이 들이마시며 혀끝으로 설탕실을 하나하나 녹였다. 그 순간 아주 분명하게 느꼈다. 내가 열 여덟 살이었다는 것, 때로 '엘리'라 불리던 사람이었다는 것, 저 바다 건너, 맞은편 해안 어딘가에 한때 내가 '다른 누구로서' 살았던 도시, 바르나(Varna)가 있다는 것을.

"내 생각에 기억이란, 우리가 진화의 행복한 과정 속에서 영영 잃어버린 '꼬리'의 대체물이다. 기억은 우리의 움직임을, 심지어 방향까지도 이끈다. 그뿐 아니라 회상의 과정 자체에는 분명 퇴행적인 무언가가 있다. 그것은 회상이 결코 직선적일 수 없기 때문이다. 그리고 어쩌면 사람이 더 많이 기억할수록 죽음에 더 가까워지는지도 모른다.

"만약 그렇다면 기억이 비틀거리는 건 오히려 좋은 일이다. 하지만 대개 기억은 뱀처럼 휘감기고, 되감기며 사방으로 가지를 친다. 마치 꼬리처럼 말이다. 이야기 또한 비록 그로 인해 사소하고 지루하게 들릴 위험을 무릅쓰더라도 그렇게 흘러가야 한다. 결국 지루함이야말로 존재의 가장 흔한 속성이지 않은가. 그런데도 왜 19세기의 '리얼리즘'을 추구한 산문에서는 그 지루함이 그렇게 소홀히 다뤄졌을까, 의아할 뿐이다.

"설령 어떤 작가가 마음의 미묘한 파동까지도 종이 위에 완벽히 흉내 낼 수 있다 해도,

그가 그 '꼬리'의 나선형 찬란함을 온전히 재현하려는 시도는 결국에는 실패할 것이다.

진화가 헛된 일이 아닌 것처럼 세월의 관점은 모든 것을 곧게 펴서, 결국 완전히 지워버린다. 그 어떤 것도 그것들을 되돌릴 수 없다. 심지어 손으로 휘감아 쓴 글자들조차."

(조지프 브로드스키, 『하나보다 덜(Less Than One)』)

어머니의 보물
어머니의 가장 소중한 보물은 책이었다. 그녀가 사과로 가득 찬 여행 가방에 넣어 가지고 온 책들, 그리고 이곳에 도착한 뒤부터 새로 사 모으기 시작한 책들.

내 탄생 또한 한 권의 책으로 표시되었다. 막심 고리키의 소설 『어머니』다. 아버지는 그 책을 읽지도 않았지만, 제목이 꼭 맞는다는 이유로 내가 태어난 날, 병원으로 달려가 어머니에게 그 책을 선물했다.

전후의 가난 속에서, 가장 흔하게 들리던 이념적 구호 중 하나는 ('청결은 건강의 절반이다'에 버금가는) '책은 우리의 가장 큰 보물이다.'였다. '지식은 힘이다', '책은 우리의 가장 좋은 친구다'라는 선전문구들은 '힘은 통나무를 옮기지만, 머리는 그것을 다스린다'는 속담뿐 아니라, 자수성가한 위대한 사회주의자들에 대한 작은 일화들로도 뒷받침되었다. 그들은 마치 평생 아무것도 하지 않고 읽고, 또 읽고, 또 읽기만 한 사람들처럼 그려졌다. 레닌처럼, 달빛 아래서조차 책을 읽은 사람들, 막심 고리키처럼, 배움으로 자신을 바꾸어 하찮은 농민에서 여러 외국어를 구사하고 피아노를 능숙히 연주하는 지식인으로 변모한 사람들, 티토처럼 말이다.

(이런 '위대한 사회주의자'의 상투적 이미지는 약 40년 뒤, 새로운 크로아티아 대통령이 자신의 미디어 이미지를 구축하던 시기에도 되풀이되었다. 그는 미국 작가 존 어빙의 소설을 읽는 척하며 진지하게 몰입한 독서가의 포즈로 사진을 찍었다. 그 위선적인 연출 사진을 보고 있자니, 나는 문득 다른 어빙을 떠올렸다. 어머니의 전후 서가 한켠에 가장 명예로운 자리를 차지하고 있던, 작가 어빙 스톤을).

어머니의 열정은 누가 만들어내거나 주입한 것이 아닌 진짜로, 그 순수한 열정은 어린 시절의 나에게도 전염되었고, 그 결과 어머니의 소박한 서재는 곧 우리의 서재가 되었다. 내 또래를 위한 책 『파블로바 거리의 영웅』이나 『견습공 흐라피치(The Apprentice Hlapic)』 같은 책은 없었기 때문에 나는 곧 『루크레치아 보르자(교황의 딸)』와 업튼 싱클레어의 『페트롤(Petroleum)』 같은 책을 집어 들었다. 『페트롤』은 우리 집 서가에 처음으로 놓였던 책 중 하나였다. 아마 석유 산업에서 일했던 아버지가 1946년에 그 책을 제목만 보고 산 것 같다. 업튼 싱클레어는, 어빙 스톤과 시어도어 드라이저와 함께, 어머니가 가장 좋아하던 미국 작가였다. 조금 뒤에는 '영화의 책' 시리즈가 등장했다. 첫 장에 영화의 한 장면이 사진으로 붙어 있는 책들이었는데, 그중 어빙 스톤의 『미국의 퍼스트 레이디(The First Lady of America)』는 어머니의 서가에서 영구히 자리를 차지하게 되었다.

오늘날 어머니의 서가에 꽂혀 있던 책들의 목록은 전후 문학 출간과 번역의 초창기를 알려주는 귀중한 자료가 되었다. 어머니는 전쟁 이후, 궁핍한 출판 시장에 새 책이 한 권이라도 나오면 그것을 빠짐없이 사서 책장에 꽂아 두었기 때문이다.

우리 둘은 무엇이 더 좋은지 도무지 결정을 내리지 못한 채 '취향'을 만들어갔다. 트뤼그베 굴브란센의 『산에서 부는 바람』과 『길은 없다』가 더 나은지, 로버트 펜 워런의 『모든 왕의 남자(All the King's Men)』가 더 나은지, 러요시 질라히의 『치명적인 봄』이 좋은지, 피에르 라 뮈르의 『물랭 루즈』가 좋은지, 대프니 듀 모리에의 『레베카』가 나은지, 아니면 발자크의 『말썽꾸러기(The Troublemaker)』가 나은지, 스탕달의 『아르망스』가 더 깊은지, 조지 메러디스의 『자기중심인(The Egoist)』가 더 세련되었는지, A.J. 크로닌의 『모자가의 성(Hatter's Castle)』이 더 감동적인지, 마리보의 『마리안의 인생』이 더 우아한지, 졸라의 『진실』이 강한지, 줄리앙 그린의 『리바이어던』이 더 강렬한지, 필딩의 『조셉 앤드루스』가 재치 있는지, 디킨스의 『피크윅 서류집』이 더 따뜻한지... 우리는 끝내 결정을 내리지 못했다. 그저 그 모든 책들이 그 시절의 우리를 함께 만들어갔을 뿐이다.

1951년, 어머니는 거트루드 스타인의 소설 『멜랑크테(Melanctha)』

를 샀다. 하지만 그 책을 실제로 읽지는 않았던 것 같다. 어머니가 그 책을 산 이유는 제목에 여자의 이름이 들어 있었기 때문으로, 단순했다.『안나 카레니나』,『엠마 보바리』,『캐리』,『아르망스』,『레베카』,『루시 크라운』...제목 속 여성의 이름은 언제나 어머니에게 자신과 닮은 운명, 혹은 자신이 그 주인공과 비교할 수 있을 만한 삶을 미리 예고해주는 것처럼 느껴졌기 때문이다. 때로는 제목 자체가 좋아 책을 사기도 했다. 예컨대 모파상의 소설『죽음처럼 강한(Strong as Death)』처럼.

그렇지만 우리가 정말로 함께 사랑한 소설은 단 한 권이었다. 1954년에 산 토머스 하디의『더버빌가의 테스(Tess of the d'Urbervilles)』.

한동안 내가 가장 아꼈던 책은『지식의 책(The Book of Knowledge)』이라는 그림이 실린 백과사전이었다. 그땐 그림책도, 텔레비전도, 만화도, 비디오도, 컴퓨터도 없던 시절로, 오늘날의 모든 오락이 오직 한 가지, 책 안에 집중되어 있던 시절이었다. 배고프고 혼란스럽고 책으로 가득 찬 어린 내 머릿속에서는 물고기, 꽃, 나비, 배의 그림과 라틴어 이름, 사람 이름, 그리고 어머니의 소설을 읽으며 배운 삶의 단편적 깨달음들이 모두 같은 방식으로 얽혀 있었다.

우리는 도서관 회원이 되었고 그곳에서 나는 사서인 마르기타와 친구가 되었다. 그녀는 조용하면서도 열렬한 독서가였다. 마르기타는 아무 기준도 없이 혹은 어쩌면 그녀만의 기준으로 내게 책을 빌려주었다. 다른 아이들이 칼 마이의 모험 소설에 열광하던 때, 그녀는 내게 카프카의『변신』을 건넸다. 벌레로 변하는 이야기(마르기타 생각을 빌려)라면 아이에게 흥미로울 거라고 생각한 것 같다.

어머니와 마르기타, 그리고 나, 이 세 사람 사이에서 달콤한 독서 공동체가 만들어졌지만 그와 동시에 나도 모르게 조용한 배신이 시작되었다. 이유는 알 수 없지만 그 배신의 모든 잘못은 프랑스 탓이었다.

어린 시절 내게 마법의 단어처럼 들리던 말이 하나 있었는데 바로 '소르본(Sorbonne)*'이다. 어머니가 어느 날 누군가를 두고 이렇게 말했기 때문이다. "그 사람은 소르본에서 공부했어!" 그 말투 속에는 경이와 존경이 뒤섞여 있었다. 그 사실만으로도 그 사람이 얼마나 훌륭하고 결코 의심할 수 없는 존재인지를 증명해주는 어조였다. 나는 그 마법같은 단어를 잘못 발음했다. '소브론(Sobronne)'이라고.

또 다른 하나의 마법의 단어는 '망사르드(mansarde)**'였다. 그 말은 '소브론'만큼이나 황홀하게 들렸다. 그 뜻은 정확히 몰랐지만, '망사르드'가 오직 파리에만 존재한다고 굳게 믿었다. '소브론'에 대해서는 그만큼 확신이 서지 않았다.

조금씩 '망사르드', '파리', 그리고 '소르본'이라는 프랑스어 단어들에 달라붙듯 스며들기 시작했다. 나는 우리 집 첫 라디오에서 귀를 기울이며 프랑스어가 졸졸 흘러나오기 시작할 때까지 다이얼을 돌렸다. '니콜라 테슬라' 라디오의 초록빛 불빛을 통해 졸졸거리는 프랑스어의 물결 위를 미끄러지듯 건너가며, 나는 그을음 묻은 작은 지방 도시를 벗어나 넓고 낯선 세상으로 떠올랐다. 나는 프랑스의 천재 소녀 작가 미누 드루에처럼 유명해지겠다고 몰래 결심했다. 하지만 곧 생각을 바꿔 프랑수아즈 사강(Françoise Sagan)이 되기로 했다. 그 첫걸음으로, 나는 영화 『슬픔이여 안녕(Bonjour, Tristesse)』의 진 세버그(Jean Seberg)처럼 머리를 짧게 잘랐다.

그 다음에는 장폴 사르트르(Jean-Paul Sartre) 같은 사람을 만나 그

---

*   소르본: 프랑스 파리의 소르본 대학교 또는 그 전신인 파리 대학교를 지칭하는 말.
** 망사르드: 다락방이라는 뜻으로, 가난한 예술가, 시인의 공간의 의미로 사용되었다.

와 함께 '망사르드'에서 살겠다고 마음먹었다. 그 '망사르드'에는 어머니의 자리는 없었다. 그 후에 나는 '망사르드'도, 사르트르도 포기했지만, 프랑스에 대한 매혹은 이미 내 안에 깊이 뿌리내리고 있었다. 그즈음부터 비로소, '나만의 서재', 어머니의 것이 아닌 나만의 첫 책들이 하나 둘 모습을 드러나기 시작했다.

풍선껌 이야기

어머니는 영화를 사랑했다. 우리의 작은 지방 도시에 처음 생긴 영화관은 사실 그럴듯한 극장이라기보다 지방 호텔의 임시 홀에 설치된 영사기 하나가 전부였지만 어머니는 나를 매일같이 데리고 갔다. 같은 영화를 여러 번 봤고, 매번 처음처럼 몰입했다.

어머니는 영화 잡지 『필름 월드(Film World)』를 구독했다. 그 잡지는 영화 배우들의 삶, 스캔들, 결혼, 이혼, 연애, 술, 불행에 대한 화려하고 자극적인 이야기와 사진들로 가득했다. 어머니는 그 이야기들을 모두 외울 정도로 탐독했다.

조금 뒤에 영화배우 사진이 들어 있는 풍선껌 포장지가 등장했다. 어느 날 나는 '이제 어른이 되기로 결심한 한 아이'에게서 진짜 보물을 물려받았다. 풍선껌 포장지에 들어 있던 배우 사진들을 모아둔 앨범이었다. 나는 그 앨범을 구석구석 살펴보았고, 어머니는 사진마다 이야기를 들려주었다.

가난한 농부의 딸이자, 세상에서 가장 아름다운 여자였던 '맨발의 백작부인', 애바 가드너(Ava Gardner)의 그 아름다움조차도 그녀를 불행에서 구하지 못했다는 이야기, 영화 『내일은 울겠어요(I'll Cry Tomorrow)』를 보며 눈물을 흘렸던 수잔 헤이워드(Susan Hayward)의 이야기, '사랑의 여신'이라 불리며 세계에서 가장 부유한 남자 알리 칸과의 결혼한 리타 헤이워스(Rita Hayworth), 변덕스럽지만 아름다웠던 『바람과 함께 사라지다』의 스칼렛 오하라, 그리고 『욕망이라는 이름의 전차』의 잊을 수 없는 '노처녀', 그녀의 로렌스 올리비에와 결혼한 비비언 리(Vivien Leigh), 건축 노동자에서 배우로, 그리고 마를렌 디트리히의 남편이 된 명예로운 삶을 산 장 가뱅(Jean Gabin), 젊은 나이에 암으로 세상을 떠난 낭만적 몽상가, 『육체의 악마』의 잊을 수 없는 주인공 제라르 필리프(Gérard Philipe), 저항할 수 없는 콧수염의 모험가, 레트 버틀러(Rhett Butler), 즉 클라크 게이블(Clark Gable), 그리고 마르틴 카롤(Martine Carol), 레슬리 카롱(Leslie Caron), 미셸 모르강(Michèle Morgan), 그리고 못지않게 신비로운 그레타 가르보(Greta Garbo). 냉혹하고 고집스러운 조안 크로포드(Joan Crawford), 이상하고도 매혹적인 베티 데이비스(Bette Davis), 유쾌하고 사랑스러웠던 클라크 게이블의 아내이자, 비행기 사고로 비극적으로 세상을 떠난 여배우 캐럴 롬바드(Carole Lombard), 우울하면서도 냉소적인 험프리 보가트(Humphrey Bogart), 그의 아내 로런 버콜(Lauren Bacall). 그리고 마지막으로, 평생 서로를 아꼈던 스펜서 트레이시(Spencer Tracy)와 캐서린 헵번(Katharine Hepburn)의 사랑 이야기까지… 어머니는 그 모든 이름들 속에서 자신의 꿈과 감정을 한 장면씩, 한 얼굴씩 되살려 냈다.

그 후에는 나만의 배우들, 나만의 별들이 생겼다. 그 첫 번째는 스물네 개의 훈장을 받은 전쟁 영웅이자, 서부극의 주인공으로 활약한 미국 배우 오디 머피(Audie Murphy)였다. 하지만 아무리 새로운 스타들이 나타나도, 어머니가 들려주던 첫 세대 영화배우들의 찬란함, 그들의 삶과 함께 엮여 있던 그 황홀함은 내 기억 속에서 결코 사라지지 않았다. 그리고 훗날, 아주 오랜 세월이 지난 뒤 나는 존 포드의 영화 『내 푸른 계곡은 얼마나 아름다웠던가(How Green Was My Valley)』를 보게 되었다. 그 순간, 반짝하며 희미한 기억속으로 짧은 콜라주처럼 껌 속 영화배우 사진이 들어 있던 그 앨범 속으로 되돌아갔다. 그런데 그 앨범 속, 모린 오하라(Maureen O'Hara)의 사진이 있어야 할 자리에 어머니의 얼굴이 있었다...

소나무

영화관 운영자는 체코 사람이었다. 작고 검게 그을린 난쟁이 같은 남자였고, 아래입술에 언제나 담배 한 개비가 물고 있었다. "잘 지내요?"라는 인사에 그는 늘 체코어로 대답했다.

"소나무처럼요!" 그 말과 함께 그는 허리를 곧추세우고, 주먹으로 자기 가슴을 툭툭 두드리며 재질의 단단함을 시험하듯 몸을 펴고, 입가에 억지로 미소를 걸었다. 그의 몸은 언제나 담배 연기 한 줄기가 따라다녔고, 실제로는 조금도 '상록수'와 닮은 데가 없었다.

그는 우리 아이들을 공짜로 들여보내 주었다. 자리가 남으면 지정 좌석에, 만석이면 접이식 의자에 앉게 해주었다. 일요일 낮 상영회에는 관객이라곤 우리 아이들과 동네 교사의 아내 한 명뿐이었다. 그 여자는 아이들을 여럿 낳은 뒤 더 이상 누구의 어머니도, 아내도 되기를 거부하고 다시 어린 시절로 돌아간 사람이었다. 그녀는 매일같이 영화관에 왔다. 얼빠진 듯, 아무도 의식하지 않은 채, 부른 배를 내밀고, 한 손에는 아이스크림을, 다른 손에는 사탕 봉지를 들고 들어왔다. 그리고 어둠 속에서 사탕을 으드득 깨물며 포장지를 바스락거렸다.

영화관 운영자는 우리가 모두 들어오면 문을 닫고, 담배 연기 구름과 함께 좁은 영사실로 올라갔다. 오랫동안 '소나무 씨(Mr. Pine Tree)'는 이 지방 영화관의 모든 일을 혼자 해냈다. 표를 팔고, 영화를 주문하고, 입구에서 표를 찢고, 관객이 들어오면 문을 닫고, 그리고 직접 영화를 틀었다.

지금도 나는, 영화관의 어둠 속에 앉아 있으면, 그때 수없이 보았던 한 장면이 떠오른다. 좁고 세로로 길게 뻗은 빛의 띠 속에 비치는 그의 얼굴, 그 머리 위로 피어오르던 작은 담배 연기 구름, 그리고 어둠 속을 가득 채우던 아찔한 기다림의 순간, 그 길이는 오직 걸음으로 측정되었다(그가 작은 영사실로 올라가는 데 걸리는 그 몇 걸음).

세월이 흘러 그를 다시 만났을 때 무척 반가웠다. "잘 지내요?"라고 묻자, 그는 예전처럼 허리를 펴고, 작은 깃발처럼 미소를 얼굴에 걸고, 약해진 손으로 가슴을 톡톡 두드리며 말했다. "소나무처럼요." 며칠 뒤 그는 세상을 떠났다. 재질의 단단함을 시험하듯 마지막으로 가슴을 두드리며 언제나 푸르던 사람, 미스터 소나무로.

구슬 속의 어머니

나는 손가락 끝으로 유리 구슬의 매끄러운 표면을 더듬는다. 그것을 사과처럼 손바닥 위에 올려놓고, 차가운 유리를 덥히며, 내 따뜻한 손바닥을 식힌다. 어두운 하늘에서 작은 마을 위로 눈이 내린다. 그 구슬 속에는 어머니가 앉아 있다. 그녀는 손가락 끝의 눈송이를 핥고 있다.

나는 유리 너머로 그녀를 바라본다. 그녀를 생각한다. 그녀의 중심, 그 본질을 느껴보려 애쓴다. 구슬을 돌리면, 그녀의 얼굴 위로 엠마 보바리, 모린 오하라, 테스, 캐리의 그림자들이 스쳐 지나간다. 그 그림자들은 어떤 비밀스러운 친밀함에 따라 서로 얽히고, 보이지 않는 실로 연결된 듯, 서로를 감싸며 하나가 된다. 나는 그 안에서 반짝이는 눈빛, 풀리지 않은 흰 옷깃의 디테일, 머리핀 하나, 몸의 자세, 손끝의 제스처, 표정, 움직임, 말투와 같은 징표들을 알아본다. 그녀들을 묶어두는 것은 같은 접착제, 여성들의 운명에서 흘러나온 비밀스러운 에너지였다. 그 에너지는 서로의 얼굴에서 자신을 알아보게 하고 거울 속에서 자신의 형상을 찾게 했다.

나는 구슬 속 어머니를 바라본다. 그리고 그녀의 진짜 중심은 바로 그들, 테스, 모린, 캐리, 아바, 안나, 엠마, 베티라고 느낀다. 그녀는 그들과 함께 있을 때 현실적이면서 동시에 비현실적이다. 나는 그녀의 얼굴 위에 그어진 두 개의 선을 본다. 그것은 피할 수 없이 아래로 향하고 슬픈 작은 주름 주머니로 끝난다. 나는 그 선 안에서 소설처럼 끝나지 못하고, 어딘가 중간에서 멈춰버린 운명, 강렬한 감정도 없이 늙어가며, 희미한 그리움과 함께 점점 시들어가는 인생, 결국 유리구 속에 갇힌 삶을 본다. 그녀의 얼굴에는 그녀가 읽었던 소설들과 보았던 영화들의 침전물이 남아 있다. 작가와 감독이 결정한 대로 끝맺은 강렬하고, 낭만적이고, 격정적인 여인들의 운명이, 그녀의 얼굴 위에는 끝나지 않은 쓸쓸한 침전물로 남아 있다. 그 쓸쓸함은, 그녀가 한때 꿈꾸었던 미래의 열정과 빛만큼이나 컸다.

나는 구슬을 돌린다. 문득 어머니가 불쌍해진다. 그토록 작고 갇혀 있으며 외로워 보인다.

아마 무척 추울 것이다. 나는 구슬을 다시 손바닥 위에 올려놓고, 사과처럼 입술 가까이 가져간다. 그리고 숨결로 그것을 덥힌다. 어머니는 안개 속으로 사라진다.

노년의 첫 순간

나는 어린 시절의 어머니의 발작하듯 웃는 폭발적인 웃음들을 기억한다. 그때마다 나는 놀라움과 약간의 두려움을 섞어 그녀를 바라보곤했다. 그녀가 자기 웃음에 질식해버릴 것만 같았다. 아버지는 언제나 손을 내저으며 자리를 피했다. 그러면 어머니는 또다시 웃음의 발작을 터뜨렸다.

그 웃음은, 잠시나마 그녀를 가두고 있던 보이지 않는 단단한 내면의 막을 순간적으로 뚫고 나가는 것처럼 보였다. 이제 돌이켜보면, 그

빠르고 거침없이 풀려나가던 웃음의 실타래는 그녀가 알고 있던 유일한 방식의 자유에 대한 발현이었다(그녀는 다른 방식의 자유를 알지 못했다). 그리고 다시 원래의 형태로 돌아가기 전 깊게 한 번의 숨결을 들이마셨다.

웃음이 멈출 때도, 그것은 늘 갑작스러웠다. 그녀는 눈가를 닦고, 깊고 만족스러운 한숨을 내쉬며 새로운 웃음이 터질 듯 몇 번 더 킥킥거렸다. 꽉 다문 턱을 천천히 풀고, 완전히 진정됐다고 느끼면 나를 꼭 끌어안았다. "괜찮아, 걱정 마. 웃음 폭풍은 이제 지나갔어..."

아버지가 세상을 떠난 얼마 뒤, 우리는 몇몇 가족 친구들과 함께 소풍을 갔다. 그녀는 검은 옷차림이었다. 숲길 산책에는 어울리지 않는 꽉 끼는 스커트를 입고 있었다. 우리가 조용히 걷고 있을 때, 그녀는 갑자기 숨을 깊이 들이쉬더니 아무 이유도 없이 치맛자락을 조금 들어 올리고 달리기 시작했다. 그녀는 놀라우리만큼 빠르고 가볍게, 어린 소녀처럼 치마를 쥔 채 달렸다. 몸을 앞으로 기울이며 마치 단 한 걸음만 더 내디디면 그 보이지 않는 내면의 막을 완전히 뚫고 나갈 수 있을 것처럼.

그녀는 숨이 차 멈춰 서더니 손을 들어 사과를 하는 것 같기도 하고 눈물을 닦는 것 같기도 한 모호한 제스처를 취했다(웃은 뒤 눈물을 닦듯이).

그때가 바로, 그녀가 늙기 시작한 순간이다.

불안의 얼음 조각
"예전엔 춤추는 걸 좋아했어. 아빠랑도 종종 파티에 갔지. 하지만 아빠는 춤을 출 줄 몰랐고, 늘 지루해했거든. 그래서 조금씩... 안 가게 됐어," 그녀가 말했다.

"웃는 것도 좋아했어. 하지만 아빠는 언제나 너무 진지했거든. 그래서 조금씩... 나도 안 웃게 됐어,"그녀가 말했다. 목소리에는 비난의 기색이 전혀 없었다.

나는 믿는다. 어느 순간, 그녀가 뒤를 돌아보았을 때 옛 고향은 더 이상 존재하지 않았고, 어머니와 아버지, 그리고 언니는 모두 세상을 떠났으며, 다시 그곳으로 돌아갈 이유도 사라졌다는 것을 깨달았을 것이다. 조금씩 그녀 안의 어떤 내면의 지도 위에서 바르나는 망각의 습기에 갉아먹히며 희미한 상실의 얼룩으로 변해갔다. 그녀는 시선을 앞으로 돌렸다. 남편은 세상에 없고, 아이들은 집을 떠났으며, 친구들은 늙어가다 하나 둘 사라졌다. 앞으로 남은 건 매달 첫째 날 연금을 들고 오는 우체부뿐이었다. 그 단순한 산출이 그녀의 숨을 멎게 했다. 어지럼증이 밀려왔고 쓰러질 것만 같았다...

나는 믿는다. 그때부터 그녀는 밖에 나가는 걸 거부하기 시작했다. 밖에 나가면 갑작스런 피로가 밀려왔고 쓰러질 것 같은 고통스러운 감각, 숨이 막힐 만큼 심장이 두근거리는 발작이 찾아왔다. 식은땀에 젖고, 얼굴은 창백해지고, 표정에는 공포가 스며들었다. "뭐가 그렇게 두려워요?" "넘어질까 봐 무서워요," 그녀는 끈질기게 대답했다. "괜찮아요, 안 넘어질 거예요. 내가 있잖아요." "아니... 넘어질 거예요. 분명히 넘어질 거예요..."

그녀는 가게, 식당, 산책, 사람, 소음, 자동차, 개, 아이들, 자연, 광장, 시장 등 세상의 모든 것들을 두려워했다. 모든 것이 통증 같은 불안을 일으키며 그녀를 괴롭혔고 겁먹은 야생동물처럼, 몸을 떨면서 오직 자신의 아파트 안에서만 겨우 진정할 수 있었다.

그녀는 마치 자기 감금의 상태를 점점 좋아하게 된 것처럼 보였다. 오직 슬리퍼를 신고 있을 때만 안정을 느꼈다. 비록 오랫동안 마음속으로는 언젠가 '날개 달린 작은 구두'를 신게 되기를 꿈꿔 왔지만...

어느 정도 시간이 지나자, 그녀는 다시 창 밖을 내다보기 시작했다. 조금씩 다시 시장에도, 친구들에게도 갔지만 그녀의 세계는 이미 돌이킬 수 없을 만큼 작아져 있었고 두려움은 사라지지 않았다. 그것은 단지 겉으로 감춰졌을 뿐이었다.

미지의 것에 대한 두려움, 사람에 대한 두려움, 병에 대한 두려움, 죽음에 대한 두려움, 열린 공간에 대한 두려움, 닫힌 공간에 대한 두려움, 좋지 않은 소식에 대한 두려움, 여행에 대한 두려움, 낯선 곳에 대한 두려움, 예상치 못한 사고에 대한 두려움, 전쟁의 두려움, 굶주림의 두려움, 거리의 두려움, 무례함의 두려움, 비행기에 대한 두려움, 전화의 두려움...

그녀는 자신의 두려움의 일부를 의식으로 돌렸지만, 고안해낸 것은 두 가지 뿐이었다. 일요일 점심식사와 남편의 무덤을 찾아가는 정기적인 묘지 방문. 그녀는 강철 같은 끈기로 나와 내 남동생이 그 의식에 동참하길 기대했다. 때때로 그녀는 그 새롭고 낯선 강철 같은 의지를 어떤 하찮은 일에 쏟기도 했다. 전기 플러그를 꼭 사야한다든가, 가스레인지의 부품, 전구, 리벳 하나를 꼭 찾아야 한다고 하면서 ...

혈당이 조금만 높아져도 그녀는 그것을 심각한 병처럼 여기며 걱정했다. 마치 자기 아이처럼 가끔은 규칙을 어길 때도 있었고, 그럴 때면 꼭 나에게 고백하듯 말했다. "있잖니, 어제 초콜릿을 조금 먹었어!" 그러면 내가 "괜찮아요, 아무 일도 아니에요..." 라고 하면, 그녀는 실망한 표정을 지었다.

그녀는 이미 읽었던 책들을 다시 읽었고, 더 이상 자수를 놓지도, 뜨개질도, 바느질도 하지 않았다. 겨울을 대비해 음식을 준비하지도 않았다("누구한테 해주겠니, 내 혈당이 이렇게 높은데!"). 그녀는 개도, 고양이도, 새도 키우지 않았다 ("어디라도 가게 되면, 걔들은 어떻게 하겠니?" 그녀는 늘 그렇게 말했지만, 실제로 어디 가는 일은 없었다). 그녀에겐 취미도 없었다. 오래된 가족 친구들을 찾아가는 일도 그만두었다("아빠 없이 거기 가서 뭐 하겠니?"). 여행은 완강히 거절했다("혼자선 죽어도 안 가!"). 그녀가 좋아했던 건 그녀처럼 홀로된 두 과부, 오직 두 명의 오랜 친구들이었다. 안키차와 함께일 때는 옛이야기를 꺼내며 웃었고, 미르야나는 그녀의 불안을 달래주었다.

　마치 그녀가 하는 일마다 모든 것이 어긋나는 듯했다. 그녀의 손에서 제대로 피어난 건 창가 화분 속의 아프리칸 바이올렛뿐이었다. 그녀의 손길 아래서, 연분홍과 흰색의 섬세한 꽃들이 피어났다.

　그녀가 처음으로 심하게 아팠을 때, 나는 비로소 그녀의 고독이 얼마나 깊은지를 깨달았다. 병원 생활과 친구들, 옛 지인들의 매일같은 방문을 그녀는 일종의 생일처럼 받아들였다. 꽃다발과 끊임없는 대화 속에서 그녀는 자신이 어디에 있는지도 잠시 잊은 듯했다. 오랜만에 그녀는 혼자가 아니었다. 의사들부터 방문객들까지 모두 진심으로 그녀의 안부를 물었다...

킨더 에그

그 변화는 조용히, 거의 눈에 띄지 않게 찾아왔다. 그녀는 늘 잠옷을 좋아했는데, 특히 새것, 산뜻한 색깔의 잠옷을 좋아했다. 병원에 갈 일을 핑계로 새 잠옷을 사곤 했다.

　"이건 여기 두어야지, 필요할 거야. 혹시 갑자기 병원에 가게 되면 어쩌겠니 ..."

그리고서는 새 가운이 꼭 필요하다고 우기기 시작했다. 이미 몇 벌의, 꽤 새것 같은 가운이 있었지만, 어쩐지 이유 모를 어떤 계기로 기모노를 갖고 싶다는 욕망을 품게 되었다.

"어머니가 갖고 싶어 하는 그런 비단 기모노는 값싼 옷이야, 몇 달러 밖에 안 해," 내가 말했다.

"그럼 왜 나한테 하나 안 사줬니?"

"너무 싸구려처럼 보여서."

"내가 입으면 그렇게 안 보여," 그녀는 고집스럽게 말했다.

한번은 값싼 보라색과 초록색 실크를 사서 기모노처럼 보이는 가운을 만들어 입었다. 하지만 그녀는 그것을 한 번도 입지 않았다. 또 다른 어느 날에는 그토록 원하던 수입 원단이지만 인조 비단을 사용하여 값이 저렴하고 등에 커다란 용이 그려진 기모노를 샀다. 그 기모노는 내 안에서 분노와 연민이 뒤섞인 감정을 불러일으켰다. 그녀는 그것도 한 번도 입지 않았다.

그녀는 내 옷장 속에서 옅은 분홍색 비단 가운 하나를 발견했다. 내가 외국 어딘가에서 산 것이었다. 그리고 마치 어린아이처럼 그것을 자기에게 달라고 간청하기 시작했다. 나이에 어울리지 않는 그녀의 그 유치한 약함에 대한 순간적인 냉정함이, 그냥 그것을 내어주지 못하게 만들었다.

어느 날, 내가 외국에 나가 있는 동안 그녀는 그 가운을 스스로 가져갔다. "어차피 너한테는 너무 작잖니," 그녀가 말했다. 그리고 그건 사실이었다. 그녀는 그 반짝이는 분홍색 천 조각을 자신의 옷장에 넣어두었다. 하지만 그것도 한 번도 입지 않았다.

점점 더 자주, 그녀는 새로 산 스웨터나 치마, 블라우스를 자랑스럽게 보여주곤 했다. 언제나 세련된 취향으로 알려졌던 그녀가 점점 흉한 옷들을 고르기 시작했다.

폴란드, 루마니아, 러시아, 그리고 현지의 소규모 상인들이 물건을 파는 벼룩시장에서 쇼핑하는 데 기쁨을 느끼기 시작했다. 그리고는 필요 없는 침대보, 쓸데없는 펜치, 값없는 시계 같은 것들을 사왔다.

그녀의 깔끔한 인형의 집 같은 공간은 점점 더 쓸모없고, 점점 더 흉한 물건들로 채워졌다.

그녀는 한 번도 주얼리를 가져본 적이 없었고, 원한 적도 없었다. 그런데 갑자기 값싼 장신구와 목걸이를 사기 시작하더니, 나에게 금반지를 사주겠다고 고집을 부렸고 아들에게는 기념으로 금 인장반지를 사주고 싶어 했다.

그녀는 연금생활자들을 위한 그라츠* 쇼핑 여행에 점점 더 자주 나가기 시작했다. 거기서 다른 사람들도 똑같이 쌀, 건포도, 그리고 커피를 사왔다.그녀의 식료품 저장실은 필요 없는 물건들로 가득 차 있었다.

이웃 베리카(Verica)가 어느 날 이탈리아 세제 속에서 작은 사은품 하나를 발견했다. 즉석카메라였다. 그 후로 한동안 어머니는 나에게 그 이탈리아 세제를 사달라고 조르곤 했다. 내가 분노와 연민이 뒤섞인 마음으로 거절하자, 그녀는 그 소원을 내 친구에게 털어놓았다. 그녀는 약간의 장난기와 자기 아이러니를 섞어 말했다. ("나도 알아, 좀 바보 같지? 하지만...") 마치 달콤한 비밀이라도 고백하듯, 살짝 수줍은 어조로 덧붙였다("사실은, 예전부터 사진을 찍어보고 싶었거든요").

그 사소한 일이 작은 바늘처럼 나를날카롭게 찔렀다. 그녀의 순진무구함 (이탈리아 세제마다 카메라가 들어 있을 거라 믿었던!) 그 소박한 바램, 그리고 원하는 물건을 꼭 손에 넣겠다는 아이 같은 고집스러움은 내 안에 작은 틈을 열어버렸다. 그녀의 모습이 달리 보였다. 어쩌면 그것이 그녀가 원한 전부였는지도 모른다. 사과로 장미를 만들어줬던

* 그라츠: 동유럽 국가들의 값싼 물건을 사러 오스트리아 연금자들이 단체 쇼핑 여행을 가는 곳

누군가처럼 작고 사소한 기적 하나. '킨더 에그(kinder-egg)' 그 안에서 달콤한 깜짝 선물을 발견하게 되는 것. 그녀가 원한 건 그저 그것뿐이었다. 그녀가 바란 것은 단지, 삶을 조금 더 견딜 만하게 만들어 줄 작은 사소함이었다. 모자 속에서 나오는 비단 손수건, 비둘기 한 마리, 마법의 지팡이, 움직이는 필름 속의 환상, 스노우 볼 속의 눈보라, 사과로 만든 장미...그 이상은 없었다. 하느님, 그게 그렇게 큰 바람입니까? 하느님, 그게 전부인데요?

사과 껍질 장미

그 먼 1946년, 전쟁의 상흔이 남은 나라를 천천히 가로지르던 빈 기차 안에서, 그녀는 자신의 미래로 향하고 있었다. 귀족적인 얼굴을 한 작은 노인(그녀가 또렷이 기억하는 유일한 디테일)은 끈적한 이슬비로 흐릿하게 덮인 창문이 있는 객실로 들어와, 그녀가 건넨 사과를 받았다. 그는 주머니칼을 꺼내 외과의사처럼 정교한 손놀림으로 사과 껍질을 벗기더니, 그 껍질로 장미를 만들어냈다. 어쩌면 바로 그 순간, 그 낯선 이가 그녀의 운명의 천을 자르고 있었는지도 모른다. 단순하고, 소박한 사과를 장미로 바꾸는 운명.

어린 시절, 그녀가 가장 두려워했던 것은 뒤집힌 장갑이었다. 점을 볼 때 한 장의 카드는 하나의 의미이면서 동시에 반대의 의미를 지닌다. 동전의 한 면과 그 이면처럼. 어쩌면 사과의 속살에서 소리 없이 벗겨져 나와 뱀처럼 낯선 이의 손가락을 한 바퀴 감고 장미로 변한 그 껍질 속에는, 그녀의 전 생애와 세세한 사안들, 그리고 43년 후 그녀의 가슴 위에 남게 될 외과의의 칼자국의 예견까지도 이미 들어 있었는지도 모른다.

은밀한 연기의 신호들

나는 자동응답기를 켜고, 테이프를 들었다. 메시지가 하나 있었다.

"이봐, ... 부비 ... 어디 있어? 너는 또 집에 없구나 ..." 어둑한 방 안에서 작은 기계가 윙윙거리며, 삐걱대고, 단호하게 딸깍거리고, 성난 플라스틱 소리를 냈다. 그리고 마지막으로 삐이이이익! 하는 소리를 내더니, 끝이 났다. 그 다음에는 아무것도 없었다.

나는 안락의자에 몸을 늘어트리고 앉아 침대 옆 스탠드에서 흘러내리는 레몬빛 조명 속, 고요에 싸여 있었다. 수화기를 집어 어깨와 뺨 사이에 괴고, 차가운 플라스틱에 뺨을 문질렀다. 그녀에게 전화를 걸까, 잠들기 전에 잠깐 이야기라도 나눌까, 아무 의미 없는 말들로 그녀를 재워줄까. 내 혈압이 낮다고 투덜거리면, 그녀는 깨어나겠지. 오늘은 자기 혈압이 낮았다고 할 것이다. 내가 병원에 다녀왔는지 물어볼 것이고, 나는 모든 걸 세세하게 이야기할 것이다. 그녀에게 시장에 다녀왔는지 물어보고, 나도 다녀왔다고 말하고, 요즘 물가가 얼마나 비싼지 이야기하고, 그러면 그녀는 "끔찍해, 끔찍해," 라고 말할 것이다. 이웃들 이야기를 묻고, 새 수도꼭지를 샀다고, 이제는 물이 새지 않는다고 말하고, 그러면 그녀는 "그래, 잘했네, 고쳤으니 다행이야. 얼마 들었니?" 하고 물을 것이다. 나는 금액을 말하고, 그녀는 "세상에, 그게 뭐니, 너무 비싸잖아," 할 것이다. 그녀가 내일은 무엇을 해 먹을지, 의사가 그녀의 혈당 수치에 대해 뭐라고 했는지를 물을 것이다. "조금 올랐어," 그녀는 말할 것이다. 나는 놀라며 "어쩌다가?" 하고 묻고, 그녀는 "글쎄, 나도 모르겠어," 할 것이다. 그리고 나는 마지막으로 무언가 밝은 말을 건네고, "잘 자요"라고 인사할 것이다.

그녀의 번호 대신 나는 시간 안내 서비스 번호를 눌렀다. "열한 시 오십오 분, 삼 초입니다," 목소리가 말했다. 나는 아무 말없이 수화기를 얼굴에 댄 채 앉아 있었다. 그것을 어루만지고, 차가운 플라스틱에 뺨을 비볐다. "열한 시 오십오 분, 오 초입니다," 단조로운 목소리가 말했다. 나는 무언가 말하려는 듯 입을 열었다. 동그란 단어 몇 개를 내뱉기 위해 입술을 작은 원 모양으로 만들었다. "열한 시 오십오 분, 칠 초입니다," 목소리가 말했다. 나는 소리 없이 말했다. "여보세요, 나야, 부비야 ..." 작은 풍선 같은 말들이 공중으로 떠올랐다. "열한 시 오십오 분, 십 초입니다," 목소리가 말했다. 작은 풍선들은 나를 둘러싸며, 나방처럼 흩날렸다 ... 시간은 무심하게 수화기 속에서 흘러나와, 내 지친 관자놀이를 식혀주었다 ...

나는 그녀를 떠올린다. 침대에 누워 무언가를 읽고 있다. 눈이 따가워지자 천천히 안경을 벗고, 책을 덮은 뒤 그 위에 안경을 올려놓는다. 그녀는 몸을 일으켜, 잠시 침대 가장자리에 앉아 다리를 흔들며 발끝으로 어둠을 부순다. 그녀는 부어오른 손을 바라보다가, 그것을 스탠드 불빛 아래로 가져가 꼼꼼히 살핀다. 리모컨을 들어 텔레비전을 켜고, 채널을 돌려본다. 모든 화면이 비어 있다. 공허함이 단조롭게 윙윙거리고, 화면에서 흘러나온 눈발 같은 정적이 방 안으로 스며든다. 그녀는 텔레비전을 끄고, 게으른 걸음으로 욕실로 향한다. 욕실에서 그녀는 오랫동안 변기 위에 앉아, 발끝으로 공기를 부수듯 흔들며 소변을 본다. 희미한 어둠 속에서 그녀는 자신의 소리를 듣는다. 그리고 부엌으로 간다. 불은 켜지 않는다. 냉장고 문을 열고, 안쪽에서 흘러나오는 불빛을 바라보며 무언가를 찾는다. 흰 철망 선반 위에는 요구르트 하나, 우유 한 팩, 치즈 한 조각. 쥐의 저녁 식사 같은 것들이 놓여 있다. 그녀는 아무것도 꺼내지 않은 채, 조용히 냉장고 문을 닫는다.
    그녀는 창가로 다가가, 어둠 속에서 아프리칸 바이올렛의 벨벳 같은 잎을 손끝으로 만진다. 창턱에 몸을 기대어 담배를 피우며, 어둠을 바라본다. 그녀의 아래쪽에서 커다란 초록 잎들이 바스락거리며 은빛으로 반짝인다. 달빛에 비친 그 잎들은 마치 은쟁반처럼 보인다. 일 년이나 이 년쯤 지나면, 금속 광택이 도는 그 초록색 잎들이 그녀의 창까지 닿게 될 것이다. 큰 잎을 가진 나무들은 빨리 자라니까 ...

그녀는 어둠 속에서 자신의 심장 소리를 듣는다. 두근, 두근, 두근 ... 그녀는 마치 길 잃은 생쥐 한 마리가 겁에 질려 벽에 부딪히며 뛰고 있는 것처럼 느낀다. 그녀는 바이올렛의 벨벳 같은 잎을 어루만지며, 자신의 심장을 달랜다.

이따금 이웃 건물들의 창문 여기저기에서 희미한 불빛이 새어 나온다. 어느 창문에서는 담배를 피우는 듯한 어둑한, 움직이지 않는 사람의 모습이 보인다. 다른 창문에는 창턱에 기대 담배를 피우는 여자가 똑같이 미동도 하지 않은 채 서 있다. 그녀는 그 여자를 마치 거울 속 자신의 반영처럼 바라본다. 어둠 속에서 세 개의 불빛, 세 개의 불꽃이 반짝인다. 무성한 잎사귀들이 희미한 담배 연기를 빨아들인다. 그녀는 갑자기 그들에게 손을 흔들고 싶은 충동을 느낀다. 그러나 이내 그 생각을 이내 떨쳐내고, 어둠 속에서 살짝 미소 짓는다. 그리고 상상한다. 자신의 손이 움직이는 것을, 손가락으로 보내는 작은, 은밀한 신호를. 그리고 어둠 속의 두 흡연자들도 그녀에게 똑같은 신호를 보내오는 모습을.

제 3 장

안녕하세요
Guten Tag

23 나는 그를 마주칠 때면 "Guten Tag," 하고 헤어 슈뢰더에게 인사한다. "Tag", 그는 고개를 끄덕이며 어렴풋한 미소를 짓는다. 헤어 슈뢰더는 우리의 우편배달부다. 그와 자주 말을 섞지는 않지만, 매일 마주치는 유일한 사람이기도 하다.

헤어 슈뢰더는 우표를 수집한다. "흥미로운 우표가 있으면, 특히 그 새 크로아티아 우표들은 좀 챙겨주세요." 그가 말한다. "그냥 우편함 위에 올려두세요."

그리고 나는 애정을 담아 기꺼이 그 말대로 한다.

헤어 슈뢰더는 매일 정확히 10시 30분에 온다. 나는 1층 발코니에서 그의 규칙성을 지켜본다. 그저 고개만 들어 올리면 보일테지만 혹시라도 그가 나를 보게 될까 싶으면 나는 재빨리 커튼 뒤로 몸을 숨긴다. 그러면서 어렴풋한 설렘을 느낀다.

그가 떠나기가 무섭게, 나는 서둘러 아래층으로 내려가 우편이 있는지 확인한다. 설명할 수 없는 만족감과 함께 그가 어제 내가 남겨둔 우표를 가져갔다는 사실을 계단 위에서부터 이미 알 수 있다.

그 일련의 장면들, 얇은 커튼을 잡아 젖히며 그 뒤로 숨어드는 내 손짓, 고개를 숙이는 동작, 그리고 잠시 뒤 길을 따라 오른쪽으로 걸어가는(언제나 오른쪽으로!) 헤어 슈뢰더의 잿빛 목덜미. 그 일련의 장면이 종종 떠오른다, 마치 나에게 복수라도 하듯이. 그것은 내 베를린 고독의 온전한 척도다.

24 베를린 곳곳의 거리 위에는 굽은 파이프가 아치처럼 걸려 있다. 분홍, 노랑, 연보라의 파이프들은 거대한 금속 덩굴처럼 도시를 감싸고 있다.

베를린 사람들은 세계 어느 도시 사람들보다 더 많이 잠을 잔다. 나 자신은 이 과도한 잠에 어떻게 맞서야 할지 모르겠다. 나는 잠에서 깨 커피를 한 잔 마시고, 담배를 한 개비 피우고는 다시 잠든다. 또다시 깨어 커피를 한 잔 더 내리고, 다 마시기도 전에 이미 저항할 수 없는 졸음으로 미끄러져 들어간다. 가끔은 정말로 언젠가는 다시는 깨어나지 못할까 봐 걱정이 된다. 이 이야기를 어느 베를린 출신의 지인에게 털어놓았다. 병원에 가봐야 할지도 모르겠다고 나는 말했다. 계속 잠만 잔다고.

"몰랐어요?" 그녀가 말했다. "베를린 사람들이 잠을 많이 잔다는 거, 다들 아는 사실이에요!"

"바닷물에서 올라오는 습기가 저 파이프를 타고 스며들어서 그래요," 하고 한 미국인 지인이 말했다.

"나는 잘 모르겠는데 ..." 하고 조란이 말했다.

"예전에 사람들은 베를린이 섬이라고들 했죠. 하지만 그건 장벽 때문이었어요."

"사실 여기는 해안 도시예요," 하고 우연히 잡아 탄 택시 기사가 덧붙였다.

25 망명자로서 한동안 베를린에 머물렀던 블라디미르 나보코프는 1925년에 단편 「Guide to Berlin」을 썼다. 그 안에서 그는 '거리의 철제 동맥', 그가 살던 건물 앞에 내려놓은 파이프들에 대해 묘사한다.

눈이 내리고 있었고, 누군가가 눈으로 덮인 표면 위에 손가락으로 'Otto*'라고 써놓았다. 그리고 작가는 이렇게 떠올렸다. "부드러운 모음 o 두 개가 온순한 자음 쌍을 에워싸고 있는 그 이름이, 두 개의 개구와 말없는 터널을 지닌 그 파이프 위의 고요한 눈 층과 얼마나 잘 어울리던지".

26 "나는 이곳을 가로지르는 철길 위의 다리들을 오래도록 걸었다. 그것들은 마치 반지에 꿰어낸 숄의 실들이 서로 스치며 교차하듯 얽혀 있다. 그 반지가 바로 베를린이다," 하고 빅토르 쉬클롭스키는 썼다.

27 내가 잠시 머물고 있는 이 집은 종종 흔들린다. 집에서 멀지 않은 곳에 큰 도로가 있고, 그 도로들은 숄의 실처럼 서로 교차한다. 나는 차 소리를 듣지 못한다. 창문이 조용한 골목 쪽을 향하고 있기 때문이다. 하지만 브리기테는 자주 불평한다.
  "이 소음이랑 매연 때문에 내가 죽을 지경이에요," 계단에서 마주칠 때마다 그녀는 그렇게 말한다.
  브리기테는 내 이웃이다. 브리기테가 소음과 매연이 자신을 죽일 거라고 말하면, 그 말은 이상할 만큼 설득력이 있다. 브리기테의 눈 아래에는 짙은 그림자가 드리워져 있고, 눈빛도 어둡고, 잿빛 얼굴을 둘러싼 머리칼도 어둡다. 실은 나는 브리기테의 본명이 무엇인지 모른다. 그녀는 가끔 내 우편함에 넣어두는 시와 스케치에 늘 다른, 예술적인 이름으로 서명하기 때문이다. 브리기테가 크게 걱정하는 것들은 다음과 같다. (a) 유럽, 특히 동유럽 곳곳에 있는 수많은 원자력 발전소 중 하나가 폭발할 가능성; (b) 석유로 인한 시베리아 환경 오염; (c) 파

* otto: 독일에서 흔하게 쓰이는 전형적인 남자 이름

시즘의 침투; (d) 마피아의 세계 지배; (e) 보스니아에서 벌어지고 있는 유혈 전쟁.

"세계는 서서히 전 지구적 파국을 향해 미끄러져 가고 있어요, 우리는 모두 죽어가고 있어요, 아니 이미 죽었는지도 몰라요, 종말은 우리의 눈앞에서 펼쳐지고 있는데, 사람들은 점점 더 깊은 무관심 속으로 빠져들고 있죠," 그녀는 격앙된 목소리로 내게 말한다.

그러면서 동시에 자신의 얼굴을 내 얼굴 가까이까지 들이민다. 그녀의 눈 밑에 드리운 짙은 그림자, 그리고 그녀가 'catastrophe(대재앙)'(독일어식의 강한 r 소리로)와 'apocalypse(종말)'(귀를 송곳처럼 찌르는 발음으로)라는 단어를 말하는 방식은, 그녀의 말이 사실이라는 데에 어떤 의심의 여지도 남기지 않는다.

28 레베카 호른(Rebecca Horn)은 독일의 잘 알려진 예술가이다. 기계적 생명이 숨 쉬는 듯한 사물들의 그녀의 설치작업은 사실 베를린 쇼윈도의 냉소적인 유머를 모방하고 있다(혹은 그 반대일까?). 자비니플라츠의 카페 칸트 쇼윈도에는 커다란 부활절 토끼가 전시되어 있다. 지나가는 행인이 그 앞에 잠시 멈춰 서면, 기계 장난감인 그 토끼가 거의 느껴지지 않을 정도로 미세하게 숨을 쉬고 있다는 사실을 불편하게 알아차리게 된다.

요아힘스탈러슈트라스에는 한 신발 가게가 있는데, 그 쇼윈도에는 여자 구두 한 짝이 움직이고 있다. 멈춰 서서 유심히 들여다보아야 비로소 알 수 있다. 구두의 한 짝 끝이 위아래로 움직이는데, 마치 행인들에게 인사라도 하는 것 같다.

많은 베를린 쇼윈도에는 큰 멧돼지 장난감이 전시되어 있다. 그 멧돼지는 때때로 머리를 움직이고, 유리 눈에는 붉은 빛이 번진다. 겨울이 되면 베를린의 거리는 앙상하고 회색빛으로 텅 비어 가는데, 불이 켜진 쇼윈도와 그 안의 사물들이(기계적으로) 생명을 신호하는 모습은 나를 소름 돋게 만든다. 베를린에서의 고립감은 극도로 선명하고, 어떤 모호함도 없다.

29 "외로워," 하고 나는 조란에게 말한다.

"놀랄 일도 아니죠, 베를린에서는 모두가 외로우니까," 하고 조란이 말한다. "그리고 왜인지 모르겠지만, 다들 시간이 없고요," 그가 덧붙인다.

30 나이마 마즈루프, 아가디르에서 온 모로코 여성은 베를린에 와 초급 독일어 강좌에 등록했다. 3A 강좌의 수업명 'Das Picknick'에서는 독일인 볼터 가족이 소풍을 가는 내용이 나오고 있었다. 숙제로, 우리는 그날 배운 어휘를 사용해 그 이야기와 관련된 짧은 에세이를 써야 했다.

나이마 마즈루프는 이렇게 썼다:

'Beute ist Sonntag. Familie Mazroup machen Picknick. Der Tag ist schon und wann, die Sonne scheint. Frau Mazroup macht das Essen: Sie hat Wurst und Käse, Butter, Milch, Eier, Brot und Bier. Herr Mazroup arbeitet, er schreibt einen Brief. Hasan schläft. Husein spielt Fussball. Seine Schwester Fatima hört Radio. Aber Naima ist nich da. Sie ist krank. Frau Mazroup ruft: "Kommt bitte! Das Essen ist fertig."'

"오늘은 일요일입니다. 마즈루프 가족은 피크닉 합니다. 날은 좋고 햇님이 빛납니다. 마즈루프 부인은 밥을 만듭니다: 소시지 그리고 치즈, 버터, 우유, 계란, 빵 그리고 맥주 있습니다. 마즈루프 씨는 일합니다, 그는 편지 씁니다. 하산은 잡니다. 후세인은 축구 합니다. 그의 누나 파티마는 라디오 듣습니다. 그러나 나이마는 거기 없습니다. 그녀는 아픕니다. 마즈루프 부인이 말합니다: "와요 제발! 밥 끝났습니다."

그 에세이를 제출한 뒤, 나이마는 다시는 나타나지 않았다. 그녀가 수업에 더 이상 오지 않을 거라는 사실을 알고 있던 사람은 나 뿐이었다.

31 도시 외곽으로 이어지는 베를린 지하철 선로에서는 가끔 승강장에 아무도 없을 때가 있다. 텅 빈 역은 주변 공간을 삼켜버리는 듯 보이고, 기다리는 승객이 주변의 건물들을 둘러보면, 그 창문들 어디에서도 삶의 흔적이 보이지 않는다. 마치 주변 전체가 갑작스러운 부재에 점령된 것처럼. 기다리는 승객은 콘서트, 연극, 전시 포스터들과 같은 한 때의 삶의 흔적들을 살핀다. 비둘기 한 마리가 승강장을 가로지르고, 시계는 시간을 가리키며, 높은 전광판은 다음 열차의 도착을 알리겠지만, 삶의 부재는 너무도 강렬해서 그 승객은 잠시, 열차가 정차하지 않는 역에 들어선 것은 아닌가 하는 생각에 사로잡힌다. 그는 대합실 유리창에 비친 자신의 모습을 본다. 이렇게 텅 빈 승강장에서 자기 자신과 마주치는 일은 그를 공포로 채운다. 유리 속에는 하늘의 반사와 이웃 건물 창문들의 반짝임, 그리고 일그러진 시계가 함께 비친다.

그리고 그때, 어딘가에서 처음으로 인간의 형상이 나타나고, 이어 다른 사람, 또 다른 사람이 나타나고 마침내 열차가 도착한다. 기다리던 승객은 시계를 흘끗 보며 시간이 실제로 멈췄던 것은 아닌지, 시간의 틈으로 빠져들었던 것은 아닌지 확인한다.

32 "시간 좀 있어?"
"없어. 왜 묻죠?" 하고 시셀은 말한다.

시셀은 지도, 척도, 나침반, 세계의 나라들과 바다에 사로잡힌 예술가다. 시셀은 세계지도를 사서, 지도에서 바다를 잘라내고, 그 바다 조각들을 다시 잘게 자른 뒤, 그것들을 이어 붙여 하나의 표면을 만든다. 그렇게 할 때 시셀은 자기만의 내면적 지리 감각을 따른다. 바다에 몰두해 있지 않을 때, 시셀은 종이 조각들에 구멍을 뚫고, 그것들을 빨랫줄처럼 한 줄에 꿰어 건다. 빛은 그 구멍들을 통과하고, 시셀은 그 작은 별빛 하늘을 넋 놓고 바라보며 몇 시간이고 앉아 있다. 구멍을 만들고 있지 않을 때, 시셀은 따뜻한 다리미로 종이 위에 자국을 찍어 만든다. 그 자국들은 물론 지도를 연상케 한다.

시셀은 자기만의 공간 감각과 그 안에서의 자신의 위치에 집착하는 예술가다. 그녀는 『위니더푸 Winne the Pooh』에 나오는 한 구절(푸가 북극을 발견한 뒤, 크리스토퍼 로빈에게 세상에 다른 '극'도 있는지 묻는 장면)을 세계 곳곳의 여러 대사관에 보내, 그 나라의 언어로 번역해달라고 요청했다. 그 결과 시셀은 이제 세계 여러 언어로 번역된 같은 인용문을 모은 컬렉션을 갖게 되었다. 원문은 이렇게 되어 있다: '남극이 있어,' 하고 크리스토퍼 로빈이 말했다, "그러면 아마 동극이랑 서극도 있을 거야, 사람들은 이 얘기를 좋아하지는 않지만.'

33 리하르트는 베를린 벼룩시장 중 한 곳에서 발견한 유고슬라비아 관광 지도를 선물로 주었다. 리하르트의 선물은 내 마음을 흔들었다. 그래, 나에게는 지도 한 장 조차 없지, 하고 생각했다 ... 나는 지도를 뚫어져라 바라보고, 손가락으로 산맥과 강의 윤곽을 더듬고, 내가 가본 곳들을 세어본다 ... 나는 그 지도 속으로 지쳐 쓰러질 만큼 깊이 빠져든다. 지도는 좋은 흡착지처럼, 강렬한 상실감을 고스란히 빨아들인다.

"나는 난파됐어, 아틀란티스에서 온 사람이야," 내가 말한다.

"아, 뭐, 어떤 나라는 사람만큼이나 오래 가기도 하니까 ..." 하고 리하르트가 말한다.

나는 손끝으로 산과 골짜기를 천천히 더듬고, 강의 푸른 굽이들을 따라간다. 모든 것이 작고, 나라는 아이들의 그림책처럼 보인다. 봐, 보힌 호수, 크란스카 고라의 작은 스키어 그림, 봐, 포스토이나 동굴 ...! 세브나 근처에는 아주 작은 리피짜너가 앞다리를 들고 있다. 저기 자그레브 대성당, 요시프돌 옆에는 작은 곰 한 마리가 걷고 있다. 봐, 야이체 그리고 유고슬라비아의 국장 ... 저기 사라예보와 모스크 ... 모스타르와 오래된 다리 ...

저건 시니와 시니의 고리, 니키치와 작은 구슬레 연주자 그림, 저기는 스투데니차 수도원. 밀레셰보 수도원 옆에는 유명한 프레스코화 '하얀 천사'의 흐릿한 스케치가 있다 ... 스코페 ... 스트루미차 옆에는 양귀비꽃 하나, 프릴레프 곁에는 담배 잎 세 장과 작은 파이프, 브라네 옆에는 바지저고리를 입은 여자 셋, 루마니아 국경 근처에는 바이올린을 든 집시들 ... 나는 남쪽으로 이동한다, 두브로브니크로, 믈레트 섬으로, 흐바르로, 그리고 다시 바다를 따라 북쪽으로 ...수삭 섬 옆바다에는 민속 의상을 입은 여자 둘이 서 있다. 그들 옆을 배 한 척이 지나간다. 나는 갑자기 내륙으로 방향을 돌리고, 포치텔의 모스크 돔 위를 손가락으로 지나간다, 아이 손톱만 한 크기 ...그리고 다시 북쪽으로, 트리글라프 산을 오르고 있는 작은 슬로베니아인들. 그 다음 동쪽으로, 보이보디나 주민들이 밀을 수확하는 곳으로 ...

모든 것이 너무 작고 너무 비현실적이다, 마치 한 번도 존재한 적이 없었던 것처럼 ...

내 눈물이 아드리아 해에 떨어진다. 마레 아드리아티코, 아드리아티셰스 메어, 애드리아틱 시, 메르 아드리아티크, 아드리아티체스코예

모레*...아드리아 해는 가장 짠 바다 중 하나다. 지금 이 순간, 내가 기억할 수 있는 것은 그것뿐이다.

34 최근에 고향 사람 하나가 나를 찾아왔다. 베를린을 지나가는 길이던 크로아티아 작가였다. "나는 죽은 작가야," 그는 우리가 대화하는 동안 몇 번이나 그렇게 되풀이했다. 그러면서 자기 맥박 위에 손가락을 얹고 있었다.

35 1925년, 러시아에서 탈출한 러시아 작가 블라디미르 나보코프가 베를린에서 살 때, 크로아티아 작가 미로슬라브 크르레자는 베를린에서 러시아로 향했다.

"밤의 고요. 슈프레 강의 검은 물이 운하 속에서 불길하게 빛나고, 흩어진 빛줄기들이 흐린 물의 거울 속에서 반짝이며, 시내 중심부에서는 전차 신호와 끼익대는 자동차 경적 소리가 메아리친다. 그곳에서는 아스팔트가 반짝이고, 진득한 진창 더미가 고무 타이어의 물살 속에서 녹아내린다. 빨강, 초록 그리고 금빛 광고들이 스쳐 지나가고, 반나체의 여자들은 환상적인 열대 새의 보송보송한 깃털에 몸을 감싼 채, 비 내리는 2월의 바람 속에서 떨고 있다. 그곳에는 밤의 바들이 있다, 방탕을 담아낸 옻칠한 중국 상자들, 난간과 템페라 나신(꽃핀 벚나무 가지 위의 원숭이들이 노란 미모사 덤불 속에서 벌거벗은 여자들과 맞닿아 있는 모습), 색소폰과 바순의 통곡 속에서 무도장의 마루가 소용돌이친다. 스코틀랜드 타탄 스커트를 입은 통통한 북쪽 여자가 빨간 벨벳으로 안감을 댄 흰 레이스 드레스를 입은 영국 여자와 함께 춤을 춘

---

* Mare Adriatico, Adriatisches Meer, Adriatic Sea, Mer Adriatique, Adriaticheskoe More ...: 모두 '아드리아 해'라는 뜻의 각국 명칭.

다. 만취한 살집 좋은 헝가리 여자들이 울부짖고, 흑인들이 울부짖고, 색소폰이 울부짖고, 북소리가 천둥친다, 보라색 천, 치명적인 주홍빛 뒤섞임, 앞 섶이 빳빳한 셔츠를 입은 바보들의 잡다함은 폐병으로 누렇고 녹색빛이 도는 창백한 얼굴을 한 청년의 겨드랑이 아래에서 매캐하게 비명을 지르는 백파이프 소리에 맞춰 광란처럼 밀치고 떠밀리고 있다. 도심의 거대한 덩어리는 텅 비었고, 알트베를린 건너편 슈프레 강 저쪽에서는 어느 외딴 탑 위의 오래된 시계에서 서정적인 초침 소리가 들려온다 …'

내 고향 사람은 일흔 해 전의 베를린을 그렇게 묘사했다.

36 요아힘스탈러슈트라스, 바로 동물원 역 옆에는 내가 신문을 사는 작은 가게 '인터나치오날레 프레스'가 있다. 그 옆의 좁은 공간에는 낮밤으로 디스코 음악을 틀어대는 포르노 숍들, 값싼 음식을 파는 터키 상인들의 노점, 환전소, 보석상, 그리고 신문 가판대들이 있다. 도너 케밥과 임비스 노점에서는 양고기 기름 냄새가 강하게 풍겨 나온다. 나는 매일, 이런 여러 가지 숨결로 기름칠된 따뜻한 터널을 기어가듯 지나간다. 신문은 다른 곳에서도 살 수 있다. 하지만 나는 여기서 산다. 집에 돌아오면 손에 묻은 잉크 자국을 씻어낸다. 이곳에서 내 예전의 고향의 냄새는 잉크 냄새다.

37 "베를린에 있다는 고통은 쓰디쓰다, 탄화칼슘 먼지만큼이나 쓰디쓰다,"

한 망명자는 이렇게 썼다. 그의 이름은 빅토르 쉬클롭스키다.

38 "시간 좀 있어?" 하고 내가 제인에게 묻는다.

"없는데, 왜 묻죠?" 하고 제인은 말한다.

제인은 베를린을 좋아하고, 유럽인들에 대해 모든 것을 알고 있는 미국인이다.

"이탈리아인은 유럽인들 중에서 분명 제일 상상력이 떨어져. 내 머리에 대해 하는 농담은 전부 스파게티 얘기 뿐이거든."

제인에게 시간이 없는 이유는 하루 종일 생각하며 예술적 아이디어를 만들어내기 때문이다. 제인은 언제나 '크게' 생각하기 때문에, 그녀가 만들어내는 아이디어는 늘 '초대형'이다. 제인은 자신의 아이디어들(인공 황금 날개를 달고 지게스쉘레에서 뛰어내리기, 템펠호프를 검게 칠하기, 베를린의 더 못생긴 공공 조각들을 예술적으로 채굴하기, 2000년을 동물원 역에서 대규모로 맞이하기 등등)을 사줄 만한 사람들에게 제안한다.

제인이 한 번 나를 방문한 적이 있다. 그녀는 작은, 반짝이는 원들이 온몸에 촘촘히 박힌 멋진 정장을 입고 있었다.

"무슨 말을 해야 할지 모르겠어 ..." 하고 그녀는 말했다.

그녀가 떠난 뒤, 나는 아파트 곳곳에서 작은 반짝이는 원들을 계속 발견했다. 물고기 비늘과 아주 닮은 조각들이었다.

39 베를린 동물원에는 13,521마리의 동물과 2,400마리의 새가 있다. 비바람이 몰아치는 날이면 방문객은 더 드물고, 더 눈에 띈다. 그곳은 외로운 사람들이 만날 수 있는 곳이다, 주로 여자들, 괴짜들, 술꾼들, 쇼핑백을 든 연인들, 묘하게 동유럽인처럼 보이는 사람들.

서베를린 한가운데 자리한 동물원은 방문객에게 특이한 '생생한 장면들의 몽타주'를 보여준다. 타조, 사하라 영양, 영양류, 얼룩말들이 인터컨티넨탈 베를린 호텔을 배경으로 움직이고, 사자들은 그룬트크레디트 은행을 향해 포효한다. 기차와 자동차가 코뿔소 옆을 지나가고, 분홍 플라밍고 무리가 강철 철교를 배경으로 둥지를 튼다.

그 13,521마리의 동물들과 2,400마리의 새들은 베를린의 살아 있는 심장이다. 바로 여기, 베를린 동물원에서 사람과 코뿔소, 술꾼과 원숭이, 마약 판매자와 산양, 밀수업자와 사자, 연애하는 연인과 물개, 매춘부와 악어 사이에 어떤 조화를 이루고있다 …

공원을 지나 걷다 보면, 어느 순간 날개 달린 금빛 여신, 지게스쉘레가 시야에 들어온다. 좀 더 관찰력있는 방문객이 고개를 돌린다면, 금빛 소녀 골트-엘제의 시선이, 유로파센터 꼭대기에서 천천히 회전하는 거대한 금속 원반(삼각별 모양의 메르세데스 엠블럼)과 같은 높이에 놓여 있다는 것을 알게 된다. 도시의 양쪽 끝에 서 있는 그 두 반짝이는 신들은 이 도시의 심장과 맥박을 추적 관찰하고 있다.

40 레요바는 러시아 작가이며, 미니멀리스트다. 그리고 그는 아주 작고 겨우 40kg 이나 될까 말까 할 정도로 말랐다. 레요바는 자신의 문장을 파일 카드에 쓴다.

"시간 좀 있어?" 하고 내가 전화로 묻는다.

"없어," 그가 말한다. "지금 뭔가 작업 중이야 …"

"소설을 쓰고 있어?"

"천만에!" 하고 미니멀리스트 레요바는 기겁한 목소리로 말한다.

이걸 책이라고 부를 수 있을지 모르겠지만, 레요바는 나에게 자신의 책을 선물했다. 그것은 약 백 장 정도의 파일 카드들로 되어 있다. 나는 68번 카드를 액자에 넣어 벽에 걸었다. 나는 자주 레요바의 68번 문장 앞에서 멈춰 선다. 거기에는 이렇게 적혀 있다:

'Одна́жды ya uvidel takuyu ogromnuyu gusenitsu, chto ne mogu zabyt' ee do sih por.'*

---

* "어느 날 나는 아주 엄청나게 큰 애벌레를 보았는데, 지금까지도 잊을 수 없다."

41 서베를린과 동베를린은 끊임없이 대비된다. 서쪽에 해가 쨍하게 내리쬐면, 동쪽에는 틀림없이 비가 내리고, 동쪽이 따뜻해지면 서쪽은 즉시 몇 도쯤 온도가 떨어진다. 단 하나, 바람만은 양쪽 모두에게 공평하게 불쾌할 뿐이다.

42 중국에서 망명해 온 내 이웃 또한 시간이 없다. 중국을 벗어난 뒤로 가는 곳마다 맞지 않는 신발처럼 그를 불편하게 한다.

"오오오," 계단에서 마주칠 때마다 그는 말한다. 그는 슬픈 눈으로 "잘 지내요?"라고 묻는다.

"바빠요. 광고들을 읽고 있어요," 내가 말한다.

"뭔가 찾고 있어요?"

"일자리요," 내가 말한다. "알래스카의 어떤 대학에서 러시아 문학 강사 자리를 찾고 있어서 지원할까 생각 중인데 ..."

"흠 ..." 하고 중국인 이웃이 슬프게 한숨을 쉰다. "하지 마요," 그가 말한다.

"왜요?"

"알래스카는 엉망이에요," 그는 짧게 말한다.

"가본 적 있어요?"

"네. 눈밖에 없어요."

우리는 영어로 대화한다. 내 중국인 이웃은 자기에게 맞는 나라를 찾고 있다. 그는 이미 여러 나라들을 다녀왔다.

"설마 그린란드도 가봤어요?"

"네, 가봤어요."

"소감은?'

"엉망!"

"그럼 베를린은요?"

내 중국인 이웃은 나를 동정하듯 바라본다.

"그럼 유럽은요?" 하고 유감스럽게 묻는다.

"유럽 ... 흠 ... 유럽도, 유감이지만, 역시 엉망이에요!" 하고 내 중국인 이웃은 한숨을 쉰다.

"왜 중국으로 돌아가지 않아요?"하고 내가 묻는다.

"중국은 이제 예전 같지 않아요 ..." 하고 내 중국인 이웃은 슬프게 손을 내젓는다. "중국도 이제 엉망이 되었어요!"

그는 중국 이야기를 단호하게 끝낸다.

"저기 ..."하고 나는 문득 생각이 나서 말한다. "그럼 뉴기니는 어때요?"

"오오오! 뉴기니?: 내 중국인 이웃은 의심스럽다는 듯 눈썹을 치켜올린다.

"거기 어떤 섬 하나, 비아크*라는 곳은 지상 낙원으로 익히 알려져 있지 ...'

그리고 나는 마치 내가 직접 다녀온 사람처럼, 최근 뉴기니에서 돌아온 친구에게 들은 이야기를 흥분해서 쏟아놓는다.

"그 섬 이름이 뭐라고 했죠?"

'비아크요.'

"흠 ..."하고 내 중국인 이웃은 작은 수첩을 꺼낸다.

"적어봐요 ..."

나는 그것을 받아 적는다.

내 중국인 이웃은 그 이름을 한 글자씩 소리 내어 읽는다.

"오오오!" 소리를 내며 자리를 뜬다.

---

* 비아크(Biak): 인도네시아 파푸아 지방(옛 이리안자야) 북쪽에 있는 작은 섬.

43 베를린의 예술가 시모네 망고스는 슈프레 강의 물을 찍은 사진을 물로 가득 찬 유리 상자 안에 넣고 그 상자를 잠갔다. 갤러리 매니저는 약 여섯 달쯤, 어쩌면 더 오래도 사진은 살 수 있으며 물은 갈아준다고 설명했다. 그 말을 끝으로 사진은 사라진다.

44 크로아티아 작가 미로슬라브 크르레자는 1925년 2월, 러시아로 가는 길에 잠시 베를린에 들렀다. 그 달, 베를린 사람들에게 인기 있는 명물은 고래의 시체였다.

"그러니까, 베를린은 로히어르 판 데르 베이던의 브로케이드와 헤르트헨의 마지팬 사랑의 도시만이 아니고, 속물들, 이집트 청동상들, 뒤러의 동판화들만의 도시도 아니며, 또한 길이 스물네 미터에 이르는 고래 한 마리의 도시이기도 하다. 그 고래는 무산자들과 평민들을 위한 기적처럼, 제국 궁전 앞 슈프레 강 위의 나무 뗏목에 전시되어 있다."

45 베를린은 돌연변이 도시이다. 베를린에는 서쪽 얼굴과 동쪽 얼굴이 있다. 때때로 서쪽 얼굴이 동베를린에 나타나고, 동쪽 얼굴이 서베를린에 나타난다. 베를린의 얼굴은 다른 몇몇 도시들의 홀로그램 반사들이 교차하며 형성되어 있다. 내가 크로이츠베르크로 가면 이스탄불의 한 구석에 도착한 것 같고, S-반을 타고 베를린의 끝자락으로 가면, 모스크바 외곽에 이른 것은 틀림없다.

그래서 매년 6월 하루 동안 베를린 거리로 쏟아져 나오는 수백 명의 트랜스베스티트들은 실제이면서 동시에 이 도시 변화의 은유적 얼굴이 된다.

1850년, 거대한 검은 콧수염을 지닌 괴짜 멕시코 여인 미스 파스트라나는 베를린의 첫 트랜스베스티트 스타였다. 그보다 조금 뒤에는, 풍만한 여성의 가슴과 수염 난 남성의 머리를 가진 헝가리 여성 아드리엔이 여왕, 비정상들의 여왕(*Königin der Abnormitäten*)으로 불렸다. 온갖 형태의 트랜스베스티즘의 역사는 베를린의 또 하나의 대안적 역사다.

46 여러 곳에서 러시아어가 들리는 칸트슈트라스 거리에는, 카페 파리가 있다. 자비니플라츠에는 카페 칸트가 있고, 바로 옆에는 카페 헤겔이 있다. 간판의 한쪽에는 라틴 문자로 'Hegel'이 쓰여 있고, 다른 쪽에는 키릴 문자로 쓰여 있다. 키릴 문자 쪽은 이웃한 사창가를 향하고 있다. 동베를린에는 카페 파스테르나크가 있다. 파스테르나크의 창문은 붉은 벽돌로 된 인상적인 원형 건물, 물탑을 바라보고 있다. 이 탑은 베를린 유대인들을 위한 '편리한' 감옥들 중 하나로 사용되었다. 크로이츠베르크에는 카페 엑자일이 있다. 거리 반대편, 운하 하나를 사이에 두고 그 맞은편에는 카페 콘술라트가 있다.

해질 무렵, 장미를 파는 사람들이 도시를 가득 메운다. 둥근 어린아이 같은 얼굴과 촉촉한 눈을 가진 어두운 피부의 타밀족이다. 슈오이넨피어텔의 어둑한 거리와 카페에서는 젊은이들이 일종의 포스트-아포칼립스를 연기한다. 가느다란 머리카락을 셀 수 없을 만큼 땋은 헤어 스타일의 백인 자메이카인들이, 사라진 삶들의 그림자가 짙게 드리운 거리를 천사처럼 지나간다. 오라니엔슈트라세의 연기로 자욱한 선술집에서는 터키 남자들이 터키 음악을 들으며 카드놀이를 한다. 코트부서 토어에서는, 사악한 바람이 마르크스, 레닌, 마오쩌둥의 옆모습이 나란히 붙은 포스터를 핥듯 스친다. 쿠담의 눈부시게 밝은 BMW 매장 앞에서는 젊은 독일 남자들이 상의를 벗은 채 서로의 사진을 기념 삼아 찍는다. 카페 아인슈타인에서 멀지 않은 쿠어퓌어스텐슈트라세에서는 폴란드인 창녀가 초조하게 거리를 오간다. 작가이자 동성애자인 한 미국계 유대인 남자가 철창 너머로 남자 창부들을 살펴다가, 징집을 피해 베를린에 도착한 자그레브 출신의 젊은 크로아티아인을 선택한다. 자그레브 듀브라바 지구에서 온, 치아가 없는 집시 알라가는 유로파센터 앞에서 어린이용 신시사이저를 서툴게 두드린다.베를린 동물원역에서는 음푹 들어간 얼굴의 젊은 남자가 잘린 다리의 끝을 드러낸 채 아스팔트 위에 앉아 구걸한다. 지나가는 사람들이 던진 동전은 'Ich bin aus Bosnien(나는 보스니아에서 왔다)'라고 적힌 더러운 골판지 위에 둔탁한 소리를 내며 떨어진다.

47 새집인 '조류관(Vogelhaus)', 그중에서도 앵무새 구역에는 방문객이 없다. 온실의 인공 조명 아래, 중년의 여성이 벤치에 앉아 '세계에서 가장 큰 앵무새Anodorhynchus hyazinthicus)'를 바라보고 있다. 블루벨 색을 닮은 그 화려한 새와 여성은 잠시 아무 말 없이 서로를 바라본다. 그녀의 이완된 몸과 앉아 있는 자세에는 시간과 공간의 완전함에 이르렀다는 자각이 드러난다. 여성은 집게처럼 손가락을 구부려 아주 작은 조각을 떼어 입에 넣으며 차분히 빵을 씹고있다. 푸른 앵무새는 그녀를 매혹적으로 주의 깊게 바라본다.

48 헤어 슈뢰더, 우리 집 배달부는 내가 매일 보는 유일한 사람이다. 헤어 슈뢰더는 우표를 모은다. 어느 순간부터인가 내 편지들 몇몇에는, 긴 변을 가진 크고 단호한 화살표가 대각선으로 위쪽 모서리를 가리키며 나타나기 시작했다. 이 화살표는 헤어 슈뢰더가 그 우표를 원한다는 표시다. 그 때부터 나는 봉투에 화살표가 있을지 없을지를 막연한 설렘 속에서 기다리고 있다. 베를린의 고독은, 헤어 슈뢰더의 화살표만큼이나 날카롭고 명확하다.

49 베를린에서는 도심 순환 고속철도의 안내문을 보지 못해 엉뚱한

방향의 열차를 타는 일이 종종 생긴다. 어떤 사람들은 집으로 나를 초대하지만, 나는 주소를 찾지 못한다. 거리 번호는 너무 작고, 헷갈리기 쉽다. 어떤 사람들은 찾아오겠다거나 전화하겠다고 약속하고는, 결국 오지도 전화하지도 않는다. "아, 아직 있었어요? 떠난 줄 알았는데요," 하고 그들은 사과하며 말한다. 그러면 나는, 내가 다른 사람들에게 전화하겠다고 하고 하지 않았던 일, 방문하겠다고 하고 가지 않았던 일을 떠올린다.

베를린 사람들은 늦는 경향이 있다. 전반적으로 이곳에는 시간에 뭔가 문제가 있는 것 같다. 베를린 버스 안에서는 마치 죽는 것을 잊어버린 사람들처럼 세상에서 가장 나이 많은 노파들을 볼 수 있다. 어쩌면 그래서 베를린 거리에는 시계가 그렇게 많은지도 모른다. 시계들 중에는, 비텐베르크플라츠의 시계처럼 회전하는 것들도 있다. 시계가 돌아가면, 몇 시인지 알기 어렵다.

그리고 날씨도 어딘가 맞지 않다. 12월에 갑자기 따뜻하거나 열대성 폭우가 쏟아질 때가 있다. 그러면 베를린은 바닷속 도시가 된다. 무당벌레들이 내 책상 위를 뒤덮었다가, 나타났을 때처럼 갑자기 사라져버린다.

"반면에 베를린 사람들처럼 창가에 꽃을 두는 방식은 세상 어디에도 없는 것 같아," 하고 지금은 나의 옛 동포가 된 보야나는 말한다.

50 나는 종종 내 동포들인, 이제 베를린에 사는 베오그라드 출신의 조란, 그리고 지금 런던에 사는 스코페 출신의 조란에게 전화를 건다.

"나 자꾸 뭘 잊어버려," 하고 나는 그들에게 말한다. "어느 때부터인가 모든 것이 뒤섞여, 무엇이 먼저였고 무엇이 다음이었는지, 어떤 일이 여기에서 일어난 건지 다른 곳에서 일어난 건지 더 이상 알 수가 없어. 어느하나 제대로 기억할 수가 없어진 것 같아."

"나는 기억해 ..." 하고 조란이 말한다.

"뭐라고?" 나는 묻는다.

"헝가리 팔마(Palma)사의 공기 들어가는 비치 매트리스, 그리고 그 냄새," 그가 대답한다.

나는 더 캐묻는다. 이상하게도, 우리가 함께 살았던 옛 고향에서 둘이 기억하는 것은,

한때 잘못 들어갔던 지역들과 어디로도 이어지지 않았던 길들이다. 조란은 서커스를 찾다가 우연히 들어가게 된 어떤 장소의 공포에 대해 말한다.

"거기에는 아무것도 없었어. 공황 상태로 철길 위로 나왔는데, 거기에도 아~무것도 없었어," 하고 조란은 그 '아무것도 없음'을 강조하며 말한다.

조란은 어디로도 이어지지 않는 철길을 기억한다.

"그냥 거기서 끝났어, 딱 거기서! 철길이 그냥 멈추는 나라가 대체 어디에 있어!"

하고 조란은 말했다. "아, 됐다..." 하고 그는 그 안의 이미지를 성가신 파리 쫓듯 밀어낸다.

"그러면 우리는 한 인간의 전기를 어떻게 측정하지?"

"아마도 출생과 죽음으로..." 하고 조란이 말한다.

"중요하지 않은 것부터 시작해. 그러다 보면 중요한 데 닿을지도 몰라," 하고 조란이 말한다.

"내가 기억해낼 수 있는 자그레브 거리 이름들을 방금 목록으로 만들었어," 하고 조란이 말한다.

"문제는, 뭐가 중요한지 뭐가 아닌지를 어떻게 결정하느냐지," 하고 조란이 말한다.

"문제는 체계가 없다는 거야. '중요한 것'도 없고 '중요하지 않은 것'

도 없어. 움직임도 선형적이지 않지. '여기서부터 시작한다'거나 '거기 까지 간다'도 없어." 하고 조란이 말한다.

"그래도 어떤 원칙은 있어야 할 텐데..." 하고 조란이 말한다.

51 한때 우리가 함께하던 나라에서 전쟁이 일어난 뒤로, 건축가 밀로 쉬 B.는 암스테르담에서 망명 생활을 하고 있다. 몇 년째 밀로쉬 B.는 자신도 모르게 특이한 일기를 써왔다. 그는 성냥갑 뒷면에 얼굴, 사물, 집, 꿈, 만남, 암스테르담 거리의 장면, 파편들, 작은 메모, 이름, 전화 번호, 도안, 아이디어, 기억 조각들을 작은 스케치로 그려 넣는다.

"릴케가 그러잖아. 산산이 부서진 삶의 이야기는 조각과 파편들로 밖에 말할 수 없다고 ..."

하고 내가 밀로쉬에게 말한다. 그러나 그는 내 말을 흘려들으며 "봐, 이건 우리 아는 사람, 지자(Djidja)야 ..."하고 말한다. 그리고는 안경을 쓴, 흐릿한 얼룩처럼 그려진 얼굴이 있는 성냥갑 하나를 내게 보인다. 그리고는 그 작은 성냥갑을 수천 개가 뒤섞인 자루 속에 던져 넣으며 덧붙인다. "그게 담배를 너무 많이 피우던 시절의 내 자서전이야 ..."

52 아르메니아 출신의 예술가 사르키스는 하나의 설치 작업, 짧고 특 이한 자서전을 만들었다. 그는 자신이 한때 살았던 거리에서 가져온 열두 개의 거리 표지판을 전시했다.

그리고 각 표지판 옆에는, 장면에서 멀어져가는 천사가 그려진 작 은 종이 한 조각을 걸어두었다.

"그러면 우리는 전기를(개인의 생애사를) 어떻게 측정하지?"

"아마도 출생과 죽음으로..." 하고 조란이 말한다.

"중요하지 않은 것부터 시작해. 그러다 보면 중요한 데 닿을지도 몰라,"

하고 조란이 말한다.

"내가 기억해낼 수 있는 자그레브 거리 이름들을 방금 목록으로 만들었어,"

하고 조란이 말한다.

"문제는, 뭐가 중요한지 뭐가 아닌지를 어떻게 결정하느냐지,"

하고 조란이 말한다.

"문제는 계층이 없다는 거야. '중요한 것'도 없고 '중요하지 않은 것'도 없어.

움직임도 선형적이지 않지. '여기서부터 시작한다'거나 '거기에 도달한다'는 게 없고,"

하고 조란이 말한다.

"그래도 어떤 원리는 있어야 할 텐데…"

하고 조란이 말한다.

제 4 장

아카이브: 떠나는 천사의 모티브를 변주한
여섯 가지 이야기

"거기 매달려 있지 마! 날아! 너는 천사잖아!"
"제발, 이런 것들로 어떻게 날아...!"
"아니, 날 수 있어, 날개가 없는 것보다 쉬워!"
"이런 닭 깃털로는 할 수 없어!"
"뭐라고 했어?"
"닭 깃털이 거슬린대..."
"비둘기라고 상상해, 마리온..."

— 한트케/벤더스, 《베를린 천사의 시》

감정에 쉽게 휩쓸리는 루시 스크지델코

영어에서는 '너'가 격식형과 친밀형으로 구분되지 않지만, 전화기 너머의 목소리는 그 둘을 구별하고 있는 듯했다. 나에게 친숙함의 표현으로 사용하고 있는 것처럼 들렸다. "그 인터뷰, 너가 말한 ..."

"편집자와는 이미 얘기가 되어 있습니다 ..."

나는 며칠 동안만 보스턴에 머물 계획이었다. 다음 날, 약속한 장소에서 그녀를 기다렸다. 그녀가 고른 곳은 케임브리지의 하얏트 호텔 레스토랑이었다. 그녀는 늦게 도착했다. 아주 거의 거식증을 떠올리게 할 정도로 여리고, 나이를 특정하기 어려운, 삼십에서 마흔 사이쯤으로 보이는 여자였다. 창백했고, 건조한 피부에 옅은 연두색의 커

171

다란 눈, 여기에 밝은 가닥이 섞인 회색빛 머리를 대충 말아 올렸다. 연한 회색 수트와 실크 블라우스를 입었고, 우아한 하이힐, 그러니까 텔레비전 시리즈 〈LA Law〉*의 여주인공들을 떠올리게 하는 비즈니스우먼의 차림새였다. 나는 미국에서 이런 식의 '변장'을 자주 본 적이 있다. 그것은 가짜든 진짜든, 어떤 계급적 소속감을 암시하곤 했다.

그녀는 늦은 것에 대해, 그리고 우리가 만날 장소로 이곳을 선택한 것에 대해 사과했다. "이 도시에서 담배를 피워도 아무도 신경 쓰지 않는 유일한 곳이에요,"

그녀는 담배에 불을 붙이며 말했다. 목소리는 가늘고 비음이 섞여 있었는데, 만성 부비동염이라도 있는 사람처럼 들렸다. 그녀는 연기를 몇 번 내뿜은 뒤, 내 얼굴을 유심히 바라보았다. "저 기억 못하시죠?"

"음 …"

"역시 그러실 줄 알았어요."

"정말 미안해요 …"

"사과하실 필요 없어요. 모두들 저를 기억 못하니까 …"

"제가 여기저기 많이 돌아 다녀서요 … 다시 한 번 상기시켜 주세요 …"

"괜찮아요! 저도 가끔은 제 자신이 투명인간처럼 느껴지거든요 …"

"정말 미안해요 …"

"괜찮다니까요. 그래도 혹시나, 적어도 당신만은 저를 기억해주지 않을까 했어요 …"

나는 움찔했다. 당황스러웠다. 차마 그녀에게 이름을 물을 용기가 나지 않았다.

"루시예요. 루시 스크지델코 …" 그녀가 말했다.

---

* LA Law: 1986년부터 1994년까지 미국 NBC에서 방영된 법정 드라마 시리즈.

그 이름은 내게 아무런 기억도 불러오지 않았다.

"미안해요, 루시 ..." 나는 수치스러움을 느끼며 말했다.

"됐어요 ... 뭐 드실래요? 오늘은 제가 살게요." 루시는 단호하게 화제를 돌렸다.

우리는 샐러드와 화이트 와인 한 잔씩을 주문했다.

"우리의 만남을 위하여!" 그녀는 건배를 건네고 작게 한 모금을 마셨다.

루시는 마침내 우리가 어디에서 만났는지 설명해주었다. 우리가 만난 것은 약 4년 전 미국의 한 대학이 주최한 국제 문학 콘퍼런스였다고 했다. 그녀는 행사준비팀에 있었고, 프로그램 일정이 들어 있는 폴더를 나눠주고 호텔에서 손님을 맞이하는 사람 중 한 명이었다고 했다.

"아, 이제 기억났어요 ..." 나는 그렇게 말했지만, 사실 확신은 없었다.

"헛소리! 방금도 말했잖아요, 모두들 절 잊어버린다니까!" 루시는 가늘고 비음 섞인 목소리로 내 말을 잘랐다.

나는 그 문학 콘퍼런스 자체는 기억하고 있었다. 다만 지난 몇 년 동안 내 시간 감각이 흐트러졌을 뿐이다. 그 콘퍼런스는 동유럽의 변화에 관한 것이었고, 그런 성격의 모임들 가운데 가장 빠른 시기에 열린 행사였다. '장벽 붕괴 이후'가 주요 항목으로, 일종의 지적인 유랑 서커스 같은 자리였다. 그러니, 기억하고 있었다. 바로 그 즈음 내 삶도 급격히 변하기 시작했다. 나는 '망명 중' 이라고 불리우는 삶을 살고 있었고, 신발을 갈아신듯 나라를 바꾸고 있었다. 말하자면 내 삶에서도 직접 '장벽 붕괴'라는 항목을 수행하고 있었던 셈이다. 시간이 흐르면서 나는 스스로도 놀랄 만큼의 탄력성을 갖게 되었다.

"아무것도 아니라 해도, 망명이라는 건 결국 자기 전기 속에 입력되는 거라고 생각하면 조금은 위안이 되잖아요," 루시는 아이 같은 목소리로 말하며 와인을 한 모금 마셨다.

나도 한 모금 마시며 그녀의 말을 흘려보냈다. 내가 어떤 대답을 할 수 있었을까? 적어도 내게 망명이라는 형태는 그 피로도를 측정할 수 없는 상태였다. 망명은 물론 측정 가능한 사실들, 이를테면 여권에 찍힌 도장들, 지리적 좌표들, 거리, 임시 주소들, 비자를 얻기 위해 거쳤던 여러 관료 절차들, 그리고 새 여행가방을 사느라 몇 번이나 돈을 썼는지 기억조차 나지 않는 그 숫자들로 설명할 수 있다. 그러나 그런 설명은 어떤 의미도 지니지 않는다. 망명은 우리가 뒤에 남기고 가는 것들의 역사, 사서 또 버리는 헤어드라이어, 값싼 작은 라디오, 커피포트 같은... 망명은 전압과 킬로헤르츠를 바꿔가며 사는 삶, 자신을 태워먹지 않기 위해 늘 어댑터를 지니고 살아가는 삶이다.

망명은 임시 거주 아파트들의 역사이기도 하다. 고독한 아침에 일어나자마자 도시 지도를 펼쳐 우리가 사는 거리 이름을 찾아 연필로 작은 십자 표시를 남기는 그 역사(우리는 위대한 정복자들의 역사를 반복한다. 다만 깃발 대신 작은 십자표를 그릴 뿐). 사소하지만 분명하게, 여권의 도장들이 쌓이고 쌓이다 보면 어느 순간 해독할 수 없는 선들로 바뀐다. 그러다 문득, 그 선들은 내면의 지도를 비현실의 지도, 상상의 지도로 그려내기 시작한다. 그리고 바로 그때, 비로소 망명의 헤아릴 수 없는 경험의 윤곽이 정확하게 드러난다. 그렇다, 망명은 악몽과도 같다. 꿈속처럼, 현실에서도 갑자기 우리가 잊어버렸던 얼굴들이, 어쩌면 만난 적조차 없지만 늘 알고 있었다고 느껴지는 얼굴들이, 분명 처음 보는 장소들이, 하지만 이미 와본 적 있다고 느껴지는 장소들이 불쑥 나타난다 ...

"망명은 신경증이죠, 편집광의 기술..." 내가 말했다.

"그래서 우리는 늘 어댑터를 가지고 다녀야 해요. 자신을 태워먹지 않으려면." 나는 농담처럼 덧붙였다. 아마 그 비유의 수단으로 어댑터가 머릿속을 맴돌았던 건, 호텔로 오는 길에 컴퓨터 상점 두세 곳에 들러

내 컴퓨터에 맞는 유럽식 플러그가 있을까 살펴보았기 때문일 것이다.

루시는 반쯤 비어 있는 와인 잔을 가늘고 창백한 손가락으로 움켜쥐고 있었다. 그녀 앞에는 손도 대지 않은 샐러드가 놓여 있었다.

"내 인생 전체를 어떤 망명 속에서 살아온 것 같은 느낌이 들어. 하지만 나는 한 번도 이스트코스트보다 멀리 떠나본 적이 없어."

"슬라브 성(姓)을 쓰는 것 같은데요. 동유럽에 가본 적 있어요?"

"폴란드예요. 아버지가 폴란드 사람이에요." 루시가 어둡게 말했다. "아니요, 가본 적도 없고, 갈 필요도 없어요 …" 그녀는 내 말을 잘라버렸다. 그러고는 갑자기 가늘고 창백한 손을 뻗어 내 뺨을 스치며 다정하게 말했다.

"내가 왜 가겠어요? 이제 당신이 있잖아 … 당신은 내 동유럽 언니야 …"

나는 움찔했다. 그녀의 손길이 나를 예리한 불편함으로 채웠다.

"내가 무서웠어? 당신도 내가 무서웠지. 모두가 나를 무서워해. 내가 너무 감정적이라서, 그냥 지나치게 감정적이라서. 사람들은 그만큼의 감정을 감당하지 못해 …"

그녀에게는 예전에 연인이 한 명 있었다. 어느 날 그녀는 그의 앞에서 울음을 터뜨렸는데, 왜 였는지는 더 이상 기억나지 않았다. 그녀는 그의 손을 자신의 쪽으로 끌어당겼고, 눈물이 그의 손 위로 떨어졌다. 그는 뜨거운 물에 댄 것처럼 벌떡 몸을 떨었다. "바보 같긴, 바보 같긴, 왜 그랬어 …" 마치 그녀가 그에게 눈물로 전염시키기라도 한 것처럼 … 그는 그녀를 때렸다. 그리고 그녀는 그를 다시는 보지 못했다. 그때 그녀는 인간의 마음이 감당할 수 있는 용량에 한계가 있다는 것을 알게 되었다. 반면 그녀는 스스로 감정의 과잉으로 고통받고 있었다. 그리하여 그녀는 늘 다른 사람들 안에서 어떤 결핍을 발견하는 듯 보였다. 그리고 그래서 그녀는 내 책을 그렇게 좋아했던 것이다. 마치 그녀 자신이 쓴 것 같아서. 마치 내가 그녀의 생각을 받아 적기라도 한 것처럼. 그래서 그녀는 나와 인터뷰를 하고 싶어 했다. 그녀는 누구와도 인터뷰를 해본 적이 없었다 … 그렇다, 그녀는 혼자 살았다, 그게 더 나았다. 결혼한 적도 없고, 아이도 없었고, 가질 생각도 없었다. 나도 아이가 없으면서 내가 왜 그런 바보 같은 질문을 하느냐면 그녀는 남자들과 늘 불행했다. 그들은 모두 그녀를 떠났다 … 왜냐고? 그녀가 지나치게 감정적이었기 때문이다. 그 누구도 그만한 양의 감정을 감당할 수 없었다. 친구도 없었다, 그녀는 소소한 대화들과 미적지근한 감정들을 견딜 수 없었다. 그래서 하루 종일 일을 하는 편을 더 선호했다. 그녀는 작은 출판사에서 편집자로 일하고 있었고, 그들은 1년에 기껏해야 책 열두 권 정도만 냈다. 그렇다, 그녀는 부편집장이었는데, 그것은 곧 사실상 모든 일을 그녀가 한다는 뜻이었다. 원고를 교정하는 사람도 그녀였다 … 다른 이들은 서명만 하고 잘난 척할 뿐.

요즘 그녀는 우리의 공통 지인인 뉴욕에 사는 어떤 동유럽 작가의 소설 번역 작업을 하고 있었다 (그를 알지, 그렇지?). 그나저나 번역은 끔찍했다.… 물론, 가족도 없었다. 가족은 그녀에게 불행밖에 준 게 없었다. 그녀가 그들로부터 물려받은 유산이라고는 엉망이 된 유전자뿐이었다. 미치광이에 알코올중독자의 유전자. 그녀의 아버지는 뉴햄프셔의 한 농장에서 완전히 홀로 방치된 채로 살고 있었다. 그는 그녀에게 폴란드어조차 가르쳐준 적이 없었다, 그 빌어먹을 미치광이는 …그녀의 부모는 여섯 명의 비참한 자식을 남긴 뒤 수년 전에 헤어졌다. 그녀의 어머니는 강한 성격의 여자로, 텍사스 남자를 만나 다시 결혼했다. 그녀를 학교를 마칠때까지 돌본 사람은 할아버지였다. 그녀는 형제들과 연락하지 않았고, 그들은 모두 흩어져 있었다. 어디로 흩어졌냐고? 그녀는 대답할 수 없었다 … 신경 쓰지 않았다. 그리고 그들 역시 그녀에게 신경 쓰지 않았다. 그들은 그녀를 부끄러워했다.

그녀는 연간 이만 달러 정도 벌었는데, 세전 연봉으로, 집세와 담배값을 내기도 벅찼다. 자신은 결국 노숙자로 생을 마감할 거라고 확신하고 있었고, 벗어날 길이 보이지 않았다 ... 그렇다, 그녀는 약을 먹고 정기적으로 상담사를 만나고 있었다... 놀라운 점은, '상담사(therapist)'는 미국에서 신성한 단어라고 했다. 그리고 그녀는 술을 마셨다, 때때로 지나치게 마시기도 했다, 그건 사실이었다. 그렇게 간신히 버티고 있을 뿐 마약은 하지 않았다. 이 빌어먹을 나라에서는 누구나 뭔가에 의존하고 있었다. 세계에서 가장 강력한 나라가 가장 취약한 인구를 가진 셈이었다. 모두가 무너져 있었고, 모두가 영구적인 신경쇠약 상태였다. 유아적인 나라, 그게 바로 이 나라였고, 그들 모두는 코치가 필요했다. 코치든 치료사든, 어느 쪽이든 상관없었다 ... 이것들이 바로 내가 말했던 그 어댑터들이다.... 사실 생각해보면 그녀는 읽는 것 말고는 평생 아무것도 하지 않았다. 그녀의 빌어먹을 인생 전체 동안, 특히 동시대작가들만 골라서, 읽기만 했다. 그들의 책을 알고, 그들을 따라가고 있었고, 문학적 재료가 지니는 피로가 무엇인지도 잘 알고 있었다. C.는 수년 동안 제대로 된 책을 쓰지 못했고, B.는 글을 쓰는 것보다 자기 위대함의 신화를 퍼뜨리는 데 더 많은 시간을 썼고, D.는 확실히 망가져 있었다. 그런데, 우리가 만났던 그 문학 행사에서, 바로 그 D.가 호텔 엘리베이터에서 그녀에게 몸을 밀착시키며 말했다. "엘리베이터에서 너와 할 거야, 루시...." 그렇다, 그게 정말 그가 한 말이었다. 그러니 내가 그들에 대해 환상을 가지고 있을 리 없지 않은가? 문학은 가치 체계를 바꾸었다. 나쁨이 문학적 가치가 되었고, 나쁨이 곧 좋음이 되었다. 그녀는 그걸 모두 보고 있었다. 아무도 그녀를 알아보지 않는다 해도, 심지어 때때로 그녀 자신이 투명한 존재처럼 느껴진다 해도, 그것이 그녀가 보지 못한다는 뜻은 아니다. 그녀는 평생 책을 읽어왔고, 만약 그녀가 무엇을 안다면 그건 책에 관한 것이었다 ...

그녀는 책을 '느낄' 수 있었고, 책을 따뜻한 책과 차가운 책으로 나누었다. 그녀는 따뜻한 책을 좋아했다. 따뜻한 책은 요즘 드물었다. 그녀는 전문 용어에는 큰 관심이 없었다. 그녀는 내가 그녀가 말한 '따뜻한'이 무엇을 뜻하는지 알고 있을 거라고 했다 ...

루시는 무너지고 있었다. 마치 우리가 만나기 전까지 자신을 단단히 한 다발로 묶어 정리해 두었는데, 이제 그 매듭들이 하나씩 풀려나가는 것 같았다. 루시는 감정이 복받쳤고, 나는 그녀가 무슨 말을 하는지 더 이상 알 수 없었다. 그녀는 주제와 주제 사이를 널뛰었고, 술 취한 사람처럼 보였고, 가느다란 손가락으로 담배에 담배를 이어 붙이며 피워댔다. 창백한 얼굴은 잔뜩 긴장되어 있었고, 모든 것을 한숨으로 축약해버리는19세기 소설의 여주인공처럼 보였다. 그녀 앞에는 반쯤 남은 와인 잔이 여전히 놓여 있었다.

나는 할 말이 없었다. 이게 뭐지, 대체 어떤 이야기에 휘말리고 있는 거지? 하고 나는 속으로 중얼거렸다. 여기서 누가 누구를 인터뷰하는 건가? 그리고 내가 왜 이걸 견뎌내고 있어야 하지? 나는 내 매듭조차 간신히 붙들고 있었다. 안 돼, 너한테까지 이런 일을 당하진 않을 거야, 루시 뭐시기씨, 나는 그런 사냥꾼들을 아주 잘 알아. 그들은 자신의 불행에서 나온 점액을 분비해놓고, 순진한 자가 그 끈적임에 달라붙기를 기다리는 법이다 ...

"미안하지만, 이제 가봐야겠어요." 나는 가능한 한 차갑게 말했다.

그녀는 실망에 가득찬 눈으로 나를 바라보았다.

"알겠어요. 내가 데려다줄게요 ..."

"아니, 그럴 필요 없어요. 택시 탈게요."

루시는 담배를 하나 더 피우며 식당 종업원을 불렀다. 그녀는 내 얼굴을 들여다보며, 비음 섞인 다정한 목소리로 말했다.

"머리 자르셨네요 ... 긴 게 더 잘 어울렸는데."

"저 긴 머리였던 적 없어요."

"더 길었어요 ..."

"네, 더 길었죠 ..." 내가 달래듯 말했다.

계산하려고, 루시는 핸드백 속을 한참 뒤졌다. 그러다가 가방 안의 모든 것을 탁자 위로 쏟아냈다. 내가 계산하겠다고 했지만, 그녀는 거절했다. 종업원은 묵묵히 기다리고 있었다. 마침내 루시는 자신의 카드가 어디 있는지 찾아냈다. 일어서려는 순간, 그녀는 쓰러질 듯 휘청거렸다.

"도와줘요?"

"아니, 아니에요 ... 괜찮아요. 나도 같이 갈게요." 그녀는 애틋할 정도로 자존심을 내세우며 자세를 바로잡았다.

호텔 밖에는 택시가 서 있었다. 나는 그녀에게 먼저 타라고 설득했고, 나는 다음 택시를 타겠다고 했다. 그녀는 거절했다. 내 택시비를 자기가 내겠다고 고집했다. 나는 거절했다. 나는 당황하기 시작했다. 잠시 동안, 그녀가 나를 절대 놓아주지 않을 것 같다는 생각까지 들었다.

"갈게요." 나는 손을 내밀며 말했다. 그녀는 두 손으로 내 손을 감싸 쥐었다.

"당신은 내 동유럽 자매야. 내가 언니라고 말해줘 ..." 그녀는 간절하게 중얼거리며 내 손을 놓지 않았다.

"그래, 내가 너의 언니야 ..."

"나 잊지 않을 거지? 모두가 나를 잊어버려. 나를 잊지 않겠다고 약속해줘. 그리고 나한테 편지도 쓴다고 ..."

"잊지 않을게요. 편지할게요 ..."

"당신은 나를 잊을 거고, 편지도 안 쓸 거야. 내가 당신을 겁나게 했어, 모두가 겁을 먹지만 ...'

택시 기사는 이 지루한 이별을 빈정대는 표정으로 지켜보고 있었다. 나는 온몸이 땀에 젖었다. 저 차갑고 가느다란 손으로 나를 만지면, 나는 견디지 못하고 그녀를 때려버릴 거야 ... 하는 생각이 스쳤다.

나는 택시에 올라탔다. 그녀는 가늘고 차가운 손을 뻗어 내 뺨을 스쳤다. 나는 문을 닫고 손을 흔들었다. 택시가 움직이기 시작했다. 택시 창밖으로, 그녀가 비틀거리며 호텔 안으로 돌아가는 모습이 보였다. 어깨를 잔뜩 좁히고, 작은 몸집에, 높은 굽 위에서 간신히 중심을 잡는 루시는 작은 파리처럼 보였다. 그녀의 가벼운 몸이 무거운 영혼과 싸우며, 날아오르려 애쓰는 것처럼 보였다. 그 순간 나는 마음이 미어졌고 그때 나는 내게 그런 마음이 남아 있다고도 생각하지는 않지만 그녀가 안쓰러웠고, 나 자신도 안쓰러웠다. 결국 나는 그녀는 언니였으니까.

나는 그녀에게 연락하지 않았다. 그러나 그녀를 잊지는 않았다. 루시 스크시델코(Lucy Skrzydelko). 작은 날개를 가진 루시. 며칠 뒤 나는 한 지인에게 전화를 걸었다. 뉴욕에 사는 동유럽 출신의 망명 작가였다.

"루시 스크시델코를 만났다고 들었어요," 그가 말했다.

"어떻게 알아요?"

"그녀가 이틀 전에 나한테 전화했거든 ..."

"그래서?"

"당신 얘기를 많이 하더군요."

"무슨 말을 했는데요?"

"당신이 너무 감정적이라고, 그냥 지나치게 감정적이라고 ..."

우마의 깃털

나는 매일 아침 이 젊고 강한 동물을 본다. 일어나자마자 창가로 가서, 흰 플라스틱 블라인드를 올린다. 블라인드는 날카롭고 거슬리는 소리를 내며 위로 오르고, 언제나 똑같은 풍경을 드러낸다. 텅 빈 연습용 운동장에는 빤딱거리는 레깅스를 입은 남자가 몇 바퀴를 도는지 알 수 없을 만큼 계속 돌고 있다. 하나-둘, 하나-둘, 젊고 땀에 젖은 생명체가 달린다. 창틀 사이에는 가느다란 철망이 쳐져 있다. 갈색빛 망 너머로, 나는 포니테일로 묶은 붉은 머리칼을 가진 달리는 남자를 바라본다. 땀방울로 젖은 그의 황금빛 허벅지를 상상한다. 하나-둘, 하나-둘, 내 호흡을 그의 리듬에 맞춘다. 라디에이터의 갈빗대에 무릎을 비비고, 허벅지를 그 갈빗대를 따라 지나가게 하고, 둥지처럼 만든 자리에 몸을 누이고, 눈을 가늘게 뜬다. 안은 따뜻하다. 주위를 둘러싼 나무들 위에는 서리가 반짝인다. 조깅을 하는 남자가 작은 숨결의 구름을 아침 하늘에 뿜어낸다. 하나-둘, 하나-둘 ...

매일 아침 나는 욕실에서 나는 소리를 듣는다. 벽 건너, 내 책상 뒤편이 바로 우마가 있는 욕실이다. 며칠째 나는 어떻게 그 작고 연약한 소녀가 저렇게 많은 소리를 만들어낼 수 있는지 궁금해하고 있다. 아침이면 그녀는 먼저 귀를 기울인다. 그리고는 가장 먼저 욕실로 뛰어가 한두 시간 정도 그 안에 머문다. 벽 너머 욕실에서는 물소리, 꿀꺽 대는 소리, 양치하는 소리, 첨벙이는 소리, 기침하는 소리, 플라스틱 대야가 욕조 벽에 부딪히는 소리, 대야에서 쏟아져 내리는 물소리가 울려 퍼진다. 그러다가 잠시 정적이 흐르고, 다시 같은 소리들이 같은 순서로 반복된다.

내 방은 부엌 옆에 있고, 욕실은 부엌을 통해 갈 수 있다. 나는 1층에 살고 있으며, 부엌과 욕실에 둘러싸여 있다. 그 위, 2층에는 작은 방이 세 개 있다. 그 방들에는 우마와 수간티, 줄여서 비제이라 불리는 비자야슈리가 산다. 나는 위층, 그러니까 2층으로 올라가 본 적이 없다.

그 소리들은 나를 최면에 빠뜨린다. 나는 마치 돌이 된 것만 같다. 나는 자리에서 일어나 부엌으로 가서 욕실 문을 세게 두드린다. 그리고 귀를 기울인다. 우마는 문 반대편에 숨어 있다. 나는 문을 열어둔 채 다시 방으로 돌아온다. 곧 문이 열리는 소리가 들리고, 그녀는 탈진한 모습으로, 그러나 이상하리만큼 가라앉은 표정으로 내 방 앞을 지나간다. 그녀는 눈을 내리깔고 멈춰 서서, 마치 맞을 것을 예상하 듯 고개를 숙이고 있다.

"정말 평생을 그 욕실에서 보낼 생각이야!" 나는 내 분노에 목이 메여 거칠게 말한다.

우마는 시선을 떨구고, 눈 가장자리로 나를 흘끗 보며, 마치 얻어맞은 동물처럼 보인다. 그녀는 대답하지 않고, 서둘러 지나가 조용히 계단을 올라 자기 방으로 사라진다.

매일 아침, 우마는 한 치의 오차 없이 자신의 욕실 의식을 수행한다.

"왜 좀 더 빨리 일어나지 않는 거야? 아니면 차라리 늦게 일어나던 가? 왜 그렇게 오래 있는 거야? 우리 모두 화장실 써야 된다고! 나는 강의에 가야 해! 넌 화장실 한 번 가면 두 시간씩 있어! 이제 더는 견딜 수가 없어! 내 말이 이해가 안가니?"

우마는 시선을 떨군 채 아무 말도 하지 않는다. 부엌 식탁에는 꽃무늬 플란넬 잠옷을 입은 수간티와 비제이가 앉아 있다.

"너네도 말좀 해봐, 제발! 너희도 욕실이 필요하잖아! 욕실에 여자가 아니라 물개가 있는 것 같다고!"

그러고는 나는 화가 나서 욕실로 가 모든 수도꼭지를 틀어버린다. 부엌에서 식기세척기 위의 수도꼭지도 틀고, 수간티와 비제이를 내 방으로 들어오라고 한다. 나는 문을 닫는다. 방은 마치 폭포 아래에 있는 것처럼 진동한다.

"이제 너네가 직접 들어봐 ..."

수간티와 비제이는 반짝이는 검은 눈으로 나를 바라보고, 아무 말 없이 방을 나간다.

나는 문을 닫고, 울음이 터지기 직전의 상태로, 지친 채 침대에 앉는다. 처음에는 부엌이 조용했지만 이내 이해할 수 없는 부드러운 재잘거림이 시작된다. 여기에 세 번째 목소리, 우마의 목소리가 합쳐지고, 인도의 세 소녀들은 내가 알아들을 수 없는 그들의 영어로 이미 제법 크게 이야기하고 있다. 나는 라디오를 튼다. 그러나 그들의 목소리는 더 커지고, 부엌에서는 마치 수십 마리의 앵무새가 서로 경쟁이라도 하는 듯한 소리가 난다.

나는 갑자기 문을 연다. 세 사람 모두 말문이 막히고, 반짝이는 검은 눈으로 나를 바라본다. 나는 부엌을 가로질러 욕실로 들어간 다음 뒤에서 문을 닫는다. 욕조에는 플라스틱 대야 하나와 작은 플라스틱 그릇들이 몇 개 들어 있다(그녀는 그것들로 자기 몸에 물을 끼얹은 것이다!). 길고 검은 머리카락들이 하얀 에나멜 위로 기어가듯 놓여 있다. 나는 욕조의 수도와 세면대 위의 수도를 세게 틀어놓고, 욕실 창가에 선다. 창문은 작은, 텅 빈 안뜰을 향해 있다. 그 빽빽한 물소리의 장막 안에 숨어 서서 아무것도 생각하지 않는다. 물소리는 모든 것을 씻어낸다. 과거와 미래의 생각이 작은 흐름처럼 쓸려나가고, 나는 망각의 소리 장막에 감싸인 채 서 있다. 나는 내가 어디에서 왔는지, 누구인지, 지금 이곳에서 정확히 무엇을 하고 있는지조차 기억나지 않는다.

나는 일주일에 세 번, 파인 스트리트의 우리 집을 나서 하이 스트리트로 간다. 거기에서 강의를 한다. 나는 강의를 할 때 갈색이나 회색 정장에 실크 블라우스를 입는다. 블라우스는 늘 완벽하게 다려져 있도록 신경 쓴다. 정장 상의 윗주머니에는 블라우스와 같은 색의 포켓 스퀘어를 꽂는다. 머리는 작게 묶어 틀어 올린다. 깔끔하게 정리한 강의 자료는 우아한 회색 폴더에 넣어둔다. 나는 핸드백을 들고, 폴더를 겨드랑이에 끼우고, 얼굴은 순식간에 미소 지을 준비가 된 표정으로 정돈한다.

나는 배정된 사무실에서 시간을 보낼 수도 있다. 그곳에서 강의를 준비하고, 책을 읽고, 바로 근처에는 도서관도 있고, 큰 책상과 스탠드 램프가 딸린 편안한 가죽 안락의자도 있다. 그러나 왜 그렇게 하지 않는지, 왜 늘 욕실과 부엌 사이에 끼어 있는 그 굴욕적일만큼 불편한 작은 방으로 서둘러 돌아가 '집에서' 강의를 준비하려 하는지 스스로에게 자주 묻는다.

나는 강사의 숙소를 알아봐 준 학부 직원에게 더 강하게 나올 수도 있었다. 나는 이미 그곳에 갔지만 내 처우에 만족하지 못한다는 말을 했고, 나는 어쨌든 교사이고, 그들은 학생들이라고 말했다. 아마 내가 그들을 방해할지도 모른다고, 좀 더 부드럽게 덧붙였다. 그들은 채식주의자이고, 브라만이고, 인도인이고, 문화적 차이가 매우 크다고, 당신들도 이해할 수 있지 않겠냐고 말했다. 그들은 이렇게 말했다. 네, 죄송합니다, 정말 곤란한 상황이네요, 알아보겠습니다, 가능한 건 뭐든 해볼게요, 하지만 이미 학기가 시작돼서 지금은 어렵습니다, 지금은 비어 있는 숙소가 전혀 없어요, 조금만 더 참고 기다려주세요, 알아봐드릴게요 …

나는 고개를 끄덕이며, 충분히 이해한다고 말하고는, 안도감 속에 서
둘러 돌아온다. 그리고 책상 하나, 의자 하나, 탁자 하나만 놓여 있는
보기 싫은 작은 방에 나 자신을 가둔다. 창밖을 내다본다. 운동장은 기
묘하게 텅 비어 있다. 라디에이터는 따뜻하고, 나는 그 따뜻한 갈빗대
에 무릎을 비빈다.

가느다란 망을 통해 차가운 달을 바라본다. 나는 흰 플라스틱 블라인
드를 내린다. 책을 집어 들고 읽는다. 집 안은 유령처럼 조용하다.
　　그리고 여기, 그들이 온다. 문이 열리는 소리, 내가 거의 알아듣지
못하는 그들의 빠른 영어 재잘거림. 작은 부엌 안에서 움직이는 소리
가 들린다. 냉장고를 여는 소리, 접시와 냄비, 프라이팬이 부딪히는 소
리, 수도를 트는 소리, 그릇과 대야에 물을 붓는 소리, 식기들이 달그
락거리는 소리 … 나는 그들의 날카롭고 즐거워하는 목소리를 듣는다.
내가 비워둔 인스턴트 커피 병을 몇 개 남겨두었는데, 너무 예쁘다며,
너무 귀엽다며 그들은 좋아한다. 그 병들과 작은 병들은 향신료나 곡
물, 밀가루, 쌀, 설탕, 소금을 넣어 찬장 선반에 놓기 딱 좋다는 것이다.
우리 모두 각자 자기 선반과 서랍이 있고, 냉장고의 자기 구역이 있으
며, 냄비와 팬, 접시와 컵, 식기들을 넣어둘 작은 부엌 찬장도 있다.
　　그들은 달그락거리고, 부스럭거리더니 정리하고 모든 것을 제자리
에 놓았다. 부엌과 욕실은 반짝거리고, 여기저기에는 가지런히 적어
둔 작은 종이 쪽지들이 붙어 있다. 흡연 금지(그건 나에게 해당된다), 조
리기구를 켜는 법, 환기팬을 켜는 법, 쓰레기를 버리는 곳, 비누를 두
는 곳 …
　　그들은 부엌과 욕실의 공간을 완전히 장악했다. 저녁이면 오랫동

안 식사를 준비하고, 수많은 작은 그릇과 대야에 음식을 담아 식탁을 차린다. 손가락으로 밥을 쥐고, 손을 작은 삽처럼 구부려 음식을 재빠르게 입으로 떠 넣는다. 그들은 식탁에 오랫동안 앉아 있다. 내가 방에서 나와 그들 곁에 앉으면, 그들은 조용해진다. 나는 인도에 대해, 인도 요리나 풍습에 대해 묻는다 ... 짧게 대답을 마친 그들의 얼굴에는 내가 빨리 자리를 뜨기만을 바라고 있는 것이 명백히 보인다.

나는 가끔 복수를 한다. 커다란 스테이크를 사 와, 접시 위에서 오랫동안 이것저것 움직여보고, 고기를 도마로 옮겨 두들기고, 팬에 넣어 굽는다. 그들은 코를 훌쩍거리고, 기침을 하고, 고기 냄새에 쫓기듯 자기 방으로 들어가 버린다.

그러면 나는 부엌에 혼자 앉아, 기묘할 만큼 고요한 침묵 속에서 스테이크를 먹는다. 나는 천장을 올려다본다. 부드러운 두드림부터 쿵쾅거림, 바스락거림을 듣는다. 마치 천장이 끈질긴 좀벌레에게 파이고 있는 것 같다.

그리고 나는 내 방으로 들어간다. 하지만 문을 빼꼼히 열어둔다. 몇 분 간격으로 다리의 어두운 윤곽, 슬리퍼, 혹은 꽃무늬 플란넬 잠옷자락이 팔랑이는 모습을 본다 ...

가끔 나는 그들의 이마에 의례적으로 찍은 작은 색점들을 본다. 우마와 수간티는 빨간 점을, 비제이는 검은 점을 찍는다. 때로는 사리를 입거나, 사리의 일부만 걸치기도 한다. 그들은 코코넛 오일로 풍성한 머리를 관리한다. 세 사람 모두 굵고 검게 빛나는 땋은 머리를 하고 있다. 막내인 수간티는 종종 땋은 머리를 뒤로 확 넘기고, 머리 위에 보이지 않는 항아리를 이고 있는 것처럼 고개를 곧게 들고 다닌다.

나는 종종, 내게 고통스럽고 지치는 이 인도 소녀들에 대한 집착이 어디에서 오는지 생각하곤 한다. 그들은 나에게 완전히 무관심한데 말이다. 나는 산책을 나갈 수도 있고, 어딘가 외출을 할 수도 있고,

오래된 지인들을 초대할 수도 있다. 그런데도 나는 할 일이 없을 때도, 무엇을 해야 할지 모를 때조차, 내가 그렇게도 싫어하는 그 방에 그대로 머무른다.

가끔 나는 정말로 산책을 나가기도 한다. 정원에 플라스틱 꽃이 피어 있거나 깃발이 펄럭이는 집들부터 플라스틱 사슴과 난쟁이들이 경비처럼 보초를 서는 집들을 지나친다. 나는 나무가 하나뿐인 먼지투성이의 작은 공원으로 내려간다. 그 나무 아래는 야영 금지라는 팻말이 명시돼 있다. 나는 메인 스트리트, 이름 그대로 'Main Street'를 건너 쇼핑센터 주변을 한 바퀴 돌고 강가의 버려진 지하도를 지나 밖으로 나온다. 그리고는 강가에 있는 작은 바, 하버 파크에 들어가 다른 손님들과 똑같은 것, 위스키와 토마토 소스에 찍어 먹는 새우를 주문한다.

나는 바 스툴에 앉아 술을 홀짝이고, 차가운 새우를 토마토 소스에 찍어 먹으며 든다. 내 옆 스툴에는 발목에 반짝이는 작은 체인을 찬 하이힐 신은 여자의 발이 휘청이며 걸쳐 있다. 그녀는 강한 신념의 중요성과 굳은 의지 덕분에 담배를 끊었다는 이야기를 하며 세 번째인지 네 번째인지 모를 잔을 또 주문한다.

나는 곧 불안감에 사로잡혀 서둘러 집으로 돌아온다.

나는 우리 집을 바라본다. 아래층에는 불이 켜져 있고, 현관 조명도 켜져 있다. 철망 너머로 부엌이 보인다. 우마, 비제이, 수간티가 식탁에 앉아 다리를 흔들고 있다. 테이블 아래에는 꽃무늬 플란넬이 뒤섞여 있다. 그들은 땋은 머리를 휙 넘기고, 손을 흔들고, 웃다가, 다시 멈추고, 손가락으로 밥을 쥐어 접시에 작은 덩어리 더미를 만들고, 그 작은 밥덩어리들을 입으로 던져 넣는다.

나는 현관에 멈춰 선다. 그들은 내가 오는 소리를 듣고, 말을 멈추고, 표정이 진지해지고, 내 쪽으로 고개를 약간 기울인다. 수간티는 반짝이는 검은 눈으로 나를 바라보고, 우마는 시선을 내리고, 비제이는 무심한 손가락으로 계속 밥을 저어 섞는다. 나는 중얼거리듯 "좋은 저녁!"이라고 말하며 얼른 내 방으로 들어간다.

나는 침대에 앉아, 침대 머리맡에 놓인 달력을 바라본다. 벌써 4월이다. 일어나서 내일 날짜에 십자가 표시를 하고 내일 있을 강의의 제목을 적는다. 흰 블라인드를 올린다. 블라인드는 거슬리는 소리를 내며 올라가고, 달빛에 비친 텅 빈 운동장이 드러난다. 나무들은 은빛 봉오리로 흩뿌려져 있고, 풀은 어둠 속에서 반짝인다. 신이여, 나는 생각한다, 시간이 어쩌면 이렇게 빨리 지나가는가, 어제까지만 해도 운동장은 눈으로 뒤덮여 있었는데.

부엌에서 재잘거리는 소리가 들린다. 마치 그들이 낮 동안 부리 속에 말을 저장해 두었다가, 저녁이 되면 곡식처럼 식탁 위에 흩뿌려 놓는 것 같다. 나는 다섯 번째나 여섯 번째 되어서야 간신히 단어를 알아듣는다. 설거지! 그들은 접시를 달그락거리며 씻는다, 수많은 용기들, 작은 냄비와 접시들을 씻는다. 철벅 철벅, 수도꼭지에서 물이 콸콸 쏟아지고, 다가다 다가다, 물에 접시를 불리고, 헹구고, 첨벙이고, 달그락 달그락. 몇 시인지도 모르겠다, 씻고, 내가 어디서 왔는지도 기억나지 않는다, 씻고, 달콤한 무감각이 나를 압도한다, 달그락 달그락 씻고....

갑자기, 하늘 저편에서 날아오는 유성처럼, 오래전 꿈에서 온 메시지처럼, 크로아티아의 벨라츠 마을에 있는 '설(雪)의 마리아' 본당 교회가 눈앞에 나타난다. 이가 나간 바로크 제단, 제단에 포도송이처럼 매달린 백여 개의 천사 머리 조각들, 잘린 얼굴들이 씰룩거리며 나를 바라본다. 가장 큰 문제는 좀벌레와의 끊임없는 전쟁이라고, 그 지방 신부는 한숨을 쉬었다. 나는 고개를 끄덕이고, 나도 그 소리가 들리는 것 같다고 생각한다. 나무 속에 숨은 수백 마리의 좀벌레들이 두드리고, 천사들이 꿈틀거리고, 숨 쉬고, 고동치고, 삐걱거린다. 나무는 늘 일하고 있어요, 신부가 말한다. 그들은 작은 나무 날개를 퍼덕이고, 증식하고, 반짝이는 검은 눈을 굴리고, 그들 둘레에 보호약 냄새를 퍼뜨리고, 코코넛 오일의 향을 퍼뜨리고, 달그락거리고, 씻고, 딸랑거리고, 씻고, 손을 움직이고, 씻고, 작은 나무 삽으로 음식을 퍼올려 영원히 다물어지지 않는 천사 입에 넣고, 손가락으로 음식을 부스러뜨리고, 그것을 핥고, 입을 쩝쩝거린다 ...

나는 갑작스럽게 움직여 내 방 문을 열었을 때 빛 줄기 속에서 꼼짝 않고 앉아 있는 그들을 부엌 식탁에서 마주한다. 그들은 겁먹은 눈길을 주고받는다. 나는 그대로 숨을 멈춘 채 서 있다. 부엌은 칼처럼 날카로운 침묵으로 가득 차 있다.

그리고는 마치 영화 속 슬로우모션처럼 우마가 일어난다. 그녀는 꽃무늬 플란넬 잠옷을 들어 올려 소년같이 가는 허벅지와 기름기 어린 윤기가 도는 짙은 검은 깃털로 덮인 성기를 드러낸다. 새의 그것과 정확히 똑같다. 집게처럼 손가락을 구부린 채, 우마는 천천히 깃털 하나를 뽑아 화해의 몸짓으로 내게 건넨다.

"고마워," 나는 멍청하게 중얼거린다. 얼굴이 붉어지고, 나는 그 깃털을 받아 들지만 어떻게 해야 할지 모른다.

우마는 얻어터진 짐승 같은 표정으로 나를 바라보고, 시선을 아래로 떨구고, 마치 맞을 것을 예상하는 듯 고개를 조금 숙인 뒤, 잠옷 자락을 내려 떨어뜨린다.

나는 얼떨떨한 채 내 방으로 돌아온다. 무거운, 악몽 같은 잠에서 막 깨어난 듯하다. 나는 조용히 문을 닫는다. 우마의 깃털은 푸르스름한 광택을 띠며 빛나고 나는 그것을 탁자 위에 두고 침대에 털썩 주저앉는다. 침대에서 나는 창을 바라본다. 운동장 위에는 두 개의 거대한 불꽃처럼 노란 형광점이 서로를 쫓고 있다. 나는 내 젊고 아름다운 동물, 밤의 조깅남을 바라본다. 그의 운동화에 달린 작은 노란 점들이 달빛의 실타래를 리듬감 있게 감아 올린다. 나는 땀에 젖은 근육을, 포니테일로 묶인 붉은 머리칼을, 땀방울이 흩뿌려진 황금빛 허벅지를 알아본다. 나는 어둠 속의 나의 유니콘에게, 나의 외로운 조깅남에게 달려가고 싶다고 강렬하게 느낀다. 그러나 갈 수 없다. 나는 갇혀 있다, 창에는 철망이 쳐져 있고, 부엌에는 그들이 있다, 망각의 어두운 천사들이. 나는 그들의 지배 안에 있다.

나는 옷을 그대로 입은채 블라인드를 내리지 않고 누웠고 달빛이 방 안에 들어찬다. 나는 몸을 웅크린 채 바닥을 멍하게 바라본다. 그리고 갑자기 작은 고양이 같은 솜뭉치, 털뭉치같은 먼지 덩어리가 보인다. 어둠 속에서 성가시게 존재감을 드러낸 솜털을 바라보기만 하고 움직이지 않는다. 일어나 그것을 집어 들고, 젖은 천으로 나무 바닥을 닦을 힘이 없다. 의자 아래에도 하나 있고, 모서리에도 또 하나 있다 ... 나는 그것들을 바라보며 곧 또 하나, 또 하나가 생길 것을 직감한다 ... 나는 아무런 기운이 없다. 어차피 이 '침입'의 리듬은 우마의 깃털로 결정된다. 그 '고양이들'은 달빛의 선을 쫓고, 형광빛이 도는 윤기로 반짝인다. 사람들은 그 안에 별가루가 섞여 있어서 반짝이는 거라고 말한다. 그 사실은 나에게 아무 감흥을 주지 못한다 ...

천국에 계신 내 할머니

나는 일곱 살이 조금 안 되었을 때 처음으로 할머니를 만났다. 그 뒤로 몇 해 동안, 여름 방학마다 해마다 그녀를 보았다. 그녀에 대한 기억은 한 겹씩 소박한 실타래에 감기듯이 얽혀 있고, 나는 몇 가지 세세한 사안만을 기억한다.

그녀는 키가 크지 않았다. 작고 둥근 몸에 큰, 무거운 가슴이 있었고, 어깨는 좁았으며 배는 불룩 나와 있었다. 희끗해진 곱슬머리가 넓은 얼굴을 둘러싸고 있었는데, 그 얼굴에는 동양인처럼 광대뼈가 두드러져 있었다. 그녀의 눈은 가는 편으로, 눈동자는 녹색빛이 돌았고, 심각한 병을 앓는 사람이나 아주 늙은 사람에게서 볼 수 있을법한, 뭔가 빠진 것 같은 표정을 띠고 있었다. 그녀의 얼굴에는 표정 대신 미소가 자리 잡고 있는 듯했다. 그녀는 이유 없이, 인자하고, 상냥하게 웃었다.

나는 할머니가 싫었다. 아마 이유 없는 그 미소, 언제나 준비되어 있는 그 다정함, 고개를 끄덕일 때마다 스프링처럼 흔들리던 희끗한 곱슬머리 때문이었을 것이다. 나는 그녀가 존재 자체에 사과하듯 그 미소를 얼굴에 걸고 있는 것처럼 느꼈다. 마치 그녀가 왜 존재하는지 사람들이 모두 의아해하고 있기라도 한 것 마냥 그녀는 그 미소로 사

191

람들의 비위를 맞추었다.

나의 둥근, 흑해 출신의 할머니 … 그녀를 처음 보았을 때, 나를 너무 세게 껴안아 커다란 가슴 사이 움푹한 곳으로 빨려 들어갔다. 순간 나는 숨이 막힐 것 같았고, 그녀의 거친 냄새를 들이마셨다. 그녀는 늘 그렇게 너무 세게 나를 껴안았다. 동시에 통통한 손으로 나를 두드렸고, 나는 그녀의 품에서 빠져나오기를 간절히 기다리곤 했다.

한번은 할머니가 처음으로 나를 터키식 목욕탕에 데려갔다. 나는 그때 내 눈에 그녀의 늙고, 주름지고, 아주 크고 새하얀 몸을 기억한다. 그녀는 작은 물통으로 내 몸에 물을 끼얹고 거친 장갑으로 내 피부를 문질렀다. 아팠지만 나는 조용히 있었고, 이유는 알 수 없지만 몹시 부끄러웠다. 나는 그녀가 나를 만지는 것이 싫었다("이분이 네 할머니야," 어머니는 말했다. "가서 뽀뽀해 드려, 손 잡아드려, 껴안아 드려 …"). 나는 막연하지만 강한 신체적 혐오감을 억누르기 힘들었다.

내가 그녀를 처음 보았을 때, 그녀의 얼굴은 마르고 바스러지는 작은 과자들이 가득 담긴 커다란 쟁반과 한 데 뒤섞여 보였다. 그녀는 꼬박 10년만에 외국 시민권자가 된 딸을 만나고, 처음으로 손녀를 보게 되는 그날을 맞아 과자를 산처럼 쌓아 두었다. 이제 내 기억 속에서 그 작은 과자들은 그녀 피부의 색과 건조함, 잘게 부서지는 질감과 뒤섞여 있다.

나는 그녀가 앉아 있던 모습을 기억한다. 그녀는 나무 탁자에 앉아, 다리를 약간 벌리고, 두 손을 배 위에 올려놓고 마치 자기 아이를 안듯 배를 끌어안고, 뜨개질 하듯 엄지손가락을 배 위에서 움직였다 …

그녀는 굵은 실로 스웨터를 떴는데, 보통은 소매가 없었다. 그녀는 팔꿈치를 작은 날개처럼 들어 올리며 굉장한 속도로 손을 움직였다. 그때, 나는 처음으로 커다란 인형을 선물로 받았다. 우리가 떠날 때(할머니도, 어머니도 그들이 다시 만날 수 있을지, 언제 만날 수 있을지 알지 못했다), 그녀는 뜨개질을 하면서 우리 뒤를 따라 기차역까지 달려왔다! 그녀는 팔꿈치를 작은 날개처럼 들어 올렸고, 손에서는 바늘이 번쩍였는데 지금 내 머릿속에 그녀는 마치 날아오르지 못하는 서툴고 무거운 새처럼 보인다.

오늘, 나는 그 기억 위에 내 상상을 보탠다. 뜨개질 바늘에 반사된 햇빛이 그녀의 곱슬머리를 비추자 마치 머리에 후광처럼 보인다. 그녀는 달리면서도 뜨개질을 하고, 마치 누군가와 이야기를 나누듯 왼쪽과 오른쪽으로 고개를 끄덕이며, 활짝 웃는다 …

기차가 떠나기 직전, 마지막 순간에 그녀는 발끝을 세우고 내 손에 인형에게 신기라며 털실로 짠 슬리퍼 한 켤레를 억지로 쥐여주었다. 마치 그 짧은 길 위에서, 그녀는 그 슬리퍼 속에 자신이 품고 있던 모든 두려움, 그리고 십 년 만에 딸을 보며 묻고 싶었지만(묻지 못했고, 어떻게 묻는지도 몰랐던) 그 모든 중요한 질문들을 함께 뜨개질해 넣은 것처럼 보였다.

할머니는 평생 동안 작고 두툼한 민소매 스웨터를 여러 벌 떴다. 일명 '등을 따뜻하게 해주는 것들'을. "이런 스웨터 하나 뜨는 데 한 시간도 안 걸렸어," 어머니가 말했다.

"엄마의 스웨터는 영원했지," 어머니는 논쟁의 여지가 없는 진실이라도 말하듯 덧붙였다. 오늘 내 옷장에도 하나 남아 있다. "잘 간직해," 어머니가 말했다. "그게 우리가 가진 할머니의 전부야." 그건 사실이었다. 그 작은 민소매 스웨터 한 벌과 몇 장의 사진이 그녀의 존재를 증명하는 유일한 물적 흔적이다.

뜨개질을 하지 않을 때면, 그녀는 집 안을 청소했다. 나는 그녀의 튼튼하고 통통한 팔이 수많은 쿠션을 두드리며, 그 안에 숨어 있는 적, 먼지를 몰아내던 모습을 기억한다. 나는 맑은 햇볕에 바짝 말린 새하얀 시트들 사이에 서 있는 그녀를 기억한다. 그녀는 마치 그것들이 살아 있기라도 한 듯 그 시트들과 이야기하고, 냄새를 맡고, 개고, 물을 뿌리고, 다림질을 했다 …

청소를 하지 않을 때면 그녀는 음식을 했다. "평생 동안 할머니는 많은 사람들에게 먹을 것을 해 먹이셨어, 특히 전쟁 때," 어머니가 말했다. 나는 어머니 자신도 이제는 할머니에 대해 아는 것이 거의 없고, 기억이 희미해졌으며, 말을 내뱉을 때마다 어머니의 말투가 흔들리는 기억을 단단히 고정시키듯 그것들에 작은 봉인을 붙이기라도 하듯 말하고 있다는 것을 알아챈다. 할머니의 음식에 관해서는, 이제 말만이 남아 있다. 내 혀는 그 단어들을 굴려보는 즐거움은 느끼지만, 맛은 더이상 기억하지 못한다.

바니치*, 메키치**, 디지파파(마지막 것은 우리 집에서만 쓰던 독특한 단어였는데, 나중에야 그것이 평범한 프렌치 토스트라는 것을 알았다), 그리고 수십 가지의 잼. 장미로 만든 잼, 호두를 넣은 수박 잼, 체리 잼, 포도 잼, 자두 잼(하나하나 모두 껍질 벗긴 아몬드가 들어 있었다!), 작은 배로 만든 잼 …

부드러운 먼지의 숨결이 뒤덮인 유리병들은 할머니의 어둑한 저장창고 속에서 마치 마법 같은 형광빛을 내며 반짝였다. 할머니 솜씨의 절정(어린이 극장에 온 것같은)은 바니치 반죽을 준비하는 일이었다. 그때면 커다란 둥근 탁자가 끌려 나왔고, 나는 무심한 작은 반죽 덩어리가 할머니의 능숙한 손에 의해 거대한 비단 낙하산으로 변하는 모습을 놀라움 속에 바라보았다.

* 바니치(Banici): 발칸 지역의 페이스트리로, 얇게 저민 반죽에 치즈와 계란, 시금치 등을 넣어 켜켜이 쌓아 굽는 음식.
** 메키치(mekici) : 발칸식 도넛

나는 할머니가 근처의 빵집(빵 굽는 화덕이 있는!)에 데려갔던 일을 기억한다. 그녀는 굽기 직전의 음식을 담은 넓은 양철 쟁반을 들고 갔다. 작고, 배가 불룩한 몸이었지만, 그녀는 그 양철 쟁반을 일종의 양산처럼 머리 위로 이고 걸었다. 쟁반이 먼저 가 있는 것처럼 쟁반이 그녀 앞에서 떠다니고, 그녀는 그것을 따라잡으려고 뛰어가는 것 같았고, 나는 그 뒤를 따라 헐레벌떡 뛰었다.

그렇게 우리 둘, 소규모의 '2인 부대'는 긴 줄에 서 있었다. 그 줄은 우리 것과 똑같은 쟁반을 든 사람들로 이루어져 있었다. 할머니는 그들과 이야기를 나누고는 나를 자랑스럽게 보여주었고, 사람들은 고개를 끄덕이며 웃었다. 나는 그 소리들을 듣고, 그들의 몸짓을 기억했고 (그리고 곧바로 "아니오"가 "예"이고, 뜻은 그 반대라는 것을 배웠다), 낯선 냄새들(기차 냄새와 바다 냄새)을 맡고, 낯선 맛들(보자, 할바)을 탐색했다 ..."우린 터키인 지구에 살지," 그녀가 말했다. 나는 그 말이 무슨 뜻인지 알지 못했다.

집에서는 다른 여자아이들이 종종 나를 놀렸다. 그들은 내가 지나가면 "불가리아 애! ("불기! 불기!")라며, 우리 동네를 지나가던 집시("집시! 집시!")들을 놀릴 때와 똑같은 억양으로 외쳐댔다. 그 말들은 똑같은 방식으로 발음되었고, 의미도 같았다. 그들과 같은 사람이 아닌, '다른 사람'이라는 뜻이었다.

내가 일곱 살이 되기 전, 나는 처음으로 '불기'를 만났다. 나와 또래의 여자아이였다. 나는 그녀가 어떤 다른 행성에서 떨어져 나온 아이처럼 느껴졌다. 커다란 리본을 머리에 단 그녀는('판델카*'가 내가 배운 첫 번째 불가리아어 단어이기도 했다) 작은 여자아이보다는 오히려 이상한 야생 벌을 떠올리게 했다. 그때 알게 모르게 단단히 결심했다. 나는

---

*   판델카: 불가리아어로, 머리 장식용 리본.

그녀와 같지 않다고, 나는 '불기'가 아니라고, 그리고 똑같이 분명히, 나는 우리 동네 아이들과도 같지 않다고.

일곱 살이 되기 전, 나는 그것이 지리라는 이름을 가지고 있다는 사실도 모른 채 지리에 대한 첫 개념을 알게 됐다. ("봐, 저 아래가 터키고, 맞은편이 러시아고, 저 위가 루마니아란다.") 나는 로만인("봐, 저건 로마인의 유적이란다")과 루마니아인(Romanians, "여기서 아름다운 로마 공주가 바다로 몸을 던졌단다!")이라는 두 단어를 계속 혼동했다.

내가 일곱 살이 되기 전, 나는 또 처음으로 '진실'과 '거짓'이라는 개념을 알게 되었고, 거짓이 참보다 훨씬 더 멋지다고 결정했다. 할머니의 침대 위에서 내가 그때까지 세상에서 본 것 중 가장 아름다운 광경을 보았다. 진홍색 딸기 송이들이 주렁주렁 매달려 있고, 여기저기 짙은 초록의 무성한 잎 사이에 숨겨져 있는 자수가 놓인 쿠션. 나는 할머니 침대 위에 엎드려, 그 실로 이루어진 기적 같은 창조물을 오래도록 바라보곤 했다.

내가 일곱 살이 되기 전, 나는 '스탈린'이라는 단어를 들었고, '스탈린'이라 불리는 거대한 조각상들을 보았다. 나는 한 젊은이가 자기의 불타는 심장을 손에 들고 다른 사람들을 위해 어두운 숲속에서 길을 밝히고 있는 그림책을 선물로 받았다. 그 젊은이의 이름은 단코였고, 그 젊은이를 만든 사람은 막심 고리키였다.

내가 일곱 살이 되기 전, 나는 눈먼 사람처럼 내가 배웠다는 사실도 인지하지 못한 채 동유럽의 브라유* 문자를 익혔다. 나중에는 그것을 틀림없이 알아보게 되었다. 나는 그 세계의 동쪽과 서쪽, 북쪽과 남쪽을 구별할 수 있었고, 내가 부다페스트에 있는지, 소피아인지, 모스크바인지, 바르샤바인지도 알 수 있었다. 그 슬픈 글자들을 한 번 배우

---

* 브라유: 시각장애인을 위한 점자 체계

고 나자, 나는 눈을 감은 채, 촉감만으로도 그것들을 알아볼 수 있게 되었다.

할머니는 젊은 나이에 돌아가셨다. "심장이 멎었어," 어머니가 말했다. 다른 사람들의 죽음에 대해서는 보통 뇌졸중으로 죽었다고 했지만, 할머니의 경우에 한해서는 어머니는 언제나 그 오래된 표현만을 반복했다. 그 말이 어쩐지 할머니에게만 쓰이고 있다는 사실을 스스로는 알아차리지 못했다.

나는 할머니가 어떻게 죽었는지 모른다. 그녀가 작고, 둥글고, 자기에게 남은 전부인 것처럼 배를 끌어안고 의자에 앉아 있는 모습을 떠올린다. 그녀는 끔찍하게 외롭게 죽었을 것이다, 그것만은 확신한다. 평생 동안 그랬던 것처럼, 아주 철저히 혼자서. 할머니가 하는 것이라고는 끝없이 음식을 해 먹이고, 뜨개질하고, 청소하고, 웃는 것뿐이었지만 그 일들로 그녀는 자신을 둘러싼 냉기를 녹여냈다. 늘 자신의 주위에 내려앉아 있던 서리를. 한 딸은 젊어서 죽었고, 다른 딸은 멀리 떨어져 있었다. 늘 말이 없고 진지했던 할아버지는 그녀보다 몇 해 뒤에 죽었다. 완전히 잊힌 채, 마치 그녀의 무력하고 버려진 아이처럼. 그는 긴 드레스의 자락처럼 평생 어떤 비밀을 끌고 다녔는데, 그 비밀은 아마 이렇게 불렸던 것 같다. '무관심'.

어느 해, 바르나 시 당국은 그곳에 호텔을 짓기로 결정하고, 묘지를 파냈다. "그래서 이제는 무덤조차 없어," 어머니가 말했다.

나는 할머니가 싫었다. 아이가 이유 없이 누군가를 싫어하듯(혹은 좋아하듯).

그리고 나중에도 그녀를 사랑하지 못했다. 마치 그 어린 시절의 싫어함을 기억하기라도 한 듯, 나는 그 감정을 아이 같은 고집으로 어른이 되어서도 그대로 유지했다.

지금 이 문장들을 쓰는 나는 마음의 무게를 느끼며 온화하게, 순순히, 아무 이유 없이 미소를 짓는다. 나는 때때로 설명하기 어려운 막연한 불안에 사로잡힌다. 그러면 무언가에 들린 사람처럼 근처 가게로 달려가 밀가루, 설탕, 달걀, 우유, 호두, 초콜릿을 산다 … 나는 최면에 걸린 듯한 상태로 케이크를 굽는다, 내내 미소를 지으며. 케이크가 다 구워지고 나면, 나는 늘 양에 놀란다. 그리고 차를 몰고 나가 작은 바구니나 쟁반에 케이크를 담아 친구들에게 가져간다. "나도 왜 이러는지 모르겠어, 그냥 달콤한 게 먹고 싶을 것 같아서 …" 나는 웃으며 이렇게 말한다. 친구들은 이미 나의 이런 기이한 변덕에 익숙하다.

다만 내 생각에 그들을 불편하게 하는 건 '케이크를 들고 찾아오는 방문'을 너무 규칙적으로 한다는 점일 것이다.

내 생각에 지금 내게 일어나고 있는 일은 점점 더 규칙적인 간격으로 내가 한 번도 좋아한 적 없던, 그러나 '많은 사람들에게 먹을 것을 해 먹였던' 그 할머니의 영혼이 내 안에 자리 잡기 시작했고, 그 결과 나는 한 달에 한 번씩 그녀가 하던 방식을 따라 하게 됐다는 것이다.

나는 하늘나라와 연결되어 있다고 생각하진 않지만, 이상하게도 그녀를 가슴이 크고 희끗한 곱슬머리를 한 천사로 상상하게 된다. 저 위, 하늘에서, 그녀는 천상의 쿠션들을 꺼내어 통통하고 힘 있는 손으로 두드리며 하늘의 먼지를 털어낸다. 부엌에서는 숨을 헐떡이며 구름 반죽을 길게 늘여 천상의 존재들에게 먹일 구라비지와 바니치를 만든다. 그리고 모두가 배불리 먹고 만족하면 그녀는 구름을 마치 의자처럼 삼아 앉아, 무릎을 약간 벌리고, 뜨개질 바늘을 들고 모두에게 안개로 만든 하얀 민소매 스웨터를 떠준다.

그러는 동안 내내 그녀는 마치 누군가와 이야기를 나누는 사람처럼 고개를 끄덕이며 환하게 웃는다. 가끔은 곱슬머리를 흔들기도 한다. 나는, 그때가 하늘에서 서리가 떨어지는 것이라고 상상하는 것이 좋다.

흰 쥐야, 이 집에 축복을...

그들의 진짜 이름을 쓸 수 없어 유감이다. 두 이름은 아름답고 조화로 웠으며 빗살처럼 서로 꼭 맞물렸다. 대신에 무작위의 이름을 골랐다. 비다와 재닛...

비다는 성숙한 여성이 되었을 때 재닛을 만났다. 미국의 한 대학에 서 언어학 교수로 재직했고 이혼 경험이 있으며, 다 큰 아들이 있었고, 미국 시민권과 안정적인 소득을 가진 사람이었다. 재닛이 성숙한 여 성이 되었을 때 비다를 만났다. 그녀는 자살 및 자살 행동 전문 심리학 자였고, 이혼 경험이 있으며, 다 큰 딸이 있었고, 평생을 미국에서 살 아온 미국인이었다.

두 사람이 처음 만났을 때, 재닛은 흐릿한 푸른 눈으로 비다를 바라 보았고 이내 시선을 내리깔았다. 그 시선이 무릎 위 손으로 떨어지는 순간, 마치 보이지 않는 손수건 가장자리를 구기고 있는 듯 보였다. 울 기라도 하면 필요할 작은 손수건을. 비다는 재닛을 향해 인생의 방향을 분명하게 가리키는 나침반의 바늘처럼, 모호함 없는 날카로운 시선으 로 바라보았다. 그 순간, 그 첫 눈빛 교환 이후로, 비다는 '남자'의 역할 을 맡게 되었고 재닛은 평생 그랬던 그대로 '여자'로 남게 되었다.

내가 그들을 잠깐 만났을 때 두 사람은 모두 예순 살쯤 되었을 것이다. 비다는 건장하고, 몸집이 컸고, 짧은 머리를 하고 있었으며, 목소리는 거의 남자처럼 낮았다. 그녀가 말하는 영어에는 강한 억양이 있었고, 그 억양에 그녀가 슬라브 출신임이 드러났다. 회색빛의 근엄한 외모는 단 하나의 요소에 의해 깨졌는데, 눈에 띄게 큰 플라스틱 미키 마우스 브로치였다. 순수하게 바라보는 사람이라면, 그 브로치를 나이 든 언어학 교수의 의도된 패션 선택 이라기보다 어설픈 패션 실수로 여겼을 것이다.

재닛은 놀랄 만큼 키가 컸다. 비다보다 더 컸고, 몸집도 더 컸으며, 안색은 밝고 부드러웠고, 갈색의 실크 같은 머리카락을 작게 묶어 틀어 올리고 있었다.

실체하지 않는 손수건을 구기고 있는(울기라도 하면 필요할 그 손수건을), 큰 몸집에 무거운 몸짓을 가진 재닛에게서 어딘가 고요하면서 벨벳 같이 부드럽게 가라앉은 기운이 뿜어져 나왔다.

짧았던 처음이자 마지막이었던 만남 이후, 그들에 대해 친구들과 지인들을 통해 몇 가지를 알게 되었다. 재닛은 비다를 속였다(나는 그 진부한 표현을 의도적으로 사용한다. 이 경우 그 표현이 정확하기 때문이다), 그녀는 자주, 그리고 늘 남자들과 함께였다. 내가 그들을 만났을 때 두 사람 모두 이미 손주가 있었다. 비다의 아들은 오래 전 결혼했고, 재닛의 딸은 최근에 결혼했다. 재닛에게는 손자가 있었고, 비다에게는 손녀가 있었다.

그러니까 두 사람 모두 이미 할머니였지만, 재닛은 여전히 그 부드럽게 가라앉은 기운과 끈질긴 열정으로 비다를 속였다. 모두가 알고 있었고 저마다의 방식으로 그 일에 가담했다. 즉, 재닛의 기발한 탈선에는 종종 도와줄 공범이 종종 필요했다. 혹은 필요한 척 했을 수도 있고.

재닛은 어디서든 비다를 속였다. 심포지엄, 강의, 학술 교류, 회의, 여행 ...어디에서나. 재닛은 비다를 속였지만, 늘 어딘가 작은 실수를 하며 어떤 흔적을 남겼다. 비다는 바로 그런 작은 실수를 잡아내는 눈과 코를 갖고 있었기 때문이다. 그리고 재닛은 언제나 꾸준하게 잘 훈련된 양치기 개처럼 집으로 돌아왔고, 그들은 서로를 비난하며 울고 화해하고, 다시는 배신하지 않겠다고 맹세하는 고통스러운 밤을 보내곤 했다.

에든버러의 자폐증 전문가 데이비드 비어스 교수, 브루클린 피자 가게의 매니저 토니 보나치, 부다페스트의 공포증 연구서 저자 야노시 사보 박사, 뮌헨의 웨이터 한스 베버리히, 암스테르담의 파킨슨병 전문가 에릭 판 오스타이언 교수, 마르세유의 세차장 주인 폴 라미슈, 샌디에이고의 마사지사 아르만도 페레다. 이들이 거대하고 부드러운 재닛에게서 무엇을 보았는지는 그들 각자에게 맡기겠다.

낮은 목소리의 비다와, 늘 믿음직스럽지 못했던 재닛을 거의 잊고 지냈었다. 그런데 최근 한 지인이 미국을 방문했을 때 그들을 만났다고 내게 말해주었고, 그들이 살고 있던 집이 "믿기 어려울 정도였다"고 말했다.

그 지인의 말에 따르면, 그 집은 동심의 신(神) 미키 마우스에게 바치는 기괴한 성소처럼 꾸며져 있었다. 침대보, 베개, 시트, 커튼, 수건, 부엌 행주, 매트, 잔, 변기, 안락의자, 램프, 옷걸이, 산더미 같은 플러시 인형과 플라스틱 장난감, 열쇠걸이, 배지 등 모든 물건으로 동심의 상징을 반복하고 있었다. 슬리퍼조차 예외 없었다. 두 사람은 똑같은 따뜻한 털 슬리퍼를 신고 있었는데, 슬리퍼엔 미키 마우스의 머리와 귀가 달려 있었다! 심지어 전화기도, 매 시간마다 보여지는 비다의 손목 시계 또한 미키 마우스가 있었다. 비다가 친구들에게 사서 보내는 엽서들도 … 모두가 같은 봉인, 같은 표식, 같은 문장을 달고 있었다. 미국의 행복지수를 위한 산업은 비다에게 고를 수 있는 물건을 풍부하게 제공해 주었다.

나는 비다가 약 40년 전에 자기만의 천사를 찾아 미국으로 떠났고, 그 천사를 미키 마우스에게서 찾았다고 생각한다. 포근한 무관심을 풍기는, 커다란 어린이용 봉제인형을 닮았은 재닛은 자연스럽게 비다의 미키 마우스, 비다의 천사가 되었다. 부가적인 '믿기지 않는' 집은 더 깊은 행복을 실현하기 위한 조악한 장식의 무대 장치에 불과했다.

나는 (왼쪽 모서리에 디즈니 영웅이 그려진 비다의 명함을 손끝으로 만지작 거리고 있다.) 그 그림에 대해 거칠게 말하고 싶은 마음은 없다. 예컨대 "미키 마우스는 그냥 ... 쥐일 뿐이다"라고 말하는 식으로. 쥐가 무슨 상징을 갖고 있는지 누구나 알고 있다 ... 종종 남성 성기를 얕잡는 단어라는 사실도 여기서는 아무 문제가 안된다.

이 정도만 말해도 재닛과 비다가 얼마나 빗살처럼 서로 맞물리는지 충분히 알 것이다. 슬라브계인 비다는 동심의 미국 신화(쥐!) 속에서 행복을 발견했고, 그 신화를 거대한 재닛에게서 발견한 것이다. 그와 동시에, 미국인인 재닛은 슬라브의 바이러스에 천천히, 그리고 깊숙이 감염되었다. 그 파란 시선으로 보이지 않는 손수건을 구기고, 모서리를 접고, 집요하게 속이며.

비다와 재닛은 이제 함께 늙어가고 있다. 이유는 잘 모르겠지만, 나는 거대한 재닛이 비다보다 먼저 죽을 것이라고 믿는다. 아마도 그녀가 손을 무릎 위에 얹고 그 위로 여지없이 떨어뜨리는 그 시선 때문일 것이다. 비다의 시선은 삶의 방향을 가리키는 나침반 바늘처럼 모호함 없이 날카롭다. 재닛은 그 나침반 바늘처럼 뚜렷하고 날카롭게, 심장 발작으로 쓰러져 죽을 것이다.

비다는 언제가는 필요할 때를 대비하여 대리석으로 된 단지를 두개 주문했다. 각 단지에는 마치 기이한 문장처럼, 작고 부드러운 날개를 단 미키 마우스가 눈에 띄지 않게 새겨져 있었다. 그 대리석 장식이 박쥐인지 천사인지는 보는 사람은 쉽게 판단하지 못할 것이다.

비다는, 자신의 한 사람뿐인 참된 사랑인 재닛을 재로 바꿀 것이다. 그리고 그 뒤에 자기 자신도 재로 변할 것이다. 즉, 비다는 자살과 자살 행동 전문가인 재닛에게서 단 한 가지 '전문적 조언'을 교묘히 얻어냈다. 가장 아프지 않고, 가장 확실한 자살 방법이 무엇인지에 대해. 정확하고 믿을 만한 알약이 적당량 몸속에 들어가면, 비다는 어느 날 조용히 잠들 것이다. 수십 개의 보들보들한 미키 마우스 인형 중 하나를 가슴에 꼭 껴안은 채로.

영원히 잠들기 전, 비다는 자신의 슬라브적 어린 시절에서 온 한 장면을 떠올릴 것이다. 마을 장터에서 외치던 한 집시의 목소리, "흰 쥐야, 이 집에 축복을 …" 그리고 그녀는 마지막으로 또렷하게 떠오르는 장면과 함께 영원한 잠 속으로 가라앉을 것이다. 앞발로 작은 종이를 움켜쥔 쥐, 그 종이에는 그녀의 미래 운명이 적혀 있었고, 그 운명은 지금 여기에 이미 실현되었기에 더는 의미를 갖지 않으며 … 바로 그렇기 때문에 되려 의미를 가지며.

나는 끝으로 이 이야기에 한 가지 사실만 덧붙이려 한다. J. 슈발리에와 A. 헤브랑의 『상징 사전』에 따르면, 서아프리카의 많은 부족에서 쥐는 예언에 사용된다고 한다. 밤바라족 사이에서는 쥐가 할례 의식과 이중적으로 연결되어 있다고 한다. 할례를 받은 소녀들의 클리토리스가 쥐에게 주어지며, 그 소녀가 장차 낳을 첫 아이의 성별은 그 클리토리스를 먹은 쥐의 성별에 의해 결정된다고 믿어진다. 또한, 쥐는 할례받은 소녀들의 영혼 중 일부(여성 안에 있는 남성적 부분)을 가져가며, 그 부분은 환생을 기대하며 신에게 되돌려져야 한다고 전해진다.

구테 나흐트*, 크리스타

나는 크리스타를 내가 몇 달 동안 미국에 머물던 시기에 미국의 한 지
방 도시에서 만났다.

운명은 갓 미국인으로 다시 태어난 하숙집 주인 샐리 (우간다 출신
의 정치적 망명 신청자)의 모습으로 우리에게 공동 거처를 배정했다. 더
정확히 말하면 공유 부엌 사용자로 배정된 것이다. 샐리는, 자신의 머
릿속 지도를 따라 베를린과 자그레브를 하나의 지리적 지점으로 압축
해버린 채, 우리에게 냄비와 팬, 접시, 식기와 컵을 내주었다. 그 물건
들로 크리스타와 나의 임시 공동체를 일종의 의식처럼 봉인했다.

몇 달 동안 그 부엌은 우리의 공용 공간이자 임시 고향이 되었으
며, 샐리의 대략적인 지리 감각 말고는 아무것도 공유하지 않은 우리
에게 과거·현재·미래를 함께 건너가는 작은 배가 되어주었다.

부엌에서 우리는 좁은 공간을 오가며 냉장고를 열고, 각자 자기 의
자에 비좁게 앉아 팔꿈치를 식탁에 기대고는, 이야기하고, 먹고, 마시
고, 마늘·양파·반쯤 말린 가지·빨간 고추·토마토·유리병들로 가득한
창틀 너머 마치 살아 있는 정물화같은 아무 특징도 없는 미국의 풍경

*   good night

204

을 바라보곤 했다.

내가 이 집에 들어섰을 때 짐을 풀 틈도 없이 크리스타가 내 방 문 앞에 나타나 부엌에서 함께 점심을 먹자고 나를 초대했다.그녀는 마를렌 디트리히가 담배 홀더를 들던 방식처럼

어딘가 흐릿하게 몸을 흔들며 담배를 들고 있었고, 강한 독일식 억양으로 이렇게 말했다. "나는 30인분의 어부를 위한 요리를 만들었어요!*"

약 두 달 보름 동안, 크리스타는 우리 둘을 위해서 뿐만 아니라 여러 무리를 위해서도 요리를 했고, 마셨고, 울었고, 한 번은 더러운 동네 강물에 뛰어들었다가 구조되었으며, 두 번은 담배를 든 채 잠들어 거의 불을 낼 뻔했고, 세 번의 '절망적인' 사랑에 빠졌다.**

그 주방에서의 두 달 반 동안 나는 크리스타가 두 가지 악몽에 시달리고 있다는 사실을 알게 되었다. 이 둘은 이중 매듭처럼 서로 연결되어 있었는데, 하나는 풀리지 않는 매듭이었고 다른 하나는 적어도

---

* 크리스타는 외국어를 배우지 않았다. 우리가 이야기할 때 그녀의 영어는 서툴렀고, 자신의 모국어인 독일어 외에는 단 하나의 언어도 구사하지 못하다. 그러나 모르는 그 모든 언어들 속에서 놀라울 만큼 명확하게 자기 뜻을 전달했다.

** 그녀는 한번은 아일랜드 남자, 한 번은 불가리아 남자, 나머지 한 번은 대만 남자와 사랑에 빠졌다.
    아일랜드 남자는 크리스타와의 관계하는 것을 계속 거절했는데, 크리스타와 잠자리를 가지는 것은 둘이 함께 벌인 술판을 벌였을 때 뿐이었다. 불가리아 남자는 크리스타를 버리고 한 미국 여자에게 갔는데, 우리는 그 미국 여자를 또렷이 기억하고 있었다. 왜냐하면 할로윈 때 그 여자가 오랑우탄으로 분장하고 불가리아 남자의 방으로 들어갔기 때문이다("그 돼지, 나를 버리고 오랑우탄한테 가다니!"). 대만 남자에게는 육체적 관계 없이 그의 아름다움에 플라토닉 사랑에 빠졌고, 그의 합법적 아내인 작은 도자기로 빚은 것 같은 여신이 나타날 때까지 그에게 집착했다. 크리스타의 짧은 평가는 이랬다. "나쁜 짱깨놈!"

내 관점에서는 풀 수 있는 매듭으로 보였다. 첫 번째, 풀리지 않는 악몽의 이름은 베를린 장벽이었다*, 그리고 두 번째는 풀 수 있는 악몽의 이름은 다소 구식이지만 그렇다고 덜 아픈 것도 아닌, 집이었다. 이둘을 중심으로, 크리스타는 마치 큰 실타래를 만들듯 자신의 삶의 팽팽한 실을 감아 올렸다.

타인의 이야기를 전하는 것은 적절하지 않으며, 부엌에서 오간 대화를 가지고 '짧은 전기'라는 굴욕적인 장르를 만들어내는 것도 옳지 않다(덧붙이자면, 크리스타는 자기 인생에 관해 말하기를 요리만큼 자주 했다**). 대부분의 사람들이 뭔가를 성실하게 써내려가고, 누군가는

---

* 나는 베를린 장벽의 양쪽을 모두 보았다. 친절하지만 고집스러운 안내인인 크로아티아 출신의 결혼한 이주노동자 부부가 내 의사와는 상관없이 나를 서베를린에서 동베를린으로 끌고 갔다. 어느 일요일, 반쯤 비어 있고 회색빛인 동베를린의 넓은 거리들을 몇 시간 동안 고통스럽게 걸어간 기억이 난다. 그 고집스럽지만 친절한 크로아티아 남자는 나에게 모스크바의 호화로운 레스토랑(그가 스스로 '남자'라고 느끼게 하기 위해 지불하는 식사)에서 식사를 하며 깊은 인상을 남기고 싶어 했다. 우리는 레스토랑에서, 전채부터 플람베 바나나 디저트까지 이어지는 풍요로운 메뉴를 힘겹게 해치웠다. 그동안 내 안내인은 막 손에 넣은 비디오카메라로 우리의 모든 걸음을 기록했고, 마지막의 플람베(럼을 끼얹고 디저트에 불을 붙이는) 순간까지 촬영했다. 두 시간 뒤, 우리는 그들이 소박하게 살고 있는 서베를린 아파트에서 그 장면을 텔레비전으로 다시 보았다. 그 집은 까치집처럼 온갖 상징들로 장식되어 있었고, 그 상징들은 몇 년 뒤, 그들의 정당한 고향으로 돌아간 순간 마침내 완전한 영광으로 꽃피워, 한 장벽이 무너질 때 세르비아인과 크로아티아인 사이의 또 다른 장벽을 세우는 데 쓰였다. 그 무렵, 마침 크리스타에게서 마지막 '폴란드식' 편지가 도착했다.

** 크리스타는 기꺼이, 자주 요리했다. 그리고 요리할 때마다 늘 술을 마셨다. 양파를 썰고 한 잔, 파슬리를 다지고 한 잔, 고기를 자르고 한 잔 ... 그녀는 마시는 술잔들로 어떤 내적 리듬을 두드려 박자를 맞췄다. 그리고 항상 도중에 요리를 중단하곤 했는데, 왜냐하면 언제나 결국 취해버렸기 때문이다.

음식은 언제나 30인분 정도의 양이 나왔다. 그녀는 어부들의 식사에서 '양 조절'을 익혔고, 그 뒤로는 그것을 조절하는 법을 배우지 못했다. 요리와 동시에 이루어지는 '동기화된 음주'는 오직 그녀만이 알고 있었던 (혹은 전혀 알지 못했던) 어떤 의식인 듯 하다.

뒤에서 그것을 모조리 지워버리며 마치 꿈속에서 사는 것처럼 살아간다. 반면 소수의 사람들은 사소하고 일상적인 일들까지도 모두 자기 인생의 전기를 쓰는 재료로 삼는다. 크리스타는 일명 걸어다니는 전기였다.

동베를린에서 태어난 크리스타는 어릴 때 부모를 잃었다(아버지는 자살했다) 그리고 고아원에서 지내게 되었다. 그녀는 그곳(고아원)에서 한 성실한 부부에게 입양되었지만, 크리스타는 곧 새로운 집에서 도망쳐 나왔고 다시 다른 고아원으로 가게 되었다. 이 후 그녀는 대학교에 들어갔고, 그녀에게 반한 떠돌이 아이슬란드인을 만나 결혼하여 아이슬란드로 갔다. 거기서 그녀는 서른 명의 어부들을 위해 어선에서 요리를 했고, 생선 공장에서 생선을 손질했으며, 두 아이를 낳았다. 그리고는 새로 얻은 집에서 도망쳐 수많은 연인들 중 첫 번째 연인과 함께 이탈리아로 갔다. 이탈리아에서의 2년간의 격정적인 방황 끝에, 그 연인은 아이슬란드로 돌아갔고 크리스타는 독일로 돌아왔다.

이번에는 서베를린으로 돌아왔는데(동독에서 영구 추방된 뒤였다). 그곳에서 그녀는 시를 썼고, 여러 차례 자살을 시도했으나 실패했고, 술을 마셨고, 고통을 겪었으며, 다시 희망을 품고 아이슬란드로 돌아갔다. 마치 동베를린으로 돌아가는 것처럼. 그러다 결국 포기했고, 메데이아 콤플렉스는 오랜시간 지속적으로 발전해갔다(아이슬란드에 있는 그녀의 아이들은 아버지와 함께 아이슬란드에서 살았다). 그녀는 잃어버린 고향을 대신할 무언가를 미친 듯이 중국, 브라질, 미국, 루마니아 등을 오가며 북쪽, 남쪽, 서쪽, 동쪽으로 어디든 헛되이 여행했다(루마니아 독일인들에게 옷과 통조림 음식을 가져다주며).

베를린에서 그녀는 매일 베를린 장벽에 갔다. 감시 초소에 올라가 새처럼 쪼그린 채 몇 시간씩 반대편을 바라보았다. 그녀는 시위했고,

탈출자들을 들여보내 숙식을 제공했고, 동독 이주자들을 먹여 살렸으며, 러시아인들을 증오했고, 루마니아인, 폴란드인, 헝가리인, 불가리아인, 체코인과 같은 동쪽 사람들을 걱정했으며, 다시 술을 마셨고, 시위했고, 증오했고, 감시 초소에서 동베를린을 향해 힘줄이 솟은 주먹(아이슬란드의 생선 공장에서 단련된)을 흔들었고, 여행에서 돌아올 때면 동베를린 공항에 내렸으며, 울었고, 돌덩이 같은 얼굴의 동독 세관원들에게 심하게 욕을 퍼부으며 그들이 자신의 고향을 점령했다고 비난했다.

그녀는 장벽과 점점 더 가까운 곳으로 아파트를 빌렸다. 크로이츠베르크에서, 터키인·그리스인·유고슬라비아인들 사이에서, 그녀는 자기의 진짜 고향에 가까이 있다고 느꼈다. 그 고향은 의심할 여지 없이 그녀가 수천 번째로 울며 반복한, 동독이었다.

미국에서 그녀는 야넥(Janek)에게 편지를 썼다. 폴란드인이자 건축 노동자, 탈출자, 그녀보다 스무 살이나 어린 남자, 그리고 그녀가 함께 살았던 연인이었다. 그녀는 편지를 쓰고, 보드카를 병째 들이켰으며, 울었고, 자주 전화를 걸어 폴란드어 특유의 보글거리는 소리를 황홀하게 들었다. 그녀는 그 말을 이해하지 못했지만, 황홀해하며 들었고 덩달아 황홀하게 독일어로 대답했다. 야넥은 독일어를 알아듣지 못함에도 불구하고.

아무런 특징도 없는 미국 풍경이 내려다보이는 부엌, 우리의 배 위에서 두 개의 악몽에 경련하듯 휩싸여 있던 크리스타는 악몽을 해결하는 방법을 찾아 서서히 자신을 풀어내기 시작했고, 아드리아 해 연안 어딘가에 '자기 집을 마련하는' 꿈을 꾸기 시작했다.

바로 그 부엌은 우리가 헤어진 곳이기도 하다. 어디로도 향하지 않던 우리의 미국 배에서 내려 각자 자기 방향으로 항해해 갔다. 다시는 만나지 않으리라는 것을 확신한 채로.

나는 2년후, 아드리아 해의 한 섬으로부터 크리스타의 소식을 들었다. 결국 그녀는 그곳에서 '자기 집을 마련한' 것이다. 그녀는 스스로 한 섬을 골랐다(하나의 섬, 서베를린,에서 다른 섬으로), 그 나라는 동쪽도 서쪽도 아닌 곳이었다(동쪽을 감싸고 있는 서쪽 도시에서, 서쪽을 감싸고 있는 동쪽 도시로).

어느 여름 나는 그녀를 찾아갔고, 그곳이 달마시안 지방의 어느 도시와도 닮지 않았다는 사실에 놀랐다. 그곳은 외딴, 볼품없는 마을이었고, 나무 한 그루 없었으며, 횅한 회색 바위들 뿐이었고, 세상 어디에도 속하지 않을 것같은 흉물스러운 집들 뿐이었다. 그럼에도 불구하고 바로 그곳에서 그녀는 '자기 집을 마련'했고, 자신의 책들을 가져다 놓았고, 부엌을 선박의 저장고처럼 꾸며 놓았으며, 독일에서 가져온 작은 파란 꽃들을 화분에 심었다.

크리스타는 나를 그곳에 남기고 여름휴가를 보내라고 하고 자신은 여름 더위를 견딜 수 없다고 하면서 또다시 폴란드인이었고, 새로운 야넥인 그녀의 새로운 연인이 있는 그단스크로 갔다. 그는 그단스크 조선소에서 일하는 노동자였다(물론 이 모든 이야기도 그녀가 부엌에서 내게 한 말이었다). 나는 그 무주지 같은* 그 마을에서 며칠을 보냈

---

* 나는 그곳 사람들에게서, 그들이 그녀를 지중해 사람들이 '별난 사람들(originali)'을 좋아하듯 아낀다는 말을 들었다. 하지만 그렇다고 해서, 그들이 보통 그런 사람들에게 하듯 지나치게 간섭하거나 괴롭히지는 않았다. 그녀의 독특한 외모가 일종의 '보호막'을 만들어낸 듯했고, 그곳 사람들은 자기 성향에 어긋나게 자연스레 한 발 물러서 있었다.

그들은 이미 익숙했다. 비와 바람이 가장 거세게 몰아칠 때면 모두 집 안에 숨어 있었지만, 그럴 때 그녀는 밖으로 나갔고, 반대로 모두가 밖으로 나오는 맑은 날이면 그녀는 실내에 머물렀다. 그녀의 이런 행동 방식은 현지 사람들에게 더 이상 이상한 일이 아니었다.

그녀가 머무르는 동안 단 한 번 '스캔들'이라 불릴 만한 일이 있었다. 한 현지 여성이 그녀에게 달려들어, 자기 남편을 빼앗아갔다고 비난한 것이다.

고, 어느 날 하늘이 까맣게 변하고 바람이 일고 비가 억수로 쏟아지자, 이 달마시안 섬이 아이슬란드와 비슷하다고 확신했다, 비록 아이슬란드에 가본 적이 없었지만 말이다.

섬을 떠날 때, 어쩐지 우리는 다시는 만나지 못하리라는 확신이 어쩐지 들었다. 베를린 장벽이 무너질 즈음 나는 그녀를 떠올렸다. 그후로는 나는 그녀를 잊었다.

오랜 시간이 지나, 나는 폴란드의 한 마을에서 온 편지를 받았다. 그녀는 집을 지었는데, 작은 나무로 된 집으로 정원도 있었다. 나는 그 집이 더도 말고 덜도 말고 서른 명의 폴란드인 일꾼들에 의해 지어졌으리라 상상한다.

크리스타는 예전에 서른 명의 어부들을 위해 요리했듯이 서른 명의 일꾼들을 위해 요리를 했다. 나는 그 집이 약간 흔들릴 것 같다고 상상한다. 크리스타는 마치 천국에 들어갈 영원한 권리를 얻은 사람처럼 그 집에서 평온하게 잠든다. 폴란드 마을 안 크리스타의 나무집 위로 맑은 달빛이 비친다. 크리스타는 자는 동안에도 요리한다. 자는 동안 생선을 손질한다. 자는 동안 집을 짓는다. 자는 동안에도 모든 것이 흔들린다.

Gute Nacht, Christa. Schuone gute Nacht ...(잘 자, 크리스타. 아름다운 밤이야...)

그 말은 그녀가 예전에 내게 주었던 어느 독일어 초급 교재에 적혀 있

"말도 안되는 소리." 크리스타는 말했다. "멍청하긴! 난 그냥 술 한 잔 하고 있었다고 ..."

던 것이다. 그 교재는 '크리스타'라는 이름에 밑줄을 긋고, 느낌표 대신 작은 하트를 그려 넣었던 첫 번째 야넥의 것으로 제 1 장을 미처 넘기지 못한 채였다. 그는 슬그머니 캐나다로 사라졌다.한참 뒤에 크리스타에게 보내온, 무심한 캐나다 풍경이 담긴 엽서에 거기서 목수로 일하고 있다고 적어 보냈다.

"상상해봐," 크리스타는 편지에서 썼다, "나는 베를린 장벽이 무너졌다는 것도 몰랐어! 나는 집 짓는 일에 완전히 몰입해 있었을 뿐 아니라 여긴 너무 외진 곳이야, 신문도 없고, 여긴 사람 그림자도 없어 …"*

고립된 폴란드 마을 안 크리스타의 나무집 위로 맑은 달빛이 비친다. 한동안 크리스타는 잠결에 자신이 그토록 배우기를 완강히 거부했던 아이슬란드어, 폴란드어, 크로아티아어 들을 발음하고 있었다. 크리스타는 베를린 장벽이 무너진 그날 이후 줄곧 그 단어들을 잠결에도 발음한다. Gute Nacht, Christa. Schone gute Nacht. Schlaf mit den Engelchen ein ...(잘 자, 크리스타. 아름다운 밤이야. 작은 천사들과 함께 잠들렴 ...")

한 젊은 독일 감독이, 교통사고를 당해 한동안 혼수상태에 있었던 동독 소녀를 소재로 다큐멘터리 영화를 만들었다. 그녀가 의식을 되찾았을 때 기억에서 완전히 사라져버린 해가 하나 있었는데 바로 1989년, 베를린 장벽이 무너진 그 해였다.

---

* 뭐라 설명할 순 없지만 나는 크리스타가 그 집으로 이사 온 날이 베를린 장벽이 무너진 날이라고 확신하다.

추신

아마도 크리스타의 이야기는 변덕스러운 기억의 본질과 우리가 이유도 모른 채 부지런히 곁에 두고 있는 '우연한' 전기들, '우연한' 사진들, 소소한 '우연한' 사물들을 무의식적으로 기록해두는 과정의 본질을 가장 잘 설명해주는지도 모른다. 우리 삶의 은밀한 지형도 속에서 드러나는 바는 이것이다. 우연한 사물들이 우리와 함께 있는 이유는 언젠가 더 깊은 논리를 드러낼지도 모른다는(물론 반드시 그렇지 않더라도) 것이다. 우연한 사물들은, 마치 우리의 개인적 자기장에 이끌린 듯 우리에게로 모여든다. 우리는 문득, 우리의 소지품 사이에 못 하나와 끈한 줄이 들어 있는 것을 발견하지만, 그것들이 어떻게 여기 온 것인지, 왜 있는 것인지 설명하지 못한다. 그리고 결국 언제나처럼 지극히 평범한 결론에 닿게 된다. 그 못은 언젠가 우리가 그것을 박기 위해 존재했고, 그 끈은 언젠가 우리가 그것으로 무언가를 매달기 위해 존재한다는 사실이다.

크리스타의 전기는, 내가 그때는 알 수도, 알 리도 없었던 어떤 힘에 이끌려 내 자기장 안으로 들어왔다. 나는 크리스타의 이야기를 썼고, 몇 해 뒤 바로 이 후기를 쓰고 있는 지금, 우연히도 그 이야기의 중심에 서 있었다. 나는 베를린에 있고, 두 개의 악몽이 커다란 실타래처럼 내 삶의 팽팽한 실을 감아 올리며 나를 뒤쫓고 있다. 하나는 이제는 더이상 나에게 없는 그것, 고향이고, 다른 하나는 잃어버린 고향에 불쑥 솟아버린 그것, 장벽이다. 베를린에서 나는 종종 보이지 않는 감시초소를 향해 몸을 들어 올리듯 뻗치고, 남쪽을 향해 막연히 주먹을 흔든다. 꿈속에서는 늘 집을 짓지만, 그 집은 매번 새롭게 무너진다. 나는 크리스타의 남자인 야넥의 독일어 주기도문을 가지고 다닌다. 내 독일어는 좀처럼 나아지지 않는다. 임시로 머무는 베를린의 방에서 나는 자주 *Gute Nacht*(잘자) ... 이 문장을 되뇌며 스스로를 달래 잠이 든다. 천사들에 대한 마지막 구절도 함께 속삭인다. 그 순간, 그게 내가 아는 전부다.

리스본의 밤

내가 처음 가보게 될 도시 리스본과 관련해 가장 먼저 떠오른 것은 레마르크의 오래된 소설 제목, 『리스본의 밤(*A Night in Lisbon*)』이었다. 레마르크의 소설은 이미 잊혀진 시대, '한 인간은 아무 의미도 없고' '유효한 여권만이 모든 것이었던' 시절에 관한 이야기다. 나는 그 문장을, 서독 베를린의 한 사무실에서 독일 비자 연장을 기다리며 몇 시간을 보내던 중에, 그리고 이어 동베를린의 작은 포르투갈 영사관에서 두 시간가량 더 대기하던 중에 손에 레마르크의 책을 든 채 마주했다. 비자로 가득 장식된 내 여권 속에서, 세련된 포르투갈 비자는 유난히 희망적으로 보였다.

　나는 리스본으로 짐이 엄청 많다고도 할 수 있고 전혀 없다고도 할 수 있는 상태로 여행을 떠났다. 관점에 따라 달랐다. 나는 내 조국을 잃었다. 그 상실에 익숙해지지 못했고, 조국이 여전히 같은 곳이면서도 더 이상 같지 않다는 사실에도 익숙해지지 못했다. 단 1년 사이에 나는 집을, 친구들을, 직업을, 곧 돌아갈 수 있다는 가능성을, 그리고 돌아가고자 하는 마음까지도 잃었다. 요약하기엔 너무 긴 이야기다. 마흔다섯 살에 나는 세상 한복판에 있었고, 마치 이 세계가 방공호라도 되는 듯 가장 필수적인 것들만 담긴 가방 하나를 들고 서 있었다.

공습경보가 울리면 동포들과 함께 방공호로 뛰어가던 기억이 여전히 생생했다. 내 짐은 어떤 때는 지나치게 무겁게, 또 어떤 때는 부끄러울 만큼 가볍게 느껴졌는데, 그 느낌은 순간의 기분에 달려 있었다. 나는 대체로 그 상실을 어떤 상상 속의 보편적 척도 위에 올려놓고 재보려 애썼다. 그렇게 해야 위안이 되었으므로.

유럽은 나 같은 사람들로 가득했고, 그래서 내가 가는 곳마다 동포들을 만났다. 보스니아인들, 크로아티아인들, 세르비아인들 ... 우리의 이야기는 서로 달랐지만, 결국은 같은 결말을 향해 흘러갔다. 사실, 내 '집'을 망가뜨린 사람은 나 자신이었다. 나는 '전쟁과 독재는 형제'라는, 레마르크가 이미 알고 있던 사실을 간과했다. 그렇다, 나는 쓰지 말아야 할 것을 썼다. 영웅이 되고자 해서가 아니라, 만연한 거짓말에 적응하지 못한 탓이 더 컸음을 인정한다. 거짓이 허용되는 시절은 이미 지났다. 문학과 예술 안에서라면 정당한 전략이 될 수 있지만, 삶 속에서는 얘기가 달랐다.

나의 수많은 동료 난민들처럼, 불확실한 미래 앞에서 두려움을 느끼고 있었다. 그 미래에서 확실한 것은 쓸모가 거의 없는 여권 하나뿐이었다. 내가 범죄자였다면, 어쩌면 바로 그런 여권이 가치가 있었을지도 모른다. 하지만 나는 작가였다. 그렇다고 내 '운명'을 비극적으로 받아들이지는 않았다. 내 책들은 외국어로 소박한 판형으로 조금씩 출판되기 시작하고 있었다. 바로 그 때문에 이틀간 열리는 문학 행사에 초대되어 포르투갈로 오게 된 것이다.

리스본에 대한 낭만적 이미지에 이끌려, 나는 모임이 시작되기 며칠 전에 묵을 수 있는 값싼 호텔을 예약해달라고 주최 측에 부탁했다. 그러나 호텔은 그다지 싸지 않았고, 작고, 낭만적이고, 오래되어 삐걱거리는 작은 부티크 호텔(내가 기대했던) 대신, 새로 지은 듯하지만 아무런 개성도 없는, 동유럽 호텔을 연상시키는 곳에 와 있었다. 접수대,

작은 바, 복도에는 오래된 담배 냄새가 배어 있었다. 나는 금요일 저녁에 도착했고, 문학 행사는 다음 주 수요일에야 시작이었다. 접수대에는 배려 깊은 주최 측이 남겨둔, 원고료가 든 봉투가 기다리고 있었다. 루아 카스틸료 거리는 텅 비어 있었고, 더럽고 바람이 불며 축축한 땅거미가 내려앉고 있었다.

아침이 되자, 나는 도시 전체가 약간 더럽고 기름 낀 유리를 통해 보고 있는 듯한 인상을 받았다. 나는 가장 먼저 들른 신문 가판대에서 산 가이드북과 지도를 거의 펼쳐보지 않았다. 스스로 도시적 본능에 이끌리게 두었고, 곧 내가 바라던 바로 그곳인 물가, 처음에는 바다라고 생각했던 타구스 강의 둑에 도착했다는 것을 알게 되었다. 나는 한 카페에 오래 앉아 아침 커피를 마시며 배에서 내려오는 사람들의 얼굴을 바라보았다.

이 후 걷다 보니, 나는 시끄럽고 좁은 거리들로 이루어진 어느 구역으로 들어갔다. 사람들은 길에 서서 말하고, 다투고, 서로에게 소리치고, 잡담을 나누고 있었다. 그을린 판잣집들 앞에는 채소, 고기, 생선, 와인을 파는 작은 즉흥적 노점들이 있었다. 계산대 주변에는 파리 떼가 소용돌이쳤고, 고양이와 개들이 몸을 틀며 다녔고, 행인들, 지역 주민들, 그리고 지역의 미치광이들이 뒤섞여 있었다. 나는 알파마에 있었다. 사방에서 밀려오는 소음의 웅성거림, 파리 떼, 뜨거운 아지랑이가 나를 어지럽게 했다. 나는 대서양 해안을 넘어 지중해의 한복판에 있는 듯한 기분이 들었다. 그렇게 나는 어리둥절하고 숨이 차오른 채, 그것의 심실들 가운데 하나를 기어가고 있었다.

나는 승객들이 포도송이처럼 달라붙어 있는 작은 개방형 트램을 타고 상 조르주 성까지 올라갔다. 성 위에서는 도시가 호화롭게 내려다보였다. 도시는 잘 익은 멜론 같았다. 수천 마리의 소란스러운 제비들이 갈라놓은 하늘 마저도 노랬다.

기억나는 길을 따라 로시우를 지나 호텔로 돌아왔다. 노란 아지랑이 속에서, 웬지 모르게 복권을 피는 사람들이 계속 눈에 띄는 것만 같았다. 어쩌면 정말 사방 곳곳에 있었는지도 모른다 … 호텔 방에 도착하자 나는 무겁게 취한 듯, 열대의 잠에 빠져들었다.

저녁이 되어 나는 바이루 알투로 올라갔다. 나는 가이드북에서 따뜻하게 추천한, 작고 값싼 식당들 중 하나에서 저녁을 먹을 생각이었다. 식당들 앞에 멈춰 서서, 밖에 붙은 메뉴를 신중하게 살펴보는 척을 했다. 그러던 어느 순간, 갑작스럽고 통제할 수 없는 공포감이 나를 덮쳤다. 그리고 한 식당 문 앞에서 마치 땅에 뿌리라도 내려버린 듯 서 있는 동안, 나는 한 젊은 남자의 얼굴을 보았다. 그는 옆 카페 문 옆 벽에 기대 서 있었고, 그와 마찬가지로 할 일이 없어 어슬렁거리는 젊은이들 무리에 둘러싸여 있었다. 그는 웃으며 무언가를 말했는데, 내가 그 가까이에 있음에도 불구하고, 그는 마치 흐릿해진 단체 사진 속 얼굴처럼 멀게 느껴졌다. 나는 마음이 다른 데 가 있는 채로 길을 내려갔고, 내가 어디로 가고 있는지도 정확히 알지 못했다.

그는 거리 끝에서 나를 기다리고 있었다. 그리고 내가 그를 지나칠까 봐 두려운 듯, 곧장 근처에 아는 곳이 있는데, 어딘가에서 함께 커피를 마실 생각이 있는지 물었다. "바이루 알투는 아직 이르죠, 여기의 삶은 자정 이후에야 시작돼요," 그가 덧붙였다.

우리는 어느 광장의 야외 카페에 앉았다. 그는 내가 어디에서 왔느냐고 물었다. 나는 간단히 대답했다. 그리고 각주라도 달듯 부연 설명을 했다.

"아하 … 보-림-테 …?"*

젊은 남자가 묻는 듯한 어조로, 다정하게 얘기했다.

---

* 보-림-테(Vo-lim-te): 사랑해요

"당신 나라에서 온 여자가 나한테 가르쳐줬어요."

그 젊은 남자는 내게 우리 식으로 말하면 '갈매기들'을 떠올리게 했다. 육십년대에 아드리아 해안에서, 처음 찾아온 외국 여자들을 즐겁게 해주던, 열 가지 다른 언어로 된 쉰 단어쯤을 레퍼토리로 삼던 그 젊은 남자들이다. 그는 유난히 듣기 좋은, 낮고 부드러운 목소리를 가지고 있었다. 그는 영어를 모르는데 대해 미안하다고 말했다. 그러나 그가 말하는 모든 것은 단순했고, 그래서 자연스러웠다. 그는 지갑에서 아름다운 젊은 금발 여성의 사진을 한 장 꺼냈다.

"내 약혼자였어요, 그녀는 노르웨이 사람이죠 ..." 그가 설명했다.

그러고는 부모님은 오포르투에 살고 있고, 거기에 집이 있으며, 그는 리스본에 혼자 있고, 이곳에 온 지는 몇 달밖에 되지 않았지만 여기에서 태어났으며, 그는 세계 여러 곳에서 살아왔고, 가장 오래 산 곳은 브라질이며, 한동안은 독일에서도, 물론 노르웨이에서도 살았고, 근처에 임대한 아파트가 있고, 이곳에 정착해보려고 하고 있으며, 기념품 가게에서 판매할 보석을 만들어 생계를 꾸리고 있고, 리스본은 틀림없이 세계에서 가장 좋은 곳이라고 말했다.

그 젊은 남자의 단순한 삶의 이야기는 나를 감동시켰다. 그는 매우 고운, 슬퍼 보이는 얼굴을 하고 있었고, 도톰한 입술과 크고 아몬드 모양의 짙은 눈, 목덜미 즈음오는 윤기 나는 검은 머리를 하나로 묶은 포니테일로 하고 있었으며, 소년 같은 체구를 지니고 있었다.

"페르난두 페소아, 우리 시인이에요 ..."

젊은 남자가 약간의 자부심을 담아 말하며, 앉아 있는 시인의 청동 조각상을 가리켰다.

습하고 끈적한 땅거미가 풍요롭고 낡아가는 외관들을 지닌 광장 위로 내려앉고 있었다.

"바이루 일투를 제가 구경시켜 드릴끼요?"

젊은 남자가 상냥하게 물었다.

함께 길을 올라가면서, 나는 그의 가벼운 걸음을 따라가는 것이 힘들어지고 있다는 것을 알아차렸다. 나는 숨을 돌리기 위해 잠시 멈춰섰다. 젊은 남자는 좁은 통로 안으로 사라졌다. 그러더니 그는 다시 밖을 내다보며, 나에게 다정하게 손을 흔들고 말했다.

"어디 계세요? 이쪽으로 오세요, 여기 지름길이 있어요 ..."

그리고 그는 손을 내밀었다. 나는 잠시 주저했지만, 곧 그 손을 잡았다.

그 이후의 일들은 거의 기억나지 않는다. 빠르게 취한, 밤의 질주 같았고, 이어지지 않는 이미지들의 연속이었으며, 악몽 같았다. 나는 바 뒤에 서 있던 한 동성애자의 드러난 강한 팔, 작은 잔에 담긴 포트와인, 그리고 땅거미의 이슬처럼 손님들을 감싸던 파두*의 소리를 기억한다. 취한 네덜란드인이 있었고, 그레이하운드처럼 생긴 어떤 폴란드계 포르투갈 남자, 혹은 포르투갈계 폴란드 남자는 나와 동행한 그의 손에 돈을 쥐여주고는 그 대가로 작은 해시시 덩어리를 건넸다. 그리고 막무가내로 보이는 한 영국인과 현지 창녀인 그의 친구도 있었다. 내 동행이 한 손으로 거리낌없이 마약을 말던 모습이 기억난다 ... 어떤 젊은 여자가 그에게 다가와 끌어안고 키스했을 때 스쳤던 질투 또한 아릿하게 기억한다. 그리고 점점 더 잦아지던 그의 손길, 내 목에 닿던 다정한 입맞춤. 그가 너무 늦기 전에(늦기 전에 가자고?) 택시를 타고 떠나자고 나를 설득하던 것도 기억난다. 리베르다데 대로의 벤치에서 뜨겁고 무거웠던 그 밤의 열정을 기억한다. 지나가는 차

---

* 파두: 슬프고 애절한 멜로디가 특징인 포르투갈의 대표적인 민속 음악

들의 불빛이 우리를 계속 비추던 순간들, 그리고 그가 나에게 열정적으로, 촉촉하게, 다정하게 입맞추던 것을 기억한다.

호텔 프론트 직원이 보인 비웃는 듯한 눈길도 기억한다. 한밤중에 깨어났을 때, 거의 형광처럼 흐르던 젊은 남자의 진주빛 척추선, 좁고 소년 같은 엉덩이, 어둑한 윤기가 감도는 그의 풀린 머리칼을 바라보았던 것을 기억한다. 욕실 거울 속에서 보인 내 얼굴의 빛, 그 순간 들이켰던 숨, 알아채지도 못한 사이 얼마나 늙어버렸는지 깨닫게 했던 통증 같은 생각과 절망 속으로 가라앉듯 다시 잠들었던 것까지. 밤중에 손을 뻗었다가, 그를 만질 용기가 없어 멈춘 축 늘어진 무거운 손을 기억한다. 다음날 아침, 그가 다시 같은 열정으로 나에게 키스했던 것도 기억한다. 그리고 마지막으로, 문 앞에서 마치 무언가를 기대하듯 멈춰 섰을때 보인, 파란색과 검은색 체크 셔츠를 입은 그의 비범하게 곧은 등을 기억한다 ...

"저녁에 올게요," 그는 뒤돌아보지 않은 채 말했다.

그가 떠난 뒤, 나는 오래도록 무겁고 뜨거운, 반쯤 잠든 상태로 누워 있다가 마침내 일어났다. 방 금고에 남겨둔 돈과 가방 속 지갑을 확인해야겠다는 생각이 들었다. 모든 것이 그대로 있었다. 그래, 나는 늙은 여자였다. 실제 나이보다 훨씬 더 늙은.

나는 오후 내내 어둑한 호텔 방에서 텔레비전에 나온 브라질 드라마를 보며 보냈고, 단 한 마디도 알아듣지 못했지만, 눈물이 흘렀다.

내 소년은 나타나지 않았다. 그의 이름은 안토니오였다.

다음 날 나는 스스로를 벌하듯 리스본을 돌아다녔다. 나는 옛 시가지의 케이블카인 산타 주스타를 올라갔고, 카르무 수도원의 오래전에 금이 간 돔을 통해 노르스름한 푸른 하늘을 오래 바라보았고, 벨렝에 갔으며, 제로니무스 수도원 주변을 오랫동안 거닐었고, 굴벤키안 미술관과는 반대 방향으로 걸어갔다. 나는 어디서나 안토니오의 고운,

슬퍼 보이는 머릿결을 찾아 헤맸다.

저녁이 가까워질 무렵, 호텔 방에서 나는 몸을 떨며 스스로를 다잡았다. 마치 보이지 않는 끈으로 자신을 억눌러 붙잡듯, 나는 바이루 알투로 가지 않았다. 늦게 밖으로 나가 자정까지 도시의 거리들을 헤매며 거지들, 약물중독자들, 노숙자들을 마주쳤다. 끈적하면서 달콤한 맛이 섞인 바람을 맞으며, 나는 리베르다데 대로를 따라 호텔 쪽으로 올라갔다. 어느 순간 스쳐 지나가는 시선 속에서, 내가 갑자기 싸구려 연애소설의 여주인공처럼 보였다. 나는 욕망에 시달리고 있었다. 단지 그것뿐이었다. 그를 한 번만 더 보고 싶다는 욕망에 미쳐가고 있었다 ... 나는 잊고 지냈던 사탕 하나의 맛을 입안에서 굴려보았다. 굴욕의 맛, 달콤한 열병, 내면의 항, 무력한 복종의 맛이었다. 호텔에 돌아와 나는 프론트 직원을 응시하며, 혹시 나를 불러 전해줄 메시지가 있다고 말해주지 않을까 기대했다. 프론트 직원의 비웃는 듯한 시선은 내가 엘리베이터로 향하는 동안 줄곧 나를 따라왔다.

화요일에는 카이스 두 소드레 역에서 기차를 타고 에스토릴과 카스카이스로 갔다. 나는 가이드북을 충실히 따랐다. 마치 관광객다운 복종이 그를 다시 보고 싶은 욕망으로부터 나를 지켜줄 것처럼.

저녁이 되자 나는 보이지 않는 목줄에서 벗어나 바이루 알투로 서둘러 갔다. 오래된 도심 구역은 들뜬 내 심장의 박동에 맞춰 뛰고 있는 듯했다. 나는 좁은 골목들을 걸었고 작고 어두운 선술집들 앞에 멈춰섰다. 동굴 같은 공간에서는 현지 사람들이 텔레비전을 보고, 카드놀이를 하고, 와인을 마시고 있었다. 한 바에서는, 흐린 불빛 아래 나이 든 여자들이 앉아 있었고, 그곳에서 젊은 미녀를 그린 큰 유화 한 점이 내 눈길을 끌었다. 그때 말라붙은 듯한 늙은 여인이 내 시선을 알아차리더니, 마치 악몽에서 튀어나온 유령처럼 문 쪽으로 다가왔다. 그리고 그림을 바라본 뒤 한숨을 쉬고, 고개를 끄덕이며 텔레비전을 넋 놓고 바라보고 있는 한 뚱뚱한 노파를 가리켰다. 그녀가 바로 그 초상화 속 소녀였다. 그 슬픈 팬터마임, 삶의 덧없음을 보여주는 그 짧은 교훈, 삶이라는 우주선에서 괴이한 스튜어디스처럼 앞길을 가리키던 그 늙은 여자는, 어떤 막연한 상실감을 품은 날카로운 칼날처럼 내 마음 깊숙한 곳을 찔렀다.

짜증스럽고 축축한 바람이 내 짜증을 더욱 부추겼다. 나는 빌리 홀리데이의 목소리에 이끌려 한 바에 들어가 앉아 포트 와인을 주문했다. 빌리의 넋을 빼놓는 목소리가 담배 연기로 가득한 공기 속에서 맴돌았다. 입안의 포트 와인 맛 때문인지, 욕망 때문인지, 나는 기운이 빠졌다. 흑인 남자들이 골반을 힘차게 흔들며 춤추고 있는 또 다른 바에서 나는 두 번째 포트 와인을 마셨다 ... 세 번째 바에서는 파두의 소리에 사로잡힌 채 앉아 있었고 고집스럽게 안토니오의 곱고 슬픈 얼굴을 기다렸다 ...

그 당시 나는 안토니오를 찾고 있었다는 것이 곧 이야기의 참된 끝을 찾고 있었다는 것을 알지 못했다. 그리고 내가 그를 다시는 볼 수 없다고 확신한 순간 어디선가 나타나, 마치 약속이라도 한 사람처럼 내 테이블에 앉은 다음 내 뺨에 입을 맞춘 뒤 낮은 목소리로 말했다. "가요 ..."

사랑 장면을 묘사하는 글은, 가장 뛰어난 소설에서조차 늘 외설의 경계에 걸려 있다. 뛰어난 사랑 장면을 만들어주는 것은 작가의 묘사 솜씨가 아니라, 결국 이야기, 맥락인 듯하다. 나는 그 맥락을 갖고 있지 않았다. 나는 포르노 장르의 벌거벗은 공식 속으로, 쥐덫에 걸려든 것처럼 빠져버린 것이다.

안토니오는 한숨을 쉬었고, 우리는 섹스 후에 담배에 불을 붙였다. 안토니오는 연기를 한 번 내뿜더니 얼굴을 찡그렸다.

"무슨 일 있어?"

그는 크고 약간 사선으로 기울어진 짙은 눈으로 나를 바라보며 쓰게 말했다.

"우리 둘은 서로 같지 않아요, 그게 문제예요."

"어떻게 ... 같지 않다는 거야?"

나는 조심스럽게 물었다.

그 다음에 올 말이 분명 우리 나이 차이에 관한 것이라 확신하면서.

"나는 문제가 있는 남자예요 ..." 안토니오가 담담하게 말했다.

우선 '문제가 있는 남자'는 말하기를 거부했다. 그러다 마침내 말을 꺼내자, 나는 그의 이야기를 따라잡으려 애쓰며 허겁지겁 뒤쫓았다. 그의 이야기는 끊기고, 터지고, 미끄러져 사라지고, 속임수처럼 뒤틀렸다. 알고 보니 그는 다음 날까지 집세를 내야 했고, 그렇지 않으면 집주인이 그의 전재산인 값비싼 재료들과 보석 세공 도구들을 압수할 것이라고 했다. 그 금액은 상당했고, 리스본에는 그에게 돈을 빌려줄 사람이 아무도 없었다. 또한 그는 부모에게도 빌릴 수 없었다. 그들은 그와 아무 연관도 있고 싶어하지 않았기 때문이다. 알고 보니 그의 아버지는 살라자 정권이 무너진 뒤 도망친 파시스트였고(브라질로? 독일로?) ... 그리고 그가 떠난 것을 하느님께 감사했다. 그는 평생동안 가족 모두를 학대한, 빌어먹을 술꾼이었다. 하지만 어머니라고 다를 바 없었다. 그녀는 남편이 떠나기를 기다렸다는 듯이 그가 떠나자마자 숨통이 트인 사람처럼 자유의 공기를 만끽했다.

"집에 돌아와 보니 재떨이에 담배꽁초가 가득한 걸 발견했는데 정말 끔찍했어요. 어머니는 담배를 피우지 않았거든요," 그가 슬프게 말했다. 그리고 알고 보니 그는 독일에서 일해 마련한 집을 독일 여자였는지 노르웨이 여자였는지 모를 아내에게 그대로 남겨두고 떠났다는

223

사실도 드러났다. 그는 그녀가 다른 남자와 함께 침대에 있는 모습을 목격했고, 그녀에게 역겨움을 느껴 문을 쾅 닫고는 영영 그 집을 떠났다고 했다. 그 순간부터 그의 삶은 돌이킬 수 없이 내리막으로 굴러떨어지기 시작했다.

안토니오는 '돌이킬 수 없이 내리막으로 굴러떨어지는 삶' 이라는 말을 엄지를 아래로 꺾어 보이며 분명하게 설명했다.

그 나라 언어를 모르는 사람이 그 언어로 거짓말을 할 때는 어딘가 거부할 수 없는 매력이 있었다. 안토니오의 문장들은 단순했고, 어떤 감상적 요소도 없었다. 만약 그가 포르투갈어로 거짓말을 했다면 거짓말은 아마도 금방 들통났을 것이다. 그러나 더듬거리는 영어로 말하니 그 말은 오히려 진실처럼 들렸다. 하지만 다른 한편으로 그의 말은 내가 알지 못하는 현실을 감추고 있었고 나는 상상력을 불러와야 했다. 그것은 최근 이 방에서 대낮에 보다가 눈물을 흘렸던 말았던 브라질 연속극의 습기를 잔뜩 머금은 상상이었다. 비록 포르투갈은 브라질이 아니고, 인생이 연속극도 아니지만, 모든 것이 어느 순간 한 데 뒤엉켰고 나는 그를 위로하며 말했다. "인생은 예측할 수 없어요 안토니오, 지금은 패배자처럼 서 있지만 다음 번에는 이기고 있을지도 모르죠..."

가장 놀랐던 것은 어둠 속에서 그 천박한 문장을 내 입으로 말하는 순간, 나 자신조차 그렇게 믿었고 거의 감동까지 받았다는 사실이다. 안토니오는 나를 끌어안고 슬프게 한숨을 내쉬었다. 우리는 오래, 그리고 열정적으로 키스했다. 삶이 돌이킬 수 없이 내리막으로 미끄러지고 있다는 작은 일장 연설 따위는 우리의 욕망을 조금도 약하게 만들지 못했다. 오히려 그 반대였다.

아침이 되자 안토니오는 급히 옷을 챙겨 입고 문 쪽으로 향했다. 그러다 이내 두 팔을 들어 올리더니, 힘이 빠진 사람처럼 침대에 앉아 내곁에서 아름다운 머리를 두 손에 파묻었다.

"어쩌면 좋지?" 그가 절망적인 목소리로 물었다.

우리는 그의 사정을 처음부터 다시 훑어보았다. 친구? 그는 친구가 없었다. 리스본에 온 지 몇 달 되지 않아 친구를 사귈 시간도 없었다. 형제? 친척? 형제는 있었지만 사이가 좋지 않았다. 그들은 절대 그에게 돈을 빌려주지 않을 것이다. 평생 그를 미워해왔기 때문이다.

연기 신청? 말도 안 되는 일이었다. 집주인은 경찰을 부르겠다며 위협하고 있었고, 그는 결국 감옥에 가게 될 터였다... 돈벌이? 이렇게 빠른 시간 안에 그 금액을 벌 방법은 없었다. 아니, 방법이 아주 없지는 않았다. 게이 몇몇이 게이 바에서 스트립 쇼를 할 수 있는 자리를 소개해준 적이 있었고, 그는 예전에 술에 취해 장난 삼아 한 번 춰본 적이 있었으며, 그때는 꽤 즐기기까지 했다. 그는 게이는 아니었지만 게이에 대한 반감도 없었다. 그러나 그 일로도 당장 돈이 들어오지는 않을 것이었다... 그는 어떤 출구도 보이지 않는다고 했다. 감옥에 갈 것이다. 물론, 감옥은 돌이킬 수 없이 내리막으로 미끄러져온 삶이 도달하는 합당한 결말이기도 했다...

안토니오는 내 마음을 산산이 부수고 있었다. 그게 갑작스레 찾아온 아침의 연애적 허약함 때문이었는지, 혹은 잠 못 이룬 밤 때문이었는지, 아니면 내 침대 위에 자리를 잡고 앉은 그 유혹적인 절망 때문이었는지 모르지만 나 역시 무너져버렸다. 나는 숨을 몰아쉬며 그에게 말했다. 내 나라에서는 전쟁이 벌어지고 있고, 나는 어디로 가야 할지 무엇을 해야 할지 모르겠고, 나는 이 세상에 혼자며, 다음 날 내게 무슨 일이 일어날지도 모르겠고, 실제보다 더 괜찮은 척하는 데 지쳤고, 나는 보호자도, 집도 없다고... 이것은 모두 사실이었다. 물론 나는 결코 이런 방식으로 해석하지 않았을 것이다. 나는 스스로를 그렇게 느끼고 있지 않았기 때문이다. 내 진실은 메스꺼운 '연속극'에 가까웠고 내 말이 감추고 있는 현실을 모르는 안토니오는 그런 진실을 진실로 받아들일 수 없었다. 그에게는 그것이 거짓말로밖에 들리지 않았을 것이다.

그러나 진짜 진실은 다른 데 있었다. 갑작스러운 내 말의 홍수가, 거짓이든 진짜이든 안토니오를 곤경에서 구해야 한다는 나의 거부할 수 없는 충동을 잠시 미뤄놓는 데 지나지 않는다는 것을 나는 느꼈다. 안토니오는 아무 말도 하지 않았다. 그는 다만 연민 어린 마음으로 나를 끌어안았다.

나는 그의 품속으로 파고들며 울음을 터뜨렸다. 그렇게 울어본 것은 오랜만이었다. 울 기회가 없었으니까. 한 팔로 나를 끌어안은 채, 안토니오는 재빨리 셔츠와 바지 단추를 풀었다. 그는 점점 더 짜고 더 뜨거워지는 내 눈물을 입술로 닦아주었고, 한순간 우리는 세상에 둘 뿐인 것처럼, 서로 닮은 비애 속에 함께 있는 듯했다. 그러다 담배를 피우지 않았는 안토니오 어머니 방 재떨이에 수북이 쌓여 있던 담배꽁초들이 떠올랐다. 그리고 나는 모든 것을 잊은 채 자신을 내맡겼다 ... 그 뒤, 아직 잠기가 가시지 않은 채 나는 그의 품에서 몸을 빼내 금고로 가서 내 대가가 들어 있는 봉투를 꺼냈다.

"받아!" 내가 말했다.

그는 결국 나를 무너뜨릴 거라는 걸 알고 있었다. 어떻게 알았냐고? 그가 돈을 받아드는 방식에서 알 수 있었다. 마치 도심을 지나던 어느 부유한 남자가 지갑과 신용카드와 수표책을 도둑맞은 뒤, 잠시 도움을 구하며 태연하게 돈을 받는 것처럼, 안토니오는 다정하게 감사하다고 말했고 일요일까지 돈을 갚겠다고 약속했다. 그는 내가 일요일에 떠난다는 것을 기억하고 있었다. 문간에서 그는 멈춰 섰다. 검은색과 푸른색이 섞인 체크무늬 셔츠 위로 유난히 곧은 그의 등은, 무언가를 기다리고 있는 듯한 인상을 주었다.

"오늘 밤 올게," 그는 돌아보지 않은 채 말했다. 나는 그가 오지 않을 것이며, 이것이야말로 이야기의 진짜 끝이라는 걸 알고 있었다. 그리고 그가 문을 닫고 나가자, 문득 이런 생각이 들었다. 안토니오는 내 인생에서 내가 돈을 지불한 첫 번째 연인이었다. 그러자 바리오 알토의 선술집에 있던 그 늙은 여자의 모습이 떠올랐다, 그 승무원이든, 교통안내원이든 뭐든 간에 …

오후에 나는 호텔에서 학회 운영진들과 공식 오찬을 가졌다. 마침내 나는 '내 사람들'과 함께, 확실한 자리에 있었다. 나는 안도하며 안토니오를 잊어버렸다. 점심 자리에서 우리는 책에 대해, 포르투갈 문학에 대해, 우리의 모임 프로그램과 참가자들에 대해 열정적으로 이야기했다. 공항에서 막 도착해 같은 호텔에 체크인한 P.가 우리와 합류했다. 우리는 다음 날 학회로 이동할 차를 예약했고, 그 뒤 주최 측은 자리를 떠났다.

"잘 지내?" 잠시 침묵이 흐른 뒤, P.가 내 얼굴을 유심히 바라보며 물었다.

이사크 바벨은 이런 글을 썼다. "잘 짜인 이야기가 실제 삶을 닮아야 할 이유는 없다; 삶이야말로 온 힘을 다해 잘 짜인 이야기를 닮으려고 애쓴다."

물론 나는 P.가 이 문학 모임에 참여할 것을 알고 있었다. 다른 참가
자들 이름 사이에서 그의 이름을 본 적이 있었다. 단지, 내 이름을 목
록에서 보고 그는 빠질지도 모른다고… 그렇게 바랐을 뿐이었다. 그렇
다, 온 힘을 다해 잘 짜인 이야기와 닮아가려는 삶 속에서처럼, 내 맞
은편에는 나의 옛 연인, '내 인생의 사랑', 그를 위해서라면, 그리고 그
와 함께라면 '죽을 준비가 되어 있었던' 그 남자가 앉아 있었다. 여기,
손만 뻗으면 닿는 곳에, 여러 해 동안 나를 괴롭혀온 악몽이 앉아 있었
고, 너무 오랫동안 나를 뒤흔들어놓았던 사랑의 열병이 있었고, 나의
약점, 결코 아물지 않았던 상처가 있었다 … 나는 그 순간 그를 격렬하
게 미워했던 것 같다.

"잘 지내," 나는 웃으며 말했다. "물론이지, 아주 잘 지내." 그리고 왜 그
말을 덧붙였는지 알 수 없었지만, 혹시 다른 계획이 없다면 그날 저녁
바리오 알토를 구경시켜줄 수 있다고 말했다. 그에게는 아무 계획도
없었다.

한 지인이 자신의 사랑 이야기를 들려준 적이 있다. 그는 열일곱 살 무
렵, 자기 또래의 한 소녀와 사랑에 빠졌다. 둘은 대략 3년 정도 만났지
만 결국 관계는 무너졌다. 그녀는 결혼했다. 그는 그 뒤로 그녀를 본
적이 없었다. 세월이 흐르고, 그는 결혼하지 않았고, 그녀를 자주 떠올
렸다. 그러다 어느 날 그녀가 과부가 되었다는 소식을 들었다. 바로 다
음 날 그는 거리에서 그녀를 우연히 만났고, 그녀가 그동안 줄곧 자기
와 아주 가까운 동네에 살고 있었다는 사실을 알게 되었다. 그녀에게
는 다 큰 딸이 있었다. 그들은 다시 사랑에 빠졌고, 그 사랑의 온도가
예전과 다르지 않았다고 내 지인은 설명했다. 그들은 달콤하지만 어
려운 첫 나날들을 보냈다. 그녀는 그가 함께한 젊은 날의 경험을 이야

기할 때마다, 그 기억들이 사실은 다른 여자들과의 경험 아니었느냐고 그를 몰아붙였다.

"그건 사실이 아니야!" 그녀는 울며 말했다. "당신이 말하는 일들이 있었을지 모르지만, 그건 다른 여자와 있었던 일이야!"
내 지인은 그것이 사실이라고, 자신은 모든 세세한 일까지 정확히 기억하고 있다고, 문제는 오히려 그녀가 잊어버렸다는 데 있다고 다독였다고 했다.

그밖에는 모든 것이 똑같았고 거의 변한것이 없었다. 손은 기억을 품고 있다. 변하는 것은 향기뿐이다. 그 시절 그녀는 젊은 소녀의 향기가 났고, 지금 그녀는 성숙한 여자의 향기가 났다.

나는 우리가 다시 만나게 되는 장면을 여러 번 상상하곤 했다. 언젠가 정말 다시 만나게 된다면 서로에게 어떤 말을 건네게 될지, 어떻게 행동하게 될지, 자연스럽게 굴 수 있을지 ...

그런데 지금 우리는 프리마베라*라는, 어딘지 아이러니한 이름의 레스토랑에 앉아, 마치 세상에서 가장 자연스럽게 주문할 음식을 고르고 있었다. 우리 둘 중 누구도, 함께 공유했던 과거의 실타래를 잡아당기려 하지 않았다... 나는 내내 P.가 얼마나 기억하고 있는지, 혹은 기억하고는 있는지, 그리고 내 기억이 그의 기억과 얼마나 다른지를 궁금해했다. 마치 내가 무슨 생각을 하고 있는지 눈치라도 챈 듯, 그는 우리 공동의 과거라는 영역으로 내가 조금도 파고들 틈을 주지 않도록 조심했

---

* 프리마베라: 포루투갈 어로 '봄' 이라는 뜻.

다. 그는 오래전에 내 몫을 내게 남겨두고, 자신의 몫을 가져간 채로, 그 둘을 잠시라도 다시 이어 붙이려는 기색조차 보이지 않았다.

사실 P.는 일상과 닿아 있는 어떤 이야기든 피했다. 그는 나에게 지금 어떻게 지내는지, 어디에서 살고 있는지, 무엇을 하고 있는지 묻지 않았다. 내 옛 나라에 대해, 전쟁에 대해, 그리고 그동안 정말 많은 일이 있었지만 그동안 무슨 일들이 있었는지 그 어떤 것도 물으려 하지 않았다.

P.는 자신을 철통같이 가두었다. 그 표현이 정확했다. 자신의 최근 출간한 소설을 설명하는 이야기 뒤에 숨어있었다. 그 소설은 지루했다. 어쩌면 실제보다 훨씬 더 지루하게 느껴졌다. 나는 그의 말을 들으며 내 귀를 의심했다. 그 순간의 나는 그 장면 전체가 일종의 그로테스크한 꿈처럼 느껴졌다. 마치 P.가 저 먼 하늘에서 낙하산을 타고 떨어져 리스본의 어느 레스토랑 테이블에 앉아, 새우를 게걸스럽게 먹어치우고, 와인으로 넘기며, 자기 소설 이야기에 스스로 질식하고 있는 것만 같았다! 아마 P.는 자신의 소설 이야기가 일종의 구원용 탐폰이라고 (구원은 나를 위한 것이지만!) 충분히 중립적이면서도, 동시에 그가 나와 공유할 수 있는 친밀한 영역이라고 생각한 모양이었다. P.는 분명 자신의 작품 이야기를 간접적인 유혹의 한 방식으로 여긴 듯했다. 그의 나이에는 그 방식이 적절했고, 그에게 아무런 책임도 없는 수단이었으니까.

"빌어먹을 남자 셰헤라자데!" 나는 속으로 투덜거렸다. P.의 이런 전략은 내게 기억의 상자를 열어보려던 희망을 산산이 부숴버렸고, 그럴 마음조차 완전히 앗아갔다.

"네 마음은 어디에 있는 거야, P.?," 나는 절망스럽게 속으로 중얼거렸다. 나는 P.가 내가 원했던 기억의 드라마에 대한 권리를 어떻게 박탈하고 있는지를 생각했다. 그것은 살인만큼이나 가혹한 일이었다. 동시에, 그것은 P. 자신의 자멸이기도 했다.

사랑이라는 씹던 껌을 더 늘려보고, 그 탄력을 시험해보고, 맛이 남아 있는지 확인하고, 자기 과거의 냄새를 맡아보고, 조금이라도 더 얻어내고, 조금이라도 더 두드려보고, 조금이라도 더 끌어내보고, 작은 금고를 흔들어 마지막 동전을 꺼내보고, 빚을 다시 불러모으기 위해 ...우리가 호텔로 돌아왔을 때, 우리는 피할 수 없는 일인 것처럼 같은 침대로 갔다. 우리는 서로의 냄새를 맡아야 했고, 그렇게 많은 세월이 지난 뒤에 어떤지 확인해야 했다. 여전히 좋은 냄새가 나는지 아니면 나쁜 냄새인지, 우리의 입술이 기억하고 있는지, 우리의 성기가 여전히 젖어들 수 있는지 ...우리는 방탕함 때문에, 탐욕 때문에, 우리가 획득했다고 믿었던 어떤 권리 때문에, 어쩌면 미지근한 애정 때문이었을지도 모르는, 잠시 스쳐가는 경건함 때문이었을지도 모르는, 기념적 이유들 때문에, 증오 때문에, 호기심 때문에, 서로를 자기 권력 안에 붙잡아두고자 하는 욕망 때문에, 다시 한번 이기기 위해, 다시 한번 지기 위해, 무엇이 남아 있는지 확인하기 위해, 서로를 다치게 하지 않기 위해, 서로를 다치게 하기 위해 침대로 갔다 ...

중간중간 스스로 무엇을 하고 있는지 의문을 품고 멈춰 서는 듯이 두 몸이 느리게 움직였다. 나는 P.와 나의 과거에 인공호흡을 불어넣었지만, 성공을 기대할 수는 없었다. 나는 그에게 의무처럼 짜낸 존중을 억지로 받아냈고, 그를 벌했고, 나 자신도 벌했다 ... 그리고 그게 전부였다. 내가 상상 속의 서랍과 실제 서랍 속에서 귀하게 지켜온 나의 몫,

나의 기억은 갑자기 가치가 사라지며 유통기한이 지나버린 지폐 뭉치 처럼 변해버렸다.

아침이 되자, 그는 내 방에 없었고, 나는 그 점에 감사했다. 나는 시체 와 함께 잤다고 생각했다. 이제는 아무것도 남지 않았다. 더는 고통도 없다. 곧 사라질, 미약한 메스꺼움만이 남아 있을 뿐이었다 …

나는 학회가 리스본 밖에서 열린다는 사실을 듣고 주최 측에 감사했 다. 우리는 이행기 문화의 변화, 민족 문화에서 나타나는 퇴행적 개념 들의 현상, 작가의 역할, 그리고 지적 헌신에 대한 최신 개념을 이야 기했다. 토요일 오후, 주최 측과 작별을 나누고 리스본으로 돌아왔다. P.와 나는 다음 날 아침, 거의 같은 시간에 떠나기로 되어 있었다. 내 제안으로 그날 저녁도 프랑스에서 온 몇몇 동료들과 함께 바리오 알 토의 한 레스토랑에서 같이 시간을 보냈다.

안토니오의 흔적은 전혀 보이지 않았다. 어둑한 거리 위로 장미 파는 사내만이 지나갔다. 그는 턱시도와 흰 장갑을 끼고 있었고, 반짝이는 짙은 머리는 목덜미에서 하나로 묶고 있었다. 그는 마치 무게가 없는 사람처럼 어둠을 가르며 앞으로 걸어갔고 그보다 앞선 그의 장미 바 구니는 공중에 떠서 움직이는 것처럼 보였다. P.는 내게 장미 한 송이 를 사주었다. 나는 그것을 한 절름발이에게서 받는 것 같은 느낌을 강 하게 받았다.

아침이 되자 공항으로 떠나기까지 두어 시간이 남아 있었고, 나는 P.에게 산책을 하고 오겠다고 말했다. 그는 처음에는 함께 가겠다고 했지만, 갑자기 마음을 바꿔 호텔 로비에서 기다리는 편이 좋겠다고 말했다. 나는 로시오쪽으로 걸어갔다. 며칠 동안 계속 불던 바람이 처음으로 잦아들었고, 거리는 반짝이고 있었다. 나는 파두 음악 기념 카세트를 하나 사려고 했는데, 길가의 카페에서 문득 내가 찾고 있던 바로 그 사람을 보았다. 그는 혼자 커피를 앞에 두고 앉아 있었다. 나를 보자 그는 웃고, 손을 흔들고, 일어서서 내 뺨에 입을 맞추었다. 나는 기념 카세트를 사려던 생각을 접고, 마치 사랑 영화의 행복한 결말처럼, 아베니다 다 리버르다데*를 천천히 걸어 호텔로 돌아갔다. 가는 길에 안토니어는 집세를 해결했고, 모든 것이 잘 되었다고, 어머니가 그를 보러 왔고, 아버지도 전화를 했으며, 어쨌든 가족이니까, 형제가 갓난아기의 대부가 되어달라고 했다고 말했다... 안토니오의 전형적인 가톨릭식 해피엔드 이야기는 나를 지루하게 했다. 그는 돈 이야기는 꺼내지 않았다. "당신은 나를 잊을 거죠, 그렇죠?" 그가 다정하게 말했다, 내가 듣고 있지 않다는 걸 알면서도.

내리쬐는 아침 햇빛 아래에서 나는 그의 크고 아몬드 모양의 눈가에 아주 미세한 두 줄의 주름을 보았고, 담배 연기로 약간 누렇게 빛이 바랜 치아의 코팅막을 보았다 ... 갑자기 따뜻한 아쉬움, 어쩌면 연민 같은 감정이 밀려왔다. 나는 그의 뺨에 내 뺨을 기댔고, 우리는 잠시 그렇게 서로 밀착한 채 서 있었다. 더 이상 할 말은 없었다.

안토니오와 내가 서로 기대 선 채 서 있는 동안 길 건너편에서 P.를 보았다. 그리고 그 역시 우리를 본 것 같았지만, 그는 고개를 돌려 우리를 못 본 척했다. 그 순간, 바로 이 리스본에서 삶이 어떤 이야기를 하

---

* 아베니다 다 리버르다(Avenida da Liberdade) : 자유의 대로라는 뜻으로, 리스본 중심을 가로지르는 유명한 거리 중 하나.

려 했다는 생각이 떠올랐다. 그 이야기가 좋든 나쁘든, 그것을 판단하는 것은 나의 몫이 아니었다. 길 건너편에서는, 소설을 쓰는 삶에서처럼, 나의 과거가 나를 못 본 척하며 지나가고 있었다. 나는 삶이 우리 삶의 비밀스러운 지리 속에서(나의, P.의, 그리고 누가 알겠는가, 어쩌면 안토니오의) 결코 만날 수 없었을 점들을 굳이 이곳에서 이어 놓으려 했다는 사실을 곰곰이 생각했다. 이 경우, 삶은 정말로 작가를 능가하려 하고 있었다.

나는 다시 생각했다. 내가 첫날 뜨거운 아지랑이 속에서 경험했던 리스본, 복권을 파는 사람들의 도시처럼 보였던 그 리스본이 어쩌면 정말로 그런 도시일지 모른다는 것을. 진부함의 힘은, 대부분의 경우 그것이 사실이라는 데 있다. 삶은 정말로 예측할 수 없다. 한순간 우리는 패자이고, 다음 순간 우리는 승자가 된다. 리스본에서 나는 보이지 않는 복권 한 장을 산 셈이었고, 다만 그 결과를 아직 알지 못했을 뿐이다.

나는 안토니오라는 아마추어가 우리의 '포르노' 에피소드를 하나의 이야기로 만드는 데 성공했다는 사실을 생각했다. 그것이 사랑 이야기였는지는 나도 알지 못했다. 다만 이야기에는 다정함과 욕망이 모두 빠져 있지 않았다는 것은 사실이다. 반면, P.라는 프로 작가는 위대하고 격렬하고 오래 지속되었던 우리의 사랑 이야기를, 비참하고 흐느적거리는 하나의 '포르노' 에피소드 수준으로 축소시켜버렸다. 물론, 거기에 내가 일조한 것도 사실이다.

P., 내가 너무나 잘 알고 있다고 생각했던 그는 갑자기 나에게서 멀어져 있었다. 안토니오, 내가 전혀 알지 못했던 그는 갑자기 나와 가까워져 있었다. 게다가 우리는 서로 동등해 보였다. 어차피 우리 둘 다 길 위에서 속임수를 파는 장사꾼이 아니었던가, 작은 공들을 바람처럼 빠르게 저글링하며, 지금 보였다가 금세 사라져버리는, 우리의 기

234

술은 설득하는 기술, 다음 순간 비눗방울처럼 터져버릴 마술을 만들어내는 기술을 가진. 차이가 있다면, 안토니오가 그 기술에 더 능했다는 점이다. 그리고 문학 이야기를 덧붙이자면, 그는 더 나은 '작가'였다. 더 풍부한 마음을 가지고 있었고, 기꺼이 위험을 감수할 준비가 되어 있었다. 벌기도 했다. 하지만 내가 더 서투름에도 불구하고 더 많이 벌게 될 것이다. 불행하게도 세상사가 원래 그렇다. 나는 그에게 내 대가를 건넸고, 그건 그가 번 것이다. 그의 말솜씨, 설득의 기술로. 그렇다, 안토니오는 나의 자매로, 우리는 내면이 같은 이 세상에 서로 닮은 두 고아다 ...

"아니, 널 잊지 않을 거야 ..." 내가 속삭였다.

"어디 갔다 오는 거야?" P.는 나를 보지 않은 채 거칠게 물었다.

그 목소리의 어조에서, 나는 내가 잘못 생각한 것이 아니라는 걸 알았다. P.는 정말로 길 건너편을 지나가며 우리를 보았고, 고개를 돌려 못 본 척했었다. 그 어조는 이 모든 시간 동안 우리 사이에 처음으로 스친 친밀함이었고, 처음으로 생긴 균열이었다.

"산책하러 ..." 거짓말은 내 쪽에서 건네는 첫 번째 친밀함이었다. 내민 손, 일종의 화해로의 초대였다.

"슬슬 가야지 ..." 그가 쏘아붙였다. 순간적인 비겁함을 스스로 사과하는 듯한 어조였다.

택시 안에서 P.는 침묵 속으로 가라앉았고, 나는 건성으로 수다스러운 택시 운전사의 독백을 받아쳐 주고 있었다. 그 운전사는 자신의 가스타아르바이터식 독일어로, 삶을 노동과 질서로 이해하는 자신의 관점을 늘어놓았다. 그리고 앙골라에서 온 그 수백만의 '깜둥이'들만 아니었다면 심지어 그들은 '토끼처럼' 번식을 한다고 말하며 집시들, 루마니아인들, 러시아인들, 폴란드인들, 유고슬라비아인들, 공산주의로부터 배운 것이 일하기를 피하고, 도둑질하고, 사소한 범죄에 연루되고, 포르투갈 빵을 거저 배불리 먹는 것뿐이라는 그 동유럽의 오물들만 아니었다면, 포르투갈의 삶은 꽤 만족스러울 것이라고 했다 …

뜨겁고 지저분한 택시 안에서, 나는 이 순간 공간과 시간이 어떻게 응축되었는지를 생각했다. 택시 운전사가 바보처럼 주절대고, P.가 굳게 침묵을 지키고 있는 이 순간 붕괴한 별의 여덟 개의 다채로운 파편들이 해왕성 쪽으로 질주하고 있었으며, 자그레브에서는 어머니가 멕시코 텔레비전 연속극을 보고 있었고, 사라예보에서는 어쩌면 정확히 이 순간, 한나가 저격수의 총알을 예상하며 도로를 가로질러 달리고 있었고, 베를린에서는 카슈미르가 크로이츠베르크를 돌아다니며 작고 향긋한 터키 가게들을 들여다보고 있었을 것이다 …

그리고 문득, 내가 리스본에서 보이지 않는 복권을 한 장 샀고, 독특한 상을 받았다는 생각이 들었다. 실제로는 아무것도 잃지 않았다는, 그러니 아쉬워할 것도 없다는, 모든 것이 어딘가에 존재한다는, 우리가 사방에 흩어져 존재하듯이, 어딘가에서는 모든 것이 계산되고, 어딘가에서는 모든 것이 연결되어 있다는 그 모든 순간의 감각이라는 상을 … 뜨겁고 지저분한 택시 안에서, 나는 갑자기 일종의 말없이 치솟는, 내면의 생에 대한 찬미에 압도되었다 …

이미지들이 머릿속에서 뒤섞였고, 갑자기 안토니오의 벌거벗은 등이 번쩍 떠올랐다. 마치 무언가를 기다리는 듯, 잠시 멈춰 서 있는 등. 나는 그에게 뒤쪽에서 다가가, 그의 견갑골의 가장자리를 혀끝으로 따라가며, 각 견갑골 위에 하나씩 있는 두 개의 작은 자개빛 흉터의 길을 따라가며, 얼마 전까지만 해도 그 자리에 날개가 있었던 곳을, 연민 어린 내 침으로 적셔주는 나 자신을 보았다 …

공항에서 P.와 나는 서둘러 헤어졌다. 서로의 비행기 출발까지는 시간이 남아 있었지만. P.는 내가 너무나 잘 아는 일종의 긴장, 국경을 넘을 때마다 그를 사로잡던 신경증에 휘감겨 있었다. 나는 그를, 자신의 포르투갈 비자에 문제가 없는지 다시 한 번 확인해달라고 항공사 직원에게 억지로 요구하고 있는 카운터 앞에 남겨두고 돌아섰다 …

"모든 게 문제 없습니다, 게다가 어차피 지금 포르투갈을 떠나시는 거 아니세요?" 직원이 무기력하게 되풀이했다.

여권 심사대로 가기 전에 나는 뒤를 돌아보았다. P.는 카운터에 서서 여전히 불안하게 여권을 흔들고 있었다. 그 거리에서 나는 처음으로, 그가 늙었다는 것을, 그의 머리는 희어졌고 얼굴에는 어떤 내적인 광기의 어두움이 깃들여 있다는 것을 알아보았다.

나는 작별 인사를 않았다. 그는 나를 보지도 못했을 것이다. 게다가, 앞으로도 문학 모임들은 계속될 테고, 적어도 그럴 것이라고 생각하며 떠났다.

제 5 장

예술이란 무엇인가?
Was ist Kunst?

53 베를린 동물원의 바다코끼리 우리 옆에는 기이한 전시품 하나가 있다. 그것은 1961년 8월21일에 죽은 바다코끼리 '롤란드'의 위 속에서 발견된 물건들을 유리 진열장 안에 전시해 둔 것이다. 정확히 이렇게 적혀 있다.

분홍색 라이터 하나, 나무로 된 아이스크림 막대 네 개, 푸들 모양의 금속 브로치, 병따개, 아마도 은으로 보이는 여성용 팔찌 하나, 머리핀 하나, 연필 하나, 장난감 물총, 플라스틱 칼, 선글라스, 작은 체인, 스프링, 고무줄, 장난감 낙하산, 45cm 길이의 쇠사슬, 못 네 개, 초록색 플라스틱 자동차, 금속 빗, 플라스틱 배지, 인형 하나, 맥주캔 하나(필스너, 반 파인트), 성냥갑, 아기 신발, 나침반, 소형 자동차 열쇠, 동전 네 개, 나무 손잡이가 달린 칼, 아기용 젖꼭지, 열쇠 다섯 개가 달린 키 링, 자물쇠, 그리고 바늘과 실이 들어 있는 비닐 주머니 하나.

관람객은 섬뜩하기보다 홀린 듯, 기이한 전시물 앞으에 서서 세월 속에 저 사물들이 어떤 미묘하고 비밀스러운 연결이 생겼을지도 모른다는 시적인 생각을 떨칠 수 없다.

54 리처드*의 작업실은 마치 바다코끼리의 위(胃) 같다. 곳곳에 크기

---

* 리처드 웬트워스(Richard Wentworth), 영국 예술가. 리처드와 그 자신 사이의 모든 연관성은 의도된 것이자 우연한 것이다.

241

와 용도가 제각각인 오래된 용기들이 널려 있다. 깡통들, 그을려 통나무처럼 보이는 검은 책 세 권, 지구본 하나, 다리 없는 낡은 의자 마흔 개, 타버린 전구들, 자동차 타이어 한 개(그 옆에는 작은 타이어 하나), 벌레 먹은 낡은 사다리, 오래된 석공용 삽에 우아한 은제 소스 스푼이 접붙여진 것, 창문 유리에 붙은 녹색 와인 병, 천장에서 끈으로 매달린 둥근 거울, 거울에 비친 실타래, 새 둥지들, 바늘 없는 거리 시계, 거리 표지판들, 짙은 초록색 담쟁이무늬가 인쇄된 비닐 식탁보, 크기와 무늬가 제각각인 깨진 접시 더미, 'Wings of Fire'라고 적힌 종이상자, 빈 유리병들, 스프링, 못, 공구들 …

55 토이펠스베르크(Teufelsberg)는 베를린에서 가장 큰 언덕으로, 높이는 115미터다. 이 언덕의 풀밭 아래에는 제2차 세계대전 이후 베를린 폐허에서 모아 실어 나른 잔해 2천6백만 세제곱미터가 요동치고 있다. 토이펠스베르크, 인술라너, 분커베르크(Teufelsberg, Insulaner, Bunkerberg) 이 인공 언덕들은 모두 합쳐 1억 톤의 도시 폐허를 품고 있다.

토이펠스베르크는 너무 많은 것을 삼켜버린 바다코끼리 같다. 회색 콘크리트 동물원의, 콘크리트 둔덕은 누워있는 회색 코끼리이자 하나의 인공 언덕처럼 보인다.

56 리처드의 자동차 안은 그의 작업실과 똑같다. 온갖 것이 넘쳐흐른다. 망치, 못, 오래된 용기들, 통들. 리처드는 긴장한 채 운전하고, 자주 브레이크를 밟아대서 물건들이 모두 미친 듯이 쏟아지고, 서로 밀치고 떠밀리며 밖으로 튀어나가려 한다. 리처드의 자동차 앞쪽에는 독일어 단어들이 적힌 종잇 조각들이 여기저기 붙어 있고, 그 단어들에 붙은 정관사 **der, die, das**(그것/그 여자/그 남자)는 굵게 밑줄이 그어져

있다. 리처드가 독일어를 배우는 방식이다.

"리처드, *Was ist Kunst?*"

나는 앞 유리창에 붙어 있던, '*die Kunst*'라고 적힌 독일어 단어 종이를 떼어내며 묻는다.

57 리처드는 짙은 초록 담쟁이 잎 무늬가 빽빽하게 들어간 비닐 식탁보를 터키 상점에서 사왔다. 바닥에는 아이들 장난감용 작은 집들을 십여 개 놓아, 작은 마을처럼 배열했다. 그 다음 그 마을 전체를 담쟁이 무늬 비닐식탁보로 덮었다. 그리고 식탁보에 구멍을 뚫기 시작했다. 여기저기서 지붕이나 작은 굴뚝이 그 구멍 사이로 삐죽 솟아 나와 보였다.

"이게 뭐야?" 내가 리처드에게 묻는다.

"모르겠어. 그냥 이 비닐 촉감이 마음에 들었어." 그는 그렇게 대답한다.

58 쇤하우저 알레(Schönhauser Allee)에 있는 가장 오래된 유대인 묘지는 짙은 담쟁이에 뒤덮여 있다. 어둑한 담쟁이는 마치 악마 같은 덩굴로, 나무에 감기고, 기념비를 휘감고, 부서지고 넘어간 묘비를 기어오르고, 오솔길을 뒤덮고, 이웃집 벽을 타고 오른다.

묘비들은 나치에 의해 산산조각 났다. 많은 무덤이 열려 있는 채로 남아 있다. 어떤 무덤들은 발각되어 강제수용소로 끌려가기 전까지 유대인들이 잠시 몸을 숨기던 은신처로 쓰이기도 했다.

주변 집 창가에 비친 사람들은 평범한 일상을 산다. 산 자와 죽은 자, 과거와 현재가 한데 얽혀, 풀 수 없는 하나의 삶을 이어가고 있다.

59 베를린의 사물들은 가장 다양한 방식으로 서로 연결되어 있다. 베

를린은 토이펠스베르크, 곧 소화될 수 없는, 너무 많은 것들을 삼켜버린 바다코끼리다. 그렇기 때문에 베를린 거리에서는 조심조심 걸어야 한다. 생각 없이 걷다가 누군가의 지붕 위를 밟아버릴 수도 있기 때문이다. 아스팔트란 결국 인간의 뼈를 얇게 덮어 높은 껍질에 불과하다. 노란 별들, 검은 만(卍) 문양들, 러시아 혁명의 상징인 붉은 망치와 낫은 산책자의 발 아래에서 바스러지는 바퀴벌레처럼 으깨진다.

60 텔레마코스는 삼십 년 전 올림포스에서 베를린으로 떨어진 것이 아니라, 그 아래에 있는 한 마을에서 내려왔다. 텔레마코스는 자유사상가로, 베를린의 선술집들을 돌며 바글라마스를 연주해 담배와 포도주 값을 번다. 테르초 몬도(Terzo Mondo) 선술집에서 텔레마코스는 흥분한 목소리로, 세상은 하나로 이어져 있으며 이 세상의 모든 것들은 서로 연결되어 있다고 내게 설명한다. 예를 들어, 1989년 11월에 텔레마코스는 이상한 꿈을 꾸었다고 한다. 그는 십자로 포개진 도끼 두 자루와, 그 도끼들을 갈고 있는 자기 자신을 보았다는 것이다.

"그 물건 자체, 그러니까 도끼가 나한테 낯선 건 아니지. 젊을 때 나는 남들 장작 패주는 일로 생계를 꾸렸으니까." 텔레마코스는 그렇게 말했다. 다음 날, 베를린 장벽이 무너졌다. 처음엔 텔레마코스도 자신의 꿈이 베를린 장벽 붕괴를 불러왔다고 생각했다. 지난 네 해 동안 텔레마코스는 그 꿈을 다시 불러내어, 그 두 도끼를 서로 떼어놓으려고 애써 왔다.

"무서워, 내가 네 나라의 전쟁을 일으킨 건 같아."
　　그는 그렇게 말했다.

61 "*Was ist Kunst?*(예술이란 무엇일까?)"

내가 한 동료에게 묻는다.

"예술이란, 세상의 전체성, 그러니까 모든 것들 사이의 비밀스러운 연결을 지켜내려는 노력이지 ... 오직 진정한 예술만이, 내 아내 새끼 손톱의 작은 손톱 위의 못과 고베의 지진 사이에도 비밀스런 연결이 있다고 가정할 수 있어."

동료는 이렇게 말했다.

62 리처드는 〈지도를 없이 여행하기(Travelling without a map)〉라는 제목의 전시를 열었다. 천장이 높은 전시장 안에 그는 가느다란 갈퀴들을 배열해 세웠다. 그 갈퀴들은 천장에 기울어 올려진 채, 위를 향해 놓여 있는 접시들을 떠받치고 있었다. 관람객들은 보호헬멧을 쓴 채 갈퀴들 사이를 조심스럽게 오가며, 행여 부딪혀 접시가 떨어지지 않도록 신경을 곤두세웠다.

"알겠어, 이건 마법에 걸린 숲이야. 저 접시들은 하늘을 떠받치는 나무의 꼭대기 같아."

나는 그렇게 말했다.

"왜 마법에 걸린 숲이라고 생각해?"

리처드가 묻는다.

"조심해야 하잖아.마법의 숲에서는 언제나... 조심해야 하니까 ..."

63 "슈뢰더 씨! *Was ist Kunst?* (예술이란 무엇일까요?)"

내가 우리 우체부 슈뢰더 씨에게 묻는다.

"말 자체가 말해주잖아요."

슈뢰더 씨는 그렇게 말하며 연필로 봉투의 오른쪽 위 모서리에 찍힌 우표를 가리키는, 단호한 화살표를 그린다. 그리고는 그 편지를 내게 건넨다.

64 리처드는 접시들을 가느다란 갈퀴 위에 받쳐 천장에 올려두는 방식을 택했다. 그는 그 행위를 통해 다음을 이루고자 했다.

(a) 욕망의 수준을 높이기 위해(관람객들이 목을 길게 빼고 천장을 올려다보며 전시장을 돌아다니도록 하기 위해. 몸의 물리적 긴장과 바뀐 시각적 지점이, 다른 '세계들'의 존재에 눈뜨게 할 것이라고 믿었기 때문이다).

(b) 쾌감의 강도를 높이기 위해(사람들에게 기쁨을 주려면, 조금은 어리석고 비일상적인 일을 해야 한다고 그는 생각했다).

(c) '차원의 감옥'을 돌파하기 위해(우리는 모두 익숙한 형태와 치수라는 자기 몸이라는 감옥 안에 갇혀 있다. 그는 그 감옥의 벽에 작은 균열을 내고 싶어 했다).

(d) 그가 애정하는 '수직선들'(verticals)을 다시 사용하기 위해(수직선들은 뻗어오름, 돌파, 꿈틀거림, 지향성을 암시하니까).

나는 리처드가 말한 단어들 중 마음에 드는 것들을 따라 말한다.

"기쁨, 쾌감, 확장, 닿으려는 몸짓 …"

"욕망 …" 리처드는 천장의 접시들을 떠올리며 말한다.

"그래, 욕망 …" 나도 그렇게 대답한다.

65 리처드는 베를린의 벼룩시장에서 많은 시간을 보낸다. 그곳에서 그는 접시들을 사서 자기 작업실로 질질 끌고 왔다. 자신의 동굴 같은 공간에서 리처드는 그 보물들을 살핀다. 접시들은 모두 다르다. 냄새도 다르고, 성격도 다르다. 접시는 깊을 수도, 얕을 수도, 클 수도, 작을 수도 있으며, 저마다 다른 기능을 지닌다. 깨져 있을 수도, 온전할 수도, 부유할 수도, 가난할 수도, 값싸거나 비쌀 수도 있다. 접시는 살아 있는 존재와 같다.

리처드는 자신이 이 접시들을 파멸에서 구해내고 있다고 확신한다. 리처드는 가족이라는 삶을 사랑한다. 그래서 그는 접시들을 하나의 가족으로 연결짓는다. "나는 지금 가족을 만들고 있어." 그는 그렇게 말한다.

접시들에는 저마다의 인생사가 있다. 프랑스 접시도 있고, 독일 접시도 있으며, 바닥에 작은 만(卍) 문양이 찍힌 것도 있다. 이탈리아 접시도 있고(영국 풍경이 그려진!), 터키 접시도 있으며, 독일 접시도(그중엔 미 점령 구역에서 온 것도 있다!),

동독 접시들도 있다….

"그들은 너무 외로웠어. 그러나 이제는 서로의 함께 하고 있는 것을 즐기고 있는 것 같아…"

리처드는 며칠 동안 접시들을 조심스럽게 씻었다. 쓸 생각이 없는 접시들부터 마음에 들지 않는 접시들까지 그 모든 접시를 씻었다 …

"이건 마치 스스로 몸을 씻는 것과도 같아 … 씻는다는 건 일종의 친밀한 점검이지. 평소엔 못 보던 점이나 작은 흉터, 흔적들을 피부에서 발견하게 되잖아. 벼룩시장 접시들을 씻는 건 반(半)종교적 의식 같은 거야. 닦아내는 과정에서 그들과 가까워지게 돼 … 정체성은 바라보는 행위를 통해서 만들어지는 거니까. 접시들은 대화로 가득 차 있고, 각기 다른 요리들로 가득 차 있어. 나는 그게 들려. 예를 들어 이 터키 접시들과 이 프랑스 접시들은 서로 충돌하고 있어 …" 리처드는 자신의 접시들에 대해 그렇게 말한다.

"사물과 사람 사이에… 사실상 아무 차이가 없는 것 같네 …" 내가 말한다.

"그런 것 같아. 벼룩시장에서 어떤 책을 발견했는데, 제1차 세계대전 시기의 검열된 사진들을 모아둔 책이었어. 시신들이 있었지. 아주 정갈하게 분류된. 독일인의 더미, 프랑스인의 더미를 따로 하여 … 그 책은 너한테 보여주지 않을 거야."

66 "말이 끄는 트램은 이미 사라졌고, 트롤리 전차도 곧 그렇게 될 거야. 그러면 21세기 20년대에 살 어느 괴짜 베를린 작가가 우리 시대를 다시 묘사하고 싶어질 때, 기술사 박물관으로 가서 백 년 된 노면전차를 찾아낼 거야. 노란색의, 투박하고, 구식으로 휘어진 좌석이 달린 그런 전차를. 그리고 오래된 의상 박물관에 가서 시커멓고 번들거리지만 이미 해진 차장의 제복을 찾아내겠지. 그런 다음 집으로 돌아와 옛날 베를린 거리의 모습을 기록할거야. 그때는 지금의 사소한 것 하나까지도, 모든 것이 귀하고 의미 있는 것으로 묘사될거야. 차장의 돈주머니, 창문 위에 붙은 광고, 우리가 지금은 그저 당연하게 느끼는 그 특유의 덜컹거림까지도. 모든 것, 아마도 우리의 증손자들이 상상 속에서 더듬어 보게 될 그 모든 것이 시간이라는 나이를 부여받는 순간, 고귀해지고 정당화될 테니까."

"문학적 창작의 의미는 여기에 있다고 생각해. 미래의 온화한 거울들 속에서 비추이게 될 일상의 사물들을 포착하는 일, 그리고 우리를 둘러싼 사물들 속에서 훗날의 사람들만이 알아보고 사랑하게 될 그 향기로운 다정함을 찾아내는 일. 아득한 시간이 흐른 뒤,우리의 평범한 일상 속 사소한 모든 것들이 저마다 고유한 아름다움과 축복을 지니게 될 그때." 블라디미르 나보코프(Vladimir Nabokov)는 단편 「베를린 안내서(A Guide to Berlin)」에 이렇게 기록한다.

67 리처드는 베를린 거리에서 버려진 의자 마흔네 개를 찾아내 전시에 내걸었다.

"그 애들은 너무 지쳐 있었어. 나는 모두가 그들이 그냥 의자가 아니라 한때 의자였던 존재들임을 알아주길 바랐어. 기억한다는 건, 사랑이거든." 리처드는 그렇게 말한다.

68 "그건 보스니아에 있는 우리 친척들 집에서였어." 조란이 말한다. 아이들은 학교에서 돌아와 오늘은 태양계를 배웠다고 말했다.

"그땐 겨울이었어. 나는 종이에 태양계를 그려줬어. 나는 태양계를 아주 잘 알고 있었거든.

그리고 옛 유고슬라비아 사회주의 연방공화국의 공화국들과 지방들, 그 주요 도시들도 알려줬지. 나는 가르치는 일을 참 좋아했어. 부엌에는 100세 할아버지가 앉아서 보고 있더니 이렇게 말씀하셨어. "우린 그것들을 다 배웠단다, 오스트리아 헝가리 제국 군대에 대해서도, 지구는 둥글고, 돈다는 것까지. 하지만 그땐 그게 그냥 가설일 뿐이라고 했지."

"부엌에는 우유 냄새가 났어."

"보스니아 그 마을의 친척 집 부엌에는 텔레비전도 있었지.친척 집에서는 텔레비전을 보는 방식이 있었어. 저녁을 먹고 일곱 시 반에 틀고, 여덟시 반까지 본 다음 모두 잠자리에 드는 거야. 뭐가 나오든 상관없었고, 프로그램이 이미 시작했건, 아니면 아직 끝나지 않았건 전혀 중요하지 않았지. 모두 텔레비전 앞에 앉아서 오직 얼굴만 보고, 그들이 누굴 닮았는지 나눈 대화가 다야.

"맙소사, 저 사람 좀 봐 코가 완전 우리 우체부랑 똑같잖아 ...'"

69 예술가 시몬 아티는 자신의 작품에 〈투영된 복원물(Projected Restoring(투사된 복원물)〉이라는 제목을 붙였다. 그의 의도는 "과거 삶의 파편들을 현재의 시각적 장(場) 속에 끼워 넣는 것"이었다. 슬라이드가 벽에 투사되었다. 그 이미지들은 한때 유명했던 베를린의 유대인 지구, 쇠넨피어텔(Scheunenviertel)의 사진들이었다. 시몬 아티는 지금의 풍경 위에, 과거 같은 장소의 희미한 사진들을 겹쳐 투사했다.

관람객 자신이 관찰자에서 훔쳐보는 사람처럼, 오라니엔부르크슈트라세(Oraninenburgstrasse)의 버려진 건물의 빈 창문 속에서 과거가 갑자기 살아나는 장면의 목격자로 변해가고 있음을 서서히 깨달았다.

70 "*Was ist Kunst?* (예술이란 무엇일까?)" 나는 계단에서 중국인 이웃을 불러 세웠다.

"모르겠어요." 그가 말했다. "영어를 하긴 하는데, 당신이 영어로 말하면 당신 말을 못 알아들을 뿐만 아니라, 심지어 내가 영어로 하는 말조차도 나 자신이 못 알아듣겠어요."

"오오..." 내가 말했다.

"걱정 마요. 이젠 중국어로 말해도 나 자신도 못 알아듣겠으니까요." 중국인 이웃은 체념한 듯 그렇게 말하고는 그대로 계단을 올라갔다.

71 리처드의 설치 작업은, 동물이나 사람이 아니라 사물들이 공연을 펼치는 서커스를 닮았다. 마치 조련사나 저글러처럼, 리처드는 무거운 것들을 가볍게 만드는 법을 훈련시킨다.

예컨대, 덴마크 국기 게양대 지지대의 치수가 덴마크 의자 다리의 치수와 같다는 사실을 알아낸 뒤, 리처드는 코펜하겐의 한 건물에 국기 지지대에 의자 다리를 끼워 넣었다. 그 결과, 덴마크 국기 대신 덴마크 의자가 허공에서 펄럭이는 광경이 펼쳐졌다.

리처드는 무거운 탁자에게 다리 하나로 지탱하도록 강요하고 커다란 금속판 사이에 여리고 연약한 전구를 끼워 넣은 다음 금속판이 그 무게로 전구를 깨뜨리지 않도록 가르친다. 리처드는 유리병을 절대 있어서는 안 될 자리에, 곧 떨어져서 깨질 위험이 가장 곳에 놓는다. 리처드는 지팡이가 원래 해야 하는 일을 하지 않도록 훈련시킨다. 그는 벽에 부착된 유리면의 날렵한 모서리에 지팡이 하나를 올려 두었다. 그러나 지팡이는 떨어지지 않았다. 리처드는 무거운 용기들을 기울어진 자세로 유리에 의지한 채 버티도록 가르친다. 또 그는 양철로 작은 집들을 만들고, 지붕을 아래로 향하게 한 채 허공에 매달리게 한다. 리처드는 접시들을 사랑한다. 그는 언제나 접시들을 가장 높은 곳, 가장 가느다란 막대들 위에 올려두고, 그들이 얼마나 오래 버티는지, 떨어질지 안 떨어질지를 궁금해한다. 리처드의 접시들은 떨어지는 법이 없다.

리처드는 서로 양립할 수 없는 재료들 사이의 사랑을 표현하고, 이어질 수 없는 것들을 결혼시키듯 연결한다. 그는 거친 석공용 삽을, 가장 고운 리넨 베갯잇을 씌운 부드러운 베개 위에 올려둔다 리처드는 부드러운 페르시아 카펫 아래에 거친 금속 그물망을 깔아두고, 차가운 양철을 따뜻한 비단으로 감싸곤 한다 ...

"나도... 그런 걸 할 수 있으면 좋겠어." 내가 말한다.

"그걸 말로 어떻게 설명해야 할지 모르겠네." 리처드가 그렇게 말한다.

72 길 잃은 개처럼, 리처드는 베를린의 거리를 며칠이고 떠돌며 냄새를 맡고 다닌다.

"베를린의 거리는 온갖 메시지로 가득해. 베를린은 세상에서 가장 매혹적인 쓰레기 더미야.

베를린은 세계 쓰레기의 수도지. 나는 모퉁이를 돌 때마다 부패한 냄새를 맡아. 여기서는 전 지구적 소화 과정 전체가 끔찍하고 고통스러울 만큼 적나라하게 드러나 있어.

벼룩시장들...베를린의 벼룩시장들은 내가 지금까지 본 것 중 가장 황홀하면서도 가장 끔찍한, 벌어진 소화기관 같은 이미지야."

73 "Was ist Kunst? (예술이란 무엇일까?)" 내가 시셸에게 묻는다.

"잘 모르겠어... 모든 예술적 행위란 세상에 어떤 변화를 만들어내는 일이지." 시셀은 그렇게 말한다.

74 리처드는 지도 없이 여행한다. 리처드는 깡통들을 모아 나중엔 그것들로 큰 양철 표면을 만든다. 그 표면들은 마치 별이 가득한 하늘의 지도처럼 보인다. 그는 그런 설치 작업 하나에 〈세계수프(World Soup)〉라는 이름을 붙였는데, 모두 수프 깡통으로 만들었기 때문이다. 나는 리처드에게 선물로 오래된 소련제 연유 깡통을 하나 줬는데, 그건 러시아의 미니멀리스트 작가, 르요바가 내게 주었던 것이었다.

리처드는 깡통 뿐 아니라, 리처드는 오래된 전구도 모은다.

"왜 이렇게 전구만 보면 마음이 약해지는지 모르겠어. 근데 말이야, 전구란 정말 영리한 물건이야."

리처드가 말한다.

"멍청한 것도 있어?"

"물론이지." 리처드가 대답한다.

리처드는 전구들을 그물망, 평범한 쇼핑백, 농구공 주머니같은 데에 넣어 보관한다. 낮빛이 스며들면, 그물 속에서 서로 부딪히는 둥근 전구들은 마치 어딘가에서 온 신비로운 우주 형상들처럼 보인다...

"저건 꼭 여러 명의 오드리 헵번 같아. 너무 연약하고, 너무 보호 본능을 일으키는 것 같아서 ..." 내가 말한다.

75 스네우마가 말한다. "겨울 저녁이면, 아버지는 자주 베란다 문을 열고는 건물 모퉁이에서 마당을 비추고 있는 전구 쪽을 바라보곤 했어. 아버지는 눈을 기다리고 있었지."

"우리 중 누가 아버지에게 다가가면, 아버지는 의미심장하게 몸을 돌리곤 했어. 그리고 왜 이렇게 추운데도 오래 서 있는지를 스스로 정당화하고, 그 시간이 가진 의미를 설명하려는 듯 이렇게 말했지. "눈기미가 있는 것 같아." 혹은 "아직 눈기미가 있진 않네.'"

"종종 형도, 엄마도, 나도 베란다 문 옆에 서서 빛나는 전구 옆으로 첫 번째 눈송이가 떨어지기를 아버지와 함께 기다리곤 했어. 그러다 정말 눈송이 하나가 전구 곁을 스쳐 지나가면 우리는 기쁨에 차서 외쳤지. "눈기미다! 눈기미가 왔어!'"

"나중에서야 나는 그 표현이 실제로 존재하는 단어가 아니라는 걸, 아버지가 지어낸 말이라는 걸 알게 되었어. 하지만 공기 속에 눈송이 하나가 떨어져 곧 눈이 내릴 것임을 알리는 바로 그 순간을 뭐라고 불러야 할지 나 역시 알지 못했기 때문에, 오늘도 나는 겨울밤 창밖을 바라보다가 종종 이렇게 말하곤 해. "아, 눈기미가 있네...'"

76 "Was ist Kunst? (예술이란 무엇일까?)" 나는 이웃 브리기테에게 묻는다.

"잘 모르겠어. 나는 시를 쓸 때도 언제나 제일 먼저 떠오른 걸 쓰지 않으려고, 일부러 다른 것들에 대해 써. 그림을 그릴 때도 똑같아. 가장 먼저 떠오른 걸 그리지 않으려고, 항상 다른 걸 그리게 돼." 브리기테가 그렇게 말한다.

77 리처드는 말한다. "베를린의 슬픔은 아스팔트에서 온다." 리처드는 말한다. "세상은 혼란스럽고, 위험으로 가득하다." 리처드는 말한다. "나는 세상의 사건들을 스치기만 할 뿐이다." 리처드는 말한다. "나는 사물들을 서로 결혼시키는 일을 해왔다." 리처드는 말한다. "사물들 사이에서 운율을 찾고, 사물들의 친척을 찾아낸다." 리처드는 말한다. "나는 사물을 시험한다. 그 치수를, 그 능력을, 그 가능성을." 리처드는 말한다. "나는 어떤 것을 다른 것 위에 올리고, 또 어떤 것을 다른 것 안에 넣는다." 리처드는 말한다. "베를린은 모든 것이 너무 끊기고, 나

뉘어져 있다." 리처드는 말한다. "나는 이 도시와 사랑에 빠졌다."

78 리처드는 베를린의 사진 117장을 모아 〈베를린 랜드마크(*Berlin Landmarks*)〉라는 책을 만들었다. 그 책은 베를린 열쇠구멍 사진으로 시작한다(베를린의 열쇠구멍은 특이해서, 작은 갈고리처럼 생겼다!). 그리고 갈라진 베를린의 아스팔트 사진으로 끝난다. 리처드는 베를린의 아스팔트가 아주 특별한 방식으로 반응한다고 믿는다.

"베를린의 아스팔트는 세상 그 어디와도 다르게 갈라져." 그가 말한다.

리처드는 늘 카메라를 들고 다닌다. 그는 늘 이런 감각에 쫓기듯 산다. 도시 자체가, 그 세세한 부분 하나하나가 끊임없이 자기 이야기를 들려주려고 한다는 감각에 늘 쫓기듯 살아간다.

"그 감각에서 벗어나는 유일한 방법은 조각에 집중하는 것이야. 그 조각을 사진으로 훔치듯 담는 것... 그럴 때만 잠시 벗어날 수 있어." 리처드는 그렇게 말한다.

리처드의 사진들은 '35밀리미터 안에 담긴 생각들', '액자 틀 안에 담긴 생각들'이다. 그 겸손한 형태는 생각이라는 것이 본래 끝이 없다는 사실을 드러내기 위한 것이다.

79 "베를린은 토이펠스베르크 같아." 내가 말한다. "무심한 풀에 덮여 있을 뿐, 그 아래에는 광기가 깔려 있지. 베를린은 스펀지처럼 광기의 습기를 머금은 도시야. 아마 그래서 도시가 이렇게 회색빛이고 절제된 것처럼 보이는 걸 거야. 하지만 광기라는 건, 축축한 기운처럼 쉽게 감출 수 있는 게 아니야. 어딘가에서는 반드시 터져 나오기 마련이지... 지나가는 사람들 속에서, 옛날식 모자를 쓰고 장갑을 낀 채 지금이 몇 년이고 자신이 몇 살인지조차 잊어버린 노부인 속에서...카페 아

인슈타인의 정원을 산책하는 토끼 속에서, 수년 동안 두 개의 벽 사이 공간에 살며 번식하던 수천 마리 토끼들 중 한 마리였던 그 토끼 속에서, 그리고 어딘가로 사라져버린 그 흔적 속에서...카데베(Ka-De-We)* 꼭대기 층의 유리 돔 뒤편 너머에 네가 주문한 새우 칵테일과 샴페인을 앞에 두고 앉아 있으면 비텐베르크플라츠에 놓인 명판이 보이지. 그 명판에는 독일의 강제수용소 이름들이 경고처럼 새겨져 있어. 곳곳에 젖은 얼룩들이 있어. 그래서 이곳 아스팔트는 특별한 방식으로 갈라지는 거야." 내가 리처드에게 말한다.

80 이탈리아 식당에서 가무잡잡한 이탈리아인 웨이터가 계산서를 가져다주며 내 테이블로 다가왔다. 내가 독일어로 말하려 하자, 그가 강한 보스니아 억양의 크로아티아어로 나를 가로막았다.

"독일어 하려고 애쓸 필요 없어요..."
"어디 사람이세요?" 나는 반갑게, 같은 나라 사람을 만난 듯 묻는다.
"이란이요." 그가 대답한다.
"어... 어떻게... 이해가 안 되는데..."
"사라예보에서 공부했어요..."
"아?!"
"하지만, 쉬이..." 그는 손가락을 입에 대며 속삭인다.

"저는 지금 이탈리아 사람인 척하고 있어요."
그리고 나를 문까지 안내한다.
"차오." 그가 윙크한다.
"차오." 나도 어리둥절한 채 윙크하며 말한다.

---

* 카데베(Ka-De-We): 베를린에 있는 유럽 최대 규모의 백화점.

81 토이펠스베르크의 유령 같은 보이지 않는 손가락들이 사람들과 장소, 그리고 시간을 카드 패를 섞듯 교묘하게 뒤섞어 놓는다. 예전에 알던 사람들, 지금 알고 있는 사람들, 그리고 아직 만나지 않은 사람들까지 그들은 베를린에서 유성처럼 스쳐 지나가고, 어떤 다른 삶의 그림자처럼 나타났다가 악몽 속 얼굴처럼 잠시 비치고 사라진다. 그 모든 인연들이 내 안에서 만나고 교차한다. 과거와 현재와 미래가 한 데 겹쳐진다.

지금까지 베를린에서 마주친 얼굴들은 이렇다. 모스크바에서 온 A, 런던에서 온 M, 암스테르담에서 온 D, 다시 런던에서 온 I, 사라예보에서 온 A, 파리에서 온 R, 자그레브에서 온 D, 마나우스에서 온 M, 또 런던에서 온 D, 베오그라드에서 온 J, 보스턴에서 온 D, 비엔나에서 온 H ...

82 "와중에 베를린에서 내게 일어난 일 가운데 가장 이상한 일을 묻는다면... 그건 하르덴베르크 부인이야." 사회학자 즈라토미르가 말한다.

"하르덴베르크 부인은 내가 처음 배웠던 독일어 수업의 선생님이었지. 그분은 가끔 우리를 집으로 초대하곤 했어. 어느 날, 나는 실수로 그녀의 침실을 들여다보게 되었어. 벽에 큰 보드 하나가 걸려 있었는데, 그 위에는 아마 「내셔널 지오그래픽」으로 보이는 잡지에서 정교하게 오려 붙인 여러 종의 새들이 빼곡했지. 그런데 이상한 점이 있었어. 모든 새들의 머리가 잘려 있었던거야. 그 자리에는 폴라로이드로 찍은 남자들의 작은 얼굴 사진들이 붙어 있었어. 나는 그 남자들은 아마... 그녀의 연인들이었을 거라고 생각해." 즈라토미르가 그렇게 말했다.

83 프렌츨라우어 알레의 플라네타리움, 그 거대한 돔 아래에 리처드와 나는 앞 좌석의 빈 자리에 발을 올린 채 앉아 있었다. 머리 위로 별

비가 쏟아졌다. 작고 인공적인 별들이 우리 위로 계속 떨어지는 동안 나는 조용히 물었다."리처드, 예술이란 뭐야?"

"모르겠어. 중력을 다루는 일과 분명히 관련은 있지만, 그렇다고 비행은 아냐." 리처드가 말했다.

84 내 책상 위에는 누렇게 바랜 한 장의 사진이 놓여 있다. 사진 속에는 이름도 알 수 없는 세 명의 여자가 물놀이를 하고 있다. 내가 이 사진에 대해 아는 것은 거의 없다. 그저 세기 초, 파크라 강에서 찍힌 것이라는 사실뿐이다. 그 강은 내가 태어나 어린 시절을 보냈던 작은 마을에서 멀지 않은 곳을 흐르는 작은 강이다. 나는 늘 이사진을 부적처럼 지니고 다닌다. 정확히는 왜 그런지 모른다. 하지만 그 누렇게 빛바랜 표면이 묘하게 나를 끌어 당긴다. 나는 종종 그 사진을 아무 생각없이 멍하니 들여다본다. 어쩔 때는 물 위에 비친 세 피서객들을 보기도 하고 정면으로 나를 바라보는 얼굴 속으로 잠수하듯 빠져든다. 마치 다른 공간이나 다른 시간으로 미끄러져 들어갈 수 있을 것만 같은 작은 균열, 비밀스러운 통로를 찾듯 응시한다. 그리고 그들의 팔의 자세를 비교한다. 세 사람 모두가 마치 날개처럼 두 팔을 접어 안고 있다. 거울처럼 잔잔한 물 표면은 그들의 수영복이 감추려 하는 것을 드러낸다. 물 위에는 드러난 가슴이 선명한 반영되어 있다. 사진 오른쪽 모퉁이에는 네 개의 박으로 만든 예스러운 튜브 하나가 있다. 여자들은 물속에서 허리까지 잠긴 채 서 있다. 그들 둘레에는 절제된 빛으로 가득한 꿈결 같은 안개가 떠다닌다. 세 사람은 무언가를 기다리고 있는 것처럼 보인다. 그리고 나는 왠지 확신한다. 그들이 기다리고 있는 것은 사진기의 셔터 소리가 아니라는 것을.

85 새집인 '조류관(Vogelhaus)', 그중에서도 앵무새 구역에는 방문객

이 없다. 온실의 인공 조명 아래, 나는 벤치에 앉아 '세계에서 가장 큰 앵무새Anodorhynchus hyazinthicus)'를 바라보고 있다. 블루벨 색의을 닮은 그 화려한 새와 나는 잠시 아무 말 없이 서로를 바라본다. 나는 집게처럼 손가락을 구부려 아주 작은 조각을 떼어 입에 넣으며 차분히 빵을 씹고있다. 푸른 앵무새는 나를 매혹적으로 주의 깊게 바라본다.

제 6 장

단체 사진

그 사진에는 왼쪽부터(왼쪽부터가 맞나?) 짙은 눈동자의 누샤가 있었고, 그 다음에는 넓은 얼굴에 날카로운 시선을 가진 도티, 그 다음에는 따뜻한 물이 얼굴에 번지듯 미소가 흘러내리던 이바나, 구릿빛의 알마, 그 옆에는 믿음직하고 차분한 딘카, 어린 아이 같은 얼굴(그렇다고들 한다)에 풍만한 가슴을 지닌 선조들에게서 물려받은 탐욕스러운 권력의 유전자를 지닌 몸을 지니고 있었다. 니나와 하나는 없었다. 니나와 하나는 그날 저녁 우리와 함께 있지 않았기 때문에 없다....

나는 그 빈 사진 옆에 또 다른 사진 한 장을 놓는다. 그 사진에 대해 아는 것은 거의 없지만, 나는 늘 그것을 가지고 다닌다. 세기 초에 찍힌 누렇게 바랜 사진은 흐린 창문 속에 켜진 작은 등불처럼 보인다. 무심한 흰 여백 속에서 무언가를 끌어내도록 도와주는 은밀한 위안의 몸짓처럼 느껴진다. 작은 부적같은 물건을 둘러싼 은밀한 의식은 복잡하며, 기억을 불러오는 의식 또한 마찬가지이며 그 의미는 오직 그것을 지닌 사람에게만 있다.

우리의 빈 사진은 내가 꼭 기억하고 싶었던 어느 저녁 식사 자리에서 몇 년 전에 찍힌 것이다. 그러나 어쩌면 그 사진은 애초에 찍히지 않았을지도 모른다. 아마 내가 전부 만들어낸 것일지도 모른다. 나는 존재하지 않는 얼굴들을 무심한 흰 여백 위에 투사하고, 결코 일어나지 않았던 일을 마치 있었던 것처럼 기록하고 있는 것일 수도 있다.

왜냐하면, 지금 내 손에 들려 있는 것은 아무것도 담기지 않는, 버려진 빈 사진 한 장뿐이니까....

I

"그렇게 결정되었다. 연약하고 섬세한 청년, 알프레드가 들어왔다. 엷은 하늘빛 어깨 뒤에서 두 개의 날개가 가볍게 떨리고 있었고, 그 날개는 마치 천국에서 노니는 두 마리 비둘기처럼 장밋빛 빛결을 일렁이며 퍼져나갔다."

— 이삭 바벨 〈예수의 죄(The Sin of Jesus)〉

우리는 치즈 수플레로 시작했다...

우리는 알마가 가져온 치즈 수플레로 식사를 시작했다.

"음... 이거 정말 환상적이야..." 도티가 소리 나게 입술을 핥으며 말했다.

"신이 내린 맛이야..." 이바나가 말했다.

"부푼 게 전혀 가라앉지도 않았어..." 딘카가 말했다.

"내 건 늘 가라앉는데..."누샤가 투덜거렸다.

"어휴, 뭔 소리야. 네 것도 안 그럴걸..." 알마가 말했다.

"그래, 네 것도 절대 안 가라앉을 거야." 나는 또 한 조각을 집어들며 말했다.

그리고 정말 그렇게 믿었다. 왜냐하면 누샤는 완벽주의자였으니까. 한 번은 아예 우리를 위해 핑크 디너를 준비했다. 접시, 촛불, 냅킨에서부터 음식까지, 모든 것이 붉고 분홍빛 계열이었다.지금도 기억난다. 전채로는 빨간 캐비아, 그 다음은 장밋빛 새우, 메인 요리는 로즈메리와 우유로 조리한 연어, 디저트로는 옅은 오렌지 빛 크림 카라멜... 마지막에는 누샤가 손으로 빚은 선홍색 마지팬 볼들이 수입 로제 와인과 함께 나왔다.

우리 각자는 잘하는 것이 하나씩 있었다. 누샤가 가벼운 요리들에 뛰어났다면, 딘카는 그 정반대였다. 딘카네 집에서는 진짜로 식사하는 느낌이 들었다. 딘카는 매운 소시지인 쿨렌과, 그보다 작은 '쿨렌의 여동생'이라 불리는 소시지를 내놓았다(우리는 여성이라는 연대감 때문인지 그 작은 여동생 소시지를 더 좋아했다). 또한 집에서 만든 그라트(돼지비계 튀김), 소시지, 햄, 후추를 뿌린 흰 치즈, 그리고 슬라보니아식 디저트들을 내놨다. 그 디저트들은 밀가루를 거의 안 쓰고 계란, 호두, 양귀비 씨는 아낌없이 넣어 만든 것이었다.

이바나는 베오그라드에 갈 때마다 그곳의 특산품인 코티지 치즈와 카이막을 사왔다. 우리는 그것들을 이바나가 직접 구워낸 따뜻한 빵과 함께 먹었다.

하나가 사라예보 이따금씩 들를 때면, 그녀는 언제나 우리를 현기증 나게 만들던 터키식 과자 상자를 가져왔다. 하나의 상자에는 바클라바가 들어 있었고, 그보다 훨씬 자극적이고 신나는 버전인 '로지스(roses)'도 있었으며, 꿀과 레몬즙의 달콤한 시럽 속에서 사르르 녹아내리는 우르마피체도 있었다. 그리고 마지막에는, 그 모든 것의 해체주의적 버전이라고 할 수 있는 카다이프가 있었는데 아주 가느다란 달콤한 실타래를 둥지처럼 엮은 과자로, 그 속에는 작은 건포도들이 푹신하게 자리잡고 있었다.

우리는 알마를 파스타 여왕이라고 불렀다. 그리고 내 생각에, 여자들이 제일 좋아한 것은, 아마 내가 만든 샐러드였던 것 같다.

니나만은 요리를 좋아하지 않았다. 삶에 있어서 요리라는 측면에는 별 관심이 없었다. 니나는 스스로 먹는 것에도 관심이 없었고, 먹어도 고양이처럼 조금씩, 까다롭게 골라 먹었다.

걸작은 따로 있었는데, 도티가 가끔 가져왔던 아무도 따라 할 수 없는 독특한 디저트다. 우리는 그것을 '도티의 바스켓들'이라고 불렀다. 먼저 작은 페이스트리 바스켓을 만들어야 했는데 (도티는 틀도 없이, 전부 손으로 직접 그 바스켓들을 빚어냈다). 그리고 그것들을 구워서 이틀 정도 그대로 두어 '쉬게' 두어야 했다. 그 바스켓 안에는 특별한 초콜릿 크림이 채워지고, 가운데에는 진한 붉은빛의 모렐로 체리 한 알이 올려졌다. 초콜릿에 푹 잠기고, 바삭한 페이스트리에 둘러싸인 그 작은 단맛의 쌉싸래한 심장 같은 그 체리가 우리를 완전히 미치게 만들곤 했다.

중년이란 결국 콜레스테롤과의 전쟁이다

우리는 치즈 수플레로 저녁을 시작했고, 그 다음에는 오렌지 소스를 끼얹고 아몬드를 뿌려 구운 치킨을 한참 동안 천천히 즐겼다. 마지막에는 도티의 바스켓으로 식사를 마무리했다. 바스켓을 먹고 난 뒤 우리는 딘카의 거실로 옮겨갔고, 반쯤 죽은 잉어처럼 널브러졌다.

"얘들아, 카드나 던져 볼까?" 알마가 늘어진 목소리로 말했다.

아무도 움직이지 않았다.

"우리가 점점 더 많이 먹고 있다는 사실에 대해 좀 생각을 해봐야 하지 않을까..."

이바나가 반은 한탄, 반은 나무라는 듯한 어조로 말했다.

확실히 시간이 흐르면서 우리의 모임은 점점 요리 잔치처럼 변해 갔다. 우리가 점점 더 많이 먹고 있었다면, 그만큼 더 자주 다이어트를 하고 있었다는 것도 사실이었다. 게다가 실제로 다이어트를 하는 것보다 다이어트가 제공하는 각종 가능성, 그리고 그 이론들을 두고 벌이는 논쟁에 더 들떠 있곤 했다. 우리는 몸에 한 번 자리 잡으면 잘 사라지지 않는 지방 세포에 대해 알아야 할 것은 이미 거의 다 알고 있었고, 쌀 식단, 바나나와 우유만 먹는 식단, 생리 주기에 맞춰 하는 식단의 장점들도 알고 있었다. 고기를 먹는 것의 문제점,

주스만 마시며 하는 단식의 단점도 잘 알고 있었다. 물론 이런 이 야기에 모두가 똑같이 관심을 보이는 건 아니었다. 알마, 니나, 누샤는 이런 주제에는 별재미를 느끼지 못했는데, 아마도 그 세 사람에게는 지방 세포라는 게 처음부터 없는 것처럼 느껴졌기 때문일 것이다.

"여자애들아, 우린 모두 이제 곧 콜레스테롤과의 전쟁에 들어서게 될거야."

우리는 스스로를 여자애들이라고 불렀지만, 사실 그 시절을 지나 온 지는 오래였다. 도티 말이 맞았다. 우리는 이제 진지하게 콜레스테 롤과 싸움을 시작해야 할 나이에 들어서 있었다. 더 노골적으로 말하 면, 우리는 중년이었다. 우리가 겪는 중년은, 일상의 모든 혼란과 싸우 는 시기였다. 아무리 줄이려고 애써도 혼란은 자꾸만 늘어났다. 어느 순간부터 우리의 하루가 갑자기 짧아진 것 같았다. 중년이라는 것을, 우리는 물이 새는 배의 구멍을 급히 틀어막는 일처럼 은유적으로 느 끼고 있었다. 언젠가 배가 가라앉을 거라는 생각은 하지 않았다. 오히 려, 그렇게 공들여 막고 또 막으면 배는 새것처럼 보일 뿐 아니라 정말 새것이 될 거라는 근거 없는 낙관에 사로잡혀 있었다. 중년은 일상의 테러리즘과도 같았다. 항상 무언가 해결해야만 하는 일이 있었다. 텔 레비전을 고쳐야 하고, 세탁기는 제대로 안 돌아가고, 아이 시험이 있 고, 남편의 좌골신경통이 도지고, 다가오는 학회에 발표할 논문을 써 야 하는데 컴퓨터는 글의 절반을 삼켜버리고, 엄마는 온천에 모시고 가야 하고... 중년은 겉보기에는 아직은 괜찮다. 여기저기 가끔 생기는 작은 주름들, 계단을 오를 때 조금 더 가빠지는 숨, 옷을 살 때 한 치수 올라간 번호 정도. 그래도 아직은 괜찮다. 아직은 통제가 가능하다. 물 론 약간의 불안감, 짧게 스쳐 지나가는 불길한 예감, 얼굴을 스치고 가 는 쥐 그림자 같은 작은 두려움이 있지만 그래도 괜찮다. 아직은, 다 통제가 가능하다. 그래, 여기저기 붙여야 할 것들, 꿰매야 할 것들, 막아야 할 구멍, 닦아야 할 곳, 균형을 다시 잡아야 할 것들이 끝도 없이 생기지만 그래도 나머지는, 감사하게도, 대체로 잘 유지되고 있었다.

"얘들아, 진짜로 카드 안 던질거야? 이러다 나 졸겠다..." 누샤가 하품을 시작하며 말했다.

우리는 그때까지 몰랐다. 누샤가 그렇게 연달아 열두 번도 하품할 수 있는 사람이라는 걸.

우리는 여대생이었다

우리는 여대생이었다. 딘카, 알마, 도티, 그리고 나는 자그레브 대학교에서 일했고, 이바나는 미국에서 대학원 과정을 마친 뒤 베오그라드의 한 문학 연구소에서 자그레브로 왔다. 하나는 사라예보에서 가르쳤고, 니나는 지방의 한 단과대학에서 일하고 있었다.

정확히 언제 우리가 그런 모임을 시작했는지는 잘 기억나지 않는다. 아마 대학원생이었을 무렵인 20년 전 쯤이었을 것이다. 우리는 두세 달에 한 번씩, 때로는 더 자주 모였다. 그리고 그때마다 모든 것을 뒤로 제쳐두고 모였다. 개구리가 허물을 벗어두듯, 친밀함도, 남편도, 연인도, 가족사도, 아이들도 모두 떨쳐두고 아무 짐도 없는, 가볍고 온전한 모습으로 서로 앞에 나타났다. 그 밤들을 우리는 뜨거운 사우나 속에 들어가듯 만끽했다. 우리가 스스로 만들어낸 뜨거운 김 속에서 몸을 데웠고, 어린 아이 생일 파티에 온 아이들처럼 얼굴이 달아오를 만큼 말도 많이 했다. 수다를 떨고, 작은 것들을 주고받고, 이런저런 생각을 나누고, 영화와 책, 연극과 패션에 대해 열띤 논쟁을 벌였다. 우리는 조그만 조언들도 서로 나누었고 그 덕분에 같은 미용사, 같은 에스테틱, 같은 산부인과 의사, 같은 의상실에게 다니게 되었다...

우리는 각자 서로 다른 누군가에게 자신을 비추어보았다. 서로에게서 자기 안의 이상적인 모습을 발견하곤 했는데, 그 짝짓기는 카드한 벌 처럼 계속 섞이고 바뀌었다. 도티는 자신과 정반대인 누샤를 가장 좋아했던 것 같았고, 니나는 이상하리만큼 알마에게만 마음을 열었다. 하나는 니나와 자주 연락했고, 알마와 이바나는 우리 중 누구보다 딘카와 가까웠다. 그리고 나는... 이바나에게 홀린 사람이었다.

우리가 단 한 번도 이야기하지 않은 것이 하나 있었다. 정치였다. 도티는 오래전부터 자신만의 정치적 사연이 있었고, 알마는 정치라는 것 자체에 무관심했다. 누샤는 제국 시절에 대한 막연하지만 그래서 오히려 세련된 향수를 품고 살았다. 그 향수는 누샤의 조부모에게서 비롯된 것이었는데, 그들은 러시아 혁명 후 도망쳐 나오다 자그레브에 머물기로 결정한 사람들이었다. 딘카는 정치를 바보들의 직업이라고 생각했다. 사실 우리 모두 어느 정도는 그 의견에 동의하고 있었다. 우리는 정치처럼 재미없는 활동은 바보들의 일, 그리고... 남자들의 일이라고 대체로 믿고 있었다.

"딘카, 카드 좀 찾아봐. 한 판 던져보자..." 알마가 말했다.

"카드가 무슨 필요야. 난 이미 다 알겠구만..." 누샤가 약간 심통 난 목소리로 말했다. 그 심통은 삶 때문이라기보다 너무 많이 먹어서 생긴 노여움에 가까웠다.

우리는 땅에서 10cm쯤 떠서 걸었다

우리는 작은 아파트와 낮은 천장이 전부인 도시에서 살았다. 사람들은 도롱뇽처럼 거의 움직이지 않았고, 태어난 집에서 죽었으며, 가족사는 값싼 기념품처럼 기억되고 보존되었고 그 먼지를 정기적으로 털어내곤 했다. 심지어 오래된 깃발도 버리지 않고 간직했는데, 언제가 될지 몰라도 필요할 날이 올지 모른다고 믿었기 때문이다.... 우리는 유전자가 너무나 단순하고 명확한 사람들 사이에서 살았다. '어떻게든 살아남는 법.' 그 한 줄짜리 코드가 모든 것을 지배하는 곳에서. 그 도시 사람들은 옆으로 살짝 기울인 채 걷고 옆으로 훑어보듯 바라보았다. 토끼처럼. 어느 쪽에서 따귀가 날아올지 몰라 볼을 늘 경계 태세에 두어야 했기 때문이다. 우리는 증오를 화분처럼 길러내는 도시에서 살았다.(못생기고, 먼지 쌓이고, 영원히 푸른 러버 플랜트 같은 증오.) 우리는 어두운 모퉁이로 가득한 도시에서 살았다. 삶은 값이 싸서 금세 소모되었고, 증오는 완전히 아물지 않았으며 사랑은 늘 미지근했다. 창문 커튼은 언제나 닫혀 있었고(이웃이 우리의 저녁 메뉴를 들여다보지 못하게 하려는 것이었고, 그러면서도 언제나 살짝 벌어져 있었다(우리는 반면에 이웃의 접시를 들여다보기 위해). 우리는 삶이라는 것이 그저 짧은 전기(傳記)에 지나지 않는, 그리고 인생의 전환점이라는 것도 그저 하찮은 덧칠 정도에 불과한 도시에서 살았다.

아마 그래서였을 것이다. "우리는 땅에서 10cm쯤 떠서 걸었다." 우리말에서 그 문장은 사람들 사이의 구별을 뜻했다. 대다수는 자신의 발을 단단히 '땅에 붙이고' 살려고 애썼지만, 우리는 그 ... 10cm를 사수했다. 문학에 발을 담고 있다는 사실을 오랫동안 우리의 걸음을 가볍게 해주는 데 도움이 되었다. 그러나 시간이 지나면 우리는 결국 땅으로 내려오게 될 것이다. 중력의 힘은, 결국에는 거스를 수 없는 것이었기 때문이다.

"글쎄, 얘들아, 오늘 카드 던질 생각이 없다면 난 그냥 집에 갈게..." 도티가 말했다.

우리는 카드를 던졌다

우리의 '카드 던지기'는, 아마도 일상의 중력을 조금이라도 넘어보려는 같은 욕망에서 비롯된 것이었다. 타로는 삶에 관한 하나의 동화였고, 존재의 장애들과 그 너머의 보상에 대한 이야기였으며, 어른들을 위한 찬란한 그림책 같은 것이었다. 그 책에서 주는 즐거움은 익숙한 이야기가 반복된다는 데 있지 않았고, 오히려 수없이 많은 조합이 만들어질 수 있다는 가능성에 있었다. 타로는 일종의 다른 형태의 문학이었으며, 그 문학의 힘은 해석하는 이의 능력과 읽는 사람의 상상력에 의해 결정되는 것이었다.

우리 모임에 '카드를 던지기(우리는 그렇게 불렀다)' 의식을 들여온 사람은 딘카였다

그리고 그 방식을 바꿔야겠다는 생각은 한 번도 해본 적이 없었다. 하나만은 자그레브에 올 때마다 여기에 다른 방식의 점을 하나 덧붙였다. 바로 터키식 블랙커피를 마신 뒤 컵 바닥에 남은 찌꺼기를 보고 점을 치는 방법이었다. 하나는 손금으로 사람의 운명을 읽는 재능(그건 우리에게 너무 진지하고 위험해 보였다)이 있었고, 동양식 찻잎으로 보는 점에 대해서도 조금 알고 있었고(그건 마음에 들었지만 우리는 차를 마시지 않았다), 콩을 가지고 점을 치는 법(그건 어디까지나... 민속놀이 같았다)도 알고 있었다.

삶의 '영적인' 면과 관련해 진지하게 믿음을 가진 사람은 도티뿐이었다. 이런 종류의 주제에 대해서 말하자면, 알마는 가끔 정신분석가를 찾아가기도 했다. 누샤는 한동안 초월명상에 빠져 있었고, '차크라'가 무엇인지, '만트라'가 무엇인지 배웠다가 나중에는 그 모든 것을 그만두었다. 이바나에게는, 그런 '영적' 의미에서라면 산타클로스조차 흥미로운 존재였는데, 무엇보다 중요한 건 그게 사람들을 행복하게 만든다는 점이었다.

우리는 점성술을 천박하게 여겼고, 그런 것들과는 아예 관련을 맺지 않았다.

한동안 나는 러시아 아방가르드 작가 도이브베르 레빈에게 푹 빠져 있었다. 1930년대에 그의 동시대 작가들처럼 레빈 역시 어둠 속으로 사라졌고, 그와 함께 그의 소설 〈테오크리투스의 모험〉도 사라졌다. 그 소설이 존재했다는 사실은 그 시대를 살아남은 이들의 회고록을 통해 확인되었다. 그 무렵 나는 그 점에 꽂혀,아이들에게 심령술을 해보자고 설득했고, 그 제안을 '정당한 문학 연구 방법'이라며 열심히 변호하기도 했다.

"상상해봐. 우리가 만약 만델슈타람, 필냐크, 불가코프 같은 사람들과 직접 연결될 수 있다면 얼마나 많은 걸 배울 수 있겠는지, 응?!"

하지만 내 큰 기대와 달리, 여자 친구들은 내 제안을 아주 심한 혐오감과 함께 거절했다.

마치 내가 갓 도살된 동물의 신선한 간으로 점을 치는 하루스피케이션을 제안한 것처럼.

우리는 결국 타로에 충실했다. 뉴에이지의 물결이 밀려와 우리의 해안까지 적실 만큼 새로운 '영적' 가능성들이 쏟아져 들어왔을 때조차도.

카드를 던지는 사람은 언제나 딘카였고, 해석할 때 알마가 그녀를 도왔다. 나머지 사람들은 끼어들지 않았다. 딘카는 언제나 같은 방식, 즉 켈틱 방식*으로 카드를 펼쳤다.

그리고 우리 각자에게 늘어놓는 궁정 카드들 역시 수년 동안 변하지 않았다. 달라진 건 단 하나, 우리가 운명에게 던지는 질문들, 그리고... 그 질문에 쏟아붓는 우리의 열정이었다.

처음, 가장 열정적이었고 오래 지속되었던 시기에 우리는 사랑, 삶, 죽음에 관한 질문들, 정확히 짚고 넘어가면 거의 사랑에 관한 질문에

---

* 켈틱 방식: 타로 카드 배열법 중 가장 유명하고 기본적인 방식.

관심이 있었다. 그러다 어느 시점부터 질문은 박사학위 쪽으로 옮겨갔다(내가 박사학위를 무사히 끝낼 수 있을까?). 그 다음에는 관심사가 가족생활, 아이들, 실질적인 문제들로 이동했다. 그리고는 아예 질문이 사라진 시기가 찾아왔다. 상상력이 고갈된 탓인지, 혹은 두려움 때문인지 그건 알 수 없지만 우리는 진짜로 궁금해서 묻기보다는 의식을 이어가기 위해 억지로 질문을 만들어내곤 했다. 단 한 사람, 이바나만은 항상 같은 질문을 했다. 자신에게 아이가 생길지에 대한 질문. 그리고 그녀를 위해 우리는 그 불씨를 계속 지키려 애썼다. 도티도 오랫동안 같은 질문만 했다. 자신이 여권을 받을 수 있을지에 대한 질문. 그러다 마침내 카드가, 혹은 출입국관리사무소가 그 소원을 들어주었다.

시간이 지나면서 우리는 점점 투박해졌다. 딘카도 더 이상 공을 들이지 않았다. 그녀가 카드를 던지는 건 더 이상 운명을 읽어주기 위해서라기보다는 그냥 우리를 즐겁게 해주기 위한 일이 되어 있었다. 완드 카드가 나오면 딘카는 늘 이렇게 말했다. "봐, 여기 다 나오잖아. 곧 누군가랑 크게 한판 하겠네…"

이 모든 건 그 시기 때문이었다… 콜레스테롤과 싸우던 그 시기. 예전에는 우리는 그림과 색과 상징들을 현실 위에 쉽게 덧입힐 수 있었다. 그 현실이 우리에게 많은 걸 기대하게 만들었기 때문이다. 하지만 이제 현실은 메말라 있었고, 아마 원래부터 그랬는지도 모르겠지만 우리의 상상력도 함께 건조해졌다… 시간이 흐르면서 우리는 깨달았다. 인생이란 결국 대부분 더 가치 없는 버전을 내놓는다는 것을. 우리는 더 이상 그 그림들과 단어들에 우리 안의 빛을 비춰 스스로 밝히는 힘이 남아 있지 않았다. 게다가 우리는 점점 카드의 앞면보다 뒷면을, 밝은 의미보다 어두운 의미, 정방향보다 역방향을 더 믿게 되었다.

"똑똑!" "누구세요?"
"하늘에서 온 천사예요!"

"그래서? 오늘 카드 던질 거야, 아니면 그냥 집에 갈 거야...?" 알마가 단호하게 말했다.

"누구부터 할까?" 딘카가 반사적으로 말하며 카드를 집어 들었다.

"뭘 더 물어? 어차피 늘 똑같이 나오는데..." 누샤가 체념한 목소리로 덧붙였다.

딘카가 카드를 섞고, 막 두 개로 나누려는 순간, 전기가 나갔다.

"젠장...!" 딘카가 짜증스럽게 말했다.

"설마 또 정전 시작된 건 아니지...?" 이바나가 속삭였다.

딘카는 촛불을 찾아 불을 붙이고 다시 카드 앞으로 돌아왔다. 그리고 다시 카드를 섞었다.

"그래서, 누가 먼저 할래?"

"내가 할게..." 이바나가 나섰다.

그런데 딘카가 카드를 두 개로 나눠 위쪽 더미를 아래쪽으로 옮기려던 바로 그 순간,

갑자기 방 안으로 바람이 확 들이쳤다. 외풍인지, 돌풍인지 모를 바람이 그녀 손에 있던 카드 더미를 확 날려버렸다. 카드들이 방 안으로 흩날렸다.

"도대체 뭐야...!" 딘카가 비명을 질렀다.

그리고 방 안은 갑자기 다른 세계에서 온 듯한 푸른빛에 잠겼다.

"지——저스!" 도티가 비명을 지르며 재채기를 했다.

문간에는 아름다운 젊은 남자가 서 있었다. 그의 잘생김에 우리 모두 숨이 멎었다. 나는 곁눈질로, 우리 모두가 똑같은 순간 군인처럼 아주 작은 몸짓을 했다는 걸 봤다. 그 무의식적이고 반사적인 반응은 순

간적으로 예쁘게 보이려고 몸을 정돈하는 그런 움직임이었다. 누샤는 그녀의 아름답고 짙은 눈을 살짝 좁혔고, 알마는 매혹적인 미소를 번쩍 내보였으며, 도티는 손으로 머리를 쓸어넘겼고, 이바나는 어깨를 쭉 펴 올렸고,

나는 배를 집어넣었으며, 딘카는 입을 반쯤 벌린 채 젊은 남자를 바라보고 있었다.

"누, 누구세요?" 딘카가 더듬거리며 물었다.

젊은 남자의 몸이 살짝 떨렸다.

"어떻게 들어왔죠?" 딘카가 숨을 들이키며 물었다.

"어... 문으로요..." 젊은 남자가 매혹적이고 조용한 알토 톤으로 중얼거렸다.

"어디서 온 거죠?"

젊은 남자는 천장을 가리켰다.

"이비치네 집에서?"

젊은 남자가 고개를 저었다.

"투르코비치네?"

이번엔 더 세게 고개를 저었다.

"위층에는 그 두 집밖에 없는데..."

이번에는 딘카가 우리에게 말하는 듯한 어조였다.

"즈니다르치...!"

젊은 남자가 다시 천장을 가리키며 웅얼거렸다.

"얘, 하늘에서 떨어진 애잖아..."

알마가 터져 나오는 웃음과 함께 말했다.

젊은 남자는 고개를 끄덕이며 달콤하게 미소 지었다.

그 순간 도티가 또 다시 크게 재채기를 했다.

"정확해." 누샤가 말했다.

우리를 가지고 노는 손님

우리는 그 방문객의 이름이 알프레드라는 것, 그리고 그가 막시미르 거리에서 보지차 즈니다리치라는 여자가 트럭과 충돌하는 일을 막아야 했는데 그 임무를 완전히 망쳐버린 천사라는 사실을 알게 되었다. 사고가 난 뒤 그는 너무 절망한 나머지 거리에 불이 켜져 있는 창문을 찾았고 그 불빛을 보고 갑자기 들어가 보고 싶은 마음이 들었고 그렇게 해서 우리 집으로 들어오게 된 것이었다...

이야기 자체는 터무니 없는 소리였지만, 우리의 방문객은 그와 정반대로 아주 잘생긴 젊은 남자였다. 곱슬거리는 밤색 머리, 커다란 아몬드 모양의 눈, 갓 딴 신선한 산딸기같은 도톰한 입술을 가진 남자였다. 그의 얼굴은 남성적이고 선이 고운 얼굴이었고 몸도 흠잡을 데 없이 잘 다듬어진 체격이었다. 그는 연한 하늘색 티셔츠에 무릎까지 오는 반바지, 파란 운동화, 주머니에 대충 쑤셔 넣은 장갑, 그리고 무릎과 팔꿈치에는 가죽 보호대를 하고 있었다. 손에는... 파란 스케이트보드를 어리둥절한 표정으로 들고 있었다.

겉모습만 보면 밤마다 빈 광장에 나와 스케이트보드를 타는 요즘 젊은이들과 별로 다를 게 없어 보였다. 단 한가지 이상한 점이 있었다. 그의 티셔츠에 달린 배지들. 유고슬라비아 국장, 티토 배지, 유고슬라비아 국기, 그리고 망치와 낫. 그런 배지들은 이제 옛 파르티잔 전투 기념식에 참석하는 노년의 참전용사들 정장에서도 거의 찾아보기 어려운 것들이었다.

"흠... 그러니까, 네가 천사라는 거지?" 하고 딘카가 말했다. 그러곤 더 이상 무엇을 물어야 할지 모르는 사람처럼 말을 멈췄다.

젊은 남자는 공손하게 고개를 끄덕였다.

"그럼, 네 날개는 어디 있는데?" 누샤가 빈정대듯 물었다. 우리는 그녀의 말투가 마음에 들지 않아 그녀를 바라보았다.

"현관에..." 젊은 남자는 아주 담담하게 말했다. 그는 잠시 사라지더니, 싸구려 접이식 우산처럼 생긴 작은 꾸러미를 들고 돌아왔다. 젊은 남자가 날개를 펼치자, 그것은 눈이 부시게 하얗고 무게감도 거의 없었다. 흰 공작새의 날개를 떠올릴 수도 있겠지만 그것과는 비교조차 되지 않는 정도였다.

"날개가 있는데 스케이트보드는 왜 들고 다녀?" 누샤는 여전히 잘난 척, 비꼬는 말투였다.

"많은 사람들이... 깃털 알레르기가 있어서요..." 그가 말했다.

"에에취!" 도티가 재채기로 존재감을 확인시켰다. 젊은 남자는 날개를 접어 다시 현관에 두고 돌아왔다.

도티는 분명하게 개입하기로 마음먹은 듯했다. 은근하게 블라우스 안에 숨겨 둔 작은 십자가 목걸이를 꺼내 보이듯 하며, 같은 손으로 머리를 매만지고 젊은 남자에게 초콜릿 바구니를 내밀었다.

"그만 좀 해! 배고플 수도 있잖아... 자... 드세요..."

젊은 남자는 도티가 십자가로 보낸 신호에는 전혀 관심이 없는 듯했고, 대신 초콜릿 바구니 쪽에 끌리는 눈치였다.

"음... 알프레드는... 지상에 온 적이... 한 번도 없어요..." 그는 만족스럽게 중얼거리며 바구니를 하나 더 집어 들었다.

"천사 같은 소리 하고 있네! 저거 좀 봐, 게걸스럽게 먹는 것 좀..." 딘카가 알마에게 속삭였다. 정말로 젊은 남자는 급기야 다섯 번째 바구니에 손을 뻗고 있었다.

"왜 이렇게 자기 얘기를 3인칭으로 해...?" 누샤가 또 날카롭게 끼어들었다.

"알프레드는... 3인칭이 뭔지... 몰라요..." 젊은 남자가 겸손하게 대답하며, 일곱 번째 바구니를 집었다.

"그럼 네 티셔츠에 달린 그 배지들이 무슨 뜻인지는 알아?" 누샤가 마치 형사처럼 몰아붙였다.

"알프레드... 준비해 왔어요..." 젊은 남자가 말했다.

"얘 우리 가지고 노는 거야..." 딘카가 알마에게 속삭였다.

"아니면 그냥 바보일 수도 있고..." 알마가 딘카에게 속삭였다.

알프레드는 가짜가 아니야

그 사이 우리는 모두, 각자 알고 있는 천사에 대한 일반 상식을 떠올리고 있었던 것 같다. 그러나 우리 알프레드는 얀 반 에이크의 천사, 멤링의 천사, 보티치니의 천사, 도레의 천사, 페루지노의 천사, 브뤼헐의 천사, 블레이크·다 빈치·라파엘·뒤러... 그 누구의 천사와도 닮지 않았다. 그마저도 진짜인지 의심스러운 날개 한 쌍을 빼면, 그가 천사라는 증거는 어디에도 없었다.

"그래, 그러면 너 바늘 끝에 올라갈 수 있어?" 누샤가 다시 공격적으로 몰아붙였다. 이번에는 우리도 모두 고개를 끄덕이며 질문을 지지했다.

"알프레드는 가짜가 아니에요..." 젊은 남자는 조용히 대답했다.

그때 이바나가 직접 나섰다. 부엌으로 가서 밀가루 병을 가져오더니 바닥에 와락 쏟아버렸다.

"자." 그녀가 단호하게 말했다. "이제 걸어봐."

"뭘요...?"

"이 밀가루 위를 걸어보라니까..."

알프레드는 한 걸음, 또 한 걸음을 내디뎠다.

"봐! 발자국이 없어!" 이바나가 비명을 질렀다. "이게 증거야. 이 세상 존재들은 흔적을 남기지만, 다른 세계에서 온 존재들은 흔적을 남기지 않아." 그녀는 승리감에 취해 있었다.

"음... 그래도 기적 같은 거 하나 정도는 보여줬으면 좋겠는데. 뭐 묘기라도..." 여전히 의심 많은 알마가 낮게 중얼거렸다.

천사들은 자기들이 무엇을 위해 존재하는지 모른다

알마가 천사 감별사의 역할을 자처하듯 엄숙하게 물었다.

"배꼽은 있어?"

"배꼽?"

알프레드는 티셔츠를 들어 올리고 바지를 조금 내려 보였다. 배꼽은 분명히 없었다. 하지만, 그것 대신 공기 속에서 꿈틀거리며 흔들리는 그의 그것이 있었다.

"오오오...!" 우리는 모두 동시에 탄성을 내뱉었다. 도티는 또 재채기를 했다. 우리는 모두 조금 더 가까이 다가가, 넋이 나간 채 알프레드의 그것을 들여다보았다. 만약 알프레드에게 다른 세계의 무언가가 있다면, 바로 그것이었다. 그러므로 그것을 우리가 이제까지 본 것 중 가장 아름다운 것이라고 말하는 건 어리석은 일이었다. 그것은 그 누구도 한 번도 본 적 없는 것이었다. 신적이라고밖에는 설명할 수 없는, 크고 단단한 절굿공이가 부드러운 진주빛 솜털 속에 포근히 자리하고 있었고, 공기 속에서 벌새처럼 떨리며 희미한 푸른빛을 발하고 있었다.

"세상에, 얘야..." 알마가 낮고 깊은 목소리로 말했다.

"알프레드도... 가끔은 스스로 놀라곤 해요..." 알프레드가 아래를 내려다보며 말했다.

"그게... 무슨... 용도인지는... 아니?" 딘카가 물었다.

"알프레드는 몰라요... 무슨 용도인지..." 그는 바지를 올리며 대답했다.

276

우리는 모두 넋을 잃은 채 서 있었다. 갑작스레 몰려온 어떤 피로감, 어쩌면 무엇을 잃은 건지 말할 수조차 없는 상실감에 압도되어 그 자리에 그대로 고착된 듯 멈춰 섰다. 아마 알프레드가 카드 한 벌을 발견하고, 달콤하게 "알프레드 카드 던질 줄 알아요..."라고 말하지 않았다면, 우리는 얼마든지 오랫동안 그대로 서 있었을 것이다.

천사가 카드를 던진다

알프레드는 카드를 집어 들어 섞더니, 딘카처럼 바닥에 던지는대신 손을 한 번 휘저어 위쪽으로 흩뿌렸다. 카드들은 공중에서 스스로 자리를 잡았다.

"아아아아...!" 우리는 모두 경이로움에 숨을 내쉬었다.

카드들은 공중에 그대로 멈춰 서 있었다. 마치 보이지 않는 유리판, 혹은 투명한 스크린에 붙어 있는 것처럼. 그리고 우리는 그 카드들이 점점 투명해지며, 양쪽에서 빛을 받아 화려한 스테인드글라스처럼 변해 가는 모습을 바라보았다. 알프레드는 타로를 배열했다. 그는 마치 보이지 않는 컴퓨터 마우스로 카드를 움직이는 사람처럼 보였다.

"으—흠... 흐..." 알프레드가 한숨을 쉬었다.

"뭔데? 뭐라고 말하고 있어...?" 우리는 속삭였다.

우리 따위는 아예 신경도 쓰지 않는 듯, 알프레드는 공중에 걸려있는 카드를 바라보며 혼잣말로 중얼거리고, 한숨을 쉬고, 흐느끼고, 부시맨처럼 딸깍거리는 소리를 냈다. 그는 마치 한 주먹에 수천 개의 포춘 쿠키를 으깨면서, 동시에 그 안에 숨겨진 종이 쪽지 수천 개를 읽어내는 사람처럼, 말을 사방으로 쏟아내기 시작했다.

그것은 최면을 거는 듯한 소리의 뒤섞임이었다. 우리는 마치 정글의 소리, 사막의 소리, 바다의 소리, 초원의 소리, 별들의 소리가 모두 뒤섞인 지구 전체의 사운드 레코드를 듣는 듯한 기분에 사로잡혔다. 온갖 것들이 한데 섞여 있었고, 그중 아주 가끔씩 어떤 단어들이 식별 될 뿐이었다. 우리가 알아들을 수 있었던 것은 세계 문학의 고전에서 나온 인용문들이었다(나에게는 그 인용문들 대부분이 늘 포춘 쿠키 속 메 시지처럼 느껴지곤 했었다). 성경, 요한계시록의 구절도 있었고('보라, 내 가 문 밖에 서서 두드리노니, 누구든지 내 음성을 듣고 문을 열면, 내가 그에 게로 들어가 그와 더불어 먹고, 그는 나와 더불어 먹으리라 …'), 유명한 명 언집에서 흘러나온 문장들도 있었으며, 불교의 지혜, 도가의 상투적 가르침도 섞여 있었다. 알프레드는 탈무드의 문장들을 코란의 문장들 과 뒤섞었고, 그것들을 다시 뉴에이지식 삶의 기본 진리들과 결합했 다. 사회주의 교과서에 나오는 인용문('노동하는 자는 굶주리지 않는다') 은 티베트 신비주의자의 가르침과 나란히 자리했다. 그리고 시작도 끝 도 없는 그 혼란스러운 말의 묵주 속에서 "타르처럼 검은 터널 속에서, 눈부신 오각별이 번뜩인다." 라는 문장을 간신히 분간해냈을 때, 우리 는 알프레드가 말했던 준비해 왔던…는 말의 의미를 비로소 깨달았다.

알프레드는 우리를 홀려 버렸다. 우리는 시간 감각을 완전히 잃었 고, 그의 천사 같은 옹알거림에 사로잡혀 있었다. 알프레드는 마치 마 술사가 모자에서 비단 손수건을 끝없이 꺼내듯, 말을 끝도 없이 뽑아 냈다. 그는 흑인 래퍼의 리듬에 맞춰 문장을 토해냈고, 그 사이사이에 내쉬는 숨결은 때로 원숭이의 흐느낌 같고, 때로 새의 지저귐 같고, 때 로는 돌고래가 끙끙대는 것 같았다…

"…귀 있는 자는 들을지어다, 예-예, 거짓이 참이 되고, 참이 거짓이 될 것이니, 우-후, 왼쪽은 오른쪽이 되고, 오른쪽은 왼쪽이 될 것이며, 아-하, 밖에는 개들과, 마술사들과, 음행하는 자들이 있고, 이-히, 살인 자들과 우상 숭배자들이 있으며, 예-예, 위에 있는 자들은 곧 아래로 내려오고, 이-히이, 아래에 있는 자들은 위로 올라갈 것이니, 업-업,

그러니 네가 본 것을 기록하라, 예-예, 진실은 거짓이 되고, 거짓은 진실이 될 것이며, 헤-헤, 큰 것은 작아지고, 작은 것은 커질 것이며, 아-하, 귀 있는 자는 들을지어다, 에-헤, 추한 것은 아름다워지고, 아름다운 것은 추해지리라, 우-후, 그리고 용들에게 이빨이 돋고, 죽은 자의 뼈가 일어나, 이-히, 일어나서, 업-업, 너희 조상들의 영혼이 그들의 몫을 찾으러 오리니, 아-하, 그들은 체리나무 열매를 땄네, 히-히, 나를 부르지도 않고, 히-히, 너무 작으면, 오-호, 세상은 하나도 재미가 없지, 오-호..."

"얘들아, 지금 요반 요바노비치 스마이를 인용했어!" 도티가 알프레드가 내뱉는 묵주에 끼어들며 외쳤다. 그녀 말이 맞았다. 마지막 구절은 〈체리 피커(The Cherry-Picker)〉에서 온 것이었다. 도티는 분명히 기분이 상한 듯했다. 자그레브 한복판에 나타난 천사가, 그 넓은 세상의 모든 문학 중에서 하필 세르비아의 어린이들의 시를 인용했다는 사실 때문이었다.

알프레드는 얼굴을 붉히며 난처해했다. 그러자 공중에 떠 있던 카드들은 순식간에 증발하듯 사라져, 딘카의 발치에 단정하게 쌓였다.

"네가 뭘 했는지 봐봐! 그의 흐름을 끊어 놓았잖아! 그는 계속 우리에게 뭔가를 말하려고 하고 있었는데..." 이바나가 거의 울 것 같은 목소리로 소리쳤다.

"그는 처음부터 계속 중얼거렸어." 누샤가 쏘아붙였다.

"세상에, 너 갑자기 왜 이렇게 멍청해졌어? 스마이를 인용하면 어때! 지금 이 아이가 우리 모두에게 관련된 무언가를 전하려고 한다는 걸 왜 못 알아들어?" 이바나는 격렬하게 말했다.

우리는 이바나가 이렇게 완전히 다른 사람처럼 변하는 모습을 한 번도 본 적이 없었다. 그녀는 금방이라도 눈물을 터뜨릴 것 같았다.

"그가 여기 있는 건 우연이 아니야! 이유도 없이 하늘에서 뚝 떨어진 게 아니라고..." 이바나가 말했다.

"어쩌면 우리가 정말 멍청한 걸지도." 도티가 분위기를 누그러뜨리려는 어조로 말하며,

닭이 모이를 쪼듯 재빠르게 목에 걸린 작은 십자가에 입을 맞췄다.

알프레드가 이바나를 지목했다

그 순간 지금까지 일어난 모든 일을 고려하면 뜻밖이라는 표현이 맞는지도 모르겠지만, 아무튼 정말 예상치 못한 일이 벌어졌다. 알프레드가 이바나에게 다가가 그녀의 이마에 자기 이마를 부드럽게 갖다 댄 것이다. 마치 천사들의 도장을 그녀에게 찍는 것처럼. 그는 그러면서 두 손을 이바나의 뺨 위에 얹고, 마치 그녀의 생각을 읽어내는 듯 눈을 감은 채, 아주 천천히 머리를 왼쪽에서 오른쪽으로 움직였다. 이바나도 눈을 감았다. 부드러운 포옹에 묶인 그 둘은 앞뒤로 아주 느리게 흔들렸다. 우리는 입을 벌린 채 바라보았다. 그들은 마치 이 세상의 것이 아닌 어떤 춤을 추고 있는 것처럼 보였다. 우리는 이바나를 부러워했다. 도티는 얼굴을 붉히며 눈을 내리깔았고, 딘카는 곁눈질로 장면을 훔쳐보았다. 알마는 손톱을 물어 뜯었고, 누샤는 그녀만의, 어딘가 연약한 미소를 지었다.

알프레드는 다시 그 유혹적인 부시맨 같은 숨소리를 내기 시작했다.

"음 ..." 하고 알프레드가 말했다.

그러고는 천천히 이마를 이바나의 이마에서 떼어내고, 곧바로 그녀의 두 눈을 똑바로 들여다보았다. 이바나는 얼굴 전체에 따뜻한 물이 번지듯 퍼져가는 미소를 지었다. 그리고 작은 감사의 표시처럼, 아주 가볍게 커트시 같은 움직임까지 보였다.

"이제... 알프레드는 가야 해요..." 그가 진지하게 말했다.

"하지만 이제 막 왔잖아...!" 도티는 정말로 서운하다는 듯 외쳤다.

단체 사진

나 역시 알프레드가 떠난다는 생각에 마음이 쓸쓸해졌다. 그러다 딘카 집으로 오는 길에 수리 맡겼던 내 카메라를 찾아왔다는 것이 떠올라, 기념으로 우리 모두 함께 사진을 찍자고 제안했다. 우리는 알프레드를 가운데 세웠다. 누샤, 도티, 이바나, 알마, 딘카가 그 주변에 꽃다발처럼 둘러섰다... 나는 카메라를 자동 셔터에 맞춰두고 마지막 순간에 뛰어가 자리를 잡았다. 찰칵, 하고 카메라가 돌아가며 빛이 터졌다. 알프레드는 고개를 끄덕이며 말했다. "이제... 알프레드는 가야 해요..."

우리는 마치 중요한 손님을 배웅하는 호텔 직원들처럼 멍청한 미소를 보였다.

"이봐, 너 날개 잊지 마...!" 도티가 깃털 뭉치를 건네며 말했다.

그러다 알프레드는 문득 생각났다는 듯 자기 날개에서 깃털 몇 개를 뽑았다.

"알프레드... 감사 인사 드려요..." 그는 달콤하게 말하며 살짝 허리를 굽히고, 누샤에게, 이바나에게, 알마에게, 딘카에게, 도티에게 각각 깃털 하나씩을 건넸다. 그리고 그들이 그 깃털을 받을 때, 그들 또한 살짝 몸을 숙여 인사했다.

그 다음 알프레드는 지휘자의 지휘봉처럼 한 손가락을 들어 올렸고, 갑자기 우리는 모두 공중에서 한 발자국쯤 떠올랐다. 머리가 천장에 거의 닿을 뻔했다.

"하-느으-님..." 도티가 속삭였다.

알프레드는 마치 미안하다는 듯 매력적으로 어깨를 으쓱하며 말했다. "작은 아파트... 낮은 천장..."

"기적을 보여달라며. 자, 봐..." 딘카가 투덜거렸다.

"우릴 내려놓는 걸 잊지만 않으면 좋겠어..." 도티가 십자가를 움켜쥐며 속삭였다.

"내 생각엔... 공중에 떠 있는 것도 꽤 괜찮은데..." 알마가 말했다.

"이러면... 날씬해 보이나...?" 누샤가 물었다. 솔직히 말하면, 그건 나 또한 가장 먼저 떠올렸던 생각이다.

이바나는 천장을 바라보았다. 마치 일곱 번째 하늘에라도 올라간 사람처럼 보였다.

그 순간 알프레드는 우리를 조심스럽게 바닥에 내려놓고, 미소를 지은 뒤 장갑을 끼고, 손을 들어 머리 위로 흔들더니... 사라졌다! 모두 너무 순식간에 벌어진 일이라 놀랄 틈조차 없었다. 마치 TV 시리즈 〈스타 트렉〉같았다. (거기서는 등장인물들이 "전송해줘("Beam me up!" 또는 "Transmit!")!" 같은 말을 외치고 사라진다.) 알프레드가 사라진 자리엔 잠시 동안 별가루가 공기 속에 떠 있었다. 우리는 숨을 죽였다. 그 순간까지도, 우리가 정말 천사를 상대하고 있었다는 사실을 믿지 못했던 것만 같았다...

그리고 마지막 한 점의 별가루가 사라지자 우리는 동시에 하품을 했다. 서로 입 벌리고 하품하는 모습을 보자마자, 우리는 동시에 웃음을 터뜨렸다. 그러자 알마가 시계를 흘끗 보며 집에 가야 한다고 말했고, 이바나는 이미 가방을 챙기고 있었으며, 누샤는 하이힐을 신는 중이었고, 도티는 벌써 문고리에 손을 올리고 있었다.

"야, 왜 이렇게 갑자기들 서둘러..." 내가 중얼거렸다.

하지만 애들은 이미 떠나고 있었고, 딘카도 우리를 붙잡으려 하지 않았다. 우리는 거의 알프레드가 사라진 것만큼이나 빠르게 흩어졌다. 그리고, 사실 그 모든 일 중에서 가장 이상한 일은 우리가 이것에 대해 앉아서 이야기조차 하지 않았다는 것이다...

망각이라는 가벼운 깃털

잠을 청하려고 불을 끄기 전에, 딘카는 탁자 위에 놓인 이상한 흰 깃털 하나를 발견했다. 그녀는 미소를 지으며 그 깃털을 반딧불처럼 손바닥 위에 올려두었다. 그리고 그것을 침실로 가져가 조심스럽게 협탁 위에 놓았다. 어둠 속에서 그 깃털은 은은히 빛나는 듯 보였고, 그 재미있는 생각과 함께 그녀는 곧 잠들었다.

누샤는 집에 돌아오자마자 아이들 방으로 곧장 갔다. 그녀는 한 방, 그리고 다른 방의 문을 살짝 열어 보았다... 아이들은 깊고 편안한 잠에 빠져 있었다. 방 안 공기는 젊고 건강한 사내아이 특유의 강한 향기로 가득했다.

누샤는 테라스로 나갔다. 따뜻한 공기를 들이마시며 어둠 속에서 자신의 집과 땅을 훑어보았다. 문득 누구도 이걸 내게서 빼앗을 수 없다고 생각하자, 그녀는 그 불현듯 떠오른 생각에 몸을 떨었다...

누샤는 담배를 가지러 갔다. 다시 테라스로 돌아와 담배에 불을 붙였고, 담배갑의 셀로판 포장 안에서 작은 깃털 하나가 끼워져 있는 것을 발견했다. 그녀는 깃털을 꺼내어, 길고 가느다란 팔을 쭉 뻗어 들고 바라보았다. 짙은 초록빛의 밤 속에서 그 깃털은 마치 이 세상의 것이 아닌 듯한 빛을 뿜어내는 것처럼 보였다.

"이상하네..." 누샤는 속삭이듯 말하며 깃털을 다시 셀로판 속에 넣고, 잠자리에 들었다.

이바나는 작은 깃털을 손에 쥔 채 집에 돌아왔다. 남편은 가운 차림으로 테이블에 앉아 있었다. 테라스 문이 활짝 열려 있어, 나방들이 바람처럼 방 안으로 불어닥치고 있었지만 남편은 그것조차 알아차리지 못했다. 그는 텔레비전을 보면서 신문을 읽고, 샌드위치를 씹고 있었다.

"어땠어?" 신문에서 눈도 떼지 않은 채 남편이 물었다.

"늘 그렇듯 재미있었지." 이바나가 말했다.

샌드위치를 씹으며 남편은 시선을 텔레비전으로 옮겼다.

"뭐 따뜻한 거 만들어 줄까?" 이바나가 물었다.

"됐어." 남편은 다시 신문으로 눈을 돌렸다.

이바나는 부엌으로 가 탄산수 한 잔을 따랐다. "당신도 마실래?"

"뭐를?"

"물."

"아니, 됐어." 남편이 말했다.

이바나는 잔을 들고 돌아와 테이블에 앉았다. 테라스 문은 활짝 열려 있었고, 미친 듯이 나방들이 방 안을 날아다녔다. 남편은 신문을 읽고 있었다. 이바나는 손을 뻗어 깃털로 남편의 코를 간질였다.

"야!" 남편은 파리를 쫓듯 손을 내저으며 소리쳤다.

이바나는 남편을 똑바로 바라보았다. 그리고 자신이 무엇을 하는지도 모른 채 갑자기 손을 들어 깃털을 입으로 가져가, 달팽이처럼 말아 입안으로 밀어 넣었다. 형광빛 줄기 같은 것이 입 밖으로 조금 흘러나왔다...

남편은 공포에 질려 이바나를 바라보더니, 손으로 입을 막고 욕실로 달아났다. 그 사이 이바나는 잔에 담긴 물을 차분하게, 어딘가 낯설만큼 우아한 동작으로 들어 올려, 천천히 마저 들이켰다.

알마가 집에 도착했을 때, 남편은 이미 잠들어 있었다. 알마는 잠깐 신문을 보려고 앉았고, 그것을 펼치자마자 재채기를 했다. 그녀는 핸드백을 뒤졌고, 작은 종이 손수건 묶음과 함께 기적 같은 깃털이 떨어져 나왔다. 알마는 먼저 코를 닦은 뒤, 어떻게 이 깃털이 자신의 핸드백 안에 들어 있었는지 궁금해하며 그것을 집어 들었다.

그다음 알마는 옷을 벗고, 깃털을 들고 침대로 미끄러지듯 들어갔다. 열린 창으로 달빛이 흘러들었고, 옆에서는 남편의 따뜻한 몸이 평

온하게 숨을 쉬고 있었다. 깃털을 손에 쥔 채, 알마는 그것을 남편의
피부 위로 미끄러뜨렸다. 그의 피부가 여전히 젊고 매끄럽다는 사실
에 만족스러운 미소가 번졌다. 그녀는 그의 유두 주변을 천천히 원을
그리며 돌고, 끝을 부드럽게 간질였다. 그리고 깃털을 배꼽 쪽으로 내
려 보냈다가, 다시 조금 더 아래로 내려갔다... 거기엔 이미, 남편의 협
조적인 작은 지휘봉이 조급하게 그녀를 기다리고 있었다...

늦은 시간에 집에 도착했지만, 도티는 전혀 졸리지 않았다. 어머니
는 거실에서 자고 있었고, 남편은 자기 방에서, 딸은 또 다른 방에서
잠들어 있었기 때문에, 도티는 누구도 방해하지 않을 수 있는 집 안 유
일한 장소, 욕실로 갔다...

도티는 변기 시트에 앉아 있었고, 무엇을 생각했는지는 알 수 없었
다. 그런데 갑자기 남편이 욕실 문을 벌컥 열고 들어왔다. 그는 변기에
앉아, 이상한 작은 흰 깃털을 만지작거리고 있는 도티를 보았다. 욕실
의 둔탁한 불빛 아래에서, 도티는 남편을 바라보았다. 티셔츠와 속옷
차림의, 꾸벅꾸벅 졸고 땀에 젖은 한 남자. 그 순간의 맞닥뜨림은 마치
갑작스러운 발견 같았고, 명치에 한 방을 맞은 듯했으며, 마치 지금 이
순간에서야, 이렇게 많은 세월이 흐르고서야 처음으로 서로를 만난
것 같았다.

그리고 도티는 숨을 헐떡이며, 눈물을 훔치다가, 결국 큰소리로 웃
음을 터뜨렸다. 도티는 한동안 변기에 그대로 앉아, 손에는 작은 깃털
을 쥔 채, 숨이 막힐 정도로 계속 웃어댔다...

그날 저녁 나는 집에 돌아와 무슨 이유에서인지 창가에 놓인 화분
에 물을 주러 갔다... 그 순간 갑자기, 거스를 수 없는 강렬한 절망이 날
카로운 통증처럼 나를 꿰뚫고 지나갔다. 나는 옷도 벗지 않은 채 그대
로 침대에 누워, 이불을 덮고, 창문가에 박쥐처럼 굳어 있는 식물들의
어두운 윤곽에 시선을 고정한 채 잠 속으로 가라앉았다. 그리고는 깨

어나고 싶지 않다고 말하는 꿈을 꾸었다.

아침이 되자 나는 그녀들 모두에게 차례로 전화를 걸었다

아침이 되자, 알마는 침대 곁 바닥에 작고 아름다운 깃털 하나가 떨어져 있는 것을 발견했다. 그녀는 그것을 주워 들고 도대체 어디서 온 것인지 궁금해하며 작은 흑단 상자에 고이 넣어두었다.

아침이 되자, 누샤는 담배갑의 셀로판 포장 안에서 이상한 작은 깃털 하나를 발견했다.
　그녀는 그것을 접어, 목에 걸고 다니는 로켓 펜던트 안에 넣어두었다.
　아침 커피를 마시던 도중 도티는 갑자기 오래전부터 어머니가 냉장고 위에 두고 있던 공작 깃털 꽃병 속에서, 이상할 만큼 예쁜 하얀 깃털 하나를 발견했다. 왜 그런 행동을 하는지 스스로도 알지 못한 채, 도티는 그 작은 깃털을 꺼내 벽에 걸린 나무 십자가 뒤에 꽂아 두었다.
　"훨씬 낫네." 도티는 만족스럽게 말했다.
　아침이 되자, 딘카는 협탁 위에 놓인 눈에 띄게 이상한 하얀 깃털 하나를 발견했다. 그녀는 그것을 집어 들어, 자신이 최근 출간한 책 〈은유의 역사〉의 104쪽과 105쪽 사이에 끼워 넣었다. 이바나는 잠에서 깨자 극심한 갈증을 느꼈다. 반쯤 잠든 채 부엌으로 비틀거리듯 가서 냉장고를 열고, 1리터짜리 우유 팩을 꺼내 단숨에 마셔버렸다. 그녀는 남편이 출근한 것도 눈치채지 못했다. 그리고 출근하던 남편은, 졸린 얼굴로 우유를 들이켜고 있는 아내를 보자 그 자리에서 얼굴이 창백해졌고, 결국 문을 쾅 닫으며 집을 나섰다.
　아침이 되어 나는 그녀들 모두에게 차례로 전화를 걸었다. 그녀들은 천사에 관한 일을 아무것도 기억하지 못했다.

"비타민 B6 먹고 오렌지 주스 많이 마셔. 숙취엔 그게 최고야." 알마가 내게 조언했다.

그런 뒤 나는 근처 사진관으로 슬그머니 나가 필름을 현상 맡겼다. 가는 길에 신문을 하나 샀다. 집에 돌아와 신문을 훑어보던 나는, 마크 시미르 거리에서 트럭과 충돌해 서른한 살의 B.Z.라는 여성이 사망했다는 기사를 발견했다. 기이한 방문객이 중얼거렸던 보지차 즈니다리치 이야기는 거짓이 아니었다. 그리고 B.Z.는... 그 수호천사에게 아무런 도움도 받지 못한 모양이었다. 그러니까, 알프레드는 일종의 교통경찰이었던 것이다. 싸구려 삽화 속에서 종종 보이는, 부주의한 운전자들, 급류에 빠지는 사람들, 자살 시도자들, 부주의한 보행자들, 그리고 온갖 혼란스러운 이들 뒤에 늘 서서 따라다니는 수호천사의 한 종류인 것이다.

나는 B.Z.와 관련한 그 사실을 알려주려고 서둘러 다시 전화기를 잡았지만, 곧 포기했다.

대신, 니나와 하나에게 전화를 걸어 어젯밤의 일을 이야기할까 생각했다. 하지만 그러지 않고, 알마의 조언을 떠올리며 비타민 B6를 하나 찾아 오렌지 주스 한 잔과 함께 삼켰다...

전날 밤, 우리가 그 방문객에 대해 아무 말 없이 헤어졌던 이유가 이제야 분명히 알게 됐다. 말할 것이 없었던 것이 아니라 그녀들은 모든 것을 잊어버렸다. 천사는 자기 자신이 사라지는 바로 그 순간, 자신의 존재 흔적을 몽땅 지워버렸던 것이다. 하지만... 나 역시 그 자리에 있었고, 내 두 눈으로 모든 것을 똑똑히 보았다! 그러니깐 여전히 이해되지 않는 점이 하나 있었다. 왜 천사는 내게만 그 망각의 작은 깃털을 스치지 않았는지.

II

젊은 남자는 미소 지었다. 노란 장갑 낀 손을 들어 머리 위에서 한 번 휘저었고, 그리고는 갑자기 사라졌다. 간수는 공기를 쿵쿵 맡았다. 공기에서는 타들어간 깃털 냄새가 났다.

베오그라드에서 알게 된 지인 S. T.는, 직업은 심리학자이지만 벌어지는 모든 일에 깊이 환멸을 느끼고 상처받은 나머지 전쟁이 시작되던 초기에 남편과 아이와 함께 베오그라드를 떠나 이민을 갔다. 유럽을 떠돌다 결국 미국으로 건너갔고 메인 주의 숲으로 둘러싸인 작은 마을에 자리를 잡아 그곳의 정신과 클리닉에서 일하게 되었다. 많은 짐을 가져오지 않았지만, 직업적 이유로 오랫동안 자신의 꿈을 기록해 온 일기장은 챙겨왔다.

오늘, 그곳이 이제는 영원한 정착지가 될 거라는 눈으로 뒤덮인 메인에서 진짜 미치광이에 둘러싸여 진짜 광인들에 둘러싸여, 오히려 그들이 자신을 위로한다고 말하며 그 일기장을 읽는다.

"내가 그동안 무슨 꿈을 꿨는지 이제야 알겠어. 내가 꿈속에서 본 전쟁의 공포들은, 그때는 어디에서 온 건지 알 수 없었는데... 내가 꿈에서 본 모든 일이 실제로 일어났어." 그녀는 이렇게 말한다.

그렇다면, 지인은 전쟁의 공포를 먼저 꿈꾸었고 그 후에 그것이 현실이 된 걸까? 아니면, 전쟁의 공포는 이미 미래 어딘가에서 일어난 것이고, 그녀는 단지 그것을 꿈으로 본 것일까?

전쟁의 제왕들은 '꿈'이라는 말과 그 파생어들을 좋아한다. 그들은 사적인 꿈을 꾸지 않는다. 대신, 고국의 '천년의 꿈'을 실현한다. 나라들이 정말로 꿈을 꾸는가? 사람들은 말한다. "그래, 우리가 꼬박 천 년 동안 꿈꿔온 게 바로 그거야. 우리의 꿈이 현실이 되었어" 아마도 나라들은 지도자로 오니로만트, 즉 꿈을 해석하는 자들을 선택하는 것인지도 모른다. 그리고 그들이야말로, 그 나라들, 그 민족이 수백 년 동안 어떤 꿈을 꾸어왔는지를 밝혀줄 것이다. 실상으로 꿈의 세계와 현실의 세계 사이의 경계는 어디에 있는가?

어쩌면 경계란 아예 없을지도 모른다, 어쩌면 두 세계가 모두 현실이며, 다만 아직 일어나지 않았다는 이유만으로 꿈꾸어진 현실이 더 위험하고 '더 현실적'인 것인지도? 역사학자 암미아누스 마르켈리누스는 그의 저서 〈업적록(Res Gestae)〉에서 어느 메르쿠리우스라는 인물을 언급한다. 그는 '꿈의 지배자'로 알려져 있었는데, 사람들 꿈의 냄새를 맡고 캐물으며 서로 꿈 이야기를 나누는 순간들을 엿듣고는 그 꿈들을 황제에게 보고했기 때문이다. 많은 이들이 그 결과 목숨을 잃었다. '꿈의 지배자'의 소문은 널리 퍼졌다:. 누구도 자고 있었다는 사실조차 인정하려 하지 않았고, 하물며 꿈을 꾸었다는 사실은 더더욱 말할 수 없었다. 그리고 현자들은 자신들이 아틀라스 산기슭에서 태어나지 않은 것을 한탄했다. 전설에 따르면, 그곳 사람들은 결코 꿈을 꾸지 않는다고 했다.

전쟁의 제왕들, 꿈의 제왕들 ... 오니로만시 모든 종류의 점성술, 모든 미래를 읽는 것의 매력은 꿈의 텍스트 그 자체에 숨겨져 있는 것이 아니라 그 해석에 숨어 있다. 그런 의미에서라면 어떤 텍스트, 치즈 수플레 레시피조차도 미래에 대한 예언으로 읽힐 수 있으며, 혹은 나중에는 그 성취로 해석될 수 있다. 그것은 점쟁이들과 지배자들, 황제들과 그들의 보고자들, 정치가들과 정신분석가들에게는 아주 분명한 일이며, 바로 그렇기 때문에 그들 사이에는 그러한 긴밀한 연관이 존재하는 것이다.

알프레드는 그들과 같은 부류에 속하지 않았다. 나중에 드러났듯, 알프레드의 타로 카드 읽기의 진실은 전언 자체보다는 수행된 방식에 있었다. 알프레드가 다녀간 지 얼마 지나지 않아 주변의 현실은 혼돈(인용의 혼돈, 공교롭게도!)으로 말로 이루어지지 않은, 소리와 분노로 가득한 잡음으로 변해갔다.

그럼에도 불구하고 우리 이야기에서 중요한 것은, 우리의 심야 손님이 나타났던 그 파티가 우리의 모임의 마지막이었으며, 그때는 그 사실을 알지 못했다는 점이다. 그 이후로 '꿈꾸어진 현실'은 우리의 눈앞에서 차츰 해체되기 시작했다.

나는 여기에서 그 끔찍한 현실을 다시 언어 속으로 되감아, 그것을 이 지역적 종말의 이야기로 바꾸려는 것도 아니고, 알프레드의 포춘쿠키 같은 메시지들(그 이야기 말이다!)을 끔찍한 현실의 이미지들로 덧대어 그 정당성을 입증하려는 것도 아니다. 지금 이 순간에도, 내가 말하고 있는 그 현실은 여전히 확인할 수 있다. 남유럽의 그 찢겨나간 나라로 가서 직접 눈으로 보기만 하면 된다. 아니면 적어도 1991년에서 1995년 사이의 텔레비전 영상과 신문, 그리고 사진들을 들춰보기만 해도 된다.

그 현실은 아직도 확인 가능하다고 나는 말한다. 곧 지뢰밭에는 풀이 덮이고, 폐허 위에는 새 집들이 들어서며, 모든 것이 다시 뒤덮여 사라지고, 또다시 꿈과 이야기, 점쟁이들의 예언 속으로 미끄러져 들어갈 것이기 때문이다. 존재하는 세계와 꿈꾸어진 세계 사이에는 다시 단단한 경계가 세워질 것이다. 물론 그 경계를 인정하지 않는 악몽 같은 그 경험을 증거로 끌어올리는 증인들은 남아 있겠지만, 그들의 말을 들으려는 이는 거의 없을 것이며, 시간 속에서 그들 또한 풀에 덮여갈 것이다.

전쟁이 시작되기 전, 나는 지금도 한 가지 꿈을 기억하고 있다. 자그레브의 내 아파트에서 초인종 소리가 들렸다. 내가 문을 열자 사람들의 강물이 내 집 안으로 흘러들기 시작했다: 여자들, 아이들, 남자들, 노인들 … 그들은 말없이 들어와 자리를 잡고, 내 침대에 누워 있고, 내 책상에 앉고, 부엌으로 가고, 냉장고를 열고, 욕실에서 샤워를 했다. 모두 한마디 상의도 없이 … 도대체 왜 이렇게 많은 사람이, 그리고 이 작은 공간에 어떻게 다 들어올 수 있는가, 나는 그렇게 생각했다. 여기는 내 아파트라고, 나는 소리쳤다. 어떻게 감히 이럴 수 있느냐고, 나는 항의했다. 경찰을 부르겠다고, 나는 위협했다. 하지만 사람들은 나를 보지 못했다. 나는 보이지 않았고, 그들은 내 목소리를 전혀 듣지 못했다.

얼마 뒤, 나는 텔레비전 화면을 사람들을 가로질러 흐르는 강물을 보았다. 시간이 지나면서 세계를 여행하는 동안, 나는 그와 똑같거나 비슷한 사람들을 계속 만나게 되었다. 다시 말해, 나는 더 이상 자그레브의 내 아파트에 살지 않는다. 그리고 그 아파트는 더 이상 내 것이 아니다. 지금 내가 가진 전부는 여행가방 하나뿐이다 …

나는 여행가방을 '망명'이라는 단어의 비유적 상징물로 사용하지 않는다. 여행가방은 사실상 내가 가진 유일한 현실이다. 여권에 쌓여 온 도장들조차 내 떠돌이 삶의 현실성을 충분히 납득시키지 못한다. 그렇다, 여행가방은 내가 가진 단 하나의 고정된 지점이다. 그 밖의 모든 것은 꿈이고, 혹은 어쩌면 나는 누군가가 꾸는 꿈인지도 모른다. 어느 쪽이든 중요하지 않다. 그 여행가방 안에는 전혀 이치에 맞지 않는 것들이 들어 있다. 그 중에는 오래되어 누렇게 바랜 사진 한 장과, 또 한 장의 백지 상태인 실패한 사진 한 장이 있다.

우리의 유일한 단체사진. 사진 속은 하얀 공백이 펼쳐져 있다. 그 사진에는 왼쪽부터(왼쪽부터가 맞나?) 짙은 눈동자의 누샤가 있었어야 했고, 그 다음에는 넓은 얼굴에 날카로운 시선을 가진 도티, 그 다음에

는 따뜻한 물이 얼굴에 번지듯 미소가 흘러내리던 이바나, 구릿빛의
알마, 그 옆에는 믿음직하고 차분한 딘카, 어린 아이 같은 얼굴(그렇다
고들 한다)에 탐욕스러운 권력의 유전자를 지닌, 풍만한 가슴의 선조
들에게서 물려받은 몸을 하고 있었다. 니나와 하나는 그날 저녁 우리
와 함께 있지 않았기 때문에 없다....

　나는 또 다른 사진을, 우리의 빈 사진 옆에 놓는다. 세기 초의 누렇
게 바랜 그 사진은 흐린 창문 속에서 켜진 등불 같고, 무심한 공백속
에서 내가 그림들을 끌어올리게 해주는, 은밀하지만 마음을 따뜻하게
하는 어떤 신호임을 느낀다...

　그리고 나는 생각한다. 이렇게 오랜 세월 서로를 알고 지냈는데,
나는 왜 이들에 대해 이렇게도 적게 알고 있는가 ... 힘겹게 나는 그들
을 사진의 표면 위로 불러올리면, 누샤의 얼굴이 있어야 할 자리에는
희미한 얼룩만 남아 있고, 또 다른 이 에게서는 어떤 몸짓만이 표면으
로 떠오르고, 세 번째는 얼굴의 윤곽만이, 네 번째는 웃음만이, 다섯
번째는 그녀의 온전한 형체가 떠오르지만 그 모습은 전혀 다를 뿐더
러 새롭고, 분명 내가 기억하는 그 모습이 아니다 ...

III

공기에서 그을린 깃털 냄새가 났다 ...

누샤, 완드 여왕 카드*

1990년, 모든 것이 들끓기 시작했지만 전쟁으로 이어지리라 믿는 사람은 거의 없던 때, 누샤는 전혀 현실감이 없는 한 문장을 말했다. "나는 모든 가정이 조국을 지키기 위해 가족 중 한 사람은 내놓아야 한다고 생각해." 그녀가 그렇게 말했다.

1991년 가을, 열여덟 살이 된 그녀의 아들은 가장 먼저 전선으로 보내진 이들 중 하나였다.

우리가 처음 누샤의 집을 찾았던 것은, 그녀의 아들이 태어났을 때였다 ...

사랑스러운 누샤 ... 누샤는 우리 가운데 가장 아름답고 가장 여성스러웠다. 그 누구도 그녀와 견줄 수 없었다. 그녀는 키가 크고, 가느다랗고, 매우 여리여리했으며, 몸가짐에는 잔잔함이 있었고, 걸음에는 어떤 특별한 가벼움이 있었다. 밝은 피부에 짙은 눈동자, 얼굴에는 완벽한 화장처럼 희미하게 우수가 스쳐 있었고, 입가에는 언제나 모호한 미소가 머물 준비를 하고 있었다. 마치 그녀 자신도 그것이 누군가를 비웃는 것인지, 혹은 보이지 않는 누군가의 비웃음에 살짝 상처받은 것인지 확신하지 못하는 사람처럼.

오랫동안 누샤에게서는 아기 냄새와 어린아이 비누 향기가 났다. 첫 아이에 이어, 그녀는 또 한 명의 아들을 낳았다.

---

* 자신감, 카리스마, 창의적 리더십을 상징하는 타로 카드

우리는 누샤가 새 집으로 이사했을 때도 그녀의 집에 있었다. 그 집은 언덕 위에 있었고, 테라스에서는 푸른 비탈이 내려다보였다. 그 비탈 전체가 누샤의 것이었다. 비탈 끝자락에는 막 심은 첫 번째 어린 나무가 보였다. 그 작은 나무는 우리를 울컥하게 했다. 마치 누샤를 모든 악으로부터 용감하게 지켜주는 듯했고, 그녀에게 길고 조화로운 삶을 보증해주는 듯했을 뿐 아니라 그녀가 준비 중인 러시아 상징주의 박사학위도 무사히 끝낼 것만 같았다. 그날 우리는 카드를 펼치지 않았다. 그럴 필요가 없었다.

인맥을 동원해, 누샤는 아들을 전선에서 데려와 대학에 등록시키는 데 성공했다. 그러나 그 소년은 곧 스스로 전선으로 돌아갔다. 사람들은 그가 전쟁에 중독되었다고 말했다. 세상에는 온갖 중독이 존재하니까 ...사람들은 또 누샤의 부모가 차례로 세상을 떠났다고 말했다. 누샤의 남편은 집에 있는 일이 점점 줄어들었다. 밝은 피부의 누샤의 얼굴은 어둡게 변해갔다.

그 푸른 비탈은 이제 진짜 숲이 되었다고들 말한다. 처음에 누샤는 조경가의 조언을 따라 나무를 심었다. 그런 직업이 존재한다는 사실을 우리는 누샤에게서 처음 알았다. 지금은 누샤가 직접 묘목을 끌어다가 강박적으로 심는다고 한다. 어떤 나무가 가장 빨리 자라는지 그녀는 이미 배웠고, 그래서 그런 나무들만 골라 심는다. 또 나무들이 이제 테라스 바로 앞까지 닿았다고도 한다 ...

나는 어렴풋이 알아볼 수 있었다. 자작나무가 가장 빨리 자라는 나무다.

알마, 펜타클 여왕 카드*

알마는 늘 가장 좋은 카드가 나왔다. 아마도 알마는 삶 자체를 하나의 게임으로 생각하고 있을지도 모른다. 어떤 게임에서든 그렇듯 게임에서 가장 중요한 것은 이기는 것, 그리고 가능한 한 오래 승자의 자리로 남아 있는 것이었다.

새 시대가 오자, 그녀는 지금은 돌아가신 유고 파르티잔 장군인 자기 아버지가 살인자였다고 기꺼이 받아들일 준비가 되어 있었다. 마치 '옳은 편'이 곧 '그른 편'으로 뒤바뀌고, '그름'이 '옳음'이 되는 때가 올 것을 감지한 사람처럼.

"그가 살인자가 아니면 뭐였겠어?" 그녀는 확신에 차서 말했다. 그리고 그렇게 인정하며 자신을 지켜냈다.

한번은 내가 베를린에서 크로아티아 신문을 하나 샀다가, 그 신문에서 그녀의 이름을 발견했다. 국가 소유 아파트를 분양받을 권리를 주장하는 세입자들의 탄원서였는데, 나는 곧바로 알았다. 그녀가 시내 중심의 장군용 아파트를 그토록 쉽게 내놓을 리 없다는 것을. 그리고 왜 그래야 할까? 알마는 알고 있었다. 혁명은 결코 '정의로운 사상'을 위해 일어나는 것이 아니라, 집과 직위, 땅과 영토를 위해 일어난다는 것을 ... 그리고 과거에 그녀의 아버지가 이념적 '정통성'에 대한 보상으로 큰 아파트와 바닷가의 집을 받았듯, 새로운 역사의 시기에는 또 다른 '살인자'가 어떤 새로운 '정통성'을 내세워 그 아파트로 들어오려는 것이다.

"남자들은 연민이 없어 ..." 그녀는 어느 날 그렇게 말했다.

알마는 아무도 연민 따위는 갖고 있지 않다는 것을 이미 알고 있

---

*   현실적 안정, 돌봄, 물질과 감정의 균형을 상징하는 타로 카드

었고, 그리하여 미리 대비했다. 그녀는 두 개의 여권을 신청했고 결국 손에 넣었다. 그리고 인접한 곳에 더 서구적이고 더 안전한 새로운 유럽의 작은 나라에 아파트를 샀다. 그녀는 아들을 더 먼 유럽의 외국으로 보냈다. 징집될 위험이 전혀 없는 곳으로. 그녀는 모든 것을 정리해 두었고, 아무것도 우연에 맡기지 않았다. 마치 우리 중 오직 그녀만이, 자신이 어디에서 그리고 누구와 살고 있는지를 이미 명확하게 알고 있었던 사람처럼 …

실로 많은 일들이 그녀를 불안하게 했다. 전선에서 돌아온 한 크로아티아 병사의 가족이, 휴가를 떠난 사이에 바로 옆집 이웃의 아파트로 들어와 버렸다는 사실을 받아들이기까지는 오랜 시간이 걸렸다. 그리고 그 이웃은 거리로 내몰렸다.

그곳에 들어온 사람들, 그 새로운 혁명가들은, 옷 한 벌조차 하물며 다른 어떤 것도 가지고 나오는 것이 허락되지 않았다. 동물적 생명력, 그것이 인간 본성의 핵심이며, 그 밖의 모든 것은 잉여다. 얼마 되지도 않는 온갖 종류의 '사상'들은, 종류가 무엇이든 상관없이, 인간의 똥이 하늘 높이 악취를 풍기지 않도록 감싸는 포장지 역할을 할 뿐이다. 그래서 머리가 있는 사람이라면 누구나 자신의 피부를 갈아끼운다. 이런 어두운 시대에는, 그들은 단단한 뼈대를 지닌 새로운 인간종, 심장 면적이 줄고 안와는 크게 발달한 변종이 되어간다.

실로 많은 일들이 그녀를 불안하게 했지만, 그녀는 의로운 영웅 역할을 할 생각은 전혀 하지 않았다. 게다가 영웅들에게 어떤 일이 일어나는지는 그녀만큼 잘 아는 사람도 없었다. 몇 해 전, 그녀는 아버지의 동상 제막식과, 아버지가 태어난 마을에 그의 이름을 딴 학교 개교식에 참석했었다. 그녀는 그 소박한 행사를, 지루한 시골 의식을 견디듯 버텼다. 사실 가도 그만, 안 가도 그만이었다. 그리고 지금, 몇 년이 지난 지금쯤이면 그 동상은 아마 철거되었을 것이고, 학교의 이름(그녀 자신의 이름을 딴!) 역시 바뀌었을 것이다.

알마는 독특한 아름다움을 지니고 있었다. 짧고 윤이 나는 구릿빛 헤어, 뚜렷한 광대뼈, 크고 풍만한 입술, 넓게 번지는 미소 그 모든 것 속에는 어딘가 중성적인 매력이 있었다. 그녀는 언제나 완벽하게 차려입고 있었다. 시간이 흐르자 구릿빛 헤어는 더 어두워져 한층 더 매혹적인 밤색이 되었다. 그녀는 늘 두 남자를 곁에 두고 있었는데, 남편과 그녀의 연인이었다. 그녀는 삼각관계(ménage à trois)가 여성에게 가장 자연스러운 성적·정서적 환경이라고 주장했다. 그녀가 일찍이 알게된 남자들에게는 연민이 없다는 깨달음이, 영화 〈줄 앤 짐(Jules et Jim)〉과 결합하여 그녀에게 영향을 미친 것이었다. 그녀는 대략 7년 주기로 연인을 바꾸었고, 남편은 그대로 두었다. 알마의 연인들은 모두 끝내 확고한 독신주의자로 남았다.

알마는 결코 굴복하지 않았다. 실제였든 만들어진 전설이었든 그녀의 선조인 아드리아 해의 해적의 유전자는 그녀가 굴복하는 것을 허락하지 않았다. 그녀는 군인처럼 살았고, 규칙적으로 운동을 했으며, 미용실을 꾸준히 다녔고, 때때로 정신과 의사를 찾았고, 치과와 피부과를 정기적으로 방문했다. 겨울이면 언제나 스키를 탔고, 여름이면 바다로 갔으며, 계절이 바뀔 때마다 트리에스테로 가서 옷장을 새로 채웠다. 아르마니, 모스키노, 밀라 숀, 페라가모, 크리시 … 우아한 알마는 언제나 가장 비싼 실크 스타킹만 신었고, 늘 진짜 보석만 착용했다.

알마는 오직 자기 스스로를 엄격히 다스릴 때만 자신이 갈망하는 '특별한 것들'을 충족시킬 수 있다는 사실을 알고 있었다. 그녀는 문학에 관여하는 일 역시 그런 '특별한 것들' 가운데 하나라고 여겼다. 그녀가 써내는 문학 이론 연구들은 점점 더 훌륭해지고 있었다. 그러나 그것을 알아보는 사람은 거의 없었다. 그녀는 개의치 않았다. 최고 수준의 학문적·학술적·문학적·문화적 지위는 전쟁이든 평화든 남성들의 몫이라는 사실을 이미 받아들이고 있었기 때문이다.

일 년간 일본에 머무는 동안, 알마는 홋카이도의 슬라브 연구소와 연락이 닿았다. 알마 덕분에, 거의 연결될 것 같지 않던 크로아티아인들과 일본인들은 알마가 기획한 어떤 문학·학술 프로젝트를 통해 이어지게 될 것이었다.

내 상상이지만 이 프로젝트에는 한 명의 인물이 추가될 것이다. 일본인 신사 오시마 박사, 작은 체구의 남자이며 러시아 장식적 산문의 뛰어난 전문가. 해적의 유전자를 지닌 그 키 큰 백인 여자는 그의 일본 도자기 같은 심장을 부러뜨릴 것이다. 오시마 박사는 1994년, 1995년, 1996년, 1997년, 1998년, 1999년, 2000년, 어쩌면 그 이후까지도 알마를 열렬히 사랑하게 될 것이다.

니나, 펜타클 페이지 카드*

니나는 아드리아 해 연안의 작은 도시에서 러시아 문학을 가르쳤다. 언덕 위에는 주로 세르비아인들이 살았고, 해안에는 대부분 크로아티아인들이 살았다. 1991년에 그녀의 학생들 중 몇 명은 언덕으로, 자신들과 같은 사람들 속으로 도망쳤다. 나중에 그들이 자기 도시를 향해 포격에 가담했을 가능성은 충분하다. 그리고 니나. 그녀는 그 일에 대해 말하고 싶어 하지 않는다.

어떤 의미에서 나는 니나가 완전히 문학 속으로 옮겨가 버렸다고 생각한다. 그녀는 벨리, 불가코프, 플라토노프의 페이지들 사이를 마

---

* 현실적인 배움의 시작, 성실한 첫걸음, 가능성의 씨앗을 상징하는 타로 카드

치 바다 위를 떠도는 것처럼 걸어다니며, 항구로 들어가고 싶어 하지 않는다. 내가 아직 자그레브에 있을 때, 그녀는 여러 번 전화를 걸어왔다 ...

"들려...?" 그녀는 통화를 끊고 말을 멈추곤 했다.

나는 수화기 너머로 분명히 총성이 들었다.

"또 쏘고 있어. 오늘 할당량을 아직 못 채운 모양이야." 그녀는 마치 비 얘기라도 하듯 차분하게 말했다.

"그건 네 학생들이 너한테 쏘는 거야 ..." 나는 농담처럼 말했다.

니나는 늙은 여자처럼, 낮고 삐걱거리는 소리로 조용히 웃었다.

"쏘는 건 저 멍청이들이지, 내 학생들이 아니야."

"왜 떠나지 않아?"

"왜 그래야 하지?" 그녀는 그 질문을 더 이상 이어갈 수 없게 만드는 어조로 그렇게 말했다.

니나는 자그레브로 돌아올 수도 있었다. 그녀의 부모는 자그레브에 살고 있었다. 왜 그녀가 그 작은 지방 도시에서, 새로 얻게 된 시민들과 함께 전쟁의 운명을 나누기로 한 것인지 나는 도무지 알 수 없었다. 몇 달 동안 그녀는 전기도, 물도, 난방도 없이 살았다. 떠나버리는 대신에 작고 가냘프고 유난히 유연하며, 회녹색의 눈과 고운 고양이 같은 얼굴, 머리는 작게 하나로 묶고, 언제나 과부처럼 검정 옷을 입고 다니던 니나는 고양이 한 마리를 키우기로 했다.

"베헤모트가 중앙난방보다 나를 더 따뜻하게 해줘," 그녀는 말했다.

몇 달 동안 니나는 욕실에서 세상과 소통했다. 그녀는 욕조 안으로 전화기를 가져오곤 했는데, 욕실이 아파트에서 유일하게 안전한 공간이었기 때문이다. 그리고 침낭에 몸을 감싸고 욕조에 누웠다. 욕조 곁에는 작은 탁자를 놓고, 재떨이와 담배, 마실 것을 올려 두고는, 알마와 도티와 누샤 ... 모두에게 차례로 전화를 걸었다.

나는 결코 알 수 없을 것이다. 왜 그녀가 자기 도시도 아닌 그곳에 남기로 했는지, 학생들의 손이 닿는 곳, 학생들 중 일부는 군인이 되었고, 그들 중 몇은 '우리'가 되었고 몇은 '그들'이 되었고, 대부분은 전쟁 때문에 공부조차 하지 못하게 된 그곳에 왜 머물렀는지.

나는 단지 추측할 뿐이다. 니나는 삶이 그녀를 데려다 놓은 그곳에 머물러야 한다고 마음속으로 결정했던 것이라고 … 그리고 그때쯤이면 고양이 베헤모트가 이미 그녀에게 익숙해져 있었고, 옆집 이웃은 그녀의 도움이 필요했고, 그곳에는 또 다른 사람들이 있었으니까 …

시간이 지나면서, 덩굴식물처럼, 그녀는 욕실과 그 안의 전쟁 속 일상, 그리고 예전에는 소설로만 읽어온 그런 삶, 결국은 그녀 자신의 자유 속으로 스며들었다. 그녀는 술에 대해서는 누구에게도 변명할 거리도 없었다. 게다가 사람들은 말했다, 그녀가 점점 더 많이 마셨다고. 여행이 조금 쉬워졌을 때, 그녀는 자그레브의 한 슬라브어학자 회의에 모습을 드러냈다고 한다. 그리고 모두가 불편함을 느꼈다. 알마도, 딘카도, 도티도. 그녀들에게 그녀가 '아닌 편'은 없었지만 어딘가 마음속으로는 이미 그녀를 지워버렸고, 그녀는 더 이상 그 모임의 일부가 아니었으며 게다가 다루기 어려운 사람이 되어 있었다. 외국에서 온 동료들에게도 그녀의 그런 모습은 보기 힘들었다.

나는 가끔 그녀에게 전화를 걸고 싶은 마음이 든다. 그러다가 그 생각을 접는다. 무엇보다도 그녀의 전화번호가 없기 때문이다. 하지만 나는 생각한다. 그녀라면 하나에 관해서도 무언가 말해줄 수 있을지 모른다고. 가능한 동안, 니나는 사라예보의 하나에게 꾸준히 전화를 걸었다. 이유는 알 수 없지만, 나는 지금도 그녀가 하나에 대한 소식을 알고 있으리라 확신한다 …

하나, 완드 페이지 카드*

보스니아 전쟁이 시작되자마자, 도티는 초조하게 하나에게 전화를 걸어 그녀가 살아 있다는 사실을 확인했다. 하지만 도티 말에 따르면 하나의 정치적 맹목에 마음이 불편했다.

"어떻게 지내?" 도티가 물었다.

"총알이 날아와 ..."

"누가 쏘는 건데?"

"모두가..."

겁에 질린 하나가 그렇게 대답했다.

"아직도 그게 세르비아군이 쏘는 것이라고 말하지 못한다면, 내가 왜 계속 그녀에게 전화를 해야 하는지 정말 모르겠어." 도티는 그렇게 하나에 대한 보고를 마쳤다. 그리고 한동안 하나는 잊혀졌다.

그러다 사라예보의 상황이 훨씬 더 악화되었고, 전화선이 끊겼고, 드나드는 것 자체가 불가능해졌다. 그제야 누군가가 사라예보와 연결되는 이야기를 하며 하나를 떠올렸다. 누군가는 하나가 젊은 시절 공산주의자였다고 말했고, 다른 누군가는 그녀가 사실 늘 비밀스러운 이슬람 근본주의자였다고 말했다. 또 다른 누군가는 세르비아인인 하나의 남편이 자기 민족이 아닌 사라예보 쪽에서 싸우고 있다고 말했다.

그러다 갑자기 하나가 다시 살아났다. 아니, 그보다 더 가까워진 듯했다. 멀리 떨어져 있음에도 불구하고. 마치 우리가 하나라는 존재를 통해 우리 사이에 끊어진 고리들을 다시 붙여보려는 듯, 마치 잠시나마 하나라는 매개가 지금은 불가능한, 전쟁을 함께 나누던 시절로 통하는 통로를 열어주는 듯했다. "하나는 어떻게 지내?" "하나 소식

---

* 영감의 탄생, 모험의 시작을 상징하는 타로 카드

들은 거 있어?"

"우리가 하나를 위해 뭔가 해야 하지 않을까 ..."

우리는 여러 가지 일을 했다. 때로는, 우리가 하나를 걱정한다는 그 사실 자체가 하나라는 사람보다 더 중요한 것처럼 느껴지기도 했다. 우리는 공식 직인이 찍힌 편지들을 보냈고, 국내외 학술회의 초청장을 보냈고, 외국의 동료들에게 도움을 요청했다 ... 어느 날, 하나의 언니가 잠시 자그레브에 나타났다. 그녀는 이미 오래전부터 프라하에서 남편과 아이들과 함께 난민으로 살고 있었다. 우리는 하나와 그녀의 딸을 어떻게 사라예보에서 빼낼지 오랫동안 상의했다 ...

1993년 2월, 나는 하나에게서 편지를 한 통 받았다. 나는 답장 하지 않았다. 마침 그때가 내가 자그레브를 떠나던 시기였고, 거의 자기 파괴에 가까운 기묘한 들뜸으로 내 영구 주소를 앞으로의 임시 주소들로 바꾸고 있었다 ...

내가 바깥에 있는 친구에게 전하고 싶은 모든 말을 제대로 표현할 수 없는 처지임을 부디 용서해주기를 바란다. 나는 때때로, 글을 쓰는 것은 말할 것도 없고 말하는 능력조차 잃어버린 것이 아닌가 하고 생각한다. 그럼에도 불구하고, 단 한 번의 우정 어린 몸짓이 사람을 다시 살아나게 할 수 있다는 사실은 놀라울 만큼 믿기 어려울 만큼 놀랍다 ... 자그레브에서 당신을 만났다는, 내 여동생이 들려준 그 이야기가 그렇다.

논문들에 대해 모두가 걱정해준 것에 꼭 감사하다고 전해주기 바란다. 우리 사라예보 사람들은 쥐처럼 사라예보를 빠져나갈 길을 찾는다. 그리고 동시에, 만약 떠난다면 우리가 할 수 있는 일은 그냥 목숨을 부지하는 것 말고는 아무것도 없으리라는 사실을 알고 있다.

사라예보 사람이 이 도시를 떠나면, 우리가 겪어온 일을 생각할 때, 안도감보다 부끄러움을 느낀다. 이 모든 감정의 뒤엉킴, 이 동물적 생존 투쟁과 애국심의 뒤섞임. 그렇다, 책 속에서나 볼 법한, 그리고 우리는 그저 책 속에만 있는 것이라고 믿었던 바로 그 애국심을 어떻게 설명해야 할지 모르겠다. 차라리 아무 말도 하지 않는 편이 나을 어떤 것을 나는 말하려 하고 있다. 그러나 아마도, 돌파구를 생각하게 된 지금, 내 심장 박동을 스스로 느껴봐야 하는 것 같다. 당신들이 보내준 초청장은 내가 '합법적으로' 떠날 수 있을지도 모른다는 희망을 열어주었고, 그래서 이제 생각하지 않을 수가 없다. 생각할 수 없는 이유는, 이네스 때문이다. 그녀는 11개월째, 코끝 하나 밖으로 내밀지 못했다. 부엌 창고에서 잔다. 어떤 아파트든 파괴되지 않은 곳이 없고, 어느 순간에도 포탄이 들어올 수 있기 때문이다 ...새로운 이 동네에서 여자애는 그녀 하나뿐이다. 그녀는 작은 남자아이 다섯 명과 어울린다. 아이들은 하루 두어 시간쯤, 4층이나 3층, 혹은 5층으로 함께 간다. 그리고 저녁이 되면 얼어붙은 몸으로 돌아온다 여섯 명이 나누어 먹는 미국산 식량 꾸러미 하나, 그것도 있을때나 말이지 ...

자기 도시 안에서 망명자가 되는 삶을 어떻게 설명할 수 있을까? 작년 4월과 5월만 해도 우리는 모두 자기 집에 있었다. 그러나 곧 도망쳐야 했다. 이젠 내 집이 최전선에 놓여 있다. 어머니는 아직 그곳에 계신다. 우리는 두 달에 한 번 꼴로 소식을 주고받을 뿐이다 ... 어떻게 이런 상황을 설명할 수 있을까? 사람이 온갖 위험을 뚫고 자기 집에서 겨우 50미터까지 갈 수 있고 그 이상은 나아가지 못하는 상황, 가장 가까운 사람들의 생사를 확인할 수도 없고, 수천 번 건넜던 다리를 건널 수도 없는 상황을? 그는 그저 조심스럽게 창문들을 바라보며, 그 안에 삶의 기적이 있는지를 살피는 것밖에 할 수 있는 일이 없다 ...

무슨 말을 더 할 수 있을까? 내 뒤에는 자그레브의 어느 거리 대피소에서 보낸 끔찍한 날들, 피로 물든 사라예보 거리의 참혹한 장면들,

그리고 수많은 친구들을 잃고 슬퍼하던 날들이 있다 … 우리는 지금도 두려움 속에서 살고 있고, 이 죽음의 춤사위 언제 멈출지 알지 못한다.

그동안 우리는 완전히 다른 사람이 되어버렸다. 우리는 하루하루 버티는 삶에 익숙해졌다. 가장 중요한 것은 음식, 장작, 물을 구하는 일이다. 우리는 물건을 사는 것이 아니라 서로 교환하던 시대로 되돌아갔다. 이제는 감자와 양파가 어떤 것이었는지조차 기억나지 않지만, 분유로 치즈를 만드는 법은 안다. 우리는 쌀로 커틀릿을 만들고, 유명한 보스니아 파이도 쌀로 만든다. 보스니아 요리는 없는 것에서 무언가를 만들어내는 비밀 레시피들로 보강되었다. 우리는 직접 조리기구를 만들고, 나무를 패고 불을 피우는 법을 배웠다. 거리의 가로수와 공원의 나무는 모두 베어냈지만 그에 대해 미안해할 겨를도 없다. 전기도 없고, 촛불은 오래전에 바닥났다. 우리는 기름 램프와 온갖 방식으로 즉흥적으로 조명을 만든다. 시간이 더디게 간다고 불평할 수는 없다. 예전에는 사라예보가 여러 문화가 만나는 장소라고 자랑하곤 했지만, 지금 우리는 문명이 전혀 존재하지 않는 지점과 문명의 가장 높은 성취가 맞닿는 경계에서 살고 있다고 말할 수 있다.

보시다시피, 지금 내가 마음 쓰는 일들은 전과는 아무런 관련이 없다. 나는 갈 수만 있다면 일주일에 두 번 대학에 간다. 내 책들은 모두 점령 지역에 있고, 언젠가 돌아간다 해도 그중 하나라도 찾을 수 있을지 의심스럽다. 전쟁이 시작되기 직전 나는 책을 한 권 출판했지만, 그 책 전체가 아마 파괴되었을 것이다. 어느 날 나는 용기를 내어, 사라예보에서 가장 파괴된 지역, 최전선 바로 위에 있는 인문대학에 들어갔다. 폐허가 된 내 연구실에서 책 한 권을 꺼내오는 데 성공했다. 참고로, 나는 지금은 이론이 아니라 시를 쓰고 있다 …

이렇게 길게 썼지만, 사실 쓸 수 있을 거라고는 생각하지 못했다. 당신이 이 글을 너무 지치거나 혼란스럽게 느끼지 않기를 바란다. 당신의 소식도 듣고 싶다. 여기서는 편지가 큰 의미를 지닌다. 우리는 편지를 찾으러 도시의 가장 말도 안 되는 곳까지 간다. 우편 봉쇄는 여러 용감한 사람들인 구호 활동가들, 유대 공동체 사람들, 제칠일안식일 예수재림교회 사람들에 의해 뚫는데 성공했다 … 우리는 외국 기자들도, 우편배달부로 활용한다. 가능하다면 누구든…

우리가 자그레브에서 만날 수 있기를 바란다. 나도 가고 싶다. 하지만 여기로 돌아올 수 있다는 확신이 있을 때 잠깐만 들리고 싶다. 이 모든 일이 끝날 희망이 조금은 있지만, 여기서의 삶은 앞으로도 지독하게 힘들 것이다 … 그래서 잠시라도 쉬는 것이 나에게 필요하다. 누샤, 도티, 알마, 딘카에게 안부를 전해줘. 사랑을 담아, 하나.

1993년 가을, 내가 이미 외국에 나와 있을 때 하나가 사라예보를 빠져나와 자그레브에 도착했다는 소식을 들었다. 하지만 자그레브에서 이상하게도 도티의 아파트는 하나를 들이기에는 너무 작았고, 알마의 아파트에는 때마침 손님들이 와 있었고, 딘카도 그녀를 머물게 할 형편이 안되었고, 누샤는 그때 자그레브에 없었다. 게다가 그 무렵 누샤에게도 여러 가지 사정이 있었다. 사실, 각자 모두에게 문제가 있었다 … 그들은 마음이 불편하여 서로에게 전화를 했고, 모두 도울 준비가 되어 있었다. 세상에, 어떻게 도울 준비가 되어 있지 않을 수 있겠는가. 모두가 열정적이었고, 곧 그 열정에 스스로 지치기도 했다. 그러나 아무도 서로 "너는 어떻게 지내?"라고 묻지 않았다. 딘카의 아버지가 막 돌아가셨으며, 어머니는 병들어 있었고, 누샤의 아들은 또다시 전선에 나가 있었고 …그때 시간에 어떤 문제가 있었던건지 아니면 단지 그들의 '시간 감각'에 무슨 일이 생긴건지 모르겠지만 어쨌든 그들은 어떻게 해도 만날 수가 없었다. 어떻게 된 일인지, 단 한 순간의 여유도 허용되지 않았다. 결국 그들은 만나지 못했다. 그저 하나가 무사했다는 사실에 감사했고, 어차피 오래 머물지 않겠다고 그녀 또한 강하게 말해 두었다. 결국 하나는 한 동료의 집에 머물렀다. 그 동료는 모두가 알고 있었지만, 한 번도 초대한 적은 없는 사람이었다.

왜 그 동료를 그 어떤 모임에도 끼워주지 않았는지는 모를 일이다 ...

나는 하나에 관한 이야기를 이해한다. 그 몇 달 동안 벌어졌던 일은 모든 사람을 향한 끔찍한 배신이었다 ... 그리고 그 거대한 배신 뒤에 숨어, 그것을 자기 개인의, 하찮은 배신을 정당화하는 데 이용하는 일은 쉽고도 고통 또한 없었다. 어떤 이들은 집을 부쉈고, 다른 이들은 그 집에 살던 사람들을 학살했고, 또 다른 이들은 가구를 끌어냈고, 또 다른 이들은 나머지 모든 것을 가져갔다. 어떤 이들은 흥미롭게 지켜보았고, 어떤 이들은 혐오감을 느꼈고, 어떤 이들은 눈을 감았고, 또 어떤 이들은 그 자리에 조차 있지 않았다 ... 일이란 그렇게 돌아갔다.

해외에 있으면서 나는 사라예보로 가는 기자들을 많이 만났고, 사라예보를 떠났다가 다시 돌아가는 사라예보 사람들도 많이 만났다. 나는 얼마든지 편지를 보낼 수 있었고, 그녀에게 얼굴에 바를 로션을 보낼 수도 있었고, 따뜻한 스카프와 장갑, 조금의 돈도 보낼 수 있었다. 그런데 나는 그러지 않았다 ...그리고 왜 그녀에게만 그러지 않았는지, 나 자신도 알지 못한다. 나에게 훨씬 덜 중요한 사람들에게는 그렇게 했으면서도.

내 책들, 사진들, 물건들은 이제 더 이상 내 곁에 없다. 나는 가벼운 짐으로 국경을 넘는다. 초과 수하물 요금을 내는 부류가 아니다 ... 그런데도 두세 가지 사소한 것들만은 계속 내게 붙어, 어디든 나와 함께 이동한다. 그중 하나가 하나의 편지다 ...

딘카, 소드 여왕 카드*

우리의 운명을 카드를 읽어주던 딘카가 이 모든 것을 조금이라도 보았는지는 누가 알았을까? 나는 늘, 우리가 딘카에 대해 아는 것보다 딘카가 우리에 대해 훨씬 더 많이 알고 있다고 느끼곤 했다. 그리고 내 기억 속에서 알마의 생기 있는 얼굴, 누샤의 평온한 얼굴, 니나의 고양이 같은 얼굴은 쉽게 떠오르지만, 딘카의 얼굴은 카드와 함께 떠오르는 것은 어떤 이미지였다. 진지함, 신뢰, 검소함 ...

"그건 내가 감자처럼 생겨서야. 성격도 그렇고!" 그녀는 농담처럼 말했다.

남자들은 딘카를 좋아했다. 내 생각에, 그들이 딘카에게 가장 끌렸던 것은 '자기 아파트를 가진 독립적인 여자'라는 이미지였다. 딘카는 피난처였고, 울 수 있는 어깨였고, 아무런 책임이나 지속을 요구하지 않는 깨끗한 침대였다. 물론 그녀가 감자처럼 생겼다는 뜻은 아니었고, 어떤 지속적인 관계의 암시도 철저히 거부하는 사람 같았다는 뜻이다.

나는 딘카가 진지한 관계를 두려워했다고 생각한다. 첫 번째 남편은 마흔이 되기 전에 죽었고, 우리가 알지 못했던 그 다음 연인은 자동차 사고로 죽었다고들 했다. 딘카는 그 일들에 대해 한 번도 말하지 않았다. 어쩌면 그녀에게서 느껴지는 어떤 건조함, 바깥으로 드러나는 광택의 부재 같은 것은, 자신의 감정을 스스로 다스리려는 노력의 결과였을지도 모른다.

딘카는 선이 반듯한, 반질반질한 둥근 머리의 기혼 남자와 길고 지루

---

* 명확한 사고, 정직한 말, 감정에 흔들리지 않는 판단력을 상징하는 타로 카드

하리만치 오래된 관계를 이어가고 있었다. 그는 매일 딘카에게 신선한 장미 한 다발을 가져왔다. 우리가 그를 기억하는 이유도 바로 그 장미들 때문이다. 딘카는 그에게 중요한 존재였다. 그리고 우리에게도. 딘카는 언제나 조언을 해줄 준비가 되어 있었지만, 정작 자신은 아무 조언도 구하지 않았다. 그래서 우리는 딘카의 집에서 만나는 것을 특히 좋아했다. 아마 누샤와 알마는 지금도 그곳에서 만날 것이다. 만나지 않을 이유가 없으니까.

딘카는 지금이 어려운 시기라는 것을 알고 있고, 나는 그녀가 모든 것을 통제하려 애쓰고 있다고 믿는다. 대학은 위안을 주는 기관이고, 문학은 위안을 주는 일이다. 딘카는 많은 것들을 보고 느끼지만 말하지 않는다. 매일 누군가가 그녀 옆방 동료의 이름표를 떼어낸다. 세르비아 이름을 가진 그 동료는 그녀의 방으로 와 똑같은 이야기를 한다.

그가 미쳐가고 있다고, 와서 직접 보라고 ... 그럴 필요는 없다. 딘카도 물론 보고 있다. 그러나 말하지 않는다. 그녀는 생각한다. 지금은 그런 시대, 어려운 시대라고. 그 동료는 살아남을 것이다. 그에게 닥친 것은 그저 작은 불행일 뿐이다. 전쟁 중이고, 세르비아 포탄으로 수백 명의 크로아티아 병사들이 죽어가고 있으니까 ... 그러다 그녀는 문득 생각한다. 만약 누군가가 자기 방문의 이름표를 계속 떼어낸다면 어떤 기분일까 하고 ... 그리고 다시, 다른 생각을 다른 곳으로 옮기려 애쓴다.

도티, 소드 기사 카드*

나는 도티가 우리 가운데 유일하게, 자신의 삶을 '운명(대문자 D로 시

---

* 속도, 직진성, 강한 주장과 행동력을 상징하는 타로 카드

작하는 Destiny)이 짜놓은 이야기'를 받아들인 사람이라고 생각한다. 적어도 우리 자신의 삶에 관한 한, 진실은 사실에 있는 것이 아니라 우리가 스스로를 어떻게 상상하느냐, 우리가 가진 확신의 힘 속에 있는 것 같다. 그리고 그 부분에 있어서 도티가 누구보다 강했다.

도티는 슬라보니아의 작은 마을에서 태어났다. 제2차 세계대전 직후 마을 사람들의 말에 따르면, 그녀의 아버지는 격분한 주민들에게 쇠스랑으로 맞아 죽었다고 한다. 그녀의 아버지가 '잘못된 편'에서 싸웠기 때문이었다. 도티는 자신의 삶에서 아버지를 완전히 지워버렸다. 적어도 우리에게는 그렇게 보였다.

어릴 적 도티는 잘생기고 검은 눈을 가진 한 소년을 사랑하게 되었고, 그는 그녀의 유일한 사랑이 되었으며 평생 그 자리를 지켰다. 두 사람의 가정사는 대칭적이었다고들 한다. 그 소년의 아버지도 전쟁 후 독일 어딘가에서 어둠 속으로 사라졌다고들 했다.

1970년대 도티는 남편과 함께 자그레브로 와 철학과 문학을 공부했다. 도티의 도전적인 아도니스는, 그 시절에는 해서는 안 될 무언가에 서명하거나, 입 밖에 내서는 안 되는 말을 해버렸고, 결국 나라를 떠났다. 도티는 그를 따라갔고 정치적 망명자가 되었다. 그녀는 외국에서 공부했고, 공장에서 병을 씻는 일을 하며 겨우 생계를 이어갔고, 씁쓸하면서도 애틋한 애국의 시를 썼으며, 무엇보다도 운명이 자신에게 마련해준 그 서사적 삶을 은밀히 즐겼다. 한편 자그레브의 지인들은 흐릿한 '공산주의적' 일상을 살고 있었고, 도티는 남편을 격렬하게 사랑했으며, 무엇보다도 자신이 살아가고 있는 그 아름답고 슬픈 망명자 이야기를 사랑했다.

도티는 그 시대의 어둡고 반항적인 미디어 스타들인 아나키스트들, 테러리스트들, 그리고 갖가지 형태의 국가 체제의 현대적 순교자들과 자신을 기꺼이 동일시했다. 그녀는 자신을 일종의 울리케 마인

호프 같은 인물로 상상하길 좋아했다. 도티의 미적 취향은 늘 극적으로 변했기 때문에, 어느 순간 그녀는 울리케를 버리고, 당시 인기 있었던 미국 은행 강도 커플을 다룬 영화 〈보니와 클라이드〉를 자기 서사의 모델로 삼았다. 도티가 만든 자기만의 영화 속에서 도티와 그녀의 클라이드는 은행을 털지 않았고, 대신 유고슬라비아 연방 사회주의 공화국을 파괴했으며, 마지막에는 유고슬라비아 경찰의 총탄을 온몸에 맞아 쓰러지며, 입술로 크로아티아 독립국이라는 말을 머금으며 죽었다.

도티의 상상력이 지닌 그 감동적인 순진함을 차치하더라도, 그녀의 전기에는 정말 설명할 수 없을 만큼 순진한 순간이 하나 있다. 망명 3년 후 '공산주의자' 문학 심사위원단이 수여한 시집 상을 받기 위해 자그레브로 돌아왔는데 스스로 미끼를 문 셈이다. 그녀는 상을 받았지만, 국경을 넘는 순간 유고슬라비아 경찰이 그 젊은 부부의 여권을 압수했다.

그리고 그것이 도티 인생 이야기의 두 번째 장, 즉 순교의 막이 열린 것이다. 도티에게는 실제로 정치적 순교자 같은 아우라가 있었다. 하지만 당시엔 매력적으로 보였던 그 이미지가, 그녀의 왕성한 생기로 인해 조금씩 흐려졌다. 그리고, 늘 장난을 치는 삶 자체가 그녀의 비극적 분위기를 서서히 무가치하게 만들어갔다. 도티는 대학에 자리를 얻었고, 아파트를 샀고, 건강한 딸을 낳았다. 그리고 그녀의 남편, 클라이드 또한 중등학교에서 교사로 일자리를 얻었다. 도티에게는 이것이 공산주의 억압의 가장 강력한 증거였다.

도티는 그 중등학교 교사직이 남편의 뛰어난 지적 능력을 격하시키는 일이라고 여겼다. 물론 남편은 때때로 체포되었다. 주로 티토가 자그레브를 방문했을 때였다. 하지만 그가 자그레브를 떠나면, 경찰은 계속 그 도전적인 죄수를 붙잡아 둘 이유를 찾지 못하곤 했다. 도티는 절대로 인정하지 않았지만, 경찰이 그렇게 비열한 방식으로 남편에게 비극적 영웅이 될 권리를 허용하지 않은 것에 은근히 실망하고 있었다. 우리는 도티를 동정했고, 어쩌면 조금은 부러워하기도 했다. 우리에겐 여권이 있었지만 운명은 없었다.

도티의 외모는 마치 지방의 '아줌마'와 신의 채찍이라 불리던 아틸라가 우연히 만나 생긴 열매를 떠올리게 했다. 그러니까, 처음 도티를 보면 그녀가 금세 바늘을 집어 들고 태연히 스웨터를 뜨개질할지, 아니면 말 위로 뛰어올라 어떤 대륙의 절반을 정복할지 알 수가 없었다. 그 인상은 그녀의 아시아적 얼굴 때문이라기보다, 머리카락 때문이었다. 도티는 1960년대 부터 머리를 자르는 일을 잊어버린 듯 보였다. 그 길고 검은 머리카락을 채찍처럼 휘두르기도 했고, 소녀처럼 얼굴에서 털어내기도 했다.

도티의 얼굴은 특별한 방식으로 흥미로웠다. 어딘가 내적인 노력이 배어 있는 듯한 얼굴,

마치 호텔 안내원이 지닌 '항상 친절하게 사과하는 표정'을 영구적으로 고정해놓은 듯한 그런 인상이었다. 도티는 늘 그 표정을 유지했고, 아주 가끔 원치 않은 표정이 삐져나오곤 했다. 그럴 때면 도티는 마치 거짓말을 하다 들킨 사람처럼 이유 없이 얼굴을 붉혔다. 그리고는 얼른 본래 표정을 다시 끌어올려 마치 제복을 갈아입듯 얼굴 위에 얹었다.

우리는 도티에게 나름의 매력이 있다는 사실을 오파티아에서 열린 한 학회에서 확인할 수 있었다. 중국 혹은 한국의 사업가 관광단이 마치 홀린 듯 그녀를 따라 움직이는 모습을 본 것이다. 나중에 도티는, 그 중국인(혹은 한국인)들이 밤새 자기 호텔 방 문 앞을 서성였다고 우리에게 말했다.

도티는 문학을 사상의 레퍼토리처럼 받아들였다. 그녀는 언어적

병치와 문학적 유토피아에 관심이 많았다. 폭넓은 독서가 부족한 부분은, 사유하고 추측하는 능력으로 메웠다.

아마 도티의 진짜 성격이 가장 잘 드러난 것은 편지 쓰기에 대한 거의 광적인 집착이었을 것이다. 우리는 모두 전화기를 가지고 있었고, 그날 이미 만나 긴 대화를 나누었고, 다음 날에도 또 만나 길게 얘기할 예정 이었음에도 불구하고 도티는 종종 우리에게 편지나 쪽지를 남기곤 했다. 그 쪽지들은 대체로 정작 본심이 아니었던 그녀가 대화 중에 했던 어떤 말에 대해 사과하는 내용이었다. 도티의 편지들은 대개 이해할 수 없었고 우리는 그녀가 무엇을 말하는지, 그리고 그녀의 서신들이 무엇을 가리키는지 도무지 알 수 없었다. 하지만 이 광기에도 찬란한 순간들이 있었다. 도티는 공장에도 편지를 썼다. 무언가를 샀는데 만족스럽지 않으면 즉시 편지를 보내 불만을 제기했다. 고객의 편지에 익숙지 않았던 사회주의 공장들은 곧바로 도티에게 대체품을 보내주었다. 이 편지 쓰기 열정 덕분에 도티는 전기, 가스, 전화 요금을 줄이기도 했다. 짜증이 난 회사들이 결국 두 손 들고 항복해버린 것이라고 나는 믿는다. 물론, 도티는 당국에도 자기 자신과 남편을 위한 여권을 요구하는 편지를 보냈다. 하지만 오직 그들, 당국만이 도티의 우편적 과시에 전혀 흔들리지 않았다.

나는 도티의 인생 이야기에서 세 번째 장이 시작된 것이 알프레드, 우리 심야의 방문자가 나타난 순간이라고 믿고 싶다. 그의 방문이 도티의 정보원 발견과 시기적으로 겹친 것도 사실이다. 그러니까, 도티는 그동안 집 안에 오랫동안 정보원이 있었다는 사실을 알게 된 것이다. 그는 그녀 옆집에 살던 배관공이었다. 이 이야기는 전혀 흥미롭지 않았다.
　"저 못된 스파이 같은 자식!" 도티가 그렇게 말하자, 그녀의 눈에서

312

지금껏 본 적 없는 불꽃이 번쩍였고, 그것이 그녀 인생의 새로운 장이 시작되는 신호처럼 보였다. 우리는 조금 당황했다. 그 시절에는 훨씬 더 중요한 일들이 벌어지고 있었는데, 과거의 정보원에 불과한 사람 때문에 그녀가 왜 그렇게 흥분하는지 이해하기 어려웠다. 하지만 우리는 그것을 그녀의 오랫동안 겪어온 경찰 트라우마라고 생각했다.

그리고 도티가 그 스파이의 이름을 알아낼 수 있었던 이유는, 이전에 집권했던 공산주의 정권을 대신해 들어선 새로 권력을 잡은 정당이 경찰 파일을 고스란히 물려받았고, 그 파일들을 당원들 모두에게 나누어 주었기 때문이었다. 한편, 도티의 남편은 이미 집권당의 당원이 되어 있었고, 충실한 지지자이자 선전가, 그리고 당직자로 활동하고 있었다. 도티 역시 그 당을 전적으로 지지했다. 그 당은 지역 언론이 매일매일 확인 시켜주듯 모든 크로아티아인들의 천년의 꿈이자 도티의 꿈을 실현한 당이었다. 혼란스러운 것은 오직 한 가지였다. 꿈이 이루어졌으니 마침내 그녀가 진정될 법도 했는데, 오히려 지금까지 본 적 없는 사나움이 그녀 안에 뿌리내리기 시작했다는 점이었다.

아, 도티 ...그 뒤로 모든 일이 끔찍할 만큼 빠르게 전개되었다. 적어도 우리에게는 그렇게 보였고, 지금 돌이켜봐도 따라가기도 어려울 정도다 ...정보원 사건 이후, 도티는 집 책장에서 책을 하나 꺼냈다. 그런데 슈펭글러와 칸트 책 바로 뒤에서 수류탄 두 개와 권총 한 자루가 나왔다. 물론 도티가 모든 것을 말해주긴 했지만, 집권당이 정보원의 이름뿐 아니라 당원들에게 무기까지 나누어 주었다는 사실을 알게 되었다. 그들의 아버지들의 영혼이 자신들의 몫을 되찾으러 온 것이었다. 바로 그 알프레드, 우리 그 기이한 밤의 방문자가 예고했던 그대로였다. 그 당시만 해도, 나는 정작 나 자신도 거의 기억하지 못하던 알프레드의 메시지를 집권당 당원들이 받는 장기 대출, 그러니까 삼만 독일 마르크짜리 대출과 연결해서 이해하려는 쪽에 더 기울어 있었

다. "드디어 그 돈으로

　제대로 된 가족 묘지를 살 수 있겠어." 도티가 그렇게 말했다 …

그렇다, 도티는 변할 것이었다. 그녀는 생기를 되찾고, 의로운 불길이 그녀 안에 자리를 잡고, 쉽게 용서하지 않을 것이며, 작은 의심의 여지조차 허락하지 않을 것이다. 사람들은 말하곤 했다. 그 몇 달 동안 도티가 부지런히 교수진 직원들에 대한 비밀 파일을 이름 옆에 작은 플러스나 마이너스 표시를 붙여가며 정리하여 만들었다고. 나는 이런 일을 직접 알 수 있는 처지가 아니므로 그저 상상할 뿐이다. 플러스는 크로아티아인·충성, 마이너스는 비크로아티아인·비충성, 마이너스 두 개는 세르비아인·제5열(내부의 적)을 뜻했을 것이다. 도티는 그것을 모든 크로아티아인의 천년의 꿈을 지키기 위해, 독립 크로아티아를 방어하기 위해, 그리고 평생 은밀히 준비하고 견뎌왔던 그 이념을 위해 하고 있었다. 그녀의 어깨 너머로는 그녀의 아버지의 그림자가 비쳤다. 50년 전, 잘못된 편으로 발을 들여놓았던 그 아버지의 그림자가. 그렇다, 도티는 갚으려 했을 것이다. 아버지가 잔혹하게 살해당한 일, 아버지 없이 보낸 어린 시절, 여권으로 당했던 속임수, 우리는 모두 가보았던 나라들에 자신은 단 한 번도 가볼 수 없었던 현실, 그녀는 그것들을 남편과 자신을 위해 되갚고자 했을 것이다. 그러면서도 그녀는 위대하고 정의로운 운명(대문자 D로 시작하는 Destiny)을 향한 자신의 믿음을 결코 버리지 않았을 것이다.

　아, 도티 … 그녀는 눈에 띄게 '우리'라는 대명사를 쓰기 시작했다 …그녀는 유고슬라비아와 티토에 대한 깊은 증오를 티토의 장군이자 그의 복제품인 새 크로아티아 국가의 대통령에 대한 사랑으로 바꾸었다. 자비로운 망각이, 그 둘을 연결해 보지 못하게 했다. 조금 후에는, 도티는 크로아티아 군인들을 전선으로 떠나 보내며 미소 짓고 손가락으로 V자를 그렸고, 다른 누구보다 더 격렬하게 저 야만적이고, 공격적이며, 피에 굶주린, 정교회를 믿는 세르보-볼셰비키의 편을 미워했다. 그녀는 계속해서 편지를 썼다.

이번에는 스스로의 판단으로, 수많은 외국 정치인들과 공적 인물들에게 면담을 요청했고, 때로는 성공하기도 했다 ...

아, 도티 ...나는 이 세 번째 장이야말로, 도티가 자신의 전기를 최종적으로 방어한 시기였다고 생각한다. 나는 잠시 자그레브에 들렀을 때, 텔레비전에서 도티를 보게 되었다. "우리의 깨끗하게 승리하여 기쁩니다." 그녀는 카메라를 향해 그렇게 말했다.

그 무수한 '위대한 크로아티아 승리들' 중 하나를 논평하면서. 나는 그녀가 머리를 잘랐다는 것을, 정장을 입고 있는 것을 보았다. 조금 과하게 큰 금색 십자가가 그녀의 목에서 의로운 빛을 반짝이고 있었다. 어느 순간, 불량한 TV 화면 때문인지, 아니면 내 상상력 때문인지, 홀로그램 같은 효과가 생겼고 나는 갑자기 도티의 부조화, 그녀의 이중성에 압도되었다 ... 잠시 동안 나는 결론지을 수 없었다. 도티가 나에게 트랜스베스타이트를 떠올리게 하는지, 아니면 복수를 위해 내려온 천사를 떠올리게 하는지.

자그레브에 잠시 머무는 동안, 나는 이미 알고 있던 사실들에 대해 다시 들었다.

수백 명을 집에서 강제로 내쫓는 일들, 자국 시민들의 '천년' 꿈을 마침내 실현했다는 그 정권의 자의적 통치와 경찰의 공포 정치, 대량 해고, 탐욕, 끝없는 탐식, 범죄, 전쟁 속 부당이익 취득, 불타버린 집들과 마을, 그리고 폭력으로 쫓겨난 주민들...그리고 나는 그동안 몰랐던 세세한 내용들도 새로 알게 되었다. 예컨대, 그 몇 해 동안 약 천 명이 자살했다는 사실을. 대부분이 '깨끗한 승리'를 보장했던 크로아티아 군인들이었고, 또 어쩌면 삶을 이어가고 싶었을지도 모르지만 더는 살아갈 수단이 없어진 연금 생활자들이었다 ...

물론, 나는 도티가 새로 얻은 여러 영예에 대해서도 들었다. 도티는 잘못된 쪽에 설 수 없었기에 올바른 쪽에 섰고, 그 결과 너무도 자연스럽게 문화 정치적 생활(둘은 분리될 수 없었다)의 하나의 기준점이 되었으며, 이곳 저곳의 위원으로, 또 이런저런 편집자로 활동하고 있었다 ... 강단 있는 도티는 남편이 어떤 순간 비틀거리며 자신의 깃발을 떨어뜨리자, 자신의 것뿐 아니라 남편의 깃발까지 함께 들었다. 새 정권은 도티의 남편을 외교관으로 파견했는데, 그가 배치된 곳은 공교롭게도 그의 아버지가 오십 년 전 어둠 속으로 사라졌던 바로 그 나라였다. 아버지의 혼이 도티의 혼이 그녀에게서 그랬듯, 남편 속에 깃들었다. 그는 술을 마시기 시작했고, 훈련된 경찰견처럼 주변의 냄새를 맡으며 다녔고, 결국 사람들은 그에게 질려버렸다. 언젠가 문제를 일으킬지 모른다는 두려움 때문에 교체되어 본국으로 송환되었다. 그렇다, 도티는 그들 둘이 함께 짊어진 전기를 끝까지 지켜냈다.

가끔 나는, 도티의 본래 성정은 이런저런 일에 사과하고, 또 이런저런 것을 요청하던, 그녀가 평생 써온 그 수많은 편지들에서 읽을 수 있었던 게 아닐까 하는 생각이 든다 ... 소련의 혹독한 시절, 어떤 가난한 러시아인이 같은 악몽을 반복해서 꾸었다는 일화가 있다. 스탈린이 아침 일곱 시에 자신을 부르는데, 그는 여덟 시에야 잠에서 깨어 필사적으로 지각에 대한 핑계를 찾는 꿈이었다. 지금 생각해보면, 도티 얼굴에 붙어 있던 그 끊임없는 사과의 표정, 도티의 광적이라 할 만큼 많은 편지들, 심지어 도티가 문학에 관여한 방식까지 이 모든 것이 마치 한 시간 늦어버린 데 대한 간접적 변명처럼 보인다. 그녀가 무엇을, 누구를 두려워했는지 나는 끝내 알 수 없을 것이다.

하지만 나는 새 크로아티아 국가에 대한 충성도를 비밀리에 매기던 학부 내부의 기록에서 내 이름 옆에 마이너스가 하나 혹은 두 개가 붙었다는 사실을 알게 되었다. 도티가 매긴 마이너스 점수였다. 나를 가장 좋아했던 사람이 도티였다고 나는 믿고 있었다.

나는 어느 날 베를린에서 도티를 떠올리게 되었다. 친구들의 편지 속에서 도티의 소식이 도착했고, 편지 봉투에서는 도티의 커다란 사진이 실린 신문 인터뷰가 흘러나왔다. 그 인터뷰에서 도티는 자신의 새 책에 대해 이야기하고 있었다. 문학을 운명으로 본다는 내용인지, 혹은 그 반대였는지, 그런 이야기였다. 그러고는 서구 포스트모더니즘의 비도덕성을 비난하며 국가의 삶과 문화에 도덕적 원칙을 다시 세워야 한다고 주장했다. 그녀는 완전히 자신에게 익숙해진 대명사 '우리'를 사용했다. "우리는 새로운, 도덕적 포스트모더니티를 만들고 있습니다. 그것이 우리 지식인들의 우선 과제이자 책임입니다." 그녀는 이렇게 말했고, 이어 내 이름을 언급했다. 실제로 인터뷰 제목에는 내 이름이 큼지막하게 인쇄되어 있었다. 도티는 나를 포스트모던적 의미에서의 비도덕성으로 고발했고, 인터뷰를 한 문장으로 마무리했다. "베를린 장벽은 무너졌지만, 새로운 장벽이 우리의 마음 속에 세워졌습니다." 도티를 아는 나로서는, 그 베를린 장벽 이야기가 사실 나를 향한 메시지였다는 것을 느낄 수 있었다. 성스러운 '우리'라는 말 뒤에 자신을 먼저 숨기고, 도티는 공개적으로 나를 처형하고 있었던 것이다.

신문에 나온 사진 속 도티의 얼굴은 나를 놀라게 했다. 어딘가 매끄럽고 고요해 보였다. 살이 조금 찐 듯했고, 정장에 작은 십자가 목걸이, 실크 블라우스를 입고 있었으며 모든 것이 마침내 제자리를 찾은 듯했다. 표정과 얼굴이 드디어 맞아떨어지는, 그렇다, 도티는 마침내 자기 자신과 연결된 것처럼 보였다. 그 신문 속 초상을 바라보며 나는 거의 부러움까지 느꼈다. 그 얼굴은 더 이상 악몽을 꾸지 않는 사람의 얼굴이었다. 스탈린과의 아침 일곱 시 약속에 늦어 허둥대던 그 불쌍한 러시아인의 꿈이 아니라, 도티는 오히려 약속에 늦는 누군가를 꿈속에서 기다리는 스탈린을 떠올리게 했다.

이바나, 여황제 카드*

그날 밤, 집에 돌아가 깃털을 삼켰을 때, 이바나는 여자가 파리나 나방을 삼키면 임신한다는 전해 내려오는 고대의 미신을 알지 못했을지도 모른다. 발칸에는 '마녀'라 불리는 나방이 있다. 민간 신앙에서는, '마녀'에게 스친 여자는 잉태한다고 믿는다. 깃털의 경우는 어떤지 모르겠다. 하지만 그날 밤으로부터 정확히 아홉 달 뒤, 서른여덟 살의 이바나는 아들을 낳았다.

약 십 년 전, 베오그라드 출신의 이바나는 자그레브 출신의 한 남자를 만났고, 그와 사랑에 빠졌으며, 문학 연구소의 직장과 미완성의 박사 논문, 부모와 친구들을 뒤로하고 자그레브로 이주했다.

이바나는 마음이 넓은 사람이었다. 이바나와 함께라면 영화관에 가는 일, 장을 보는 일, 카페에 잠시 들르는 일같은 일상의 모든 순간이 하나의 축제처럼 느껴졌다. 그녀에게는 그런 드문 재능이 있었다. 그녀는 책을 집어삼키듯 읽었고, 날카로운 문학적 취향을 지녔으며, 훌륭한 체스 선수였고, 언어도 쉽게 익혔고, 말도 잘했고, 컴퓨터도 단번에 익혔으며, 비록 자동차를 늘 조금은 두려워했음에도 필요해지자 며칠 만에 운전까지 익혔다.

어느 순간, 이바나는 아이를 갖고 싶어 했다. 첫 임신 때는 넉 달을 누워 지내다 유산했고, 두 번째는 다섯 달이 되던 때에 유산했다. 그녀의 임신 기간은 마치 작은 '여자들만의 캠프' 같았다. 이바나는 거실 소

---

* 풍요, 창조, 돌봄, 생명력을 상징하는 타로 카드. 22개의 메이저 아르카나(major arcana) 카드 중 하나.

파에 발을 올리고 누워 있었고, 주변에는 책이 끝없이 흩어져 있었다. 나는 부엌을 오가며 이바나가 말하는 대로 이것저것 먹을 것을 가져다 주곤 했다. 우리는 먹고, 부스러기를 만들고, 특별한 이유도 없이 자주 웃었고, 이런저런 얘기를 몇 시간이고 이어갔다 ...이바나가 임신할 때마다 나는 나도 모르게 몇 파운드씩 살이 쪘다. 그녀의 희망 때문인지, 호르몬 때문인지, 아니면 둘 다 때문인지 그 몇 달 동안 이바나를 둘러싼 공기는 어딘가 가벼우면서도 조금 취하게 만드는 기운이 있었다. 그리고 이바나 자신도 그런 기운에 들떠 있는 사람처럼 보였다 ...

마침내 이바나는 놀라울 만큼 아름다운 사내아이를 낳았다. 삶의 밝음은 여전히 사라지지 안고 있었다. 집 밖으로 나가 보니 차(베오그라드 번호판이 달린)가 침으로 뒤덮여 있었을 때에도, 우편함에서 익명의 쪽지가 나왔을 때에도... '세르비아 년. 너희 나라로 꺼져!'

이바나는 베오그라드 번호판을 자그레브 번호판으로 바꾸었다. 삶은 여전히 밝아 보였다. 그녀가 베오그라드에 갔을 때 자신의 차가 침으로 뒤덮여 있는 것을 보았을 때에도, 우편함에서 익명의 쪽지를 발견했을 때에도 ... '크로아티아 년. 너희 나라로 꺼져!'

1991년 9월 초, 자그레브 주민들이 폭격을 두려워해 지하실과 대피소로 내려가던 바로 그때, 이바나는 아이를 데리고 자그레브를 떠나 베오그라드로 갔다. 머나먼 400킬로미터를 사이에 둔 자그레브와 베오그라드의 연락은 곧 완전히 끊어졌다. 이바나는 사라예보를 거쳐 남편에게 전화를 걸었다. 그 시절 사람들은 어떻게든 체계를 우회해 서로 통화할 방법을 알아냈고, 어떤 번호를 걸어야 계속 연락이 가능하다는 것도 배워갔다. 이바나의 남편은 며칠씩 자주 자취를 감추기 시작했고 어디로 가는지 누구에게도 말하지 않았다. 그는 끝없이 오래 걸리고 악취 나는 버스를 타고 헝가리를 경유해 베오그라드로 향했다. 이바나 역시, 아이와 함께, 그와 같은 우울하고 반쯤 비밀스러운 버스를 타고 베오그라드에서 자그레브로 움직였다. 시간표도 요금도 기사 마음대로였던 그 버스 안에는 자잘한 소지품을 들고 끌려가듯 탑승한 불행한 사람들이 가득했다. 그들은 길 잃은 영혼들처럼, 자신이 어디로 가는지조차 뚜렷이 모른 채 이동하고 있었다. 국경 검문소에서는 세르비아 국경이건 크로아티아 국경이건 할 것 없이 험한 얼굴의 직원들이 승객들을 모욕했고, 헝가리 국경에서는 헝가리 직원들이 연민을 담아 여권에 도장을 찍어주었다 ...

한동안 이바나는 아무것도 두려워하지 않았다. 그녀가 오직 두려워한 것은, 아들이 버스 안에서, 사람들 앞에서 공포에 사로잡힌 발작을 일으킬지도 모른다는 것뿐이었다. 그녀는 그 작은 몸이 공포로 미친 듯이 뒤틀릴 때 자신이 그것을 붙잡아둘 힘이 없을까 봐 두려웠다. 그러나 마치 어머니의 두려움을 알아차린 듯, 그 작은 아이는 조용히 눈을 감고 너무 밝은 빛을 차단하듯 바깥세상을 스스로 닫아버렸다. 혹은, 그 세계의 소리가 너무 거칠 때면 양손으로 귀를 막았다.

이바나는 그 밖의 어떤 것도 두려워하지 않았다. 그녀는 모욕을 받아들였고, 국경을 넘고, 다시 건너왔으며, 서로 다투는 세계와 도시와 사람들을 오가며 화해시키고, 타인의 상처에 붕대를 감아주었다. 그녀는 증오를 물속을 지나듯 가볍게 통과했다 ... 아이에게 무언가 문제가 있다고들 말했다. 세상이 도시도, 사람도, 기억도 눈앞에서 파괴되던 시기에 태어난 아이는 자기 방식대로 모든 것을 기억했다. 그에게 세계는 떨어져있으며, 이어지지 않고, 의미 없는 숫자와 글자와 기호와 단어들의 목록처럼 보였다. 어쩌면, 실제로도 그랬는지 모른다 ...그가 태어났을 때, 그가 이제 막 배우려던 모국어는 강제로 세 언어로 나뉘어 있었다. 그 아이는 그 세 가지 변종을 무심하게, 빠르게, 이 또한 자기 방식대로 익혔다. 그러나 그가 가장 또렷하게 발음한 말들은 그에게 모국어라 할 게 있는지 모르지만 자신의 언어가 아닌 영어였다.이바나가 놀이처럼 가르쳐준 언어였다. '정체성'이라는 말이 신의 이름처럼 울려 퍼지고, 사람들이 그 이름을 내걸고 아무렇지 않게 서로를 죽이던 그 시절, 그 아이는 굳이 '나'라는 대명사를 배우려 하지 않았다. 만약 그것이 자기 인식이었다면, 그 아이는 언제나 자기 자신을 3인칭으로 경험했고, 자신의 이름은 원할 때에만 발음했다...

문제가 있었던 것은 그 아이가 아니었다. 문제가 있었던 것은 세계였고, 그래서 아이는 태어난 순간부터 끊임없이 그 세계를 떠나고 싶어 했다. 이바나는 지구를 떠날 수 없다는 것을 알았기에, 그녀가 할 수 있는 한 모든 일을 했다. 거친 모서리를 다듬고, 자기 숨으로 세상을 덥히고, 천사의 둥지처럼 꾸미고, 아이가 다시 태어나도록 설득하려 했다. 아마 그래서인지, 이바나는 한동안 어딘가모를 특별한 웃음을 지어왔다. 마치 나쁜 영혼들을 쫓아내려는 듯한 ... 물론 그녀가 무너지는 순간들도 있다. 그럴 때면 욕실로 뛰어들어가 모든 수도꼭지를 틀어놓는다. 물이 흐르는 소리가 그녀의 흐느낌을 감출 수 있도록.

이바나는, 내가 기억하고 있는 것을 본인은 기억하지 못한다. 그렇지 않았다면, 그녀는 분명 그것을 연결했을 것이라고 나는 믿는다. 아이는 때때로 이바나에게 다가와 이마를 그녀의 이마에 맞대며 애틋하게 무엇인가를 새기듯 누르고, 통통한 작은 손으로 그녀의 양 볼을 감싸 쥔 채 머리를 좌우로 흔든다. 이바나는 그 리듬을 따라 한다. 마치 홀린 사람처럼. 두 사람은 이마를 맞댄 채, 눈을 감고, 함께 흔든다. 바깥에서 보면 두 사람이 이 세상 것이 아닌 춤을 추는 것처럼 보인다. 아이는 부드럽게 중얼거린다. 때로는 새소리 같은 낮고 단전부터 올라오는 소리로, 때로는 또렷하게 어울리지 않을 만큼 깊은 목소리로 ...

"음마-마, 마-마 ..."

그리고 나서 아이는 그녀의 얼굴에서 손을 내려놓고, 이마를 떼어낸 뒤, 한쪽 구석으로 가서 다른 일에 몰두한다. 그러면 이바나는 욕실로 달려가 모든 수도꼭지를 틀어놓는다.

나, 바보 카드*

그렇다면 나는? 사실 이 모든 이야기는, 내가 지금에서야 밝히는 단 하나의 세부적인 내용 때문에 이런 식으로 형성된 것 같다. 그러니까, 그 천사는 나를 빼놓고 내게만 깃털을 주지 않았다. 의도였는지, 우연이었는지는 알 수 없다. 어쨌든 천사는 그녀들에게는 깃털과 완전한 망각을 유산처럼 남겼고, 나에게는 누더기 같은 기억을 남겼다. 마치 정반대였어야 한다는 사실을 천사가 몰랐던 것 같다. 천사는 그녀들에게 기억을 남겼어야 했고, 나에게는 깃털과 완전한 망각을 주었어야 했다. 언젠가 발끝을 세워 기억을 더듬듯 망각 속에서 나는 비로소 현실을 발명하기 시작할 수 있었을 테니까. 왜냐하면 현실을 발명하는 일, 그것이야말로 진짜 문학이 해야 하는 일이다. 그렇다, 알프레드의 천사 같은 섬광에 지워버린 것은 내 영화만이 아니었다. 그녀들의 기억도 지워졌다. 그 여자 아이들은 아무것도 기억하지 못했다. 오직 니나와만 아주 오랜 시간이 흐른 어느 밤에 그 이야기를 나눌 수 있었다.

"흠, 뭐라고 해야 할지 모르겠네. 내가 악한 악령들 분야의 전문가라는 건 너도 알잖아."

부가꼬프 전문가인 니나는, 약간 취기가 오른 채 욕조에 누워 침낭과 고양이 베헤모트로부터 온기를 얻으며 그렇게 말했다.

어쩌면 사실이었을 수도 있고, 그렇지 않았을 수도 있다. 보이지 않고, 몸도 없고, 익명인 천사들이 어디엔가 자신들의 자국이나 흔적을 남기고, 누군가가 그들을 묘사해주기를 갈망하는 것일지도 모른

---

* 메이저 아르카나 0번, 모든 여정의 시작과 가능성을 상징하는 카드.

다. 만약 그렇다면, 우리의 알프레드는 확실히 가브리엘 가르시아 마르케스같은 세계적인 작가에게 나타나야 할텐데, 그는 나에게 나타났다. 그리고 또 한 가지, '신의 등 뒤'라거나 '신이 굿나잇이라고 말한 곳'이라는 표현은 신에게 잊혀진 장소를 가리킬 때 쓰인다. 첫 번째 전제는 이렇다. 천사, 적어도 실체를 가진 천사를 신이 "굿나잇"을 외치고 떠난 곳에는 보내지 않는다.

어쩌면 사실이었을 수도 있고, 그렇지 않았을 수도 있다. 누가 알겠는가... 천사라는 것은 어른들이 만든 것이다. 삶을 좀 더 견딜 만하게 만드려고. 작가란, 무언가를 발명하길 좋아하는 어른들이다. 그래서 나는 그녀들에게 천사를 주었다. 삶을 조금 더 견딜 만하게 만드는 작은 무언가를 ...그리고 나는 그것이 결국 빈약하게 보인다는 것도 안다. 하지만 천사란, 결국 그를 만들어낸 작가의 크기 만큼의 존재할 수 있는 것이다. 그래도 혹시 몰라서, 나는 그녀들 각자에게 작은 깃털 하나씩 남겨두었다. 진짜 천사들이 이 끔찍한 '신의 어둠' 속에서 그들을 찾아낼 수 있도록.

그렇다, 세상은 어두워졌고, 그들 자신 또한 어두워졌다. 그들은 조금씩, 점점, 자신들의 세상과 단절되고 마치 집 안의 화초처럼 머리는 축 처지고, 더 과묵해지고, 더 신경이 예민해지고, 더 슬퍼지고, 인내심은 줄어들고, 시간의 연기가 커튼에 배어들 듯 그 연기가 그들에게도 스며든다. 그들은 집과, 가구와, 가족의 기억 속으로 서서히 뿌리를 내려가고, 밤이면 불길한 예감에 점점 더 자주 깨어나며, 자신을 내버려두고, 세월이 흐를수록 중력은 더 무거워져서 그저 저항을 최소한으로 줄이며 미끄러지듯 살아가려고 한다. 삶은 계속되어야 하고, 세상은 쾌적하지 않지만, 그 사실을 잊으려 애쓰고... 그리고 점점 더 자주, 실제로 잊는 데 성공한다. 그래, 그들은 더 과묵해지고, 점점 고요해지고 있다. 그 사이 새로운 사람들이 등장한다, 더 시끄럽고, 과한 사람들, 마치 19세기 장롱 속에서 튀어나온 듯한 이들, 20세기 말의 젊은 위원들 같은 이들이...그들은 때때로 자신들이 사실은 시간을 역행하는 기계 안에 있는 것이 아닌지 의심하기도 한다. 단지 아직 그것을 알아차리지 못했을 뿐인지도 모르겠다. 허나 이제는 무엇이 '뒤'이고 무엇이 '앞'이라고 누가 말할 수 있겠는가. 이 시간들도 지나갈 것이다. 모든 것이 지나가듯이. 그리고 어쩌면 그들은 다시 만날지도 모른다. 한때 존재했고, 지금 존재하며, 다시는 오지 않을 시간임을 그들이 알아볼 수 있는 어떤 새로운 시간 속에서. 그래, 세계는 둘로 갈라져버렸고, 단 하나 분명한 사실만이 남았다. 더 이상 그 누구도 예전의 그 사람이 아니라는 것 ...

아무도 더 이상 예전과 같지 않다. 나 역시 변했다. 나는 더 말 수가 적어졌고, 더 슬퍼졌고, 마음은 더 지쳐 있고, 더 약해졌다. 내 삶 역시 바뀌었다. 이제 나는 다른 도시들, 다른 나라들에서 살고, 내 주변에는 다른 사람들이 있다. 심지어 기후에 대한 내 취향까지 달라졌다. 알프레드가 하늘에서 떨어져 순식간에 다시 그곳으로 돌아갔던 바로 그 순간부터, 아드리아 해안가의 딸이었던 나는 눈에 대한 열망을 갖게 되었다.

눈이 내리면 나는 밖으로 나가 하늘을 넋 놓고 올려다본다. 나는 눈송이들을 자석처럼 끌어당기는 것만 같고, 그 눈의 습기를 자비로운 망각처럼 들이마신다.

그러면 풍만한 가슴을 지닌 선조들에게서 물려받은 탐욕스러운 권력의 유전자를 지닌 몸이 가볍게 느껴진다. 그리고 어느 순간, 내가 팔을 힘차게 휘두르면 내 머리 위의 유리 돔이 뿌옇게 흐려지는 것이 보인다 ... 깃털들이 내 위로 흩날리고, 하얀 깃털 눈보라가 나를 감싸고 휘감는다 ...

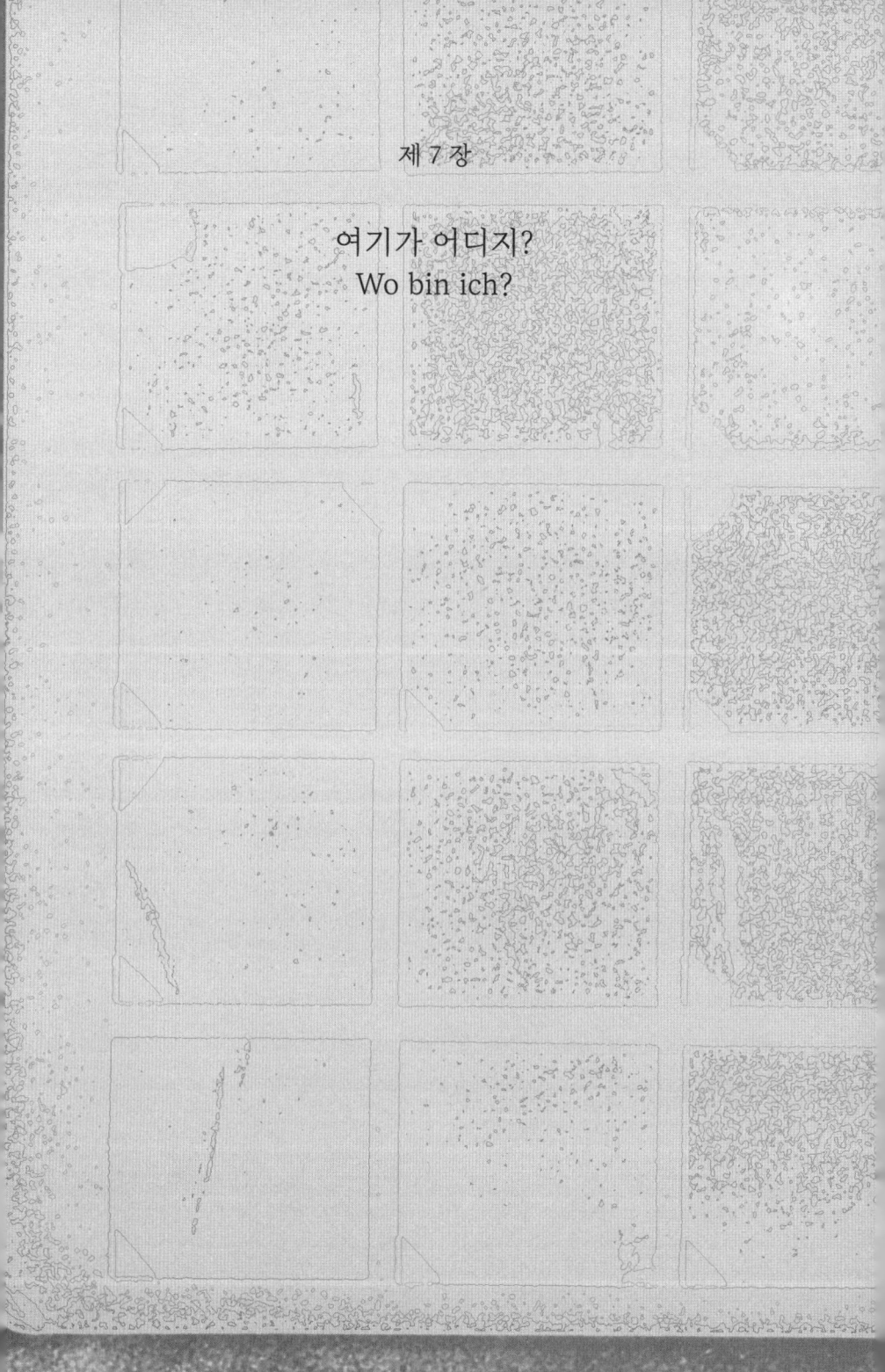

제 7 장

여기가 어디지?
Wo bin ich?

86 "베를린은 설명하기 어려운 도시다." 오래전에 빅토르 쉬클롭스키가 쓴 문장이다.

"그건 베를린에는 '있는 것보다 없는 것이 더 많기' 때문이야." 보야나가 말했다.

"그건 베를린이 애초에 장소라고 부를 수 없는 곳이기 때문이야." 리처드가 말했다.

87 베를린은, 도시 자체가 하나의 박물관이다. 베를린의 버스 안에서는 세상에서 가장 나이 들고, 가장 질긴 생명력을 지닌 노파들을 볼 수 있다. 그들은 죽지 않는다. 이미 한 번 죽었던 사람들이기 때문이다.

"우린 모두, 결국 이 도시에 놓인 전시물 같은 존재지..." 조란이 말했다.

88 베를린은 마치 고고학적 유물 같다. 시간의 층들이 겹겹이 쌓여 있고, 상처들은 쉽게 아물지 않으며, 이어붙인 자국이 그대로 드러난다. 보이지 않는 어느 혼란스러운 고고학자가 여기저기 엉뚱한 표식을 붙여 놓은 것 같을뿐더러, 무엇이 먼저이고 무엇이 나중인지 종종 분간하기 어렵다.

"베를린은 '이전과 이후'가 동시에 걸려 존재하는 장소니까." 리처드가 말했다.

89 베를린은 박물관의 도시다. 베를린에는 박물관이 많다. 설탕 박물관, 헤어스타일 박물관, 곰 인형 박물관, 그리고 무조건 항복 박물관. 보다 정확히 표기하면: *Muzey istorii bezagovorochnoy kapitulatsii fashistskoy Germanii v voyne 1941-1945*("941-1945년 전쟁에서 파시스트 독일의 무조건 항복의 역사 박물관). 어쩌면 세상에서 가장 이름이 긴 이 박물관은 1945년 5월 8일과 9일 사이 밤, 독일의 항복 문서가 서명된 건물에 있다. 칼스호르스트 지역이다.

그곳은 옛 소련 병영과, 옛 소련 군인들의 숙소가 있던 곳이다. 모든 것이 '옛'것이지만, 여전히 사람들이 살고 있다. 삼만 명 정도 산다고 한다. 깨진 창문 너머로 보면, 많은 아파트들이 이미 버려져 있고, 벽지 조각들이 이끼처럼 벽에서 벗겨져 내려오고 있다. 아파트 블록 앞에는 커다란 녹슨 컨테이너들이 놓여 있다. 그 컨테이너 안에는 러시아 군인들이 고향으로 돌아갈 때 가져갈 물건들이 들어 있다고 한다. 가구, 텔레비전, 냉장고 같은 것들. 밤이면 도둑들이 그 컨테이너들을 턴다고 한다.

입구, 작은 초소 옆에 한 병사가 서 있다. 아직 어린아이 같은, 겨우 열 여덟 살 남짓한 병사. 너무 커서 헐거워 보이는 털모자를 쓰고, 담배를 피우며, 누렇게 변한 이를 드러내고 활짝 웃는다. 몰다비아에서 왔다고 한다. 여기 온 지는 겨우 8개월째로 그는 8월이면 집으로 돌아간다. 병사는 담배를 피우며, 손을 어디에 둬야 할지 모르는 듯하다. 하나의 박물관 전시물처럼..옛 병사가 옛 병영을 지키고 있는 셈이다.

밤이면 자질구레한 좀도둑들이 컨테이너를 털어 간다. 대도들은 예전에는 손도 대지 못했던 도시의 구역들까지 파고들고 있다. 칸트슈트라세는 러시아 마피아의 손아귀에 들어갔다고들 한다.

90 박물관은 조용하다. 방문객도 없다. 반쯤 열린 사무실 문 사이로 노부인이 보인다. 의자에 앉아, 배를 쿠션처럼 두 팔로 감싸 안은 채, 잠들어 있다.

박물관 앞뜰에는 거대한 레닌 조각상이 서 있다. 퀴퀴한 전시실에는 삼천 점의 문서가 놓여 있다. 지도, 사진, 깃발, 그림, 전투 스케치, 포스터들, 러시아어로 거리 이름이 적힌 커다란 먼지 낀 베를린 모형 ... 벽에서는 키릴 문자 슬로건들이 위협하듯 걸려 있다. "조국이 너를 부른다!", "군사위원은 부대의 아버지이자 영혼이다.", "죽음을 두려워하지 않는 정신을 대중 들에게 퍼뜨려야 한다. 그래야 승리가 보장된다."

노부인이 잠에서 깼다. 한쪽 구석에 서서, 손으로 머리를 쓸어내리며, 졸린 눈으로 나를 바라본다. 이 박물관은 옛 소련의 소유였다. 이 박물관을 어떻게 하려는 걸까, 나는 문득 생각한다. 컨테이너에 넣어, 그들의 나라로 가져갈까.

91 베를린의 벼룩시장에서는, 마치 박물관 종족처럼 보이는 사람들이 더 이상 쓰이지 않는 물건들을 팔고 있다. 터키인, 폴란드인, 러시아인, 집시, 옛 미군 병사들, 옛 유고 사람들까지 좀먹은 토끼털 코트, 오래된 메달, 증기 다리미, 납 추가 달린 무쇠 저울, 낡은 라디오, 축음기 음반들을 내놓는다 ...

파란 군용 헬멧을 쓴 한 남자, 내 나라 사람이, 카세트테이프를 팔고 있다. 그의 곁, 나무 의자 위에는 카세트 플레이어가 놓여 있다. 민요가 삐걱거리며 흘러나오고, 그 소리는 마치 죽어가는 파리들처럼 상인 주변을 빙 돌다가 사라진다.

92 어떤 곳에서는 장벽이 아직도 남아 있다. 유대인의 마초스처럼 얇고 바스라질 듯 말라있다. 곳곳에서는 유럽 센터 안뜰처럼 벽의 조각

이 박물관용 유리 케이스 안에 보관되어 있다. 쇼핑센터를 오가는 사람들은 그 유리 덮인 벽 조각 앞에서 걸음을 멈추고 흥미롭게 바라본다. 마치 그것을 처음 보는 사람들처럼.

93 프렌츠라우어 알레에 있는 플라네타리움의 돔 아래, 앞의 빈 좌석에 발을 올려놓고 리처드와 나는 나란히 앉아 있다. 머리 위 하늘에서 별빛이 비처럼 쏟아진다. 인공의 별들이 우리 위로 흘러내리는 동안, 내가 말한다. "모든 게 뒤죽박죽이야, 리처드 …

나는 무언가를 쓰기 위해 전혀 다른 것을 쓰게 되고, 일어난 일을 기억하기 위해 일어나지 않은 일을 떠올려. 뭔가 계속 엇나가는 것 같아."

"계속해. 여긴 베를린이야. 여기서는 엇나가는 방향이 곧 올바른 방향이야." 리처드가 나를 달랜다.

94 브란덴부르크 문 근처에서는 그 시대의 기념품들을 팔고 있다. 플라스틱 상자에 든 작은 장벽 조각, 망치와 낫, 붉은 별, 옛 소련 메달들. 이런 소규모 장사는 더 이상 러시아 출신 이민자들이 아니라 파키스탄 사람들이 맡고 있다. 얼마 전까지만 해도 장벽이 서 있던 자리에서 파키스탄 사람들이 기념품을 파는 모습은 한 시대가 끝났음을 보여주는 은유 같은 풍경이다.

어딘가 남아있는 러시아인으로 보이는 상인이 다가와 작은 레닌 흉상을 내밀며 윙크하며 말한다. "자, 당신의 아버지를 하나 사가요."

95 "우리는 부바르와 페퀴셰*의 자식들이야. 그래서 이렇게 사실들로

---

* 부바르와 페퀴셰(Bouvard and Pécuchet): 프랑스 작가 귀스타브 플로베르(Gus-tave Flaubert)가 쓴 미완성 소설 제목으로, 문학·철학·지식 풍자로 유명한 작품.

과부하가 걸리고, 아무 소용도 없고, 가끔은 우스꽝스러울 뿐 ..." 동료가 그렇게 말했다.

96 베를린 위의 하늘은 제대로 묘사하기 어렵다. 어떤 때는, 날개 달린 황금 소녀가 떠받치고 있는 짙은 청색의 하늘 속에 도시가 싸여 있는 듯해 도시 전체가 스노우 볼의 미학을 따라 하는 것처럼 느껴질 때도 있다. 또 어떤 때는, 뒤집힌 유리 구슬 안을 거꾸로 걸어가는 듯한 인상이 든다. 베를린은 구름 속에서 자라난다. 나는 그것을 창문 유리에 번지는 반사, 물 위에 비치는 빛, 누군가의 눈 속에서 번쩍이는 작은 섬광을 통해 알아차린다. 황금 여신에게 이끌리듯, 거리의 불빛에 이끌리는 곤충들처럼, 베를린은 마치 어수선한 천사들이 하늘에서부터 내려오며 지어가는 것 같다.

97 무조건 항복 박물관 지하에는 작은 카페가 있다. 카페에는 계산대와 몇 개의 테이블, 의자들이 놓여 있다. 계산대 위에는 텔레비전이 있고, 그 뒤에는 키가 크고 늘씬한 금발의 러시아인 여종업원이 서 있다. 작은 탁자 위에는 러시아 기념품들이 놓여 있다. 마트료시카, 사모바르, 나무 숟가락들, 흰 염소털 숄.

"모스크바보다 여기가 더 싸요." 사랑스러운 여종업원이 러시아어로 설명한다.

이 카페에는 내 나라 사람들, 주변 건물에 사는 유고슬라비아 난민들이 온다. 조지아식 아제즈바로 끓인 커피를 팔고 있는데, '우리식'즉 '터키식' 커피와 똑같다. 텔레비전에서는 러시아 광고들이 돌아간다. 모스크바 피트니스 센터 광고, 영어 학습 광고 ... 러시아 시인 벨라 아흐마둘리나가 나이든 모습으로 화면에 나타나 영어 학습용 카세트 세트를 광고한다. 벨라의 얼굴에는 항복의 표정이 분명하게 찍혀 있다.

검은 머리, 짙게 꺼진 얼굴빛, 움푹 파인 눈을 가진 내 나라 사람들은 체스와 카드를 두고 있다.

"이 사람들, 매일 와서 몇 시간씩 있어요 …" 여종업원이 안쓰럽다는 듯 한숨 섞인 말투로 말한다.

98 독일 예술가 요헨 게르츠(Jochen Gerz)는 학생들과 함께 3년에 걸쳐 은밀하게 매우 특별한 기념비를 만들었다. 그는 독일에서 유대인 묘지 2,146기가 파괴되었다는 사실을 알게 되었고, 학생들과 함께 자를브뤼켄 중앙광장에서 포석들을 몰래 가져왔다. 게르츠와 학생들은 그 돌들의 바닥면에 사라져버린 유대인 묘지의 이름과 번호를 새긴 뒤, 돌을 다시 원래 자리에 돌려놓았다. 이후 자를브뤼켄의 중앙광장은 보이지 않는 기념비 광장이라는 새로운 이름을 갖게 되었다.

99 무조건 항복 박물관은 1994년 여름, 수만 명의 남겨진 러시아 병사들이 베를린을 떠날 때 문을 닫았다. 그로부터 얼마 지나지 않아 프렌츨라우어 알레 75번지에서 〈베를린의 러시아인들〉 전시가 열렸다. 작은 지하 방에서는, 보이지 않는 프로젝터가 러시아인들이 오기 전과 후의 베를린 건물들의 슬라이드를 보여주고 있었다. 방 입구에는 길고 비난하는 듯한 종이 띠들이 걸려 있었다. 그 종이에는 러시아인들에 의해 파괴된 베를린의 거리 이름들이 적혀 있었다. 내가 무조건 항복 박물관에서 기억하는 것은 무겁고, 눅눅하고, 약간 단내가 도는 냄새였다. 여기 냄새도 똑같았다.

100 카타리나 콜린은 1922년 유고슬라비아의 스르프스키 밀레티치 마을에서 가난한 독일계 폴크스도이처 가정의 딸로 태어났다. 1939년 그녀는 독일로 가서 두덴슈타트라는 작은 도시의 탄약 공장에서 일을

시작했다. 그곳에서 피크레트 무리프라는 노동자를 만났다. 카타리나 와 피크레트는 사랑에 빠졌다. 그러나 당시 그들의 관계는 '인종적으 로' 용납될 수 없었기에 피크레트는 지역 당국에 의해 투옥되었고, 카 타리나는 다시 유고슬라비아로 돌려보내졌다. 카타리나는 고향으로 돌아왔지만 곧 도망쳐 다시 피크레트에게로 갔다. 얼마 지나지 않아 그녀는 딸 아이샤를 낳았다.

전쟁이 끝날 무렵, 피크레트와 카타리나는 아이를 데리고 보스니 아로 향했다. 그러나 카타리나는 독일인이었고, 피크레트는 '점령군을 위해 일한 사람'으로 간주되었기 때문에 그들은 제문의 독일인 수용 소에 수용되었다. 운 좋게도 둘은 그곳을 빠져나올 수 있었고, 1945년 11월 보스니아의 브르치코에 도착했다. 카타리나는 현지 언어를 배웠 다. 사람들은 그녀를 '카티차 슈바비차'(카티, 그 독일 여자)라고 불렀다. 그녀는 가장 힘든 일들을 도맡았고, 두 명의 아이를 더 낳았다. 그리고 어느 순간, 훗날 자신이 피크레트와 떨어져 다른 무덤에 묻히게 될까 두려워 이슬람으로 개종했고, 파티마 무리치가 되었다.

지금 카타리나는 세 번째로 독일에 와 있다. 동베를린의 난민 하임 에서 피크레트와 함께 지내고 있다. 딸 아이샤는 베오그라드에, 한 아 들은 캐나다에, 다른 아들은 뮌헨에 살고 있다. 카타리나 콜린, 파티마 무리치, 혹은 카티차 슈바비차가 가진 단 하나의 소원은

브르치코로 돌아가는 것이다. 카티차 슈바비차의 이야기는 카슈미 르 R.에게서 들은 그대로 여기 옮긴 것이다.

101 카슈미르 R.은 브르치코 출신의 젊은 남자로, 법학을 졸업했고 지 금은 난민이다. 카슈미르의 아버지는 얼마 전 체트니크에게 살해되었 다. 카슈미르의 연인 네르미나는 독일 병원의 정신 병동에서 퇴원 하 루 전에 스스로 목숨을 끊었다. 카슈미르는 어머니와 함께 난민 하임

에서 지내고 있다.

카슈미르는 베를린 거리, 주로 크로이츠베르크에서 대부분의 시간을 보낸다. 작고 향이 짙은 터키 식료품점들 안에서 그는 브르치코와 더 가까워지는 느낌을 받는다. 토요일과 일요일이면 카슈미르는 베를린 벼룩시장을 찾는다. 거기에서 그는 '우리 사람들'을 만난다.

카슈미르의 어머니도 벼룩시장을 좋아한다. 그녀는 작은 뜨개 매트 몇 장을 떠서, 일요일이면 페어벨리너 광장으로 의자 하나를 들고 나간다. 거기서 그녀는 물건을 파는 척하지만, 사실은 '우리 사람들'을 만나기 위해 그곳에 나가고 있다.

가끔 그녀는 사람들을 작은 난민방으로 데려와 커피를 내리고, 보스니아 파이를 구워 대접한다. 그러고는 그들이 어디에서 왔는지, 어떻게 지내고 있는지 묻는다. 카슈미르의 어머니는 허가 없이 작은 매트를 팔았다는 이유로 체포되었다. 벌금은 카슈미르가 냈다. 그는 독일 경찰에게, 어머니가 벼룩시장에 나가는 목적이 무언가를 팔기 위해서가 아니라, '우리 사람들'을 만나 이야기를 나누고 마음을 달래기 위한 것임을 도저히 설명할 수 없었다.

"또 시작이야... 코를 뜨고 계시네." 카슈미르는 말한다.

102 베를린에서는 모두가 외롭고, 아무에게도 시간이 없다.

시셀이 전화를 걸어온다.

"시간 좀 있어?" 그녀가 묻는다.

"아니, 없어." 내가 말한다.

"지금 뭐 하는데?"

"다른 사람들의 전기를 적고 있어. 그리고 그 전기들을 작은 종잇조각에 옮겨 적은 다음, 자갈 위에 붙이고 있어..."

"그걸 뭘로 붙여?" 그 예술가가 묻는다.

"풀로."

"흠... 흥미로운 프로젝트네."

"프로젝트가 아니야."

"그럼 뭐야?"

"모르겠어..."

103 〈기억의 예술〉전시 작품 가운데 하나는 카셀의 아이들이 만든, 작가 호르스트 호하이젤의 프로젝트 덴크-슈타인-잠룽(*Denk-Stein-Sammlung*: 기억의 돌 모음집)이다. 아이들은 각자 강제수용소에서 죽은 유대인 한 사람의 삶을 조사하도록 요청받았다. 그다음 그 짧은 전기를 작은 종이 조각에 적었다. 종이를 접어 자갈 위에 풀로 붙이거나, 자갈에 둘둘 감았다. 그렇게 만들어진 '기억의 돌'들은 유대인들이 강제수용소로 실려 갈 때 타야 했던 작은 화물열차를 본뜬 기차 칸 모형 속에 놓여 졌다.

104 내 거리 모퉁이에는 드레스덴 은행과 버스 정류장, 그리고 한 동의 아파트가 있다. 버스를 기다리며 나는 입구에 붙어 있는 세입자들의 이름을 읽으며 시간을 보낸다. 독일인은 하나도 없고, 전부 '우리 사람들'이다. 벨리레비치, 하지셀리모비치, 카라베그, 데미로비치... 이유도 없이 나는 그 이름들을 되뇌이며 외워버린다. 모퉁이에서는 한 늙은 보스니아 남자가 슬리퍼를 신은 채 드레스덴 은행 벽에 기대 쪼그려 앉아 담배를 피운다. 그는 작은 담배 연기 고리들을 베를린 공기 속으로 후, 하고 내뿜는다.

105 베딩 지역에서는, 한 바퀴 에둘러 지나가야 하는 거대한 공사장 옆, 거의 찾기 어려운 곳에 망명 신청자들, 망명자들, 이민자들, 그리

고 독일 체류 허가의 여러 종류를 신청하는 사람들을 위한 베를린 사무소가 있다. 그들은 아침 일찍 모여 줄을 선다. 사무소는 오전 7시에야 문을 열지만, 그들은 그보다 훨씬 일찍 도착한다. 문이 열리면 신청자들은 한 사람씩 초록색 번호표를 받는다. 그 번호표를 들고 그들은 긴 복도를 서둘러 내려가, 자신의 번호가 지정된 대기실을 찾는다.

대기실의 바닥은 회색 리놀륨으로 덮여 있고, 벽은 누르스름한 색으로 칠해져 있다. 벽에는 'Rauchen verboten(흡연 금지)'라고 적힌 붉은 표지판들 말고는 아무것도 없다. 영화관 좌석처럼 생긴 플라스틱 의자들은 모두 한 방향을 향해 놓여 있는데, 그 앞에는 연속해서 번호가 바뀌어 뜨는 전광판이 달린 문이 있다. 신청자들은 자신의 번호를 전광판의 숫자와 대조해보고, 차례가 되면 방으로 들어간다. 유리 칸막이 뒤편의 방에는 한 관리가 앉아 있다. 그는 신청자의 여권을 받아들고, 일어나 서류철이 빽빽하게 꽂힌 수많은 선반 사이로 사라진다. 서류철을 훑어본 뒤, 그는 신청자에게 새로운 번호표 하나를 건네준다. 신청자는 다시 대기실로 돌아가, 그 번호가 전광판에 나타나기를 기다린다.

번호가 뜰 때 징 소리가 울린다. 그 징 소리는 모든 대기실에서 들려오고, 이 모든 풍경은 사람이 거의 없는 지방 공항을 떠올리게 한다. 만약 대기실이 텅 비어 있는 순간이라면, 신청자는 벽에 기대 세워진 플라스틱 의자들을 보게 될 것이다. 그리고 그 위쪽 벽에는, 마치 후광처럼 동그랗게 번진 누런 때의 머리 자국들이 하나씩 찍혀 있다. 네온 불빛 아래, 창문 너머에는 어둡게 가라앉은 베를린의 이른 아침 하늘이 보인다. 차가운 회색 리놀륨, 징이 울리는 소리, 누렇고 텅 빈 방, 벽에 남아 있는 머리 자국들, 이 모든 것이 죽음처럼 음산하고, 서늘할 만큼 두렵게 느껴진다.

106 제니차에서 온 한 난민은 지금 베를린에 살고 있다. 그는 몇 가지 꼭 필요한 물건만 챙겨 서둘러 자신의 집을 나섰다. 거리까지 내려왔을 때, 가족 사진 몇 장이라도 가져 왔어야 했다는 생각이 났다. 그는 다시 돌아갔지만, 문은 이미 굳게 잠겨 있었고, 다른 사람들이 그 집 안에 들어와 있었다.

"사진만... 제 사진들만 가져가고 싶어서요..." 그가 말했다.

"우리가 이제 여기 살아요." 안에 있던 사람들은 문을 열지 않은 채 그렇게 대답했다.

107 "난민에게는 두 부류가 있어요. 사진을 가진 사람들과, 하나도 갖지 못한 사람들이죠." 보스니아 출신의 한 난민이 그렇게 말했다.

108 "아침에, 멈춰 선 기차 안에서 깨어나, 바로 앞에 있으리라 느껴지는 바다를 마주하는 일; 스코페의 두샨 다리 위 반들반들한 자갈돌들, 다섯 살 때 처음으로 내가 그림자를 가지고 있다는 걸 알아차린 그곳; 사라예보 바깥 자호리나에서 아버지와 함께 스키를 타던 일; 지중해 식물이 무성한 북달마티아의 실바 섬에서 맞은 어느 5월의 밤; 마케도니아의 프레스파 호수에서 소년이 돌로 물고기를 죽이던 장면; 브르사르에서 사흘 동안 번개처럼 스쳐간 청소년기의 사랑; 리예카, 트르샤트에서의 군 복무; 이름조차 잊어버린, 자그레브 베오그라드 철도선의 작은 간이역 멘첼의 영화《근접 관찰된 열차들》에 나오는 대기실 같았고(그곳의 고독은 기름처럼 짙었다); 헤르체고비나 크르카 강 폭포로 가던 수학여행; 보스니아 제니차 외곽의 진흙탕 개울, '디트리히 자매들'의 이름을 딴 학교로 가려고 그 옆을 걸었던 일, 신발끈을 묶을 줄 몰라 끌리듯 걷던 모습; 슬라보니아의 오시에크 어느 호텔 방에 산더미처럼 쌓인 바퀴벌레들, 그래서 불을 켜놓고 잔 일; 1968년 이탈리

아 유럽 축구 선수권 대회에서의 오시미치의 잉글랜드전 골인; 사라예보에서 몬테네그로 니크시치까지 협궤열차를 타고 가던 일; 멕시코 올림픽에서 금메달을 딴 뒤 스플리트 항구에서 열린 주르자 비예도프의 환영식; 뉴벨그레이드 체육관에서 열리던 보스니아 그룹 '비옐로 두그메'의 이른 시기의 콘서트들; 우나 강의 발원지; 공화국 간 경기에서 국가를 합창하던 순간(십만 명의 합창단); 수보티차의 버려진 시나고그; 농구 스타 크레시미르 초식의 모든 숏; 바르다르 강에서 거의 익사할 뻔했던 일(네 살, 죽음과의 첫 조우); 폴라에서 터널처럼 어두운 가로수길, 그리고 그 길 위에 내린 여름비; 그르구르 오브 닌 동상의 발; 8월의 더위 속, 오흐리드 거리의 침묵과 그림자 같은 적막; 니크시치 근처 한 마을의 버려진 집 배수로 옆에 서서 소변을 보다가 어린 시절 감전된 순간; 아시아와 아프리카 비동맹 국가들 순방을 마치고 돌아오는 대통령을 맞으려고 소년단으로서 기다리던 일; 처음 손에 넣은 체코산 졸란 일렉트릭 베이스 기타; 헤르체고비나 카르스트 산맥에서 텐트에 잠들던 밤들과 모스타르에서 네레트바 계곡을 따라 두브로브니크까지 천천히 내려가던 여행; 스코페 지진 소식; 멕시코(아니면 베네수엘라였을까?)에서 구호품으로 받은 체크 셔츠; 마트코 호수에서 떠돌이가 삐걱거리는 동양 악기를 켜며 부르던 노래. "저녁엔 뭘 먹을까: 감자, 빵, 그리고 치즈 조금 ..."

"그 모든 것은, 한때 존재했던 나라에서의 지난 삶에서 나온 차갑고, 우울하고, 객관적인 이미지들(더 정확히 말하면: 말로 된 사진들)일 뿐이며, 다시는 하나의 전체로 이어 붙일 수 없는 것들이다." 라고 미하일로 P.는 편지에 쓴다.

109 "나는 우리 모두가 박물관의 전시물이라는 확신이 들어..."라고 조란이 말한다.

110 베를린의 벼룩시장은, 소화되지 않는 물건들을 너무 많이 삼켜버린 바다코끼리 롤란트의 갈라진 배를 닮았다. 베를린의 벼룩시장은, 오래 숨겨져 있던 내용물이 흘러나오는 토이펠스베르크를 닮기도 한다. 베를린의 벼룩시장은, 과거와 현재의 일상을 전시하는 열린 박물관이다. 그곳에서는 시간과 이데올로기가 화해하고, 만(卍)과 붉은 별이 뒤섞이며, 웬만한 것은 몇 마르크면 살 수 있다. 서로 다른 표식을 단 군복들이 한데 포개져 쌓여 있고, 그 군복들의 주인은 이미 오래전에 죽었다. 군복들은 서로 스치며 눅진히 맞닿아 있으며 그들의 유일한 적은 좀벌레뿐이다.

베를린의 벼룩시장에서는 동쪽이 서쪽과, 북쪽이 남쪽과 거래하고, 파키스탄인, 터키인, 폴란드인, 집시, 옛 유고슬라브 사람들, 독일인, 러시아인, 베트남인, 쿠르드인, 우크라이나인들이 시간의 쓰레기 더미같은 그 벼룩시장에서 사라진 일상의 기념품들을 판다. 그 곳에서는 남의 가족 앨범, 멈춰버린 시계, 깨진 꽃병과 같은 아무도 필요로 하지 않는 것들을 살 수 있다... 현대의 상업적 발명품인 '킨더 에그', 작은 플라스틱 달걀이 초콜릿 껍질 속에 들어 있고, 그 안에는 조립해야 하는 아주 작은 플라스틱 조각들이 들어 있는 그 물건, 그 작은 장난감 수집품은 제법 높은 가격에 거래된다.

111 베를린 벼룩시장에서는 사진 앨범을 1~2 마르크면 살 수 있다. 앨범들은 산더미처럼 쌓여 있다. 어떤 것은 사진이 새어나오고, 어떤 것은 낡았고, 어떤 것은 비어 있고, 어떤 것은 거의 새것처럼 보인다. 나는 외롭게 늙어가던 한 노부인의 앨범을 하나 발견한다. 소박하게 여행을 다니곤 했고, 기념으로 사진 찍는 것을 좋아했던 사람인 듯하다. 나는 그 큰 체구의 중년 여성 뒤로 에펠탑이 서 있는 사진을 들여다본다. 사진 아래에는 그녀가 또박또박 이렇게 적어 두었다. '아름다운 파

리의 상징, 놀라운 에펠탑 앞에 선 나, 1993년 4월 21일.'

그게 이 앨범 속 마지막 사진이다.

112 크리스천 마클레이는 전시장 하나를 똑같은 크기의 사진들로 가득 채웠다. 사진들은 벽에, 앞면이 아닌 뒷면이 보이도록 핀으로 고정되어 있었다. 뒷면만 보아도 그것들이 오래된 사진이라는 것을 알 수 있었고, 어떤 사진들에는 사진관의 도장이 희미하게 찍혀 있었으며, 어떤 것들에는 헌사가 적혀 있었다. 녹슨 빛의 얼룩이 누렇게 바랜 종이를 스며들 듯 파고들어 있었다. 전시장 벽이 마치 어떤 기묘한 식물에 점령된 것처럼 보였다. 벽에 핀으로 꽂혀 있을 뿐인데, 세월에 조금 비틀린 그 사진들은 놀라울 만큼 생생한 숨결을 품고 있었다.

113 터키인은 트럭 운전석에 앉아 자신의 영역을 바라본다. 여기저기 흩어진 오래된 책들, 레코드, 앨범, 사진들 … 죽은 영혼들의 장사꾼은 말없이, 담배를 피우고 있다. 가격을 묻는 사람이 오면 그는 손가락을 들어 보인다. 1 마르크, 2 마르크, 3 마르크 …

사물은 사람보다 오래 남는다. 앨범은 주인보다 오래 산다. 오래된 코트나, 누군가에게 한때 의미가 있었던 그리고 언젠가 또 다른 누군가에게 의미가 될 어떤 무의미한 물건 속에도 늘 생의 잔여가 숨어 있다. 영혼은 그런 방식으로 옮겨 다닌다.

여기에서는 보스니아 난민들이 서로 만난다. 그들은 영혼의 행방을 묻는다. 누가 어디에서 왔는지, 누구 소식을 아는 사람이 있는지, 그 사람은 지금 어디에 있는지 … 그들은 소식을 나누고, 고향의 도시와 마을별로 모여 선다. 그러다가 난민 방을 조금이나마 집처럼 보이게 해줄 작은 물건 하나를 사 가곤 한다.

토요일과 일요일이면, 이 구스타프-마이어 알레에서는 더 이상 존재하지 않는 나라, 보스니아가 공중에 다시 지도를 그린다. 도시들, 마을들, 강과 산맥들이 잠시 형체를 드러낸다. 지도는 짧게 빛을 띠고, 곧 비누방울처럼 사라진다.

114 베를린의 한 벼룩시장에서 나는 앨범 한 권을 넘겨본다. 이 앨범은 내 추측으로는 바이에른 출신의 어떤 독일 군인의 것이었던 듯하다. 그의 계급이나 소속은 알아볼 수 없었다. 사진들은 앨범의 주인과, 수수한 인상의 그의 아내가 찍혀 있다. 대부분은 풍경 사진이다. 프라하의 평온한 모습들이 몇 장 있고(전쟁 관광), 마찬가지로 평온한 바이에른 마을들의 사진이 무더기로 이어진다. 앨범을 이루는 계절은 두 가지, 여름과 겨울이다. 사진가의 접근 방식은 종종 '예술적'이다. 그는 특히 창문, 열린 문, 터널 같은 자연스러운 액자 틀을 통해 풍경을 찍는 방식을 좋아한다. 그는 빛을 받는 설산의 정상, 계곡과 호수를 내려다보는 높은 곳의 시점에 유난히 끌린 듯하다. 사진 속에는 아이나 부모, 다른 사람들도 없다. 이 사진들은 제2차 세계대전 시기와 그 직후에 찍힌 것이다. 앨범 전체에는 삶의 부재와 어떤 공허함이 눈에 띄게 배어 있다. 앨범의 주인은 아마도 햇빛 아래 놓인 설산들을 모은 하나의 미학적 콜라주로 자신의 삶을 바라보고 싶어했던 것 같다.

115 제인은 흑인 미국인으로, 베를린을 좋아하며 유럽인들에 관해서라면 모르는 것이 없다. 그녀는 베를린 벼룩시장에서 오래된 사진 몇 장을 사서 가지런히 액자에 넣어 벽에 걸어 두고는 들뜬 표정으로 설명한다 ..."이분들이 내 증조할머니와 증조할아버지, 이쪽은 할아버지, 이건 할머니, 여기는 부모님, 그리고 이쪽은 내 이모들이고 ..."
  "흑인은 한 명도 없네." 내가 지적한다.

"정말 못됐네 ..." 제인은 웃으며 고개를 젓는다. 셀 수없이 가느다 랗게 땋은 그녀의 머리카락은 스파게티를 떠올리게 한다.

116 정신분열적 성격을 가진 베를린에는 끊임없이 충돌하는 두 도시가 있다. 하나는 잊으려 하고, 다른 하나는 기억하려 한다. 그로세 함부르거 거리에서 프랑스 작가 크리스티앙 볼탕스키는 그 다른 베를린을 상징하는 설치 작품을 세웠다. 작품의 제목은 〈사라진 집(The Missing House)〉이다.

그로세 함부르거 거리에는 사라진 한 채의 집이 있다. 제2차 세계대전 동안 파괴된 집이다. 볼탕스키는 이웃한 건물의 측면 벽, 과거 그집의 아파트들이 있던 자리마다 이전 거주자들의 이름과 직업이 적힌 명판을 붙여 두었다. 그 거주자들 대부분은 나치에게 살해된 유대인이었다.

크리스티앙 볼탕스키는 이 세기 말에 이르러 익명의 인간 삶들을 기록하고, 전기를 만들고, 재구성하는 가장 뛰어난 아카이브 제작자이자 전기 작가이며 복원가 중 한 사람이다. 그의 설치 작업, 익명의 사람들의 사진과 기념품을 담아, 대강 끈으로 묶어 놓은 골판지 상자들이 줄지어 놓인, 그리고 아이들의 골판지 관(棺)을 연상시키는 끝도 없는 보통 사람들의 아카이브는 사실상 정돈된 베를린 벼룩시장과 다르지 않다. 이렇게 인간의 버려진 잔해들이 예술 작품으로 재활용되면서, 그것들은 더 오래 머무를 권리, 일종의 아이러니한 영속성을 얻게 된다.

117 "*Bitte schon*(어서와요)! 재킷도 있고, 바지도 있고! 긴 팬티 짧은 팬티 다 있어! *Bitte schon*(골라)!" 구스타프-마이어 알레에서 한 집시 여자가 소리친다. 나는 뒤섞인 옷 더미 옆에 멈춰 선다. 그녀가 나를 유

심히 들여다본다.

"당신... 우리 쪽 사람이야...?" 그녀가 조심스럽게 묻는다.

"그래, 나도 우리 중 하나예요." 내가 말한다.

"어디서 왔어?"

"자그레브."

집시 여자가 활짝 웃는다.

"이봐, 얘 크로아티아 사람이야!" 그녀가 외친다.

"어디서 왔다고?" 집시 남자가 묻는다.

"자그레브..."

"아, 자그레브! 우리도 거기 가곤 했지... 거긴 온통 평지잖아, 어딘지 알지?"

"알아요."

"어디 동네에 살았어?"

"도심...쪽이요."

"우린 보스니아, 비옐리나에서 왔어... 그리고 지금은 여기 있고... 당신은 어느 난민 숙소에 있어?" 남자가 묻는다.

"이봐, 얘 우리 쪽 애래..." 집시 여자가 지나가던 사람에게 말한다. 그는 멈춰 선다.

"어디서 왔어?"

"자그레브."

"난 제니차에서 왔어..." 그가 말한다.

꽤 많은 무리가 모이기 시작한다. 우리는 모두 뜻밖의 따스함에 휩싸인다. 마치 아이의 생일파티에 온 것처럼. 우리는 대화를 나누고, 묻고, 마을과 도시의 이름을 기쁘게 되풀이한다. 그들은 모두 보스니아 사람들이다. 자그레브 출신은 나뿐이다. 나는 내가 난민이 아니라는 사실을 감춘다. 적지만 굵은 비가 우리 위로 떨어진다. 우리는 특별한 이유 없이 웃고, 다정하게 서로의 얼굴을 바라보고, 서로의 냄새를 맡 듯 가까이 서서, 꼬리를 흔들 듯 몸을 잔잔히 움직인다 ... 그러다 어느 순간 갑작스러운 슬픔이 밀려들고, 우리는 발길을 옮기고, 어깨를 으 쓱하고, 고개를 끄덕인다 ...

집시 여자가 고개를 저으며 한숨을 쉰다. "아, 멍청한 것들 ...! 아, 멍청한 것들 ...!"

118 독일 역사박물관의 한 구역은 오로지 사물들을 위한 공간이다. 유 리 진열장 안에는 바비산* 이유식, 선명한 색의 플라스틱 장바구니(아 인카우프스보이텔(Einkaufsbeutel)), 흰 플라스틱 양념 바구니, 1969년 에 제작된 프레젠트 20(Prasent 20) 라벨의 저렴한 니트 직물 남성 정 장, 나르바** 전구, 코메트*** 블렌더, 동베를린의 가장 모범적인 집 에 수여되던 금색 번호판****(Goldener Hausnummer), 미군 비행기 파 편으로 만든 베트남 기념품, 파이오니어 단복의 파란 스카프와 모자, 'Heute keine Ware(판매 완료)'라고 적힌 팻말, 1972년 인기 TV 시리 즈를 바탕으로 만든 어린이 장난감 '헬리콥터 속 모래 요정(Sandmän-nchen im Helikopter)', DDR 아파트 블록의 전형적인 3베드룸 가구를 정교하게 재현한 미니어처(아이 방 벽에는 '레이디와 트램프' 포스터의 축 소판이 걸려 있다!)가 놓여 있다.

"세다가 아기였을 때 바비산을 먹였었지." 미라는 울컥한 목소리로 말한다.

---

* 　바비산(Babysan): 동독에서 생산하던 이유식 브랜드.
** 　나르바(Narva): 동독에서 생산하던 전구·조명 브랜드.
*** 코메트(Komet): 동독 중산층 가정에서 흔히 쓰던 가전 브랜드.
**** 금색 번호판(Goldener Hausnummer): 동독 시절 정부가 가장 모범적인 집에 수여 하던 상.

344

"그 '트램프' 포스터, 우리 집에도 있었어..." 조란이 덧붙인다.

또 다른 한쪽에는 1950년대 서독의 물건들이 전시되어 있다. '현대식' 주방, 코카콜라와 풍선껌 포스터, 윌리처 주크박스, 집 안에 마련된 칵테일 바, 폭스바겐 자동차, 필립스 텔레비전, 인기 어린이 장난감 메키(Mecki-Puppe), 그리고 항공사와 공항 이름들이 프린트된, 1951년에 제작된 드레스가 있다.

"우리 집에도 똑같은 부엌이 있었어." 미라가 말한다.

"우린 이런 박물관을 절대 가질 수 없을거야." 조란이 말한다.

"나라가 사라졌는데 어떻게 가능하겠어." 미라가 말한다.

"그래서 우리가 다 걸어 다니는 전시품이 된 거지..." 조란이 말한다.

"그런데 나라가 사라졌다면, 집단 기억도 함께 사라진 거야. 우리를 둘러싸던 사물들이 없어졌다면, 우리가 살았던 일상의 기억도 사라진 거지. 게다가 그 옛 나라에 대한 기억은 말해선 안 되는 것으로 묵인되고 있어. 그러다 언젠가 그 금지가 풀리면, 모두 잊어버릴 거야... 기억할 것이 아무것도 남지 않겠지." 내가 말한다.

"그럼 결국, 존재한 적 없는 무언가를 기억하게 되겠네..." 미라가 말한다.

"나는 다 기억해." 조란이 말한다.

"뭐를?" 내가 묻는다.

"가브릴로비치 미트 파이*." 그가 말한다.

"나도 기억해." 미라가 말한다.

"뭘?" 내가 묻는다.

---

* 가브릴로비치 미트 파이(Gavrilović meat pie): 크로아티아의 유명한 육가공 브랜드 'Gavrilović(가브릴로비치)'에서 만든 고기 파이·고기 통조림 제품.

"유고슬라비아 최초의 세제, 플라비 라디온(Plavi Radion)!"

"나도 기억해." 내가 말한다.

"뭘?"

"유고슬라비아 최초의 텔레비전 프로그램, 〈스튜디오 우노(Studio Uno)〉. 마이크 본조르노랑 케슬러 자매가 나왔던!"

"거 봐, 내가 계속 말했잖아. 우리 다 걸어 다니는 전시품들이라니깐..." 조란이 말한다.

119 조란이 말한다. "나는 장교 가족용 아파트에서 자랐어. 우리 집은 42제곱미터였지. '메자닌'이 뭔지 어떻게 설명해야 할까? 예를 들어, 13번과 14번 사이에 서 있다가 몇 계단 위로 올라가면, 그 위가 15번과 16번이 있는 층이야. 시모 솔로문과 아담 스타예비치. 13번과 14번은 뒤쪽 안뜰을 향하고, 15번과 16번은 우리 집과 같은 방향을 보고 있어. 안뜰 쪽에 사는 사람들은, 우리 쪽에 사는 사람들과는 전혀 다른 사람들이지 ...

"17번과 18번은 말할 것도 없고! 그 집들은 안뜰 쪽이지만 우리보다 위 층이야. 그러니까, 우리 집보다 반 층 위에 있는 셈이지. 이해돼? 그 집들은 우리 집과 반쯤 맞닿아 있어. 우리 욕실에서는 18번에서 누가 피아노 연습을 하면 아주 또렷하게 들려. 그 집 피아노 다리가 우리 변기 손잡이 높이쯤에 와.

"한 번은, 어머니가 우리 집 벨벳 재킷을 18번 집 여자에게 빌려줬어. 그 집 막내아들이 연주회 때 필요하다고 해서. 그런데 나중에 우리 형이 그 집에 있던 군사 백과사전이 필요했을 때, 그 사람들은 빌려주지 않았지 ...

"지금도 이해가 안 돼. 그 큰 피아노를 도대체 어떻게 거기까지 옮겼는지. 복도도 좁고, 계단도 좁아서 들여올 수 없었을 텐데 ...

"내 가장 친한 친구 아버지가 그 복도에서 자살했어. 라트코비치라는 친척을 만나러 가던 길에, 계단 사이 빈 공간으로 꼭대기 층에서 뛰어내렸지 ...

"누군가 그러더군. 그 피아노, 밖에서 크레인으로 들여왔다고 ..."

"라트코비치, 그 집 아들은 나와 같은 학교에 다녔어. 하지만 같은 반은 아니었지. 그는 영어를 했고 나는 러시아어를 했으니까. 그는 피아노 있는 이웃 바로 위층, 그러니까 건물의 가장 꼭대기 층에 살았어. 부모가 일하러 간 동안 그는 종종 발코니 난간에 걸터앉아 다리를 허공에 늘어트리고 있었지. 우리가 안뜰에서 양탄자 두드리는 틀에 매달려 팔로 몸을 들어올리고 있을 때면, 그는 위에서 우리를 불러대곤 했어 ..."

"나는 진짜 일찍 사랑을 겪었어. 이름은 말하지 않겠지만, 나는 내 옆 벤치에 앉던 한 소년을 좋아했지. 그는 크고 검은 눈을 가졌고, 긴 속눈썹과 잘 뻗은 긴 다리, 그리고 어딘가 특별한 모양의 허벅지를 가지고 있었어. 나는 내 다리를 조금이라도 넓어 보이게 하려고, 얇고 붉은 실핏줄이 드러난 다리를 나무 벤치에 힘주어 눌러대곤 했지. 그에게 끌렸던 또 다른 이유는, 그의 아버지가 죽었다는 사실이었어."

120 아데나워 플라츠 지하철역 출구에 전통 배기 팬츠를 입은 한 보스니아 여자가 서 있다. 어디로 가야 할지 전혀 모르는 듯 보인다.

"여기가... 어디죠...?" 그녀가 막막하게 묻는다.

121 벨치거슈트라세에 있는 베를린 식당 *I Due Emigranti*(이 두에 에미그란티: 두 명의 이민자)의 벽에는, 식당 주인의 짧은 전기를 그린 것

으로 보이는 매우 큰 유화 삼연작이 걸려 있다. 왼쪽 패널에는 바다를 향한 작은 해안 마을이 있고, 가운데 패널에는 짐가방을 든 두 남자가 배 위에 있다(둘 다 모자를 쓰고 있다). 오른쪽 패널에는 데 키리코를 연상시키는 초현실적인 도시 풍경이 그려져 있다.가까이 들여다보면 '1989'라는 연도가 보인다. 한참 들여다보고 나서야, 인적 없는 그 도시 속에서 부서진 카이저 빌헬름 기념교회의 첨탑, 쿠어퓌어스텐담 지하철역, 그리고 사라져가는 베를린 장벽의 한 조각을 알아볼 수 있다. 장벽 한쪽에는 알아볼 수 없는 낙서들 사이로 단 하나의 단어만 읽힌다. *Napoli*(나폴리).

만약 방문객이 본인도 유랑자·망명자라면, 이 삼연작의 세 번째 패널, 베를린을 그린 부분이 비록 서투르게 보일지라도, 자신이 말로 설명하기 어려운 어떤 것을 정확히 건드리고 있다는 인상을 받고 놀라게 될 것이다. 베를린의 이탈리아 식당을 그린 그림으로 끝날 것이라 예상되는 이 삼연작-전기(triptych-biography)는, 예상과 달리 환각으로 끝난다.

122 망명자는 망명이라는 상태가 꿈과 비슷한 구조를 가진다고 느낀다. 꿈에서처럼, 잊고 있던 얼굴들이 갑자기 나타나거나, 어쩌면 한 번도 본 적 없는 얼굴들이 나타나고, 처음 보는 장소인데도 어디선가 알고 있는 것처럼 느껴지는 곳들이 나타난다. 꿈은 과거·현재·미래의 이미지들을 끌어당기는 자기장이다. 망명자는 어느 순간 현실 속에서, 그 꿈의 자기장이 불러낸 얼굴들, 사건들, 이미지들을 보게 된다. 그의 전기는 실현되기 훨씬 전부터 이미 쓰여 있었던 것처럼 보이고, 그의 망명은 외부 환경의 결과도, 그의 선택도 아니라, 오래전에 운명이 그에게 그려놓은 좌표들의 뒤섞임처럼 느껴진다. 이 매혹적이고 동시에

두려운 생각에 사로잡혀, 망명자는 징표들, 교차점들, 매듭들을 해독하기 시작하고, 어느 순간 그것들 전체에서 어떤 비밀스러운 조화, 상징들의 완전한 논리를 깨닫기 시작한다.

123 나는 프렌츨라우어 알레의 플라네타리움 거대한 돔 아래, 앞의 빈 좌석에 발을 올린 채 앉아 있다. 돔에서는 별빛이 비처럼 쏟아진다.
　"Wo bin ich(여기가 어디지)?" 내가 말한다.

124 베를린은 변형된 도시다. 베를린에는 서쪽 얼굴과 동쪽 얼굴이 있다. 때로는 서쪽 얼굴이 동베를린에 나타나고, 동쪽 얼굴이 서베를린에 나타난다. 베를린의 얼굴은 다른 어떤 도시들의 홀로그램 반사로 가로지르듯 뒤섞여 있다. 크로이츠베르크로 가면 이스탄불의 한 모퉁이에 도착하게 되고, S-반을 타고 베를린 끝자락으로 가면 모스크바 외곽에 닿은 것처럼 느껴진다. 매 해 6월의 어느 날, 거리로 쏟아져 나오는 수백 명의 트랜스베스타이트들이 이 도시의 변형된 얼굴을 실제이자 동시에 은유적으로 보여주는 존재가 된다.

해질 무렵, 장미를 파는 사람들이 도시를 가득 메운다. 둥근 어린아이 같은 얼굴과 촉촉한 눈을 가진 어두운 피부의 타밀족이다. 슈오이넨 피어텔의 어둑한 거리와 카페에서는 젊은이들이 일종의 포스트-아포칼립스를 연기한다. 가느다란 머리카락을 셀 수 없을 만큼 땋은 헤어스타일의 백인 자메이카인들이, 사라진 삶들의 그림자가 짙게 드리운 거리를 천사처럼 지나간다. 오라니엔슈트라세의 연기로 자욱한 선술집에서는 터키 남자들이 터키 음악을 들으며 카드놀이를 한다. 코트부서 토어에서는, 사악한 바람이 마르크스, 레닌, 마오쩌둥의 옆모습이 나란히 붙은 포스터를 핥듯 스친다. 쿠담의 눈부시게 밝은 BMW

매장 앞에서는 젊은 독일 남자들이 상의를 벗은 채 서로의 사진을 기념 삼아 찍는다. 카페 아인슈타인에서 멀지 않은 쿠어퓌어스텐슈트라세에서는 폴란드인 창녀가 초조하게 거리를 오간다. 작가이자 동성애자인 한 미국계 유대인 남자가 철창 너머로 남자 창부들을 살피다가, 징집을 피해 베를린에 도착한 자그레브 출신의 젊은 크로아티아인을 선택한다. 자그레브 듀브라바 지구에서 온, 치아가 없는 집시 알라가는 유로파센터 앞에서 어린이용 신시사이저를 서툴게 두드린다. 베를린 동물원역에서는 움푹 들어간 얼굴의 젊은 남자가 잘린 다리의 끝을 드러낸 채 아스팔트 위에 앉아 구걸한다. 지나가는 사람들이 던진 동전은 'Ich bin aus Bosnien(나는 보스니아에서 왔다)'라고 적힌 더러운 골판지 위에 둔탁한 소리를 내며 떨어진다.

125 투엔치엔슈트라세 13번지, 4층에는 요프(JOOP) 여성 피트니스 센터가 있다. 유르겐 요프는 이 피트니스 체인의 잘 알려진 소유주다. 연이어 배치된 운동 기구들 옆으로 난 스튜디오의 거대한 창문은 거리 쪽으로 열려 있고, 유로파센터와 카이저-빌헬름 게되흐트니스키르허가 보인다. 베를린 사람들은 이 교회를 '영혼의 사일로(soul silo)'라고 부른다. 유로파센터 꼭대기에는 세 갈래로 갈라진 금속 메르세데스 벤츠의 별이 천천히 회전하고 있다.

이 도시에서 피트니스 센터는 나의 치유의 장소다. 위로를 받는 데 드는 비용은 저렴하다. 나는 점점 더 자주 이곳에 온다. 나는 내가 쓰는 유일한 운동 기구인 천국의 계단 위에 서서, 세 갈래의 메르세데스 벤츠의 별을 바라본다. 하나-둘. 하나-둘. 제자리에서, 어디로도 이어지지 않는 계단을 오른다.

여기에는 여성 사무라이들이 온다. 강하고, 날씬하고, 젊은 여자들, 완벽한 근육과 매끈한 턱 선, 읽기 어려운 표정을 가진, 나와는 전혀 다른 존재들이다. 하나-둘, 하나-둘. 우리는 일렬로 걷는다. 우리는 움직이는 인형들처럼 각자 자기 리듬을 정하여 움직인다. 세 갈래의 금속 별은 천천히 회전하고, 그 회전은 내게 최면을 걸며 반쯤 잠든 상태로 이끈다. 금속의 여신은 레이저처럼 도시의 거친 상처들을 스치며, 시간들과 세계의 다른 면들, 과거와 현재를, 서쪽과 동쪽을 가로지른다 ...

나는 어둠 속에서 내 심장 뛰는 소리를 듣는다. 두근-두근, 두근-두근, 두근-두근 ... 내 안에 길을 잃은 쥐 한 마리가 겁에 질려 벽을 두드리는 것처럼 느껴진다. 내 뒤 멀리로는, 망가진 내 나라의 풍경이 점점 더 희미해지고 여기 내 앞에는 아무곳으로도 닿지 않는 계단이 있다.

고개를 들면, 금속으로 된 세 갈래 별이 보일 것이고, 고개를 숙이면, 자그레브 듀브라바 지구에서 온 치아가 없는 집시 알라가가 유로파센터 앞 접이식 의자에 앉아 어린이용 신시사이저를 서툴게 두드리고 있는 모습이 보일 것이다.

하나-둘. 하나-둘. 나는 나를 치유해주는 천사에게, 텅 빈 하늘을 배경으로 한 세 갈래 별에게 인사를 한다. 나는 무심한 주인 요프 (Joop)에게 몸으로 경의를 표한다. 때때로 떠나야 한다는 생각이 들지만, 나는 소리없이 멈춘다. 이 유리 그릇을 떠나면 어디로 가야 할지 모르기 때문이다. 게다가 다리는 계단에 붙은 것처럼 피곤하고 무겁다 ...그래서 턱을 굳게 다문 채 읽히지 않는 표정을 하고 나는 제자리에서 성실히 계단을 오른다 ...

유리 너머로 나는 카이저 빌헬름 기념교회의 부서진 탑을 바라본다. 탑 위에 잠시 내려앉은 커다란 러시아산 까치들 말고는 나를 볼 수 있는 이는 아무도 없다. 베를린 사람들은 그 새들이 해마다 겨울이면 나타난다고 말한다. 더 따뜻한 기후를 찾아 이곳으로...

1991-1996.

무조건 항복 미술관

The Museum of Unconditional Surrender

두브라브카 우그레시치 지음
조서현 옮김

초판 1쇄 발행 2026년 2월 8일
디자인   김기현
발행인   조숙현
펴낸곳   아트북프레스
웹사이트   www.artbookpress.co.kr
이메일   artbookpress@gmail.com

2018.12.10. 제 2018-000138호
서울시 송파구 문정로83 106동 501호

ISBN 979-11-994323-2-1(03890)